Donde fuimos invencibles

AF276174

Crimen y Misterio

Biografía

María Oruña (Vigo, 1976) es una escritora gallega que desde pequeña visita con frecuencia Cantabria. Allí ha ambientado la serie de novelas «Los libros del Puerto Escondido», todas publicadas en Destino: *Puerto escondido* (2015), un exitoso debut en el género negro; *Un lugar a donde ir* (2017); *Donde fuimos invencibles* (2018); *Lo que la marea esconde* (2021); *El camino del fuego* (2022), en la que trasladó la investigación a tierras escocesas, y la más reciente *Los inocentes* (2023). En todas estas historias de misterio, los protagonistas son los paisajes cántabros y el equipo de la teniente Valentina Redondo, que se ha ganado la admiración de cientos de miles de lectores. Es autora también de *El bosque de los cuatro vientos* (2020), su primer libro independiente de la saga, ambientado en su Galicia natal. Sus novelas han sido traducidas al alemán, al francés, al italiano y al portugués, entre otros idiomas.

𝕏 @maria_oruna

f @Maria.Oruna.Reinoso

◎ @mariaoruna

María Oruña

Donde fuimos invencibles

Los libros del Puerto Escondido, 3

DESTINO

PEFC Certificado

Este libro procede de
bosques gestionados
de forma sostenible

PEFC

PEFC/14-38-00305   www.pefc.es

© María Oruña, 2018
© Editorial Planeta, S. A., 2018, 2021
    Ediciones Destino, un sello editorial de Editorial Planeta, S. A.
    Avda. Diagonal, 662-664, 08034 Barcelona (España)
    www.edestino.es
    www.planetadelibros.com

Diseño de la cubierta: Booket / Área Editorial Grupo Planeta
Imagen de la cubierta: © Mark Owen / Trevillion Images
Primera edición en Colección Booket: junio de 2019
Primera edición en esta presentación: enero de 2025

Depósito legal: B. 20.127-2024
ISBN: 978-84-233-6663-7
Impresión y encuadernación: Liberdúplex, S. L.
Printed in Spain - Impreso en España

Para Verónica, que me devolvió el amor por la lectura.

Y para los que saben dar tanta luz a los demás que, sin pretenderlo, siempre permanecen.

I

Si tan solo pudiéramos ver la interminable cadena
de consecuencias que resultan de nuestras acciones
más pequeñas.

Buscando a Alaska, JOHN GREEN

A veces sentimos que el tiempo que tenemos, el que apretamos, no es el que hemos escogido. Todo gira sin nuestro permiso, y cada acto, cada gesto, se expande en una consecuencia infinita. Como cuando lanzas una piedra en un charco y compruebas que, aunque no quieras, dunas de agua se expanden hasta alcanzar la orilla. Acción, consecuencia: la historia más vieja del mundo.

Carlos Green, que apenas disponía de claridad a aquellas horas, pensaba, tumbado sobre su elegante cama con dosel, que había lanzado incontables piedras en demasiados charcos equivocados. Sus desaciertos no habían sido puntuales precisamente. Y ahora, justo ahora que estaba intentando hacer bien las cosas, había aparecido aquella mujer. ¿Se estaba volviendo loco?

Se levantó despacio, observando entre penumbras la inmensa habitación. Focalizó la mirada en la puerta, centrándose en el cerrojo. Sí, seguía echado. Nadie podía haber entrado en su cuarto durante la noche. ¿Quién hubiera podido hacerlo, si estaba solo en aquel palacio inmenso?

Encendió la lámpara de su barroca mesilla de noche y, nervioso, se levantó la camiseta para revisar su propio cuerpo: nada. Observó sus piernas: ningún nuevo moratón, ni golpes ni marcas. Respiró aliviado. Había llegado a pensar que algo o alguien lo golpeaba por las noches. Aquel enorme caserón destilaba miles de ruidos, de crujidos, silbidos y sombras nocturnas. Pero ¿cómo podría cualquier cosa, ser o persona haberlo golpeado sin que él se despertase? Dormía de forma natural, no utilizaba somníferos ni relajantes musculares a pesar del dolor que a veces sufría en la pierna derecha. ¿Podría ser, quizás, que se hubiese vuelto sonámbulo, que se levantase por las noches y tropezase con los muebles como un torpe pato mareado? No, imposible. Tenía cuarenta y un años y nunca se había levantado de la cama, ni siquiera en duermevela, jamás le había sucedido nada similar. Su forma física era bastante buena, hacía deporte... ¿qué demonios estaba pasando?

Además, estaba ella. ¿Había sido un sueño? ¿Había visto de verdad a aquella mujer en el jardín secreto o solo había sido su imaginación? Iba vestida como en los años cuarenta, con un ligero vestido beige hasta las rodillas. Media melena peinada según la moda de aquella época, con suaves ondas de agua. Increíblemente guapa. Habría jurado que ella también lo había visto a él, y que también se había visto sorprendida por su presencia. Después, se había desvanecido.

Un grito agudo y desgarrador desvió de golpe sus pensamientos. Procedía del exterior. Se apresuró a abrir el postigo interior de la ventana y buscó con la mirada dos pisos más abajo, ante su torreón. Lo vio de inmediato: ya estaba amaneciendo y la claridad desarropaba a la noche. Un hombre yacía sobre el césped tumbado boca arriba, inerte. Parecía muerto. De pie y a su lado, todavía con las manos encogidas sobre los labios, una mujer terminaba de ahogar un grito. La reconoció al instante: sus amplias y rotundas curvas, su cabello oscuro, el gesto. Su asistenta acababa de tropezarse con un desconocido que aparentaba estar exánime. En su jardín. Carlos cogió al vuelo unos pantalones, deslizó el cerrojo de su cuarto y salió corriendo hacia el parterre de aquel palacio.

Valentina Redondo ya se había subido al extravagante Range Rover descapotable: era imposible no llamar la atención con aquel vehículo, que lo único que tenía de discreto era su color negro. Había sido incautado en una operación antidroga, y el juzgado había accedido a ceder su uso a la Guardia Civil. Y Valentina, aunque por su graduación y cargo no llevaba uniforme, era la mismísima Guardia Civil, el perfecto ejemplo de una concienzuda teniente que tenía a su cargo a la principal Sección de Investigación de la Unidad Orgánica de Policía Judicial —UOPJ— de Cantabria en Santander. Hasta ahora, había conducido un viejo Alfa Romeo, pero no hacía mucho que el subteniente Santiago Sabadelle lo había convertido en siniestro en un accidente poco claro que, por fortuna, no había ocasionado heridos.

Valentina, al tiempo que arrancaba el Range Rover para salir hacia la Comandancia de Peñacastillo en Santander, deseó en silencio y por enésima vez que le asignasen un vehículo más discreto lo antes posible. Contuvo la risa al ver en la distancia cómo, en el porche de la cabaña, su novio Oliver Gordon se peleaba con un traje de neopreno que parecía no querer ajustarse adecuadamente a su cuerpo. Oliver, como ella, era un treintañero que estaba en muy buena forma, pero su torpeza hacía que, en aquellos instantes, su cabello oscuro se meciese al ritmo de un absurdo baile a la pata coja para ajustarse el neopreno. Su cachorro de beagle, la pequeña *Duna*, no ayudaba precisamente: mordisqueaba sin piedad un escarpín que Oliver se había puesto solo hasta la mitad. Desde que había comenzado a asistir a clases de surf, cinco semanas atrás, el joven inglés había demostrado ser absolutamente torpe para el deporte acuático; hasta la fecha, sus habilidades deportivas parecían haberse limitado al *footing*. Cada vez que se caía de la tabla ante Jaime, su profesor, se encogía de hombros y volvía a intentarlo muriéndose de risa, asombrado de su propia impericia. Si ya estaba agotado, convertía la derrota en algo inevitable, explicando con su mirada azul y descreída que él «era de interior» y que en Londres no se estilaba montar olas. Su profesor en aquellas primeras clases —que era el más veterano de todo Suances— le había confesado, contagiado por su risa, que nunca había encontrado un caso semejante de manifiesta incompetencia acuática, y lo había terminado cediendo como alumno a los maestros surfistas especializados en principiantes de nivel básico.

«¿Qué estás mirando? ¿No te ibas a trabajar, doña perfecta?» —Oliver comenzó a reírse, algo avergonzado. Se había dado la vuelta y había comprobado cómo ella observaba sus torpezas: ¿era posible que existiese un elemento de tortura como el neopreno en pleno siglo XXI? El caso es que lo necesitaba, porque estaban en pleno agosto pero el agua del mar Cantábrico no era cálida.

«Ya me voy, ¡ya me voy!», parecía decirle Valentina desde el coche, mandándole un beso. Pero no. No se iba. Su teléfono móvil comenzó a sonar. Apagó el vehículo: el capitán Marcos Caruso la llamaba. Tan temprano. Mala cosa.

—¿Caruso? Buenos días...

—Buenos días, Redondo. Estás en Suances, ¿no?

—Sí, señor, salía ya hacia Santander.

—Pues no salgas, Redondo, no salgas. Me cago en la mar. Si es que esto es el súmmum de las penalidades, joder.

—¿Qué... qué sucede, señor?

—Que tenemos lío, Redondo. Otra vez. Y en Suances, precisamente en Suances. ¡Y en pleno agosto!

—Dígame en qué zona para que yo...

—¿En qué zona? —la interrumpió—. No, no... el lío no es en una zona de la comarca, es en el propio Suances, en el puto centro, al lado del ayuntamiento. ¿Te suena un palacio que se llama... a ver, del Amo?

—Pues... sí, creo que sí, la Quinta del Amo, ¿no?

—Algo así, sí. Un caserón de los años veinte justo al lado de la plaza principal del ayuntamiento, la de Viares —confirmó, alejándose algo del teléfono y haciendo que

Valentina comprendiese que estaba leyendo la información—. Bueno, pues tenemos un cadáver en la quinta de los cojones.

—Oh, no sabía que viviese nadie ahí...

—Pues no, no vivía nadie, pero ha venido de California el heredero de la casa, que es escritor, o periodista, o alguna historia por el estilo, y la asistenta se ha encontrado al jardinero muerto a primera hora allí, en pleno jardín. Un tal Leo Díaz Pombo... un hombre mayor, ya a punto de jubilarse.

—¿Un asesinato?

—Pues parece que no, Redondo, parece que no. De momento aparenta muerte natural.

—¿Entonces...?

—Entonces, nada, que la cosa puede quedar en humo, pero hay un par de detalles que tienes que comprobar, porque como haya algo raro esto va a ser el máximo de los colmos, la prensa se va a poner las botas... ¡te recuerdo que últimamente llevamos unos cuantos crímenes en la zona, joder! —Caruso volvió a tomar aire—. Perdona, Redondo, es que me caliento. Puede que no haya crimen, pero sí tenemos cosas que revisar. La primera, que dicen que nadie ha tocado al dichoso jardinero, pero la forense dice que sí, que lo han tocado.

—¿La forense? Quién ha ido, ¿Clara Múgica?

—La misma, tu amiga. Dice que le han cerrado los ojos.

—¿Que le han...? Bueno, eso no tendría por qué implicar indicios de criminalidad...

—No tendría por qué. Pero es que el dueño de la casa dice que allí pasa algo raro, que se escuchan ruidos, que se notan presencias... joder, ¿te imaginas? ¡Presencias!

—Pero cómo que presencias... ¿fantasmas?

—Y yo qué sé, Redondo, a lo mejor tiene okupas en la casa y no se ha enterado. El tipo es norteamericano y estará como una cabra; ha sido el propio juez Talavera el que nos ha ordenado hacer un informe de la situación.

—¿Ya está allí la comisión judicial?

—Sí, creo que solo faltaba el secretario para levantar el cadáver. Por si acaso he mandado también a dos técnicos del SECRIM, así que vete a echar un vistazo, porque Suances está en plena temporada, a tope de gente, y no quiero líos que la semana que viene me voy de vacaciones. ¿Estamos?

—Sí, señor, estamos.

—Y a la prensa ni agua, ¿me explico?

—Sí, señor. Descuide, voy para allá.

Y Valentina Redondo colgó el teléfono, pensando. Miró hacia el horizonte sin ver, en realidad, ni la cabaña donde vivía con Oliver Gordon ni Villa Marina, el pequeño hotel de aire colonial y afrancesado que dominaba la extraordinaria finca donde se encontraba. Toda la propiedad, que bordeaba la esquina oeste de la playa de la Concha de Suances, se deslizaba en cuesta descendente hasta la playa, para la que disponía de acceso directo. Primero, la zona de aparcamiento y la cancha de tenis; después, Villa Marina, rodeada de un precioso jardín con aire de estudiado y falso abandono. Un poco más abajo, la piscina, con forma de enorme riñón de color azul claro cristalino. Y descendiendo un poco más, aquella curiosa cabaña que parecía sacada de un bosque canadiense y que, desde su porche, prometía vistas increíbles sobre el mar. En realidad, todo aquello era propiedad de Oliver Gordon, que para sí mismo había preferido aquella rústica y sencilla cabaña, dejando Villa Marina para los huéspedes y estudiantes de intercambio que venían hasta allí desde Inglaterra buscando mejorar su español.

Los primeros rayos de sol comenzaron a barrer la playa y la finca hasta llegar a la mirada de Valentina, que brilló especialmente espectacular, quizás por su dualidad: el ojo derecho era verde y radiante, casi transparente. El izquierdo, sin brillo: negro y opaco, pero vivo. La teniente, al tiempo que volvía a arrancar el enorme Range Rover, y con la mirada clara que dan los pálpitos, supo que su viaje al viejo palacio de la Quinta del Amo iba a acercarla al frío y a algún tipo de extraña, oscura y silenciosa verdad.

El juez Jorge Talavera suspiró con gesto de aburrimiento. Una mañana perdida en pleno agosto, por trabajo, en un pueblecito costero como Suances. Y tan temprano. Con lo bien que estaría un poco más avanzada la mañana, con su mujer y sus hijas, ya adolescentes, tomándose unas rabas y unos mejillones fresquitos en cualquier bar del muelle; y luego... ah, luego se echaría una siesta bajo una sombrilla. En realidad, viendo su oronda barriga y con sus índices de colesterol, sabía que lo mejor que podía hacer durante todo el verano era comer ensaladas y practicar algún deporte, pero la sola idea lo fatigaba.

—Bueno, qué, entonces lo confirmamos... un infarto, ¿no? —le preguntó a Clara Múgica, la forense, que acababa de incorporarse junto al cadáver y se retiraba ya los guantes.

—Muy posiblemente —asintió—. Desde luego, no hay signos externos de violencia. ¿Cuántos años dijeron que tenía?

—Creo que sesenta y tres.

—Bueno, por edad podría encajar en el patrón, pero habrá que revisar su historial médico y esperar los resultados de la autopsia, aunque la cianosis cérvico-facial tan marcada podría...

—¿La cianosis?

—Sí... a ver, la coloración del cuello y la cara, ¿no te has fijado? Es algo exagerada, típica de los fallecidos por infarto, pero hay otras posibles patologías que podrían causar esa coloración en un cadáver —explicó, acomodándose con un gesto su media melena castaña, que ya empezaba a cubrirse de canas bien disimuladas con mechas californianas.

—¿Entonces...?

—Entonces, lo de siempre... no aventuraré nada hasta que tengamos los resultados de la autopsia. Aunque insisto en que alguien le ha cerrado los ojos después de muerto, eso seguro, pero a primera vista no detecto signos de violencia ni nada que no señale una muerte natural; además, este hombre tiene el dorso de las manos hinchado, y eso es una señal inequívoca de insuficiencia cardíaca aguda.

—Vamos, que un infarto de manual.

—Posiblemente... ¿No habrá ningún familiar que haya sido avisado y al que podamos preguntarle por el historial médico de este hombre?

—Lo habrá, supongo, pero me ha dicho el cabo Maza que de este —dijo, señalando el cadáver con un movimiento de cabeza —solo se sabía que era un jardinero viudo y sin hijos y que vivía solo en una casa de la zona del puerto.

—Vaya —suspiró Clara. Normalmente la forense hacía bastantes bromas en todos los levantamientos a los que tenía que acudir, pero su humor, tras diversas curvas en su vida, se había suavizado hasta volverse más sensible hacia los difuntos a los que acompañaba cualquier suerte de soledad. Clara tenía cuarenta y nueve años, y el juez no era mucho mayor, pero él aparentaba más edad; su figura no lo ayudaba y desde luego la forense, de pequeña estatura, delgada y de actitud dinámica, sí que parecía estar en mucha mejor forma.

—Así que hemos venido hasta aquí por un pobre jardinero al que le ha fallado el corazón —volvió a suspirar el juez—. No voy a tener que ordenar especiales diligencias en este caso, así que una cosa menos. Le daré instrucciones a Caruso para despachar el asunto.

—Ah, ¿pero no quedasteis en que vendría Valentina a echar un vistazo?

—Sí, pero solo por lo que me has dicho de que alguien había tocado el cadáver y por las cosas raras que dice que ve el dueño de la casa. Un breve acto de presencia formal de la benemérita y cumplimos —le explicó, guiñándole un ojo—. Desde luego, el tipo ha ido a morirse en un lugar espectacular —apreció, admirando los jardines y la enorme y elegante Quinta del Amo.

—Sí, es impresionante —reconoció Clara, que siguió la mirada del juez hasta la imponente vivienda, a solo unos metros. Tenía planta en forma de U abierta hacia el mirador en el que ellos mismos se encontraban. Y en medio de aquel patio abierto que dibujaba la U, una enorme y altísima palmera tropical, que contrastaba con el pintoresquismo inglés del palacio: en la zona este, una torre poligonal arrancaba desde el suelo hasta llegar a cuatro alturas y rematar en un agudo chapitel de zinc, que a Clara le recordó de inmediato a los puntiagudos tejadillos del alcázar de Segovia. En el lado oeste, otro torreón más discreto y circular nacía en la segunda planta y remataba también en un chapitel de zinc idéntico, aunque el hastial que bordeaba el tejado del palacio era allí escalonado, dándole definitivamente a la Quinta del Amo un aire romántico propio de otra época.

—Parece un poco deteriorado —observó Clara sin apartar la vista del palacio—. Me recuerda a esos caserones ingleses de las películas de miedo, ¿a ti no?

—Psé, supongo. Si se asomara la familia Adams a una de las ventanas de los torreones, desde luego no me parecería fuera de lugar.

—¿No? ¡Yo me moriría de miedo si viese algo raro en alguna de esas ventanas!

—Mujer, ¿tú? Si te pasas el día rodeada de fiambres... cualquier día incluís a Frankenstein en nómina.

—Si no bajas esa barriga será a ti a quien tengamos de visita en el Instituto de Medicina Legal, querido mío —sonrió Clara, negando con la cabeza mientras miraba con cariño al juez. Era un gran profesional, absolutamente dedicado a su trabajo, pero se descuidaba a sí mismo de forma pasmosa. Ella y Jorge Talavera eran amigos desde hacía varios años, y de vez en cuando quedaban para cenar con sus respectivas parejas, de modo que Clara había comprobado hacía ya tiempo que ni sus consejos ni los de la mujer del magistrado lograban que este cuidase su forma física—. Mira, por fin llega Valentina —dijo, cambiando de tema y volviendo la mirada hacia el paseo de gravilla.

Y, en efecto, hacia ellos avanzaba Valentina Redondo: delgada figura, gesto concentrado y paso firme, haciendo crujir el suelo bajo sus botas; atravesaba un pasillo que en cada margen contenía un vergel de plantas y flores, especialmente hortensias de color azul. Algunas hayas y abedules ayudaban a dar sombra en algunas zonas de la finca, pero la mayor parte del caserón se enfocaba hacia una enorme explanada de césped en forma de elipse y rodeada de gravilla. Sobre esta explanada, precisamente, había aparecido el cadáver del jardinero a primera hora de la mañana, aterrorizando a la asistenta.

—Buenos días —se limitó a decir Valentina con media sonrisa mientras miraba de reojo al cadáver, que estaba siendo fotografiado por compañeros del SECRIM.

—Buenos días, querida, ¿cómo estás?

—Bien, gracias, Clara —replicó la teniente con expresión afable y haciendo un sencillo gesto con la cabeza hacia el juez a modo de saludo. Ambos se respetaban profesionalmente, pero su relación personal nunca había cuajado más allá de los casos que la Sección de Investigación de Valentina debía investigar.

—¿Vienes sola? —preguntó Clara extrañada.

—Ah, no, no... vendrán ahora Riveiro y Sabadelle —explicó, refiriéndose respectivamente al sargento y al subteniente de su sección—. Yo he llegado antes... ¡te recuerdo que vivo en Suances! —añadió, guiñándole un ojo a la forense, que le devolvió una sonrisa cómplice. En efecto, Valentina Redondo llevaba ya unos seis meses viviendo en Villa Marina junto a Oliver, que también mantenía una estrecha relación con la forense desde que había llegado a Cantabria, un año atrás—. Y vosotros, ¿habéis terminado?

—Casi. Esperamos al secretario para poder ordenar el levantamiento y marcharnos. Llegará enseguida.

Valentina asintió al tiempo que analizaba la escena. A la izquierda, disponía de unas vistas espectaculares de Suances; posiblemente, aquel mirador privado fuese el mejor de toda la villa. Desde aquel alto, podía distinguirse claramente la ría San Martín llegando a su desembocadura junto a la playa de la Concha.

A la derecha de la teniente se levantaba la impresionante Quinta del Amo: Valentina, de un vistazo, comprobó que el palacio disponía de dispositivos de alarma antirrobo, aunque no detectó ninguna videocámara de vigilancia. Finalmente, la teniente detuvo la mirada sobre aquella explanada de césped que se abría ante ella, donde un par de técnicos del equipo del SECRIM trabajaban sin mucho afán sobre el cadáver.

—Me ha dicho Caruso que parece muerte natural... —dijo dirigiéndose a Clara Múgica.

—Sí, eso creo. Posiblemente un infarto. Pero ya sabes que yo no confirmo nunca nada hasta que tengo todos los result...

—Ya, ya —cortó Valentina a la forense, sin mirarla y fijando su mirada en el cadáver—. Tranquila, esperaremos un par de días para acosarte. ¿Cuánto lleva muerto? ¿Un par de horas?

—No —suspiró Clara con una sonrisa, acostumbrada a la impaciencia de Valentina y de todos los investigadores en general—. Por su temperatura y su estado general, creo que falleció anoche.

—¿Cómo? —Valentina enarcó las cejas, extrañada—. Pensé que habría muerto esta mañana, al venir a trabajar.

—Pues no, debió de fallecer entre las diez y las once o doce de la noche.

—Vaya... un poco tarde para terminar la jornada.

—No creas —intervino el juez—, en pleno agosto, y con el calor que hace estos días, lo normal es que se riegue y se trabaje en los jardines o muy temprano o muy tarde, por la noche.

—Puede ser —reconoció Valentina, en un gesto de aprecio al comentario del magistrado—. Pero es curioso que nadie descubriese el cuerpo hasta el amanecer; después interrogaremos al dueño de la casa y al servicio. Oye, Clara, ¿qué es eso de que le cerraron los ojos?

—Ah, eso. Pues verás, es que los ojos tenían el signo de Somer-Larcher.

Valentina enarcó las cejas, evidenciando que iba a necesitar una explicación más detallada.

—El signo de Som... bueno, da igual. Cuando un cadáver ha tenido los ojos abiertos, al perder hidratación, tras el deceso comienza a formarse una especie de mancha marrón en el ángulo externo del ojo, que termina por convertirse en una línea horizontal que atraviesa el globo ocular en su nivel medio.

—Ajá... y este tenía la manchita marrón.

—Exacto. El oscurecimiento en la esclerótica estaba bien marcado, además. Alguien le cerró los ojos cuando llevaba ya varias horas muerto.

Valentina asintió pensativa. Se alejó del juez y la forense y se acercó unos pasos al cadáver, con cuidado de no pisar en la zona intervenida por el SECRIM; observó el cuerpo durante unos segundos. A pesar de que el fallecido ya presentaba cierta rigidez, su rostro parecía relajado. Ligero sobrepeso y poca masa muscular, en apariencia; cabello encanecido, labios finos y mentón grueso. Aspecto afable. A su lado, unos utensilios de jardinería manchados de tierra con algunas hierbas y hojas salpicando las herramientas. Valentina trataba de imaginarse qué podría haber ocurrido: «¿Qué estabas haciendo, Leo Díaz? ¿Recoger el equipo para marcharte a casa? ¿Te dio un infarto, sin más? Caminabas hacia allí —pensó, desviando la mirada hacia la torre del este—; si no, te habrías caído en la posición contraria...».

—Teniente, han llegado Riveiro y Sabadelle.

Valentina se dio la vuelta. El cabo Antonio Maza, guardia del puesto de la Guardia Civil en Suances, la acababa de sacar de sus cavilaciones. Su rostro pecoso y su cabello pelirrojo le hacían parecer mucho más joven de lo que en realidad era, a pesar de la expresión seria con el que se había dirigido a la teniente.

—Gracias, Maza, ahora voy.

—Creo que ya vienen ellos, acaban de aparcar.

—Bien, estupendo. ¿Dónde está el dueño de la vivienda?

—Entró en la casa, estaba atendiendo unas llamadas. Le he tomado ya algunos datos, se llama Carlos Green, es escritor... pero esperaba a que usted llegase para... —El cabo se interrumpió al observar movimiento en la terraza, bajo el torreón de la zona oeste del palacio—. Ah, no, ahí está, teniente, mire: acaba de salir a la terraza.

Valentina alzó la mirada, concentrándola. Le sorprendió ver a un hombre aparentemente joven y atlético, de cabello rubio y claro, como desgastado por el sol. Barba de un par de días, movimientos suaves pero masculinos. Hablaba por teléfono dando vueltas sin dirección, concentrado en la conversación y no en sus pasos errantes sobre la terraza. De pronto, como si se sintiese observado, se detuvo y miró a Valentina. La mirada de ella, sólida y fría, estudiándolo. La de él, algo perdida, como buscando auxilio. A pesar de la juventud y la complexión delgada de la teniente, su presencia imponía autoridad. El carisma, sin duda, no es fácil de explicar, pero Valentina disponía de cualidades que se ajustaban bien a su definición. Un chasquido sonó a sus espaldas.

—Ya estamos aquí, teniente. Joder, vaya casoplón. No parecía tan grande desde la carretera. ¡La leche!

Valentina suspiró. No hacía falta que se diese la vuelta para saber quién acababa de llegar: el subteniente Sabadelle, con aquella insoportable manía de mascar latigazos con su lengua cada pocos minutos.

—Hola, Redondo —saludó otra voz masculina. Ahora, Valentina sí que se volvió.

—Buenos días, compañeros.

Al lado del bajito y cada vez más grueso Sabadelle, la había saludado el sargento Riveiro: aunque era el de menor graduación de los presentes, con su metro ochenta y su gesto tranquilo, desprendía cierto aire de serena experiencia. No llegaba a los cincuenta años, pero frente a Sabadelle y Redondo, que eran treintañeros, era el miembro de la Sección de Investigación de mayor edad.

Valentina los puso al día de lo que había averiguado hasta el momento y, antes de interrogar al dueño del inmueble, quiso indagar un poco más.

—Oye, Maza, tú eres de aquí, ¿no?

—Sí, teniente, nací en Oruña, pero me vine para Suances a los cinco años.

—Pues cuéntanos, ¿qué sabes de este palacio?

—Ah, pues que era de la familia Del Amo, los *californios*.

—¿Los qué?

—*Californios*... aquí llamamos así a los españoles que vivían en California desde hace generaciones.

—Pero vamos a ver, no entiendo... ¿en California? ¿Y cómo se supone que llegan hasta España, a un pueblo pequeño como Suances?

—Uf, no sé exactamente, tendría que preguntarle a mi abuelo, que sí que es de aquí —dudó el cabo, que apenas era también treintañero y rebuscaba en su memoria al tiempo que atusaba su cabello pelirrojo—; pero creo que un tal Del Amo emigró allí, se casó con una *california*, se hizo rico y volvió... algo por el estilo. Y cuando sus herederos vendieron el palacio, allá por los años setenta, lo compraron otros *californios* para venir aquí a veranear... los Green.

—Los Green —repitió Valentina despacio, como saboreando el apellido—. ¿Y los conociste?

—Bueno, solo me suena ver alguna vez a la señora,

que murió a finales del año pasado... pero era muy raro que fuese por el pueblo, estaba en silla de ruedas y se pasaba aquí el verano, casi sin salir y leyendo todo el día. Supongo que ahí dentro —matizó, señalando el palacio— debe de existir la biblioteca más grande de todo Suances.

—No me digas... —La curiosidad de Valentina por entrar en la Quinta del Amo se acrecentaba. Señaló a Carlos Green, que seguía hablando por teléfono—. Y de este, ¿qué sabes?

—Poca cosa. Llegó a comienzos del verano, creo que está escribiendo un libro. En el pueblo se comenta que tiene intención de vender el palacio, pero no sé... chismes de viejas, teniente.

—Me lo imagino. Y la que encontró el cadáver, la asistenta, ¿dónde está?

—La han acercado los de la Patrulla Ciudadana al centro médico del pueblo, la pobre mujer tenía un ataque de ansiedad. En un rato ya estará de vuelta, supongo.

—Claro que sí, chaval —intervino Sabadelle, socarrón—, una pastillita de colores y la señora seguro que se repone en un pispás.

Valentina entornó los ojos, con paciencia, pero hizo caso omiso al comentario de Sabadelle.

—¿Le habéis tomado ya los datos?

—Los compañeros estaban en ello —asintió Maza—, aunque ya le digo que estaba muy nerviosa.

—Entiendo. ¿Y no hay más personal en la casa?

—Creo que no.

—¿No? ¿En un caserón tan enorme?

—Bueno, de momento no hemos visto a nadie más, aunque, como quien dice, acabamos de llegar... —se justificó el cabo encogiéndose de hombros.

—De acuerdo; contacta con la patrulla y que te digan cómo va el tema de la asistenta, que la traigan aquí lo antes posible. Y si no que la lleven al cuartel de Suances y la interrogamos allí.

Valentina hizo un gesto a Riveiro y a Sabadelle para

que la siguiesen. Tras despedirse del cabo Maza y acercarse a la forense y al juez para hacer lo propio, se dirigió con paso firme hacia el palacio.

El pequeño grupo atravesó un breve pasillo de gravilla hasta llegar a unas escaleras de piedra que, desde la Quinta del Amo, se desplegaban como una alfombra pétrea hacia ellos, invitándolos a pasar. Al verlos aproximarse, Carlos Green colgó su teléfono; con un suspiro, se preparó para recibir a aquella mujer de mirada tan extraña y a sus acompañantes. ¿Cómo iba a explicarles que los espíritus, las almas, parecían volver a ser de piel y carne en su decadente y enorme palacio?

2

En todo, la Naturaleza nunca debe ser olvidada.

Pero tratemos a la diosa como a un hada modesta, no la cubramos demasiado ni la dejemos totalmente desnuda. [...]

Consultemos en todo al genio del lugar.

ALEXANDER POPE

Tras Carlos Green, en la terraza, había tres puertas de madera: blancas, altas y acristaladas. A través de ellas se intuía un imponente salón. El propio Carlos, por unos segundos, se convirtió en el principal observador del pequeño grupo que se aproximaba subiendo las escaleras de la Quinta del Amo.

Se presentaron. La teniente Valentina Redondo —que lo miraba de forma analítica, con aquellos enigmáticos ojos de dos colores—; un subteniente, Santiago Sabadelle —que había chasqueado inexplicablemente la lengua al curiosear el interior del palacio—, y un sargento de mirada tranquila, Jacobo Riveiro, que había sacado una pequeña libreta del bolsillo de su chaqueta para realizar quién sabe qué anotaciones.

—Queríamos hablar con usted sobre su jardinero, Leo Díaz.

—Sí, sí, por supuesto.

—Ya sabrá que en principio estamos ante una muerte natural por infarto —aclaró Valentina, mirándolo a los ojos—, pero necesitamos puntualizar con usted algunos detalles.

—Claro —asintió, con gesto más compungido que preocupado—. Pasen, por favor. Dentro hablaremos más cómodos —los invitó, dirigiéndose directamente a la puerta blanca central, que estaba entreabierta. Green tenía un evidente acento norteamericano, pero su castellano parecía fluido, cómodo—. Disculpen que estuviese al teléfono, hablaba con el abogado que lleva todas las cosas de mi familia aquí. Vendrá más tarde, ya saben, por si hay que hacer algún papeleo.

«¿Un abogado? —pensó Valentina—. ¿A este tipo se le muere el jardinero en su césped y lo primero en lo que piensa es en llamar a su abogado?» La teniente cruzó una mirada con Riveiro, que con un imperceptible asentimiento le transmitió que había pensado lo mismo. Carlos Green, ajeno a sus suspicacias, atravesó el salón sin miramientos, con la intención de que lo siguiesen. Valentina caminó lentamente observando los detalles de aquella estancia, que parecía haberse quedado anclada en los años cuarenta. Al entrar desde la terraza, lo primero que llamaba la atención era la enorme chimenea integrada a la derecha, en tonos claros. Al fondo, una escalera de madera en color caoba oscuro subía hacia la planta superior haciendo una curva cerrada, por lo que resultaba imposible intuir nada del piso de arriba.

Tanto las paredes como el suelo de aquel enorme salón estaban recubiertos de madera en el mismo tono; varias estanterías de libros, integradas en las propias paredes, hacían más acogedora la estancia, que solo tenía dos ambientes, ligeramente diferenciados gracias a dos alfombras granates, ya gastadas por el paso del tiempo. Una de ellas, enorme, frente a la chimenea, con un par de mesitas antiguas en el centro y varios sofás floreados en tonos salmón a su alrededor. La alfombra más pequeña estaba en una esquina, más cerca de la terraza y la claridad, con un par de sencillos sofás dispuestos hacia varias estanterías de libros, por lo que parecía tratarse de la zona escogida para la lectura.

«¿Y esta es la biblioteca? Pues no es para tanto», pensó Valentina, que siguió caminando tras el señor Green. Este los llevó a través de un pasillo recto y ancho, cuyas grandes ventanas de arcos de medio punto concatenadas daban al patio de la palmera, por lo que aquel corredor estaba lleno de luz. De pronto, Carlos Green pareció darse cuenta de algo y detuvo sus pasos.

—Si lo prefieren, podemos hablar en el salón, pero a estas horas de la mañana he pensado que preferirían un café —explicó, haciendo ademán de regresar por donde habían venido.

—No, no. Un café será estupendo —replicó Valentina agradecida y, en realidad, deseando conocer la mayor cantidad posible de recovecos de aquella mansión.

—Bien, pues síganme. Les va a parecer todo un poco anticuado, pero es que a mi abuela le gustaba así... lo único que reformó parcialmente al comprar la casa fue este espacio —les explicó según atravesaban una gigantesca cocina que, completamente azulejada con piezas blancas y cuadradas, los trasladó directamente a los años setenta. Valentina contó hasta tres hornos de hierro lacados en blanco. En su tiempo, aquella cocina debió de ser un alarde de tecnología y un hervidero de actividad.

—Su abuela falleció, ¿no?

—Sí, el año pasado. Me dejó la Quinta, aunque la verdad es que yo solo había venido aquí un par de veranos en toda mi vida —explicó Green, al tiempo que dejaban atrás la cocina. Atravesaron una enorme despensa con las paredes cubiertas de armarios blancos y llegaron a una pequeña y encantadora sala llena de color; disponía de poca claridad a pesar de que hubiera un par de ventanas laterales: un enorme estor verde oscuro parecía bloquear la que debería haber sido la principal fuente de luz, situada en la pared que, sin duda, debía de mirar hacia el jardín donde había aparecido el cadáver del jardinero. Valentina observó que, a pesar de su sencillez, aquel cuarto tenía acabados de calidad: el artesonado de madera del techo tenía un aspecto magnífico. En la pared, llamaba la atención un pequeño armario integrado de cuatro hojas, pintado de alegres colores con lo que parecían motivos regios de corte medieval. Carlos Green lo abrió y sacó de él unas tazas y un paquete de café.

—Siéntense, por favor —les dijo señalando una sencilla mesa blanca de madera, a cuyos lados había sillas a juego con cojines floreados y un banco corrido, también cubierto de amigables almohadones. Daba la sensación de que en aquella pequeña sala se hiciese vida de verdad, la diaria, no como en el resto de la vivienda que hasta ahora habían conocido: a Valentina, hasta llegar a aquella salita, le había dado la sensación de entrar en una especie de museo—. Es una pena lo de Leo, la verdad —continuó hablando Green, al tiempo que preparaba ya el café sobre una mesita esquinera, donde reposaba una moderna cafetera americana al lado de un microondas y de una jarra para calentar agua—. Cuando escuché a Pilar gritar en el jardín, no podía imaginar...

—Pilar quién es, su asistenta, ¿no?

—Sí, sí, exacto. Como les decía, me levanté y escuché un grito; me asomé a la ventana y vi a Pilar gritando ante el cuerpo de un hombre tumbado en el suelo. Como imaginarán, bajé corriendo, aunque la verdad es que al principio no había reconocido a Leo... todavía estaba algo oscuro. —De nuevo, Carlos Green pareció darse cuenta de algo y se interrumpió a sí mismo, acercándose al enorme y grueso estor verde oscuro, que se apresuró a subir para dar más claridad a la habitación. Al hacerlo, el cuarto se llenó de una luz tan cálida que parecía haber sido tamizada por algún sensacional filtro de distintos colores. Valentina y Riveiro, incluso Sabadelle, no pudieron contener comentarios de sorpresa.

—Vaya, qué bonito —reconoció Valentina, viendo claramente qué había al otro lado. Se levantó y se aproximó—. ¿Puedo? —preguntó mirando hacia Carlos Green.

—Por supuesto —sonrió él—. Adelante. Ahí encontrarán el genius loci de este palacio.

—Perdone, ¿el qué? —dijo Riveiro.

—El genio del lugar, el verdadero duende de este sitio. Al menos, ¡eso decía mi abuela Martha! —explicó

Green con una suave sonrisa vestida de nostalgia—. Lo llamaba el jardín secreto. Decía que ese duende era el guardián del mejor tesoro de este palacio —resaltó, mostrando con su mano, como si descorriese un telón, que en efecto aquella estancia era asombrosa.

Riveiro y Sabadelle, siguiendo a Valentina a través de un ancho arco rebajado, entraron en aquel inesperado rincón. Era un precioso jardín de unos cuarenta metros cuadrados, situado dentro de un invernadero acristalado, de corte romántico, que invitaba a entrar y a curiosear entre flores, aromas y colores. Salvias, caléndulas, begonias, bocas de dragón e incluso lavanda florecían en aquel espacio, llenándolo de una fragancia suave y agradable. A través de la cristalera del fondo podía verse el parterre exterior; allí, el juez y Clara Múgica parecían haber recibido ya al secretario judicial, y se estaba procediendo al levantamiento del cadáver. Valentina apreció los tonos cálidos que se filtraban desde el techo, cubierto de vidrieras de suaves colores, mientras que los ventanales que daban al jardín eran, en su mayoría, transparentes. Sin embargo, desde el exterior apenas podía apreciarse la existencia de aquel mágico rincón de la Quinta del Amo, pues estaba medio oculto entre enredaderas y algunos helechos trepadores que crecían en las zonas más sombrías.

En una esquina del invernadero, cerca de las vidrieras que miraban hacia el exterior y en un espacio en el que apenas había vegetación, una especie de pequeño elfo de madera parecía mirar eternamente por la ventana con gesto soñador y con la barbilla apoyada sobre una de sus manos. De su bolsillo, parecía escurrirse un reloj de cadena que marcaba el paso del tiempo. Estaba sentado sobre una bola del mundo de dimensiones moderadas que también estaba fabricada de madera y que parecía bastante antigua; incluso tenía los océanos coloreados en tonos crema y tostado.

Valentina se acercó al encantador duende y observó con asombrada admiración al singular elfo.

—Ya le dije que aquí teníamos al genius loci —sonrió Green, complacido—. Creo que ese duende ya estaba aquí cuando mi abuela compró el palacio. No sé de qué madera estará hecho, pero resiste el paso del tiempo de forma increíble.

—Ya lo veo, ya —confirmó Valentina, asombrada por los detalles del duende y del globo terráqueo sobre el que estaba sentado.

—Es mi zona preferida de la casa —confesó Green, apoyándose en el gran marco de entrada de aquel jardín secreto—, pero no crea que es fácil de mantener. Unos meses antes de que llegase yo, me dijo Leo que había tenido que renovar casi todas las plantas por una especie de plaga.

Valentina asintió sin dejar de admirar los colores y aromas de aquel asombroso jardín.

—No entiendo mucho de flores, pero ya supongo que un lugar así requerirá muchos cuidados.

Carlos Green se encogió de hombros.

—Vale la pena el esfuerzo. Este sitio tiene un encanto especial. De hecho, casi siempre estoy aquí —explicó, señalando un espacioso altillo más alejado, techado con madera blanca y completamente liberado de vegetación, en el que un amplio y desgastado escritorio se ofrecía como lugar de trabajo; sobre él podían verse libretas, folios, lápices y un ordenador portátil de última generación que no encajaba en absoluto con aquel lugar. Al lado, un viejo diván chéster, de aspecto cómodo, se dejaba vestir con una manta tipo *patchwork* a sus pies y un par de libros en inglés que parecían estar siendo leídos.

—Vaya, ¿y eso funciona? —preguntó Riveiro señalando una gramola plateada, de casi un metro de altura, que reposaba en una esquina junto al sofá. Su parte superior formaba un arco iris de tonos apagados, y su estética recordaba a los norteamericanos años cincuenta. Carlos Green se encogió de hombros.

—Funciona cuando le apetece. Se supone que hay

que poner una moneda, pero el mecanismo va a su aire. A veces estoy trabajando aquí y se enciende solo... ni siquiera se puede abrir el cajón de los discos, creo que la puerta está oxidada.

—Quizás tenga ahí pequeñas joyas musicales, entonces —aventuró Riveiro.

—Puede ser —suspiró—, pero creo que casi todo se reduce a Nat King Cole, Billie Holiday y Patti Page... años cincuenta y sesenta.

—¿Trabaja usted aquí? —preguntó Valentina, que se había aproximado al viejo escritorio y no estaba especialmente interesada en la música antigua.

—Sí, soy escritor.

—Ya... eso me han dicho. ¿Y vive aquí... solo?

—Sí, aunque de forma temporal. De hecho, solo he venido por este verano.

—Hostias, ¿vive solo? —intervino Sabadelle—. ¿Aquí? Joder, ¡como Jack Nicholson en *El resplandor*!

El subteniente, viendo la cara gélida de Valentina, se arrepintió al instante de haber hablado. Carlos Green lo miró durante unos segundos sin comprender demasiado bien. Valentina estaba a punto de hablar cuando Green, de pronto, y haciendo que su cabello rubio se despeinase con una carcajada, exclamó:

—¡*The Shining*, de Jack Nicholson! Claro, no lo había entendido... pero no, señor Sabadelle, no tengo intención de volverme loco —resopló, mirando a Valentina—. Aunque les aseguro que aquí suceden cosas extrañas.

—¿Extrañas?

—Sí, teniente. Antes, cuando la Patrulla...

—... Ciudadana —le ayudó Valentina viendo que vacilaba—. La Patrulla Ciudadana.

—Sí, exacto. Cuando los de la Patrulla Ciudadana me preguntaron si Leo podría haberse asustado por algo, o si yo había visto extraños merodeando la casa... les dije que no, pero ya les expliqué a ellos, y vuelvo a repetirles a ustedes, que sí que tengo la sensación de que alguien o algo accede a la propiedad. Sé que podrán pensar que estoy mal de la cabeza, pero con frecuencia escucho ruidos, susurros, no sé cómo explicárselo... ¿saben esa sensación incómoda, cuando sientes que alguien te está observando?

Valentina se tomó su tiempo para responder, y estudió a su interlocutor con gesto serio y analítico. Carlos Green, desde luego, no tenía aspecto de loco. Rubio, bronceado, en buena forma física —al menos, aparentemente—, y vestido con una sencilla camiseta blanca y unos veraniegos pantalones cortos. Era incluso atractivo. Sin embargo, ¿quién podía saber qué escondían los ojos claros del señor Green? Valentina sabía que las personas podían ser muy hábiles construyendo máscaras.

—Un lugar como este puede hacer jugar a nuestra imaginación, señor Green.

—Lo sé. Pero Leo también decía ver y escuchar cosas. Y Pilar lo mismo; después pueden preguntarle —sugirió buscando un apoyo tangible.

—¿Qué clase de cosas?

—Sombras, ruidos como de pisadas... ráfagas de aire frío inexplicables, luces en partes de la casa que deberían estar a oscuras...

Valentina suspiró con escepticismo.

—Señor Green, he visto que tienen ustedes alarma antirrobo. ¿Está conectada?

—Claro, todo el año. Piense que el palacio solo suele estar habitado en verano... la alarma supone una medida mínima de seguridad.

—Ya veo. ¿Y tienen elementos... digamos, de valor, dentro del palacio?

—¿De valor? —Carlos Green se encogió de hombros—. Creo que aquí hay más cosas viejas que antigüedades.

Valentina continuó indagando, más por curiosidad que porque aquello pudiese tener nada que ver con el fallecimiento del jardinero.

—Y ese dispositivo de alarma... ¿ha sucedido alguna incidencia con él desde que está usted aquí?

—Ninguna —negó convencido—. Y llevo en Suances casi tres meses, desde junio.

—Ninguna incidencia —repitió Valentina pensativa. Intercambió una mirada con Riveiro, que acababa de anotar esa información, y volvió a dirigirse al dueño de la Quinta del Amo, señalándole la mesa blanca de la salita y saliendo del invernadero—: Señor Green, sentémonos y tomemos ese café. Empecemos por el principio y por el motivo por el que estamos aquí: Leo Díaz Pombo. Después, si le parece —sugirió enigmática—, hablaremos de fantasmas.

Quienes nos aman, cuando también los amamos, nos cambian. Oliver lo sabía con la certeza de pensamiento de aquellos que han sentido su vida temblar, que han tenido que rehacerse en más de una ocasión. Se sonrió al ver que, de forma mecánica, había recogido sus deportivas del porche para ponerlas en el zapatero disimulado que había a la entrada de la cabaña. Hasta no hace mucho, las habría dejado allí abandonadas hasta que las hubiese necesitado. Sin embargo, desde que vivía con Valentina, Oliver había cambiado. Desde luego, tener una cachorrita de beagle mordisqueando todo lo que estaba a su alcance ayudaba a que fuese más cuidadoso, pero tener una novia con un trastorno obsesivo compulsivo por el orden suponía todo un reto. Pero él no había cambiado para contentarla, sino para cuidarla, para darle un refugio y un poco de verdad. Él, que tan rodeado de mentira había estado a lo largo de toda su vida. Valentina, aunque sólo fuese con él, había dejado de estar alerta. Como si los miles de nudos marineros que la protegían se hubiesen aflojado, se hubiesen diluido y desaparecido en la última marea. Y con aquellos nudos, también se habían aflojado sus obsesiones, sus deudas morales en su implacable lucha contra el mal. Ambos vivían, por fin, un momento tranquilo, incluso dulce. Sin grandes sobresaltos. Como si los traumas, los miedos y las sombras se hubiesen ido derritiendo de forma progresiva. A veces, Valentina decía que no era posible que todo fuese tan bien. Que algo iba a suceder. Pero él se burlaba y hacía alguna broma para, más tarde y a solas, endurecer la sonrisa y creer que sí, que aquella vida, que aquel tiempo compartido, era demasiado bueno como para perdurar.

Oliver, que acababa de llegar de sus clases de surf en la playa de los Locos, se dirigió directamente al baño para darse una ducha caliente. Tenía que darse prisa para llegar a tiempo a la universidad. Su colaboración con la Facultad de Filología se había vuelto estable, de modo que dos mañanas a la semana acudía a impartir clases de inglés y a colaborar con la Oficina de Relaciones Internacionales de la Universidad de Cantabria en Santander.

—¿Señor Gordon?

Oliver se volvió, sorprendido. Alguien lo llamaba desde la puerta de la cabaña.

—¿Matilda?

—Sí, señor, soy yo. ¿Puede salir un momento?

—¡Claro! ¡Ya voy! —contestó alzando la voz. En su rostro se dibujó una mueca de extrañeza, de curiosidad. Matilda llevaba varios meses trabajando para él en Villa Marina, y nunca antes había ido a buscarlo a la cabaña. Era la encargada de la limpieza y los desayunos de su pequeño hotel: una cántabra de mediana edad, discreta, de labios finos y ojos vivaces. Su cabello, cortado al estilo masculino clásico, era de un robusto color castaño. Oliver abrió la puerta, apurado: ¿habría ocurrido algo?

—Señor Gordon, perdone que le moleste. No sé si esto será una tontería...

—Qué va, mujer, pase, pase. Dígame, ¿está usted bien?

—Sí, sí, yo perfectamente. Mire, quería comentarle sobre Begoña...

—Pero, Matilda, mujer, que eso ya lo hemos hablado —suspiró Oliver—. En pleno verano usted necesita una ayudante, ¡no va a hacerlo todo sola!... No me diga que... a ver, ¿qué ha roto esta vez nuestra querida Begoña?

—No, no. No es eso. La mozuca es torpe, pero me ayuda. Quiero hablarle de otra cosa.

Oliver frunció el ceño, extrañado.

—Dígame entonces, Matilda. Le ruego que sea rápido porque tengo que ducharme para irme a la universidad —explicó, mirando sin disimulo el reloj de la cocina—. ¿Quiere sentarse?

—No hace falta, seré rápida. Mire, no sé si es importante o no, pero desde luego es raro, así que he preferido contárselo.

—Si algún huésped ha pedido sangre para el desayuno y tiene unos colmillos muy exagerados, le advierto que tenemos ajos en la despensa.

Matilda miró a Oliver sin abandonar su gesto serio. Muy gracioso. Pero ella no era de sonrisa fácil, por mucho que el inglés se empeñase en hacerse el simpático. Fue directa al asunto.

—Mire, Begoña me ha dicho que está viendo entrar de vez en cuando a alguien en la finca.

—¿A alguien? ¿A quién?

—No lo sé, a una mujer.

—Pero, vamos a ver, ¿cómo que entra en la finca? ¿No será una clienta de Villa Marina? Piense que el portalón principal casi siempre lo tenemos abierto...

—No, no. Ya la ha visto cuatro veces desde el comienzo del verano.

—¡Vaya! No me diga... Qué raro que ni usted ni yo la hayamos visto —reflexionó extrañado.

—Ya sabe cómo es Begoña. Siempre con pajarucos en la cabeza, a veces se pasa más tiempo mirando por las ventanas que limpiando.

—Ya. Y esa... *extraña*... ¿Begoña la ha visto hacer algo raro?

—No exactamente. Al parecer solo merodea por aquí, aunque acercándose siempre a su cabaña.

—¿Qué? ¿A mi cabaña? —preguntó Oliver casi en una exclamación—. ¿Y cómo no me habían dicho nada antes?

—Señor Gordon, a mí me lo ha contado esta mañana, y ella no sabía si podría ser una conocida suya o alguna vecina. Quién sabe, quizás lo sea... pero pensé que sería mejor que se lo contase, porque aquí usted se empeña en no tener ni alarma, ni videovigilancia, ni nada... —añadió, con un evidente tono de reproche. Oliver se rio.

—Mujer, qué más da, ni que fuese esto Buckingham Palace. Además, tenemos toda clase de seguros sobre la propiedad —le explicó guiñándole un ojo y disimulando su preocupación; podía tratarse de algo sin importancia, pero su experiencia en los últimos años le hacía estar alerta frente a toda clase de perturbados mentales—. ¿Y cómo es nuestra espía? ¿Begoña se la ha descrito?

—Muy poco. Me ha dicho que es una mujer joven, tirando a gordita, de media melena, morena. Poco más. Que la ha visto por aquí o muy temprano o muy tarde.

—O muy temprano o muy tarde... —repitió Oliver pensativo—. Y no se limitaba a curiosear sobre el muro, sino que entraba en la propiedad y se acercaba a mi cabaña, ¿no?

—Sí, señor.

—Pues no debe de saber que tenemos a Lara Croft aquí dentro —replicó haciendo referencia a Valentina, que, a fin de cuentas, era teniente de la Guardia Civil. Como era de esperar, Matilda ni se inmutó ante la broma, y se limitó a restar importancia a los hechos con sus palabras, aunque su tono de voz parecía recomendar precaución absoluta:

—Seguro que no es nada. Alguna curiosa. Pero me ha parecido raro, señor Gordon. Hoy día uno nunca sabe...

—Tiene razón, Matilda. No se preocupe, estaré atento. Muchas gracias por decírmelo... dígale a Begoña que, si vuelve a verla, me avise inmediatamente, ¿de acuerdo?

—Por supuesto. Yo también estaré atenta.

Oliver se despidió de Matilda dándole de nuevo las gracias y repitiéndole hasta tres veces que estuviese tranquila, que había hecho bien en contarle lo de aquella joven espía. ¿Quién sería? ¿Por qué? ¿Para qué curioseaba en su cabaña? Oliver cerró la puerta y, apurado, se dirigió hacia la ducha. Si le hubiesen contado algo así solo unos años atrás, posiblemente se habría olvidado de ello en un par de horas. Pero le habían sucedido las suficientes cosas malas como para que, ahora, tomara en consideración cualquier potencial amenaza. Sin pensarlo, desvió su camino, tomó su teléfono móvil y llamó a Valentina.

El profesor Machín
Primera clase

El profesor Álvaro Machín, tras las presentaciones perti-
nentes, se levantó de la mesa y se dirigió al estrado del
paraninfo del palacio de la Magdalena, anexo a sus antiguas caballerizas. Esbozando una sonrisa, observó a los
asistentes, que llenaban la sala de butacas. Su mirada se
estrechó, acentuando las arrugas de su rostro, todavía
amable y cercano a pesar de los rasguños del tiempo.

—En primer lugar, quisiera darles las gracias por su
asistencia a este Curso de Salud Mental, y deseo también
agradecer a la Universidad de Cantabria que me haya
invitado a colaborar en estas jornadas —añadió, volviendo la mirada hacia la mesa del escenario del paraninfo,
donde el rector de la universidad y otros profesores y
autoridades académicas asintieron con cordialidad—.
Como saben, mi participación se centra en la investigación científica de la mente humana y sus procesos, y, en concreto, en los estudios neurocognitivos aplicados a pacientes
que aseguran haber tenido experiencias paranormales.
Para ello, lo mejor será comenzar cuestionándonos a nosotros mismos, ¿no les parece? —preguntó con un suave
acento canario y barriendo a los asistentes con la mirada—. Díganme, ¿creen ustedes en los fantasmas?

El atestado patio de butacas se quedó en silencio durante unos segundos. La pregunta había sido directa y
sencilla, pero quizás los alumnos no esperasen tan pronto
la posibilidad de un intercambio de pareceres. Comenzó

a navegar un murmullo creciente entre los asistentes, que ascendió hasta el moderno escenario color haya del paraninfo, donde el profesor mantenía su sonrisa.

—Veo que no hay unanimidad... ¿Alguien que quiera compartir su opinión?

El público se miraba entre sí dubitativo. Álvaro Machín tenía fama de impartir charlas extravagantes, aunque dado su currículum la solidez de sus conocimientos era presumible: profesor titular de psicología cognitiva, social y organizacional desde hacía más de veinte años en la Universidad de La Laguna, en Tenerife; colaborador activo, además, de NEUROCOG, el centro de investigación sobre ciencia neurocognitiva de la misma universidad. El profesor, a pesar de que desde siempre se había manifestado absolutamente escéptico en el campo de lo paranormal, había llegado a realizar investigaciones en colaboración con la Facultad de Psicología de Edimburgo, una de las pocas del mundo que disponía de un laboratorio para estudios parapsicológicos: la famosa Unidad Koestler. El hecho de que el profesor Machín fuese viudo y no tuviese hijos ni apenas familia parecía haberlo ayudado a viajar por medio mundo para impartir sus famosas conferencias.

Un joven rubio de ojos oscuros que iba completamente vestido de negro se atrevió a levantar la mano.

—Usted —señaló el profesor—. ¿Su nombre, por favor?

—Christian Valle.

—Díganos, señor Valle, ¿qué consideración le merecen a usted los fantasmas?

—Creo que si admitimos la existencia del alma o de un... —dudó, buscando una expresión adecuada—, de un ente disociado que habite dentro del cuerpo humano, podemos admitir también la posibilidad de que ese ente disponga de autonomía fuera del cuerpo.

—Luego cree en los fantasmas. O en su posibilidad.

—Creo que hay algo, no sé determinar qué, para lo que no disponemos de explicación científica.

—Por supuesto, señor Valle, por eso la parapsicología es una pseudociencia. De momento, la existencia de los fenómenos paranormales no puede demostrarse científicamente.

—Tampoco su inexistencia.

—¿Perdón? —el profesor no ocultó su sorpresa; el muchacho había comenzado con voz tímida, dubitativa, pero estaba adquiriendo determinación.

—Quiero decir que los fenómenos no dejan de estar ahí, hay hechos inexplicables, y no tenemos seguridad de tener conocimiento de todas las leyes de la física —argumentó el joven.

En la sala se levantó otro suave murmullo, y de pronto todos los ocupantes de las decenas de asientos azul celeste de aquel paraninfo parecían tener necesidad de hablar. El profesor levantó la mano y la movió solicitando calma y silencio.

—Tiene usted razón, señor Valle. Lo paranormal, de momento, no viola estrictamente las leyes de la física, sino la interpretación y los límites que nosotros ponemos a las leyes que conocemos. Sin embargo, mi misión en este curso será demostrarles que todo lo que vemos como paranormal puede tener una explicación científica rigurosa. Supongamos, señor Valle —continuó, dirigiéndose exclusivamente hacia el joven, que permanecía en posición de alerta—, que un individuo acude a la consulta del médico indicando que siente ruidos, que escucha voces y, en definitiva, diciendo que ve fantasmas. ¿Qué explicaciones iniciales deberíamos explorar?

—Bueno, primero habría que verificar el estado de salud del paciente, yo...

—Exacto —le interrumpió el profesor—, el estado de salud del paciente, usted mismo lo ha dicho. A lo largo de los años, y tras numerosos estudios, hemos podido constatar que muchas experiencias paranormales obedecen a estados de nerviosismo, al consumo de drogas, a enfermedades mentales e incluso a disfunciones en el lóbulo temporal del cerebro. En realidad, el mayor porcentaje de «visiones» —explicó, entrecomillando la palabra en el aire con sus manos— suceden en estados de cansancio, justo antes de dormir o después de despertarse, y lo que llamamos alucinaciones no son más que errores de interpretación.

Tras decir esto, el profesor presionó un botón de un mando que reposaba en el estrado y un proyector iluminó una gran pantalla a sus espaldas. En ella, se detallaban posibles causas de las visiones fantasmales. Desde alteraciones vasculares y estados febriles, pasando por la falta de comida o sueño, hasta los fallos sensoriales o el deterioro del propio córtex cerebral. Tras una detallada disertación sobre el contenido de la proyección, el profesor volvió a dirigirse al joven.

—¿Ve, señor Valle? Simplicidad frente a fantasías que argumenten lo complejo. Recuerden el principio del fraile Guillermo de Ockham: «En igualdad de condiciones, la explicación más sencilla suele ser la más probable».

El joven negó con la cabeza y alzó la mano solicitando permiso para intervenir. El profesor Machín lo autorizó con un suave asentimiento.

—¿Y cómo explica las psicofonías, las coincidencias que contradicen todas las leyes de la probabilidad, la telepatía, la clarividencia, la precognición o la visión de entes por parte de personas perfectamente sanas?

El profesor alzó las cejas.

—Vaya, ¡tantos fenómenos requerirán una larga explicación!

Gran parte de la sala comenzó a reír, pero el joven Christian miraba al profesor Machín fijamente. Este le devolvió la mirada, aceptándolo como interlocutor.

—¿Sabe usted, señor Valle, que ya a mediados del siglo XX, el neurólogo italiano Cazzamalli postuló una interesante teoría? Dijo que las células del cerebro humano podían generar suficiente energía electromagnética como para transmitir ondas de radio. ¿Qué le parece?

—Yo... no conozco esa teoría, profesor.

—No se preocupe, en la jornada de mañana tengo programado hablarles de las capacidades cerebrales, muchas de ellas todavía en estudio, pero que pueden explicar fenómenos como la clarividencia o la telepatía. Sin embargo, para hoy tengo preparado otro argumento extraordinariamente interesante. Qué les parece, ¿lo vemos? —preguntó, dirigiéndose a la audiencia.

Los asistentes asintieron entre murmullos y realizando anotaciones, al tiempo que dirigían sus miradas, expectantes, hacia la gran pantalla sobre el escenario, donde el profesor también había puesto ahora su atención. Este, con un clic de su mando a distancia, provocó el asombro de la audiencia: en la imagen se dibujaba un sencillo mapa espacial en el que se reconocía claramente el sistema solar.

—Aquí lo tienen, damas y caballeros —presentó el profesor, que no ocultaba cómo disfrutaba de su propia exposición—, uno de los motivos por el que muchos de ustedes creen en fantasmas. Observen: la culpa de todo la tienen el viento y una estrella.

Christian y el resto de los alumnos, atónitos, observaron cómo el profesor Machín ampliaba la imagen y les mostraba que el Sol, a ciento cincuenta millones de kilómetros de la Tierra, era la estrella que parecía explicarlo todo.

3

... me pasó por la cabeza la idea de que si la gente se movilizaba a la búsqueda de fantasmas era porque tenía necesidad de una verdad, la que fuese, que no sabían encontrar en su vida diaria. Y de una verdad que diese miedo, porque el miedo es una maravillosa distracción.

De profesión, fantasma, HUBERT MONTEILHET

Un café por la mañana en un viejo palacio pintoresquista inglés. ¿Quién le iba a decir a Valentina que iba a comenzar así la jornada? La llamada telefónica de Oliver la había dejado intranquila. Se había ausentado durante un par de minutos para contestar el teléfono, y eso que normalmente no atendía llamadas personales mientras estaba de servicio; pero, en horas de trabajo, Oliver solo se ponía en contacto con ella por motivos consistentes, así que no tuvo duda en descolgar. ¿Quién sería aquella extraña que merodeaba por su casa? ¿Por qué? ¿Para qué? A Valentina pocas cosas la asustaban; sin embargo, para una persona como ella, que necesitaba tenerlo todo ordenado y bajo control, que alguien accediese a su espacio personal le resultaba extremadamente molesto. Molesto e inquietante. Lo que comenzaba a cosquillearle por dentro no era miedo, sino enfado. Había tomado aire en el pasillo, a donde había ido a refugiarse para tener intimidad durante su conversación, y ahora volvía a estar sentada ante la mesa de aquella encantadora salita del palacio, con un café deliciosamente aromático esperándola en una gran taza de porcelana.

Intentó concentrarse. Tenía algo parecido a un caso y estaba en aquel increíble y viejo lugar. Aunque lo más previsible habría sido tener como anfitrión a un venerable anciano cubierto de arrugas, resultaba que quien la había recibido había sido un atractivo californiano, rubio y tostado por el sol. Millonario, probablemente. Escritor y, en consecuencia, posiblemente extravagante. Carlos Green parecía un hombre curtido, de movimientos calmos y resueltos, como si ya nada pudiese sorprenderlo. Lo único que brillaba en él eran sus ojos, de color miel y casi transparentes. Quien no se sintiese cautivado con aquella mirada, sin duda, se preguntaría al menos cómo sería el hombre que estaba al otro lado. De eso Valentina no tenía ninguna duda.

—Entonces, lleva usted aquí desde junio, ¿no?

—Sí, exacto. Llegué el día 3, creo.

—Bien —asintió Valentina, observando cómo Riveiro anotaba información en su libreta—. ¿Y cuántas personas tiene usted a su servicio en la Quinta del Amo?

—¿Cuántas? Solo a Pilar. Bueno, y... a Leo.

—¿Cómo? —preguntó Valentina, remarcando su extrañeza—. ¿Para llevar esta mansión tan grande solo tiene una empleada de la limpieza?

—Es que no se encarga de todo el palacio, solo de mi cuarto y de las zonas de paso del ala oeste. Bueno, y de esta sala y la zona de la cocina que se utiliza. El resto de las habitaciones están cerradas.

—¿Cerradas?

—Claro. Mantener todo el palacio abierto es algo absurdo... lo que no se utiliza, de momento, no lo tocamos. Cada dos meses, una empresa de limpieza realiza labores básicas de mantenimiento en todo el inmueble. Se pasan aquí más de una semana, así que lo dejan todo como nuevo.

—Ajá. Y el ala oeste, donde entiendo que usted duerme, es...

—La que está sobre el salón que atravesamos antes. Yo duermo en la habitación del torreón que parte del segundo piso.

—Ya, creo que ya me doy cuenta de cuál es... —replicó Valentina, haciendo memoria visual.

—Toda el ala este —insistió Green, gesticulando y

señalando encima de sus cabezas— está cerrada, salvo esta sala y la cocina, por razones prácticas obvias... ¡en algún sitio tenemos que comer!

—Por supuesto. Y Leo Díaz... ¿desde cuándo trabajaba para usted?

—Oh, desde siempre. Pero no para mí, sino para la familia, digamos. Ya le digo que yo he estado aquí solo dos veranos en mi vida, pero la última vez que visité Suances, con veintiún años, ya estaba Leo trabajando en la Quinta del Amo. Y, si me apura, creo que era él quien también trabajaba en el jardín cuando vine siendo más pequeño. Por eso llamaba antes al abogado, porque desde que murió mi abuela es su despacho el que gestiona el contrato con el jardinero y con la empresa de limpieza, que también nos facilitó los servicios de Pilar. El bufete debe de tener todos los datos de contacto de Leo... me refiero a su familia, porque yo no tengo ni su teléfono, la verdad.

Valentina, antes de continuar indagando, pareció meditar unos segundos la información que acababa de recibir. La actitud de Carlos Green, de momento, parecía lógica y cabal.

—Y Pilar, la asistenta, ¿también lleva años al servicio de su familia?

—Oh, no. Ya le digo que aquí solo venían cada dos meses a hacer un repaso de mantenimiento al palacio, y cuando mi abuela venía lo hacía con su propio servicio.

—¿Se traía su propio servicio desde California?

Carlos Green se limitó a contestar afirmativamente sonriendo y encogiéndose de hombros, con la sencillez del que es rico desde la cuna y está acostumbrado a las facilidades que dispensa el tener mucho dinero.

—Entonces... Pilar llegó a la Quinta del Amo cuando usted lo hizo, entiendo.

—Sí. De hecho, durante este verano ella está viviendo en la casita habilitada para el servicio... allí, al final de la finca —explicó, señalando la zona este del palacio, que Valentina pudo ver a través de una ventana.

—¿Aquella casita de dos plantas, al lado de una especie de huerta?

—Exacto, esa.

—¿Y vive sola?

—Eso creo.

—Y Leo Díaz... ¿tenía usted buena relación con él?

—Sí, supongo, aunque no era muy hablador. En el palacio solo entraba, exclusivamente, para atender el invernadero. Claro que eso le llevaba unas cuantas horas —matizó, desviando la mirada hacia aquel vergel tan maravillosamente cuidado.

—El jardín secreto —replicó Valentina con una sonrisa.

—Eso es.

—¿Y cuál era el horario de trabajo de Leo, señor Green?

—¿Horario? Ninguno en concreto. Venía casi todos los días, a veces estaba muchas horas y otras solo un rato. Mientras todo estuviese perfecto, por parte de mi abuela no había queja, y por supuesto ahora, por parte de la mía, tampoco.

—¿Y era habitual que estuviese aquí muy temprano o, por ejemplo, a última hora de la noche?

Green pareció pensárselo.

—Supongo. Con el calor que ha hecho estos días, desde luego en el jardín a partir de las once o las doce de la mañana no se trabajaba. Leo solía regar por las noches, bastante tarde, pero yo no controlaba ni sus entradas ni sus salidas.

Valentina miró a Riveiro. De momento, todo encajaba dentro de la normalidad. No parecía descabellado que a aquel pobre hombre, al terminar la jornada, sencillamente le hubiese dado un infarto y hubiese fallecido.

—Señor Green, Leo Díaz falleció anoche...

—¿Anoche? —la sorpresa del californiano parecía genuina—. Pensé que habría sido esta mañana...

—No, fue anoche. Por eso quisiera saber por qué

nadie lo vio tendido en el jardín hasta esta mañana. Usted y la asistenta viven aquí mismo.

Green suspiró con gesto reflexivo.

—Yo suelo retirarme temprano a mi habitación para leer algo y estar fresco para hacer deporte por la mañana, y Pilar no trabaja por las tardes y no tiene por qué pasar por el jardín para acceder a su vivienda, puede hacerlo directamente desde la carretera a su casa; hay una puerta en el muro de ese extremo de la finca, pueden comprobarlo.

—Lo haremos... Pero dígame, ¿tocó usted el cadáver del jardinero?

—¡Claro! Miré a ver si tenía pulso, pero estaba frío. Comprendí al instante que estaba muerto, pero aun así llamé a una ambulancia y a la Guardia Civil local, que llegó enseguida.

—¿Y los ojos?

—¿Los ojos?

—Sí. ¿Recuerda usted si Leo tenía los ojos abiertos?

—No, no, los tenía cerrados, sin duda. Nunca olvidaré la escena, se lo prometo, y más con Pilar gritando de aquella forma.

—Se puso muy nerviosa, por lo que veo.

—Sí, aunque creo que lleva preocupada varias semanas.

—¿Y eso?

—Lo que antes le comentaba. Ella cree que algo merodea este lugar, que hay presencias, algo extraño.

—A qué se refiere exactamente con presencias... ¿fantasmas?

—No sé bien cómo denominarlo. Fantasmas, espíritus, almas.

—Ya, ¿y esto es frecuente? Quiero decir, ¿ocurre a menudo?

—Oh, no. Depende. A veces pasan dos semanas sin que suceda nada, pero últimamente las presencias parecen más reales que nunca.

—Y usted también las percibe, entiendo —preguntó Valentina, mostrando abiertamente su escepticismo.

—Sé que es difícil de creer. Yo mismo tengo mis dudas, y sé que en un lugar como este es fácil autosugestionarse. Hace solo un par de días tuve la impresión de escuchar una música muy suave y ver a alguien... justo ahí —dijo, señalando el invernadero y fijando la mirada en él.

—Hostias, ¿y con música? —intervino Sabadelle—. A ver si iba a ser *Bitelchús* con el *Banana Boat*.

—¡Sabadelle! —Valentina no daba crédito. Con frecuencia pensaba que, a pesar de que la relación entre ella y el subteniente había mejorado con el tiempo, aquellas salidas de tono de él solo buscaban menoscabar su autoridad: a Sabadelle seguía costándole aceptar que Valentina Redondo fuese su superior. Al llegar a la Comandancia, tendría que tener otra charla con él, le recordaría quién mandaba en la Sección de Investigación. Procuraría no alterarse demasiado, aunque la última vez había elevado el tono lo suficiente como para que, desde entonces, hasta el capitán Caruso se dirigiese a ella con razonable prudencia.

—Teniente —se justificó Sabadelle—, disculpe, pero es que, vamos, lo que nos está contando... ¡fantasmas con música incluida!

Carlos Green sonrió.

—No sé quién es *Bitelchús*, pero por lo del *Banana Boat* me imagino que se refiere a la película *Beetlejuice*, ¿no? Michael Keaton...

—Sí, ese. Michael Keaton haciendo de fantasma. Perdone la broma, pero es que... —replicó, resoplando.

—Lo entiendo. Yo tampoco creo en estas cosas, se lo prometo. Pero desde que he llegado aquí, no sé... suceden cosas extrañas. Ropa que cambia de sitio, luces que ves en una ventana del palacio y que cuando llegas al cuarto están apagadas... y hace dos días, como les digo, tuve la sensación de ver a alguien ahí —insistió, señalando hacia el jardín secreto—. Ahora ya no sé si sería solo una sombra —reconoció, negando con la cabeza y dando la sensación de que comenzaba a sentirse ridículo.

—Y esa música... —reflexionó Riveiro—, ¿no podría ser esa vieja gramola? Dijo usted que a veces sonaba sola, que está estropeada.

Carlos Green dudó, frotándose los ojos.

—Mire, pues puede ser. Ya no lo sé.

Valentina trató de ayudarlo.

—Señor Green, estoy doctorada en Psicología Jurídica y Forense. Puedo asegurarle que es muy posible que en situaciones de estrés o de falta de descanso podamos creer ver cosas que no...

—No, no —la interrumpió él, que de nuevo parecía pelear consigo mismo, mostrándose convencido—. Le aseguro que estoy más descansado que nunca, y no soy un crédulo impresionable. Incluso soy ateo, ¡no creo en nada! Pero la sensación de que hay algo más en esta casa me acompaña, es algo inevitable.

—Ya... —Valentina intentó mostrarse neutra, respetuosa, aunque ella no creía en nada que la ciencia no pudiese corroborar—. Señor Green... disculpe la indiscreción, pero su presencia aquí, solo, durante todo un verano, como mínimo puede ser considerada, digamos... extraña. ¿Puede explicarnos...?

—¿Qué hago aquí? —le ayudó él a terminar.

—Exacto, qué hace aquí y por qué se queda en este enorme palacio si es que de verdad tiene la sensación de que suceden hechos que le inquietan.

—Bueno, es sencillo. Hacía años que no venía a Suances, y dado que mi abuela Martha me dejó la Quinta del Amo en herencia, decidí visitar el pueblo por última vez para vender la propiedad. De hecho, el bufete de abogados ya ha conseguido una tasación del inmueble, pero todavía están viniendo para hacer el inventario y la tasación de mobiliario.

—Pero para esto no necesitaba venir desde California. Imagino que dispone de solvencia económica suficiente como para delegar la tarea —aventuró Valentina mientras lo estudiaba con la mirada. Carlos sonrió.

—En efecto. Pero este viaje es como una despedida... —dijo, y bebió un poco de su café—. Mi abuela era feliz aquí. Y ya saben que soy escritor... decidí pasar en Suances este verano para terminar mi nueva novela. No es tan raro —se justificó al ver extrañeza en el rostro de Riveiro—. Muchos escritores se recluyen en hoteles o hasta en monasterios para lograr la concentración necesaria. Los estímulos externos son ineludibles, pero, cuando estás metido en un mundo de papel, las distracciones eternizan el trabajo. Además, estoy escribiendo sobre Suances...

—Vaya, ¿ambienta aquí su novela? —se interesó Riveiro.

—Sí, exactamente —replicó satisfecho.

—¿Fantasmas? —preguntó Sabadelle con un cinismo poco sutil.

—No, no... es la historia de un verano de juventud. Iba a tratar más bien del surf y de una pandilla de amigos, pero creo que me está quedando una historia de amor —confesó con una suave sonrisa que parecía reírse de sí mismo.

Valentina reflexionó durante unos segundos. Desde luego, salvo por el apunte de los ojos cerrados del cadáver del jardinero, allí nada parecía reflejar indicios de criminalidad. Sonó su teléfono.

—Aquí Redondo... sí. ¿Terminasteis? Ah, ¿ya estáis aquí? Bien... traedla. Sí, os esperamos. Estamos en una salita al lado de la cocina —explicó, colgando el teléfono sin grandes ceremonias—. Señor Green, su asistenta parece que está algo mejor, más tranquila. Mis compañeros ya están en el jardín con ella, ¿tiene inconveniente en que la interroguemos en esta misma sala?

—Oh, no, por supuesto. Donde gusten. Si quieren les dejaré a solas, como prefieran.

—Sí, por favor, será más conveniente.

—Bien, me retiro a mi cuarto entonces. Cuando terminen, avísenme y, si quieren, les puedo enseñar la Quinta.

Sonaba tentador. Valentina disimuló su sorpresa y su entusiasmo. Si Carlos Green había hecho algo inapropiado, desde luego no se comportaba como si tuviese nada que ocultar.

—Sí, claro. Más que nada por verificar que está todo correcto en el perímetro del palacio, ya que dicen haber notado... presencias.

Carlos sonrió, comprensivo. Se levantó y, por primera vez, Valentina apreció una suave cojera en su pierna derecha. Cuando se marchó, pudieron escuchar cómo se cruzaba con sus compañeros en el corredor y cómo se preocupaba por Pilar, su asistenta, a la que todavía no habían escuchado decir una palabra.

—Sabadelle, a ver si ahora nos estamos calladitos —le advirtió Valentina al subteniente, apurando antes de que llegasen sus compañeros.

—Teniente, yo... era para destensar, ¡pero si total el jardinero la ha palmado de muerte natural!

—Mira, Sabadelle, no me toques las narices. Que si *El resplandor*, que si *Bitelchús*. Solo te faltaba nombrar *Las brujas de Zugarramurdi*. A ver si nos controlamos. Y tú, ¿de qué te ríes? —Valentina miraba a Riveiro, que tan callado había estado hasta ahora.

—¿Y de qué me voy a reír? —preguntó Riveiro aparentando inocencia—. El escritor recluido en el caserón para escribir una historia, la asistenta histérica, el jardinero al que le da un infarto, los fantasmas en el invernadero, la música que suena sola... ¡teníamos que habernos cogido vacaciones en agosto!

Valentina asintió, riéndose. Aunque ya era fatalidad: en agosto nunca pasaba nada, y tenía que tocarles a ellos aquella extravagancia. En realidad, el equipo estaba solo a medias, porque dos de los miembros de la Sección de Investigación —Alberto Zubizarreta y Marta Torres, los dos guardias más jóvenes del equipo— sí que estaban de vacaciones. En la Comandancia ahora solo tenían de apoyo al cabo Roberto Camargo, que por fortuna era bastante eficiente. La teniente perdió su mirada en el vergel de aquel extraordinario jardín interior y esperó con paciencia a que llegasen los guardias.

El grupo guardó silencio en cuanto entraron en la salita del café el cabo Maza y dos compañeros de la Patrulla Ciudadana que parecían escoltar a la que, sin duda, era la asistenta de la Quinta del Amo. Una mujer de unos treinta o treinta y cinco años, de formas voluminosas y rasgos suaves. Morena, cabello sobre los hombros. A Valentina le resultaba muy familiar. Detectó algo extraño en aquella forma pausada de caminar de la mujer, que la miraba fijamente, como si pretendiese estudiarla. Quizás la hubiesen medicado para que estuviese algo más tranquila, aunque aquella mirada mostraba a una persona despierta, alerta.

—Teniente, esta es Pilar Álvarez, la asistenta que encontró el cadáver —la presentó Maza escuetamente.

La mujer dio unos pasos más, esquivando al cabo Maza y dirigiéndose directamente a Valentina.

—Nos conocemos. Teniente, si no hubiese venido usted hoy, habría tenido que ir yo a buscarla a su cabaña.

—¿Cómo? —Ahora era Valentina la que estaba completamente alerta. Incluso Sabadelle se había puesto serio. Aquella mujer no solo sabía su nombre, sino dónde vivía. Tenía un acento claramente sudamericano, meloso. Ojos brillantes.

—Llevo tiempo observándola, Valentina. Hasta ahora no me había atrevido, yo... he estado a punto de llamar a su puerta muchas veces, pero si lo hacía... en fin, ahora ya da lo mismo. Creo que solo usted podrá averiguar qué ocurre en la Quinta del Amo —dijo, apartando la mirada solo para dirigirla hacia el jardín secreto—. Ya ha muerto un hombre... si usted no puede ayudarnos, que Dios salve nuestras almas. Pero su adversario es el diablo, que como león rugiente anda alrededor buscando a quien devorar —sentenció citando la Biblia.

—¡Pilar Álvarez! —exclamó Sabadelle poniéndose en pie—. Teniente, ¡ya sé quién es! Sin el hábito no la había reconocido, yo...

Valentina, atónita, comenzó a comprender. Pilar Álvarez estaba en busca y captura desde hacía un año, por un asunto muy complicado en el que aquella monja había estado presuntamente implicada.

—Pero vamos a ver —les recriminó Valentina a los agentes de la Patrulla Ciudadana poniéndose también en pie—. ¿No habéis pasado sus datos a la central?

—Sí, sí, teniente, como siempre. Ya contactamos con la COS —se justificó, aludiendo a la Central Operativa de Servicio—. Iban a revisar los datos justo ahora en SIGO, como siempre...

—¡Pues solo es darle a un puñetero botoncito! —exclamó Valentina enfadada—. Usted —dijo en tono autoritario y tras examinar con la mirada a Pilar Álvarez durante dos segundos— siéntese ahí. Vosotros —añadió mirando a los guardias— contactad inmediatamente por la emisora con la central y verificad la información.

—¿Estoy detenida? —preguntó la asistenta, casi con más duda que con preocupación.

Valentina miró a Riveiro y suspiró. Por fin, se dirigió a Pilar Álvarez.

—No, técnicamente no está usted detenida. Pero debemos tomarle manifestación por los hechos ocurridos hace un año en Villa Marina para determinar su implicación, que decidirá un juez cuando le remitamos las diligencias al juzgado. Por supuesto, contará con la asistencia de un abogado, y si no puede permitirse uno...

—Me asignarán uno de oficio. Sí, lo sé, he visto muchas películas, teniente. Pero no me preocupa que puedan detenerme ni interrogarme, ya no me preocupa nada. Y lo que ocurrió hace un año... he reflexionado, he comprendido que estaba ciega, obsesionada, pero nunca hice daño a nadie ni colaboré conscientemente en ningún delito. ¿No ve que, si hubiese querido, me habría marchado cuando el señor Green llamó a la Guardia Civil? Ya le he dicho que, si no llega a haber venido usted hoy, yo misma habría ido a buscarla a su cabaña.

De pronto, Valentina comprendió.

—¡Es usted quien ha estado merodeando por Villa Marina estos meses!

—No es que haya merodeado, teniente. He dudado.

—¿Dudado? ¿De qué? —se exasperó Valentina, cada vez más enfadada. Aquella monja podría haber colaborado en los crímenes que un año atrás habían sucedido en Suances, y gracias a los cuales había conocido a Oliver Gordon—. ¿Qué pretendía? ¿Hacernos daño?

—No, no quería lastimarlos —negó sorprendida—, pero he visto su trabajo durante estos meses... han sucedido muchas cosas en Suances en los últimos tiempos. Y yo confío en usted para que averigüe qué sucede en esta casa.

—¿Cómo? ¡Que confía en mí! No entiendo por qué.

—Porque no conozco a nadie más que pueda echar al diablo o a lo que sea que habite en este palacio.

Valentina resopló. Otra perturbada mental en su camino.

—Un momento —intervino Riveiro mirando hacia Valentina y, al parecer, pensando todavía en cómo podía habérseles escurrido aquella mujer durante tanto tiempo—. Green dijo que era el bufete quien contrataba al jardinero y a la empresa de limpieza. ¿Por qué no la habíamos localizado en las bases de la Seguridad Social?

Pilar Álvarez sonrió con cansancio y respondió sin esperar a que lo hiciese Valentina.

—Mi patrona dirige una empresa legal, pero no pensará que nos tiene dadas de alta a todas las sudamericanas que trabajamos para ella, ¿no?

Valentina apoyó sus manos sobre la mesa, reflexionando y más calmada.

—Pilar, vamos a llevarla a la Comandancia para tomarle declaración sobre los hechos por los que estaba usted bajo busca y captura, y allí le asistirá un abogado. Después, el juez decidirá qué hacer con usted. Pero aquí y ahora debemos aclarar lo que le ha sucedido a Leo Díaz. Su declaración para este asunto es en calidad de testigo, nada más. ¿Está claro?

La mujer asintió con gesto tranquilo.

—Empecemos por el principio —resopló Valentina—. Tras lo que sucedió hace un año, ¿por qué se ha quedado usted aquí, en Cantabria? Sabía que la estábamos buscando.

—¿Y a dónde iba a ir? En Venezuela solo me quedan unos primos, y no podía presentarme con mi pasaporte en el aeropuerto. Y en este pueblo no me conocía nadie...

Tenía sentido. Aquella mujer había sido monja de clausura en Santillana del Mar, ni siquiera en aquel pueblo tenían por qué conocerla, y mucho menos en Suances.

—De acuerdo —reflexionó Valentina—. Después entraremos en detalle. Pero dígame, según usted... ¿qué es lo que sucede en la Quinta del Amo? ¿Para qué necesitaba mi ayuda?

—Aquí se ha instalado el mal, Valentina. Las noches son largas. Desde mi casa, que está a solo unos metros del palacio, puedo escuchar los ruidos, las pisadas, ver las luces que se encienden y se apagan sin sentido en las partes cerradas del palacio. La presencia es cada vez más fuerte.

Sabadelle, que hasta ahora había permanecido callado ante la asistenta, no pudo evitar intervenir:

—¿Y qué tiene eso de especial? Una casa vieja, unos fusibles estropeados, la madera que cruje...

—No estoy loca —sentenció la mujer, con brillo en los ojos—. Las sillas no se mueven solas, los muebles tampoco. Y esos ruidos que parecen salidos de la garganta del diablo... todo se concentra aquí, justo donde nos encontramos, en el ala este del palacio.

—¿Aquí? Joder, ¿aquí precisamente? —se lamentó Sabadelle fingiendo preocupación.

—Ríase si quiere —objetó la asistenta—, pero el jardinero también veía cosas raras. Él mismo sospechaba que el diablo se alojaba en este lugar, matando sus plantas.

—Fue una plaga, señora, no Satanás. Los pulgones y las hormigas existen —resopló el subteniente. Pilar Álvarez negó con un vehemente golpe de cabeza.

—¿Y la música? Leo a veces incluso escuchaba música y no sabía de dónde venía.

—La gramola está rota —explicó Sabadelle con displicencia.

—No, no me refiero a esa música. Yo nunca la escuché, pero él sí. Solo entraba en la Quinta para atender el invernadero ese —dijo mirándolo de reojo y con abierto desprecio— y salía tan pronto como podía. Estoy convencida de que vio algo terrible que le provocó un susto tan tremendo como para morirse. Deben investigarlo.

—Lo haremos —atajó Valentina, que no estaba dispuesta a atender los delirios de una persona que podría estar desequilibrada—. Pero dígame, ¿tocó usted el cadáver de Leo Díaz?

—No.

—¿No?

—Solo para cerrarle los ojos —reconoció.

—Entonces fue usted —confirmó Valentina, enarcando una ceja y dirigiendo una mirada satisfecha a Riveiro. Todo tenía una explicación más allá de las supercherías. Pilar Álvarez se santiguó.

—¿Y cómo no iba a cerrarle los ojos? Tenía el horror en la mirada. Si no lo hacía, su alma podría salirse de su cuerpo y vagar por este lugar. Lo hice para que descansase en paz. No es malo ayudar a los muertos a pasar al otro lado.

—Al otro lado... —murmuró Valentina, escéptica—. De existir algún lugar al que puedan dirigirse los muertos, dudo que sean capaces de regresar de ninguna forma, Pilar. ¿Y para esto me buscaba? ¿Para liberar a este palacio de... fantasmas?

—La buscaba a usted... y a Oliver. Él es inteligente, viene de buena familia —añadió con una sonrisa maliciosa que recordaba a su pasado inmediato. Al instante, cambió el gesto por uno de preocupación—. Aquí hay algo maligno. No se confíe ni un segundo. El mayor triunfo del diablo ha sido hacer creer a la gente que no existe. Llevo tiempo viniendo a limpiar a esta casa; cada dos meses estaba aquí más de una semana, y ahora llevo todo el verano. Ni me podía permitir dejar este trabajo ni tampoco contactar con ustedes, pero ahora ya ha sucedido lo inevitable. Revístanse de toda la armadura de Dios para mantenerse firmes contra las insidias del diablo —sentenció volviendo a citar la Biblia.

Sabadelle chasqueó la lengua con actitud descreída y socarrona. Se dirigió a la mujer:

—Oiga, y de todo esto... me refiero al diablo y a estas... *presencias*, ¿tiene usted alguna prueba?

—Ninguna. Y puede burlarse, si quiere. Pero se lo advierto, tengan cuidado, porque Satanás se disfraza como ángel de luz.

—Usted tranquila, de los ángeles luminosos nos encargamos nosotros, aunque vengan con bombillas LED a toda potencia —replicó Sabadelle, al tiempo que entraban los guardias por la puerta, que venían a confirmar la identidad de la asistenta. Valentina no perdió el tiempo. Dio orden de que estos esperasen allí, junto con Pilar, e hizo una señal a Riveiro y a Sabadelle para que la acompañasen hacia el invernadero, donde podrían hablar con más intimidad.

—Sabadelle, tú te vas con esta y con la patrulla hasta la Comandancia. Encárgate del interrogatorio junto con el cabo Camargo. Cuando terminéis con ella quiero que consigas toda la información que sea posible sobre este Palacio. Su historia, sus antiguos propietarios, su valor de mercado, todo.

—Pero, teniente...

—Pero nada. ¿No eres graduado en Historia del Arte? Pues que se note. Y Camargo que se encargue de investigar a Leo Díaz, el jardinero. Que verifique propiedades y familiares directos, y también a quién podría beneficiar su muerte. Riveiro —añadió mirando al sargento—, tú, conmigo.

—¿Qué... qué vamos a hacer nosotros? —dudó Riveiro mientras guardaba su libreta.

—Vamos a tantear a los vecinos y comprobar si alguno ha visto o escuchado algo raro en los últimos meses. Pero primero vamos a aceptar la invitación del señor Green para mostrarnos este palacio. Creo que ha llegado el momento de que exploremos la Quinta del Amo.

El profesor Machín
Primera clase

Christian Valle observaba al profesor Álvaro Machín absolutamente ensimismado, codiciando su conocimiento; lo hacía sentir diminuto, como si volviese a ser un simple aficionado buscando verdades que digerir y comprender. Tiempo atrás, a Christian sus amigos de Torrelavega —su ciudad natal— lo llamaban el Cazafantasmas y él admitía las bromas con una sonrisa; sin embargo, Christian siempre se había tomado sus investigaciones completamente en serio, y les había dedicado gran parte de las que deberían haber sido sus horas de ocio. El paso de los años y todos los trabajos que había realizado en el sector provocaron un paulatino cambio en la denominación que recibía de los demás: de Cazafantasmas a Investigador paranormal. De la broma a la seriedad, de lo hilarante al incipiente respeto. Sin embargo, cuando más prestigio alcanzaba, más desbaratada se encontraba su vida personal, pues aunque al principio a las chicas les hacía gracia su afición, con el tiempo terminaban por cansarse de su obsesión por aquella búsqueda de espíritus y por pasar los sábados por la noche en ruinas llenas de historia y de fantasmas que nunca veían.

Y ahora, buscando argumentos y explicaciones serias, científicas, resultaba que aquel profesor pretendía justificar con el sol uno de los misterios más ancestrales: ¿existían o no existían los fantasmas?

—Electrones y protones, señores. Pequeñas partículas, miles de ellas, conforman el viento solar —explicó el profesor, que acercó la imagen del proyector hacia una especie de nube de micromateria—, y disponen de una energía cinética tan potente que pueden desasirse de la gravedad del sol, produciendo tormentas geomagnéticas que terminan por afectar al resto de los planetas.

La sala de butacas permanecía en silencio. Estaba claro que aquella explicación resultaba insuficiente para la audiencia. ¿Qué tenía aquello que ver con los fantasmas? Una joven morena, peinada con una larga cola de caballo, levantó la mano.

—¿Dice usted, entonces, que esas tormentas pueden provocar que veamos fantasmas?

El profesor sonrió.

—Fantasmas y otros fenómenos maravillosos, como las auroras. Observen —dijo, cambiando la imagen del proyector por otra de la Tierra, sobre la que se detallaban distintas capas superpuestas hacia el espacio—: en nuestro pequeño planeta azul estamos bastante protegidos, pero nada es infalible, y el tiempo todo lo deteriora. Veamos qué tenemos —el profesor comenzó a leer sobre la imagen—, troposfera hasta los dieciocho kilómetros de altitud. Estratosfera hasta los cincuenta. ¿Les suena la capa de ozono, esa que nos estamos cargando y que absorbe la radiación ultravioleta? Pues se encuentra en la estratosfera.

La audiencia asintió entre murmullos. Christian frunció el ceño en silencio, deseando saber a dónde quería llegar el profesor, que continuaba leyendo:

—Mesosfera, hasta ochenta kilómetros de altitud. Ionosfera, hasta seiscientos cuarenta. Exosfera, nueve mil seiscientos. Y a cien mil kilómetros desde la superficie terrestre, queridos alumnos, nuestra última capa, que es la primera que ataca el viento solar: la magnetosfera. Por fortuna, esta especie de campo magnético que nos cuida es bastante fuerte, pero a veces el viento solar es tan potente que lo traspasa. Al hacerlo, en la Tierra sufrimos tormentas geomagnéticas y disfrutamos fenómenos como las auroras australes en el hemisferio sur y las boreales en el norte —añadió mirando a la joven que antes le había preguntado—, y las distorsiones sobre los campos electromagnéticos a veces son tan relevantes que generan incidencias en las comunicaciones de radio y televisión.

Christian levantó la mano.

—Pero esas... filtraciones —argumentó, buscando de nuevo qué palabra utilizar— serán puntuales, extraordinarias, si fuesen relevantes todos tendríamos conocimiento de la importancia del viento solar...

—¿Seguro? ¿Cree usted, señor Valle, que los medios de comunicación se esmeran en informar a los ciudadanos de estas incidencias científicas? —cuestionó el profesor, alzando las cejas y manteniendo una expresión amable—. Verá, en la magnetosfera existe incluso una zona denominada «Anomalía del Atlántico sur», que supone una depresión del campo magnético. En este espacio resulta inevitable que la Tierra reciba mayor radiación, y los satélites se ven seriamente afectados cuando pasan por allí, de modo que le aseguro que es un asunto de Estado.

Los asistentes comenzaron a realizar comentarios entre ellos con gesto poco convencido y Christian, entre otros, alzó de nuevo la mano para pedir la palabra.

El profesor lo miró confiado y volvió a dirigirse a la audiencia, aunque manteniendo la vista fija en el muchacho.

—Creo que el señor Valle va a decirme que el viento solar puede explicar que se nos apague la televisión de repente o que escuchemos interferencias inexplicables en la radio, pero que no puede justificar la visión de fantasmas. ¿Cierto?

Christian sonrió, asintiendo.

—Pues bien, estimado alumno, déjeme explicarle que la alteración de los campos magnéticos puede provocar efectos en el cerebro. La sobreestimulación eléctrica de algunas partes del encéfalo termina generando sensaciones muy particulares, como la paranoia, la sensación de ser observado o incluso alucinaciones.

—Pero entonces —reflexionó Christian—, el viento solar podría explicar algún fenómeno, pero no todos. Estoy seguro de que han sucedido hechos paranormales en momentos en que la Tierra no estaba sufriendo ataques en su campo magnético. Y, en todo caso —añadió con cierto sarcasmo—, demostrar que el viento solar haya sido el que ha influido en que alguien tenga o no visiones también parece difícil de probar.

—En efecto, señor Valle —concedió el profesor, que sonrió con absoluta tranquilidad, marcando las arrugas de su rostro—, no resulta fácil probar la conexión de cada uno de los fenómenos paranormales con su verdadera raíz científica. Por eso mi cometido en este curso se centra en mostrarles un abanico real de posibilidades, un ramillete de argumentos científicos sobre el que ustedes puedan trabajar en cada caso. Les aseguro que, como dijo Edward Bulwer-Lytton en su relato *La casa y el cerebro*, lo que se llama sobrenatural «solo es algo, dentro de la naturaleza, que hasta ahora hemos ignorado».

Christian no estaba convencido. Él había visitado muchas casas abandonadas, lugares perdidos con pasados truculentos, y era consciente de que la autosugestión podía haberle hecho imaginar presencias que no eran reales; sin embargo, ¿cómo podría explicar el profesor las psicofonías que él mismo había grabado? ¿Y cómo justificaría el inmediato agotamiento de las baterías de sus cámaras de vídeo en determinados lugares? ¿Y qué pasaba con los cambios drásticos de temperatura, registrados en termómetros electrónicos y que él mismo había sentido, radicales, helándole el aliento? ¿Era aquello también consecuencia del ambiguo y lejano viento solar? El profesor pareció leerle el pensamiento.

—Parece que no está usted muy convencido, señor Valle.

—Es que queda mucho por explicar, profesor.

—Cierto. Por fortuna, todavía nos quedan misterios sobre los que conjeturar. Sin embargo, si me dejan, en la clase de mañana les daré las claves para comprender que el propio concepto de fantasma carece de consistencia.

¿En la clase de mañana? Christian no daba crédito. La hora y media de intervención del profesor se le había pasado en un suspiro. Ahora, en el curso, al que él en realidad solo se había apuntado por la ponencia del profesor Machín, tendrían que escuchar a otro colega, un psicólogo forense.

—Profesor Machín —intervino la joven peinada con la larga cola de caballo—, en la clase de mañana, ¿nos va a hablar de las capacidades cerebrales? Antes dijo...

—Sí, señorita —la atajó, aunque suavemente—, hablaremos de las increíbles posibilidades del cerebro humano y de otros hechos científicos que harán que dejen de retroceder a la Edad Media y a su superstición e irracionalidad; ¿qué le parece, señorita...?

—Amelia, Amelia Fernández.

—Amelia... —repitió el profesor como si recordase algo extraviado en su mente desde hacía mucho tiempo—. Bien, señorita Fernández. Mañana usted... y el señor Valle —añadió, con una sonrisa arrugada, encantadora y cómplice— comprenderán qué frágil es el concepto mismo de los fantasmas cuando les cuente lo que sé sobre tigres, ballenas y elefantes —concluyó, dando por terminada la clase mientras los profesores que estaban en el escenario del paraninfo lo observaban con desconcertado asombro.

El ladrón de olas, de Carlos Green
Borrador de novela

Anoche soñé con el palacio del Amo. Yo estaba ante la puerta, aquella verja de hierro retorcida que dejaba ver la entrada al jardín. Se abrió con suavidad ante mi presencia, invitándome a pasar. Caminé como si el propio aire me sostuviese, consciente de que estaba en un sueño. Llegué a la gran explanada de césped y pude ver la parte baja del pueblo a mis pies, como si fuese mi reino. Me di la vuelta y lo contemplé con calma. El palacio parecía el escenario de una pintura costumbrista. La abuela en la terraza, leyendo. A su lado, en otra tumbona, su hermana Grace abandonada a su siesta. Mi abuelo Peter tomando un té junto a ellas. Mis hermanos peleándose tras la puerta acristalada, en el salón. El jardinero en el parterre, haciendo algo con las hortensias. Mary, la asistente personal de la abuela, caminando no sé hacia dónde.

Nadie me veía. Pero yo me colaba entre ellos y entraba en la mansión, reconociendo cada espacio hasta en el más mínimo detalle.

De pronto, me desperté. Pero seguía siendo un sueño. Meredith estaba conmigo, susurrándome palabras de calma.

—Cariño, despierta. Tienes otra pesadilla.

—¿Yo? —me extrañé, somnoliento—. No...

—Sí. Mira cómo sudas. ¿El accidente?

—No, yo... estaba en el palacio. En España.

—Tranquilo, amor. Solo era un mal sueño.

Me besó en los labios. Sentí cómo se acurrucaba a mi lado, dándome un consuelo que yo no había pedido. Me quedé mirando al techo, pensando a qué pesadilla se referiría. Ah, sí. El accidente, el mar, la ola que lo envuelve todo. Fue hace mucho tiempo. Sentí una inmensa y repentina gratitud por Meredith. Deseé besarla, acariciar su cabello de trigo suave y mirar sus ojos claros y calmos. Pero de pronto no estaba. Formaba parte del sueño y se había ido.

Ahora sé que debo regresar. Hace tantos años que no paseo por esas playas, esos acantilados, ese mágico palacio. No sé exactamente cuál es la finalidad de este viaje, ni si podré escribir una historia decente entre esos muros, pero siento que es el momento.

[...]

El mar es una suma de olas. Un coloso tan vivo y potente que es difícil no quedarse hipnotizado ante su fuerza. No me extraña que a lo largo de los siglos cada cultura y territorio le otorgase un dios: los vikingos veneraban a Ager; los romanos, a Neptuno; los griegos, a Poseidón. Yo no creo en nada, y mucho menos en dioses, pero sé que cada vez que entro en el mar me deshago, me renuevo. Me hace sentir vivo. Por eso no lo he dejado, a pesar del accidente. Fue Meredith quien me animó a volver al agua. Ah, Meredith. Pronunciar su nombre me hace regresar a casa, a los buenos tiempos. A esos en que éramos felices sin que un idiota como yo fuese consciente de ello. Ahora solo encuentro algo de calma cuando entro en el mar. La concentración que necesito es tan alta que no me permite pensar en otra cosa. Aunque desde que volví al agua ya no hago surf de verdad. Ahora solo juego con las olas.

Empecé con nueve años en Venice Beach. Sin embargo, lo abandoné a las pocas semanas: mi padre prefería que jugase al béisbol y que estudiase, que me dejase de «deportes de vagabundos».

Todo cambió cuando estaba a punto de cumplir trece años y mis padres tuvieron la devastadora idea de divorciarse. Aquel verano, lleno de discusiones, traslados y cambios, mis hermanos y yo fuimos a pasarlo a Europa con mi abuela paterna, Martha. Tenía un pequeño palacio en un pueblo de la costa norte de España, en Suances. A pesar de que mis abuelos se escapaban allí cada verano, ni siquiera sabíamos dónde demonios estaba exactamente España. Una guía de viaje que habíamos comprado en el aeropuerto hablaba de flamenco, de sol, de chicas guapas, de jamón y de tortilla de patata con cebolla. Pablo, Tom y yo lo tomamos como una aventura exótica.

Pablo, que tenía entonces quince años, era algo así como nuestro héroe y nuestro líder natural. Yo, que rozaba los trece, estaba en medio de la nada, como todos los hermanos medianos, y Tom, de nueve años y con una salud quebradiza como una muñeca de cristal, solía llevarse las mejores atenciones de todo el mundo. Fue Mary, la asistente personal de mi abuela, quien nos fue a recoger al aeropuerto.

—Qué tal chicos, ¿todo bien?

—De puta madre —había contestado Pablo. Qué provocador.

—¡Niño! Vaya forma de hablar...

Pero Mary no podía hacer gran cosa. ¿Qué nos iba a decir? Aquel verano teníamos derecho a ser y a estar un poco insolentes.

Recuerdo cómo nos sorprendió el paisaje, la calma, el verde de los prados. En el horizonte, según las curvas de la carretera, se veía a ratos el mar. Cuando llegamos al palacio del Amo tuve la sensación, por primera vez, de entrar en la vieja y literaria Europa, la de los cuentos infantiles. Aquellos torreones incitaban a pasar, a curiosear, y los jardines parecían guardar secretos ancestrales que mi mente infantil exageraba a la máxima potencia. Mi abuela Martha y mi abuelo Peter nos recibieron con un banquete digno de reyes. Abrazos, besos y más abrazos reiterados.

—Os he apuntado a clases de surf.

—¿Qué? ¿Por qué, abuela? Papá no me deja.

—Bah. Os vendrá bien. Hacer deporte, salir, hacer amigos... cuanto antes, mejor, tenéis todo un verano por delante.

[...]

La primera vez que las vi fue en la playa de los Locos. Unas niñas, como yo. Solo unas niñas. Pero una de ellas... qué forma de mirar, de moverse. Ruth era femenina y muy, muy bonita. Siempre estaba con Lena, que a su lado y por agravio comparativo era casi su opuesto, esa amiga poco agraciada que parece acompañar irremediablemente a todas las guapas; aquel día Lena me pareció del montón: sin carisma, tímida. Era delgada y pequeña, con el cabello castaño ordenado en una trenza y con unas gruesas gafas de pasta que de inmediato me hicieron preguntarme cómo se apañaría con ellas en el agua. Fue Ruth la primera que se dirigió a mí:

—Tú.

—¿Quién, yo?

—Sí, ¿por qué hablas así?

—Así cómo.

—Con ese acento tan raro.

—Ah. —(¿Tanto se notaba? Mi madre nos hablaba en español en casa desde que éramos pequeños, íbamos a clases... ¡yo habría jurado hablarlo perfecto!)—. Soy norteamericano.

—Oh. Norteamérica es muy grande.

—Somos de California.

—Aaah... ¿Y esos?

Miré a mi espalda. Tom estaba con mi abuela y acababa de convencerla para que lo desapuntase de las clases, que no se sentía bien (vaya mentiroso estaba hecho), y Pablo estaba apoyado con desgana en la caseta de la escuela de surf, bostezando.

—Son mis hermanos.

—¿Cómo se llama ese?

—¿Ese? Pablo. — (Disimulé con dignidad. ¿Por qué me preguntaba por él? ¡Me tenía a mí delante!)

Hubo suerte. A Pablo lo pusieron en otro grupo de más edad, y a mí me tocó con Ruth y su amiga, que no resultó tan torpe como aparentaba para hacer deporte; de hecho, y sorprendentemente, Lena demostró ser la que hacía las mejores preguntas técnicas al profesor, que se llamaba Jaime. Un tipo moreno, fuerte y delgado, de mandíbulas marcadas y bronceado envidiable.

Yo miraba a Ruth, que a su vez no le quitaba el ojo al grupo de al lado. Mi hermano, cómo no. Por lo menos, estaba distraída y no se daba cuenta de cómo la observaba yo a ella. No sé qué tenía, la verdad.

[...]

Transcurrieron casi dos semanas de clases de surf sin entrar en el mar. El mal tiempo tuvo parte de culpa, y descubrimos así que en Cantabria se podía alternar el verano con la lluvia y el frío de la forma más abrupta y caprichosa. A cambio, y aun a pesar del clima, aprendimos sobre la arena cómo posicionarnos correctamente sobre nuestras tablas, que eran más anchas y gruesas de lo normal, aptas para principiantes. Aprendimos a contar olas y a distinguir las buenas de las malas, y descubrimos unas leyes no escritas sobre quiénes tenían preferencia en el mar, como si este fuese un terreno feudal amurallado y propio.

—¿Se puede saber qué haces ahí?

Miré a mi alrededor y bajo mis pies. Nada, nadie. La playa de los Locos, un día desapacible y entre semana, a aquellas horas del amanecer estaba casi desierta, salvo por los cursos de surf. Lena me miraba con media sonrisa, con las manos sobre sus caderas y los codos flexionados hacia fuera.

—¿No te enteras de nada, eh, americano?

—¿Qué? —(«¿Y a esta qué le pasa?»)

—Estás en el sitio de los locales.

—¿De quién?

—Esa roca sobre la que estás es donde se ponen los surfistas de aquí, o es que no los has visto.

Miré hacia el suelo sorprendido, como si fuese la primera vez que examinaba el lugar donde me encontraba. En efecto, me encontraba sobre la gran roca lisa y amplia donde había visto a los deportistas locales en otras ocasiones.

—Qué pasa, ¿esta roca es suya?

—Como si lo fuese.

—Pues ahora no hay nadie. Hasta que vengan es territorio californiano, ¿qué te parece?

Ella sonrió.

—Me parece que eres muy chulito porque no están el Chino y los demás por aquí...

—¿Hay un surfista chino? —le pregunté, bajándome de la roca y acercándome a ella.

—No, hombre, no, es que lo llaman así. ¿No te has fijado? El moreno de pelo largo que anteayer cogía las olas dando saltos en el aire.

—Ah. Los aéreos —dije, pretendiendo presumir de la jerga surfista que había ido aprendiendo—. No es para tanto.

—Pues vamos a ver qué haces tú en el agua, señorito americano. Hoy entramos.

—¿Hoy, por fin?

—Eso ha dicho Jaime.

Miré al mar. El temporal de los días pasados había sido tan fuerte que el mar había agitado olas de cuatro y cinco metros, pero hoy parecía haber regresado la calma, y ondas de apenas un metro se presentaban amables para aprender y, en definitiva, comenzar.

—De dos horas en el agua —nos advirtió Jaime—, posiblemente os paséis remando hora y media. Todo está en vuestros brazos, en vuestra remada, como os he explicado, ¿estamos? Después, en vuestras piernas. Recordad, flexionarlas para absorber el movimiento de la ola y despegad las manos del cuerpo. Y tranquilos, lo normal será que os caigáis nada más intentarlo, no pretendáis ser Tom Curren el primer día.

Asentimos, aunque que hubiese aludido a uno de los campeones del mundo de surf no nos ponía el listón muy asequible, desde luego. Tomé aire y, siguiendo el vaivén del cabello de Ruth al entrar en el agua, hice lo propio y me adentré en el mar.

4

—Mucho me temo que el fantasma existe [...].
Hace siempre su aparición antes de la muerte de
algún miembro de la familia.

—Bueno, lord Canterville, lo mismo pasa con
el médico de cabecera. Los fantasmas no existen,
señor, y me figuro que las leyes de la naturaleza no
van a alterarse en honor a la aristocracia inglesa.

«El fantasma de Canterville», Oscar Wilde

Nunca nacemos solos. Siempre hay una madre, un origen, que nos da a luz. Pero morir es solitario: es un camino que hay que hacer en soledad. Y no importa que en tu último suspiro alguien te apriete la mano: no hay retorno. ¿Qué pensaría Leo, el jardinero, al morir? ¿Sería consciente de que aquel había sido su último paseo? ¿Habría perdido el sentido, sin más, tras sufrir los latigazos de su moribundo corazón?

Carlos Green sintió una lástima aguda por aquel hombre. No solo carecía de familia, sino que había muerto en soledad. ¿Le habría dado el infarto así, de repente? ¿Habría habido algún detonante? Green se dijo que tenía que dejar de pensar en fantasmas, espíritus y apariciones. Se había sentido ridículo contando sus sensaciones a aquella teniente. Menos mal que no había comentado nada sobre sus moratones, porque el guardia bajito, el que no paraba de chasquear la lengua, le habría gastado alguna broma burlona que lo habría dejado en evidencia.

Y ahora aquello. Pilar, la asistenta, detenida. ¿Qué demonios habría hecho, un año atrás? ¡Pero si parecía absolutamente inofensiva! De pronto, la Quinta del Amo se había quedado sin servicio. Era lo de menos. Ya lo solucionaría el bufete. Ahora, solo tenía que preocuparse de terminar su novela, vender aquel palacio y olvidarse de fantasmas. Quizás él mismo se había sugestionado por culpa de la propia Pilar, que siempre estaba diciendo que aquel lugar estaba encantado. Y quizás también ella le había metido pájaros en la cabeza al pobre Leo, tan parco en palabras.

—Ya estamos listos, señor Green.

Carlos Green se volvió y apartó la mirada del mar Cantábrico, tan frío y, sin embargo, tan acogedor para sus pensamientos. Desde luego, las vistas desde el salón de la Quinta del Amo eran impresionantes.

—Muy bien, teniente Redondo. ¿Les muestro el palacio, entonces?

—Por favor.

La teniente y Riveiro, que acababan de despedir a Sabadelle y a la Patrulla Ciudadana, siguieron en silencio a Carlos Green. Dadas las circunstancias, era lógico que el ambiente se hubiese enrarecido. Valentina asumía que la mañana del escritor no estaba resultando ser muy agradable.

—Si les parece, les mostraré primero el ala oeste, donde yo duermo —les dijo, subiendo ya por las amplias escaleras del salón. Había un único rellano y, tras él, ascendiendo más escaleras, un amplísimo corredor que daba entrada a ambos lados a un montón de habitaciones. Suelos de madera oscura y paredes de blanco níveo, a juego con las puertas. Desde luego, si Riveiro y Valentina habían esperado encontrarse con algún escenario fantasmagórico, se habían equivocado. Justo sobre donde debía de estar el salón en el piso inferior, en el superior había una gran sala que disponía de una curiosa barra de bar de color verde agua. Tras ella todavía se conservaban botellas de whisky, coñac y otros licores. La presencia de un piano y la abundancia de mobiliario que solo servía para sentarse hizo suponer a Valentina que aquel espacio debía de haber estado reservado para hacer bailes y fiestas. Carlos Green pareció leerle el pensamiento:

—Aquí creo que montaban unas reuniones de sociedad muy sonadas —dijo, sonriendo y mirando con un toque de malicia la barra del bar—. Síganme, mi cuarto está aquí, en la esquina. El resto de esta planta y del piso de arriba están cerrados.

—Cuando dice cerrados, ¿quiere decir con llave?

—Oh, no, quiero decir que no se utilizan.

—Ah —asintió Valentina mientras accedía al cuarto de Carlos. No parecía tener nada de especial: muebles con años de historia, pero que quizás no tuvieran todavía la categoría de antigüedades de gran valor. Todo parecía ordenado, y esto agradó a Valentina, que no soportaba el desorden. Aquella habitación hablaba del señor Green; por lo general, un refugio bien distribuido, saneado y limpio reflejaba una personalidad y un estado de ánimo similar. Claro que allí tampoco había fotografías ni detalles personales a la vista, de modo que de momento no resultaba fácil construir un perfil claro de Green.

Valentina y Riveiro se acercaron a la ventana y, disimulando con comentarios sobre las maravillosas vistas, comprobaron la versión del escritor de lo que había sucedido aquella mañana: sí, en efecto, desde aquella ventana podía haber visto el cadáver de Leo Díaz, tal y como les había explicado.

Salieron de la habitación y comenzaron a revisar los cuartos, uno a uno. No parecía haber nada relevante a la vista, solo dormitorios, despachos y salitas. Muebles pasados de moda, aunque todo en bastante buen estado. Fotos familiares, la mayoría en blanco y negro.

—¿Su abuela? —preguntó Valentina ante la imagen a color de una mujer de pelo canoso, gesto afable y nariz aguileña.

—Sí, es ella... hace unos cuatro o cinco años. Mire —dijo Green señalando otra imagen en blanco y negro—, de joven era una belleza.

En efecto, en la fotografía se veía a una muchacha que aparentaba ser pura energía. No era tan guapa como decía su nieto, pero su fuerza se transmitía incluso a través de aquella vieja imagen, en la que paseaba al borde de un lago.

—¿Y dónde dormía ella? —se interesó Valentina, que no había logrado identificar su cuarto todavía.

—Ah, su habitación estaba aquí, en esta planta. Ahora se la enseñaré, era una gran suite; siguió durmiendo ahí cuando falleció mi abuelo, pero después se trasladó abajo, por su problema en las piernas.

—Ah, claro.

—Luego se lo muestro, es un cuarto pequeño al lado del salón; para ella era lo más cómodo.

—Entiendo.

Sin mayores comentarios, siguieron inspeccionando el palacio. Ningún cuarto parecía especialmente gótico ni oscuro, y ninguno parecía sugerir presencias intangibles, ni siquiera la vieja suite en desuso de la anciana señora Green.

—Aquí parece que todo está en orden —sentenció Riveiro, casi decepcionado. Desde fuera, el palacio parecía más siniestro de lo que era en realidad—. ¿Subimos al ático?

—Claro —asintió Green—, síganme. Aunque les advierto que está vacío, no hay nada. De pequeño, yo jugaba en el otro ático, el del ala este, que estaba destinado a los niños.

—Ah, vaya... ¿tiene usted hermanos? —preguntó Valentina.

—Sí, tengo dos. Vine con ellos y con mis primos cuando tenía doce o trece años y pasamos aquí todo un verano.

—Qué curioso.

—¿Curioso?

—Sí, no sé. Vivir en California y venir a veranear a Cantabria; de entrada, me ha sonado raro, disculpe —sonrió Valentina.

—Bueno, piense que mis antepasados *californios* no querían abandonar sus raíces españolas, para ellos su procedencia implicaba cierta categoría; en Norteamérica les daba incluso prestigio social. Y venir aquí a veranear, ni le cuento. ¡No es casual que yo tenga un nombre español!

—Ya veo... pues es la segunda vez que escucho hoy la palabra *californio*, y le aseguro que para mí es una novedad.

—Lo entiendo —sonrió Green—. Pero, volviendo a su curiosidad, no crea que un verano aquí era ninguna tortura para chicos como nosotros. Es cierto que el clima no tiene mucho que ver, pero para coger olas en Suances estábamos como en casa —añadió guiñando un ojo.

—¿Era usted surfista? —preguntó Riveiro, curioso. Green se rio de buena gana.

—Con doce años era solo un niño jugando con las olas, pero cuando volví por segunda vez ya era surfista profesional.

—¡Vaya! —exclamó Valentina, sinceramente sorprendida—. ¿Y eso fue...?

Carlos Green suspiró sin disimular su nostalgia.

—Cuando yo tenía unos veintiún años —dijo, mientras abría la última puerta del ático, que revisaban según charlaban.

—¿Y desde ese verano ya no volvió más por Cantabria?

—No. Hasta ahora no había regresado. Veinte años...

—El tiempo pasa rápido —le sonrió Valentina—. ¿Y sigue siendo usted profesional?

—No, no. Me lesioné. —Green señaló su pierna derecha, pero sin entrar en mayores explicaciones—. Ahora solo practico surf para estar en forma y por pura diversión. De hecho, todas las mañanas suelo ir a hacer unas olas, ya les dije que acostumbro a practicar deporte a primera hora.

—Sí, es cierto —recordó Valentina—. ¿Va a la playa de los Locos?

—Casi siempre, sí. Pero a veces también me acerco a Somo, Liencres... depende.

—Teniente —intervino Riveiro—. Aquí parece estar todo correcto. He revisado también las ventanas y no parece que nada esté forzado o fuera de sitio.

—Bien —asintió Valentina—, vayamos entonces al ala este.

Carlos Green dirigió a sus dos invitados escaleras abajo y, ya en el segundo piso, atravesaron un largo corredor que los llevó a la parte del palacio en la que, supuestamente y según Pilar Álvarez, parecía germinar el eje diabólico de la Quinta del Amo.

Sin embargo, aquella zona del palacio era muy parecida a la del ala oeste, solo que había más habitaciones y ninguna sala de fiestas. Comprobaron puertas, ventanas, pestillos. Todo parecía correcto.

—¿Cabe la posibilidad de que la alarma esté estropeada? —preguntó Valentina dirigiéndose a Green pero sin dejar de revisar a su paso cada entrada y cada salida.

—No, imposible. El sistema de alarma fue incluso revisado a principios del verano, cuando yo llegué. Que yo sepa, funciona perfectamente; si lo desean, puedo darles el teléfono de contacto de la empresa que lo lleva.

—Sí, por favor, luego déjemelo y hablaremos con ellos... ¿dónde tiene el panel de control?

—Ah, en la entrada, está todo junto.

—¿Todo junto?

—Sí, en el panel de la llave quiero decir.

Valentina se quedó en silencio, mirándolo, solicitando una explicación más detallada de forma tácita. Green sonrió.

—Me refiero a que no usamos llave, es una costumbre española que no entiendo... damos la clave para entrar y listo.

—¿En América no usan llaves? —preguntó Riveiro, sorprendido.

—Sí, claro, pero lo normal es tener un código de entrada; para el portal por lo menos, ¡no vas a ir cargando con las llaves todo el día!

—Ah. —«Qué modernos», pensó Valentina, que de

pronto sintió que pertenecía a una sociedad prehistórica—. O sea, que teclea usted el código de acceso y luego el desbloqueo de la alarma, ¿no?

—Exacto. Eso si la alarma está conectada, claro. Yo ahora solo la pongo por las noches.

—Claro. ¿Y quién sabe ese código?

—A ver... El de la llave, la asistenta, el jardinero y yo. El de alarma, solo yo. Bueno, y Leo, que tenía que venir a cuidar el invernadero durante todo el año. Ah, y Cerredelo, el abogado que gestiona la finca, que la necesita cuando vienen a limpiar el palacio. Vienen cada cinco o seis semanas, creo, y es él mismo quien viene a abrir la quinta.

—¿Nadie más?

—Nadie más, que yo sepa.

—De acuerdo —asintió Valentina, mirando su reloj—. ¿Qué nos queda por ver? ¿Solo el ático?

Green asintió y se dispuso a subir las últimas escaleras. Llegaron a un lugar encantador, casi mágico. Las paredes estaban cubiertas de papeles de flores, ya amarillentos y algo raídos, y el tejado abuhardillado hacía de la enorme estancia un lugar que en su día debía de haber sido acogedor. Tenía muchísima luz, que entraba por unas estrechas ventanas rectangulares repartidas de forma horizontal a lo largo de toda la base del tejado. Desde ellas, se podía ver Suances en trescientos sesenta grados.

—Vaya, aquí tampoco hay muebles —murmuró Valentina, admirada ante aquella estancia, que supuso que debía de haber hecho las delicias de los niños.

—El mobiliario está repartido en estos cuartos —explicó Green, mostrando las puertas de un pasillo lateral. Las abrió todas, y dentro se podían ver sábanas polvorientas cubriendo muebles y cajas con enseres indeterminados.

—¿Ha echado un vistazo a lo que pueda tener ahí? —preguntó Valentina, asomándose.

—Quizás guarde algo de valor —añadió Riveiro con

curiosidad. Le daban ganas de retirar todas las sábanas. Carlos Green lo hizo en su lugar, tirando de un par de ellas.

—Qué va. Miren, no son más que muebles apollillados y cajas con cachivaches y algún libro roto.

—Hablando de libros... —indagó Valentina—. Tengo entendido que su abuela tenía una gran biblioteca.

—Leía mucho, es verdad.

—Sin embargo, la biblioteca del salón es más bien pequeña. Pensé que tendría otra sala de lectura por aquí...

Green miró a Valentina, extrañado.

—Mi abuela no compraba muchos libros modernos. Decía que si no le gustaba la novela habría sido tirar el dinero.

—No, si los ricos a la hora de gastar... —murmuró Riveiro comprobando una última ventana, aunque a aquella altura resultaba casi imposible pensar que nadie pudiese intentar acceder por allí al palacio. Green, que lo había escuchado, le sonrió:

—Se equivoca. Mi abuela gastaba mucho dinero en libros. Muchísimo, incluso. Pero coleccionaba antigüedades, rarezas. En la Feria del Libro Antiguo de California era muy conocida. Una vez se gastó más de ochenta mil dólares en un incunable.

—¿Un incunable? —se extrañó Riveiro, todavía cortado porque Green hubiese escuchado su comentario.

—Una de esas rarezas impresas desde mediados del siglo XV hasta el XVI.

—¿Y tienen aquí alguno de esos libros? —intervino Valentina—. Serían un reclamo extraordinario para los ladrones.

—No, no lo creo. Desde luego, yo no he visto ninguno, y ya he echado un vistazo a la biblioteca pensando que podía haber algo de valor; de hecho, he buscado por todas partes un ejemplar antiguo que, al parecer, debería estar aquí, pero no he encontrado nada. La verdad es que mi abuela solía llevarse todo lo de valor a California. Cuando estaba en España también buscaba libros antiguos, y creo que en alguna ocasión también visitó la Feria del Libro Antiguo de Valladolid y la de Madrid. Es más, tengo entendido que incluso donó algún ejemplar antiguo a la biblioteca del pueblo. Parece que les había prometido más donaciones pero, claro, ya no podrá ser.

—Una lástima.

—Sí... Pero no crean que mi abuela Martha coleccionaba solo antiguallas, también le gustaba descubrir nuevos talentos y leer autores europeos. Se pasaba el verano leyendo pero, que yo sepa, al menos desde la última vez que estuve aquí, cogía todos los libros de la biblioteca municipal y solo los compraba si le entusiasmaban.

—¿En serio?

—Claro, ¿no es lo normal, en España? ¿La gente no va a las bibliotecas? Mi abuela era lo primero que visitaba en cualquier ciudad, y la de Suances está prácticamente en frente de la salida de servicio del palacio.

Valentina asintió. Era cierto, la biblioteca municipal estaba en el bajo de un viejo edificio allí mismo, a solo unos metros. Qué decepción. Ella que esperaba encontrarse una biblioteca antigua y misteriosa, con puertas giratorias tras sus estantes, y resultaba que la anciana moradora de aquel palacio acudía a la biblioteca municipal.

Terminaron la visita del interior de la Quinta del Amo viendo la pequeña habitación de Martha Green al lado del salón: qué curioso, tener un palacio tan enorme y dormir en una habitación tan pequeña y sencilla. Era como si el tiempo hubiese obligado a la anciana a desprenderse de lo accesorio para limitarse a la austera sencillez de lo práctico. Valentina y Riveiro no observaron nada de interés en aquella habitación, que todavía parecía tener el aroma suave de los tejidos y perfumes que hubiese utilizado la anciana.

Salieron de la Quinta del Amo y terminaron la inspección del palacio en el exterior, visitando una vieja cochera habilitada como garaje, donde Green guardaba un coche de alquiler. Revisaron todo el perímetro de la finca, y comprobaron que estaba completamente protegida por un muro de piedra de al menos dos metros de altura. Valentina apreció, justo al lado de la puerta principal, aquel panel digital que Green utilizaba como llave y como cuadro de control de la alarma. Resultaba anacrónico ver aquella tecnología en un palacio tan antiguo y desgastado.

Pasearon incluso hasta la casita de servicio, donde llevaba todo el verano residiendo Pilar Álvarez, y entraron para echar un vistazo. Técnicamente, no cometían ninguna irregularidad, pues el propietario consentía y los acompañaba, y no estaban procediendo a un registro. En aquella casa, sencilla pero práctica, todo era orden y limpieza, aunque el mobiliario y la cocina eran tan antiguos que casi parecía un milagro que aún se encontrasen operativos. Suelos y techos eran de madera, con un artesonado sencillo y aparentemente centenario.

Valentina y Riveiro se despidieron de Green recomendándole prudencia e instándolo a que los llamase ante la menor incidencia. Se dijeron adiós bajo un antiguo e impresionante magnolio y Valentina, siguiendo con la mirada a Carlos Green mientras este regresaba al interior del palacio, pudo apreciar ahora la evidencia de su cojera. Quizás lo ajetreado de la mañana lo había cansado demasiado.

Riveiro, ya fuera del palacio, se detuvo a observarlo; sin apartar la vista del edificio, se dirigió a Valentina:

—¿Qué opinas?

—No lo sé. Creo que es muy posible que estemos, sencillamente, ante una muerte natural y ante unos fantasmas de pacotilla. Ratones y viejas cañerías ruidosas. Por lo menos hemos pillado a Pilar Álvarez, aunque sea de rebote —suspiró, cruzando los brazos y apoyándose en su propio coche para mirar también el palacio.

—Con eso sí que me has dejado alucinado.

—¿Yo? ¿Con qué?

—La teniente que yo conozco no habría dejado a Pilar Álvarez sola con Sabadelle ni de broma. Habría examinado cada una de las palabras de la declaración de la detenida y habría dado órdenes por toda la Comandancia...

—Algún día tenía que comenzar a delegar —sonrió Valentina—. Además, el caso en que está implicada Pilar ya está cerrado, y la pobre mujer cuenta con el cabo Camargo para compensar a Sabadelle —añadió guiñando un ojo al sargento. Riveiro sonrió:

—¡Qué bien te está sentando vivir en Suances!

—Anda, anda. Venga, vamos —replicó ella sin disimular una sonrisa.

—¿A dónde?

—¿A dónde va a ser, sargento? A hablar con los vecinos. Y, ahora mismo, a la biblioteca municipal.

Carlos Green entró en el viejo palacio desde los jardines, accediendo por el salón. Apenas le quedaban unas semanas en Cantabria. Cuando terminase su novela, y con ella el verano, regresaría a California. Ah, ¡California! Si tenía algo de suerte, allí le esperaba una nueva vida. Estaba en su mano. Debía agilizar el inventario de la Quinta del Amo con el bufete, venderlo todo y terminar de una vez. Quizás había sido demasiado impulsivo decidiendo pasar aquel verano allí solo. Si había pensado que de aquella forma se iba a curar de sus manías, de su soledad, se había equivocado. Sin embargo, su estancia en Suances le había llevado a tomar decisiones importantes. ¿Dónde demonios se habría metido el abogado? Habían vuelto a hablar por teléfono y le había dicho que vendría aquella misma mañana, y ya era casi la una.

De pronto, Green se quedó paralizado. Una gota de sudor nervioso se deslizó por su nuca. La vieja gramola del jardín secreto acababa de comenzar a sonar. Patti Page cantaba sobre un amor perdido. Su voz femenina, suave y delicada entonaba *The Tennessee Waltz*. El contraste de la melodía con la quietud del palacio y la imposibilidad de que nadie hubiese accionado la gramola hacían que aquella música, tan bella, tuviese un punto siniestro. «Tranquilo —se dijo el escritor—. Ese estúpido cacharro está estropeado, nada más.»

Green comenzó a caminar hacia la cocina. La atravesó y dejó atrás la enorme despensa, llegando a la salita donde, solo unos minutos antes, había tomado café con la Guardia Civil. Las tazas vacías todavía estaban sobre la mesa. La música sonaba cada vez más cercana, más nítida y bella. La voz de Page era inigualable. El corazón de Green bombeaba a toda velocidad, pero caminó hacia el jardín secreto muy, muy despacio. La luz entraba a raudales por todas partes y el ambiente de aquel invernadero permanecía encantador e inalterable, como siempre. Si algún fantasma pretendía asustarlo, debería haber esperado a que fuese de noche o a que, al menos, hubiese una tormenta decente. Se aproximó a la gramola; quizás con un par de golpecitos detuviese su música. La melodía era bonita, pero lo inquietaba. De pronto, Green se sintió observado. Tragó saliva. «Los fantasmas no existen, los fantasmas no existen», se repitió mentalmente. Se dio la vuelta muy despacio.

Una mujer lo miraba fijamente, estudiándolo. Su expresión no era de amenaza, sino de curiosidad. Estaba de pie, apoyada sobre una de las columnas de madera del invernadero, con los brazos cruzados, observándolo. Era la misma joven que Carlos Green creía haber visto allí mismo unos días atrás: cabello castaño, sobre los hombros, peinado como en los años cuarenta y cincuenta, con suaves ondas de agua. Llevaba el mismo vestido beige, sencillo pero elegante, largo hasta las rodillas.

—¿Quién... quién es usted? ¿Cómo ha entrado aquí?

La desconocida permaneció impasible, como si no lo

hubiese escuchado. Era bellísima, sin duda. No tendría más de treinta y cinco años. En sus ojos oscuros podía intuirse un toque indomable, una deslumbrante y aguda inteligencia. La joven descruzó sus brazos y una gruesa pulsera de plata se deslizó desde el antebrazo hasta su mano, en la que había un único anillo. Green percibió bien este detalle, porque ella se llevó el dedo índice a los labios traviesamente e hizo como si soplase, pidiéndole silencio.

—¿Qué...? ¿Que me calle? —El miedo y la sorpresa estaban dando paso a la incredulidad e indignación del escritor—. No, mire, aquí no se va a callar nadie. Ahora mismo me va usted a explicar quién es y cómo ha entrado en mi propiedad —añadió con toda la firmeza de que fue capaz, comenzando a caminar hacia la mujer.

—Señor Green, disculpe, pero... ¿con quién habla?

El escritor se volvió hacia la puerta del invernadero con el corazón atascado en la boca. Aquella voz gruesa y masculina... el abogado del bufete, Óscar Cerredelo, lo miraba desconcertado desde el arco de la entrada.

—Perdone que no haya llamado, la puerta del jardín estaba abierta; pensé que tendría todavía por aquí a la Guardia Civil...

Carlos Green, todavía con el sobresalto en el cuerpo, se volvió rápidamente hacia donde estaba la desconocida. Nada. Nadie. Había desaparecido.

—Pero, pero... ¿no la ha visto?

—¿Visto a quién?

—¡A la mujer que estaba aquí!

El abogado frunció el entrecejo.

—No he visto a nadie. De todos modos... debe de llevar usted una mañana muy larga, quizás debería descansar —sugirió, atusándose su larga y desgreñada barba, que contrastaba con su cabello, peinado y engominado con mimo. Aquel abogado —y perfecto hípster— no pensaba tratar por loco a uno de sus mejores y más adinerados clientes.

—¡No tengo que descansar! ¡Le digo que estaba aquí! —exclamó Green, rastreando cada centímetro del invernadero y buscando con desesperación alguna trampilla o puerta oculta.

—Pero ¿qué busca?

—Tiene que haber una puerta por alguna parte, ¡tiene que haber algo! Cerredelo, ayúdeme a buscar.

—¿Qué? ¿Que yo...?

Green alzó la vista. Era un tipo amable, pero sabía cuál era su posición frente a los demás. Ser millonario lo dotaba de algunas cualidades, entre ellas la sumisión parcial de abogados como aquel, que captó el mensaje al segundo y se puso a buscar entre rendijas alguna entrada oculta de aquel invernadero.

—Quizás se tratase de alguna chica del pueblo... —aventuró el abogado, solo por ser amable.

—No, no. Yo no la conozco de nada, e iba vestida como de otra época —replicó Green, poniéndose en jarras, sudando y mirando techo, paredes y suelos—. Sé que suena a locura, pero le digo que esa chica estaba aquí.

—Claro, claro, si no lo dudo... Oiga, a ver... llevo tiempo escuchándole que aquí hay presencias.

—No estoy loco, si es lo que sugiere. Le digo que aquí había una mujer.

—Y yo no se lo niego, señor Green. Pero quizás debería contactar con un profesional.

—¿Sugiere que pida cita al psiquiatra? —se lamentó el escritor, con gesto desesperado, abocado ya a reírse de sí mismo—. Con lo que le pago debería seguirme un poco más el rollo, ¿no cree?

—No me ha comprendido, señor Green. —El abogado se puso serio—. Me refiero a un profesional de los espíritus. No todos son unos charlatanes.

—¡Lo que me faltaba! Corríjame si me equivoco, pero ¿me está sugiriendo que contrate a un *cazafantasmas*?

—Eso mismo le sugiero. En una ocasión mi tía tuvo

un problema con las... —vaciló, buscando el término adecuado— *energías* en un local que había comprado, y solicitó la ayuda de un profesional.

—No me diga —replicó Green escéptico—. ¿Y solucionó el problema?

—Sí, señor. Lo solucionó.

—Pues no sé si fiarme mucho de los profesionales que usted me recomiende, porque, para empezar, hoy he sabido que la asistenta ni siquiera estaba contratada de forma legal.

—Señor, ya le dije por teléfono que nos estábamos encargando de ese asunto. Las irregularidades de la empresa de limpieza con sus empleados no nos competen, pero lo solucionaremos.

—Eso espero. Y le ruego que no me recomiende a *cazafantasmas* ni estafadores del gremio, que ya era lo que me faltaba.

—No, no, señor Green. Le aseguro que este hombre es de plena confianza. No cobra un euro por sus servicios. Tiene mucha experiencia y puede ayudarlo. Pero, insisto, quizás tendría que descansar un poco... ¿le preparo un café?

Carlos Green miró al abogado, furioso. No, no quería un café. Y él, de momento, no estaba loco. Solo quería saber qué demonios estaba pasando en la Quinta del Amo. Mientras decidía qué hacer, en la gramola seguía sonando Patti Page, que ya terminaba su bellísima canción recordando cómo, tiempo atrás, había perdido un amor.

El ladrón de olas, de Carlos Green

Borrador de novela

Llevábamos casi un mes en Suances, y la verdad es que habíamos hecho amigos. Pablo iba un poco a su aire con eso de que era más mayor, y quedaba con los que había conocido en su grupo de surf. Yo, por mi parte, estaba mucho más tiempo con Tom e iba con los abuelos a hacer excursiones por la zona.

Con mi abuelo Peter los paseos solían ser gastronómicos, de modo que alguna tarde nublada acabé tomando quesada en Vega de Pas, o comiendo cocido montañés en una especie de posada antiquísima en Bárcena Mayor, donde probé el embutido de ciervo por primera vez en mi vida. Cuando pasábamos alguna tarde entera en el palacio, que era raro, mi abuela preparaba unas meriendas tremendas en una sala que me encantaba, porque daba a un invernadero que parecía salido de otro tiempo y que tenía un duende sobre una bola del mundo en una esquina.

—Abuela, ¿de dónde sale ese duende?

—Oh, ya estaba aquí cuando tus abuelos compraron la casa —respondió mi tía abuela Grace, que se había acercado y hablaba alternando palabras con sorbos de aquel vino blanco y elegante del que descorchaba botellas a cualquier hora del día—. Martha, ¿qué simbolizaba? A ver... la paz en el mundo, el yin y el yang, el paso del tiempo... —especuló, observándome con un gesto algo etílico y travieso—. Eso, o alguna excentricidad propia de clase alta.

—El equilibrio entre naturaleza y arquitectura —corrigió mi abuela, retirando la botella de vino con una mirada reprobatoria a su hermana, que se encogió de hombros y me guiñó un ojo.

—Ah, Carlitos... ¡Tú no sabes de quién era esta casa! —Grace se había acercado a mí, posando su delgada y suave mano sobre mi hombro—. Gente muy importante, de California, como nosotros... Ella era guapísima, ¡una belleza!

—Y tanto... —apuntó mi abuela con aire pensativo—. Tengo fotos de ella en algunas revistas viejas, en la biblioteca, luego te las enseño —me ofreció, mirándome con cariño. Entretanto, Grace siguió hablando:

—Es increíble que no volviese a casarse, una mujer así...

Mi abuela suspiró, asintiendo y poniendo cara de esforzarse por hacer memoria.

—Cuando se quedó viuda todavía no era muy mayor, es verdad.

—¡Ah, querida! Es que hay amores que no se olvidan. Y él era tan alto, tan guapo y amable... ¡Una pareja de película! —añadió Grace, dando un nuevo sorbo a su copa.

Yo miré a Grace, que, aunque era más joven que mi abuela, por entonces ya me parecía viejísima, y sentí pena por ella. Nunca se había casado, que yo supiese, aunque había historias de antiguos amores que yo escuchaba en algunas conversaciones perdidas entre ella y mi abuela.

Algunas tardes de lluvia, subíamos al ático y jugábamos al escondite. Durante una semana entera vinieron mis primos de Texas y, con algún amigo que habíamos hecho en el pueblo, jugamos a escondernos allí arriba durante horas. Hay que reconocer que rebuscar entre trastos viejos en el ático de un palacio tenía un magnetismo y un encanto especial para unos críos como nosotros, incluso para Pablo, que se apuntó más de una vez.

Mi padre había venido a vernos, pero se había quedado apenas una semana excusando que no podía abandonar sus negocios, que yo vislumbraba con forma de mujer extramatrimonial. Hablábamos con mi madre por teléfono cada dos o tres días, y me consta que la abuela Martha la había invitado a venir («Aquí serás siempre bienvenida», escuché que le decía por teléfono), pero, al parecer, su depresión y su trabajo también la conminaron a quedarse en Los Ángeles. Imaginé aquella tristeza disfrazada del hombre apuesto y conquistador con el que también había engañado a mi padre, pero la verdad es que aquello comenzaba a parecerme lejano y secundario.

Me gustaba Suances. Casi siempre estaba en la playa. La gente local no se retiraba cuando hacía mal tiempo, y eso me sorprendía: disfrutaban de la arena hasta con niebla, o incluso si la lluvia era suave y moderada. Jugaban a la pelota, a las palas (una especie de raquetas de madera muy pesadas pero agradables para jugar), al *volleyball*... y hacían surf, claro.

Fue un caluroso fin de semana en la playa de la Concha cuando sucedió algo que cambió las cosas. Pasábamos allí algunas tardes, porque en los Locos, cuando subía la marea, apenas había dónde ponerse, y allí podíamos bañarnos y hacer un poco el tonto con las chicas. Iba a haber una fiesta para celebrar el final del cursillo de surf, y uno de mis compañeros había propuesto que acudiésemos en parejas.

—Vaya tontería —dijo alguien. Pero el que más y el que menos ya había comenzado a hacer cábalas de con quién, de cuándo y de cómo. Tardé dos días en hacer acopio de valor.

—Hola.

—Ah, eres tú. Hola.

—Oye...

—¿Sí?

—¿De dónde viene tu nombre?

—De Elena —me replicó Lena, entornando los ojos. Me miró con desconfianza—. ¿Por?

—Ah, por nada. Oye, una cosa. ¿Quieres venir conmigo a la fiesta de fin de curso? Es una tontería, pero resulta que van todos en parejas.

Ella guardó silencio durante varios segundos, llegando a hacerme sentir incómodo.

—¿Por qué me lo pides a mí?

—Es que ya se lo he pedido a todas.

—Oh —se limitó a contestar. Me miró con extrañeza—. ¿Y todas te han dicho que no?

—Bueno, es que la fiesta ya es mañana y parece que otros se me han adelantado.

—Así que Ruth te ha dicho que no.

—Eeeh... es que ella va a ir con mi hermano.

—Ah.

Nuevo silencio. Pensé que a lo mejor me daba una torta, porque las españolas tienen mucho carácter, pero no. Me habló con calma y en un tono amigable.

—Pues sí, claro que iré contigo.

(¿Sí? ¿En serio?)

—Genial. ¿Dónde quedamos?, ¿directamente en la playa?

—No, no. Tienes que venir a recogerme a casa.

—¿Qué? Y en qué quieres que vaya, ¿en bicicleta?

—No sé. Por ejemplo. Y tienes que traerme flores y después de la fiesta invitarme al cine.

—¿Cómo? Será broma... oye, que lo de las parejas es una tontería que se le ha ocurrido a estos, que no es en serio.

—Estoy pensando qué película podemos ir a ver... —dijo, llevándose el dedo índice a la comisura de los labios y mirando al cielo, como si lo estuviese considerando—. Después puedes llevarme a cenar aquí mismo, por Suances. Con una hamburguesa me conformo, aunque si quieres invitarme a una paella no te digo que no...

—Lena... no es una cita en serio —insistí desconcertado.

—No me digas —replicó ella, poniendo cara de pena,

como si estuviese a punto de llorar. De pronto, su gesto cambió y se volvió jovial, aunque duro para una niña. Más tarde me enteraría de que ya tenía trece años, camino de los catorce.

—Escucha, idiota. No iría contigo a ninguna parte, por muy californiano que seas, por mucho palacio en el que vivas y por muy rubio y guapo que te creas. ¿Lo tienes claro?

Me quedé tieso, sin saber qué decir. ¿Lena? ¿Era ella? (Un momento, ¿había dicho guapo?) La forma de hablar, su rotundidad, su seguridad demoledora. Se dio la vuelta y se marchó, haciéndome sentir, en efecto, como el mayor idiota de la tierra.

[...]

Seguí viendo a Lena en la playa porque la pandilla, a fin de cuentas, ya estaba hecha gracias al cursillo de surf (qué lista había sido mi abuela). Algunos eran locales, otros éramos veraneantes y sabíamos que, muy posiblemente, no nos volviésemos a ver hasta el año siguiente (ahora sé que, en la práctica, casi nunca te vuelves a ver con nadie hasta la vida siguiente, si la hay).

Para mi sorpresa, Lena me hablaba como si no hubiese pasado nada, como si yo fuese un hermano pequeño que hubiese hecho una travesura y al que ella perdonaba amablemente. Y eso me molestaba. Primero, porque solo era unos meses mayor que yo y, segundo, porque con aquella actitud me demostraba que no le interesaba para nada. Yo, que era el norteamericano, el de California, que hacía lo que me daba la gana y tenía unos abuelos ricos en la zona alta del pueblo. ¿Y aquella niñata del montón iba a tratarme como a un tonto? No, no señor.

Encima, y de pronto, se había vuelto guapa. No sé si sería yo, que de pronto la miraba de forma diferente; o si sería ella, que había hecho cambios en sí misma sin querer. Se había deshecho de su inseparable trenza y llevaba el cabello, largo y ondulado, suelto y peinado por el viento. Cuando entraba en el agua, se quitaba sus pesadas gafas y se apuntaba a todas las peripecias: surf, batalla de barcas, carreras a nado... De pronto, Lena resultaba interesante, y me descubrí pensando en ella a cada rato de la forma más adolescente y cursi imaginable.

—Oye... —acerté a decir, sin lograr atrapar las palabras adecuadas. Lena me miró de forma indescifrable.

—¿Sí? ¿Quieres saber de nuevo de dónde viene mi nombre?

—Qué graciosa. No. Quiero saber si quieres salir conmigo.

—¿Otra vez? —se rio—. ¿Ya se lo has pedido a todas?

—No, solo a ti.

—Tú te crees que tú y tu hermano podéis ser los reyes de la fiesta, ¿no? —me dijo, señalando con la cabeza a Pablo y a Ruth, que se besaban tumbados sobre una toalla alejada de nosotros.

—A mí Ruth me da igual.

—Mentiroso. Anda, déjame en paz. —Se alejó unos metros, pareció pensarse algo y regresó a mi lado—. Seamos amigos, ¿vale? Además, ¿para qué quieres salir con alguien? Te irás al terminar el verano.

—A lo mejor vuelvo el verano que viene.

—Claro. Cuando tengas una novia californiana... Por cierto, ¿cómo es?

—Cómo es el qué.

—California. ¿Es muy distinto a esto?

Lo medité unos segundos.

—Las calles son más anchas, los coches más grandes. El clima...

—Siempre hace sol, ¿no?

—No, no... en invierno llueve también, pero creo que no hace tanto frío como aquí. Y el agua del mar es más templada, aunque en la zona norte de California no creas... ¡a veces está fría como el hielo!

Nos reímos. No sé por qué.

—¿Y qué más?

—¿Qué más? Tenemos unos parques alucinantes. Cuando era más pequeño, iba mucho con mis padres al de las secuoyas, al norte de Los Ángeles.

—¿Qué son las secuoyas? ¿Un tipo de árbol?

—Sí, los más viejos y altos de la Tierra...

[...]

Al terminar el curso, mis abuelos me regalaron una tabla de surf. Cuando la llevé a la playa la primera vez, iba preparado para presumir, pero llegué a sentirme incómodo. Pocos podían permitirse una tabla, y menos como la mía.

Nacho, uno de los niños del grupo, se había agenciado una de tercera o de cuarta mano que no tenía ni cuerda elástica para atar la tabla al pie, así que le había puesto el cable de una plancha. Aquello era vocación por el mar, chavales que vivían mirando los pronósticos del tiempo, contando las olas, analizando si eran o no de calidad, si provenían del mar de fondo y llegaban a la costa ordenadas o si eran de viento, sin intervalos suficientes para remontarlas. A veces, eran una mezcla de las dos.

Jaime nos observó las intenciones.

—Respetad los turnos al entrar... Deberíais venir a otras horas y poneros en otra zona, ahora están los profesionales practicando.

—El mar es de todos —repliqué yo.

—También el sol, pero si vas a tomarlo no te pones sobre la tumbona de otro, ¿no?

Asentí, pero en el fondo, aunque admiraba a aquellos domadores de olas, me fastidiaba que el territorio pareciese solo de ellos, que los demás tuviésemos casi que pedir permiso para entrar al mar. Una ola, una oportunidad. ¿Por qué tenía que cedérsela?

[...]

—Oye, ¿entonces no vas a salir conmigo?

—A ver, déjame que me lo piense... ¡No!

—¿Nunca?

—Pero vamos a ver, ¿me lo vas a pedir todos los días?

—Esta semana solo te lo he pedido tres veces.

—Anda, vamos a comprar un helado, que están todos esperándonos.

Y yo jugaba a que seguía con la broma, a que no se lo pedía de verdad, a que yo solo era un niño y que ella no me gustaba, pero había cambiado todo tanto... De verdad que no entiendo cómo no me fijé en Lena al primer vistazo. Lo que antes me parecía insulso en ella, después lo encontraba lleno de personalidad. El surf, sin embargo, no la había cautivado; creo que había hecho el curso sin más, por hacer algo aquel verano y por acompañar a su amiga Ruth. Lo que le gustaba a Lena era leer. Mientras otras chicas tomaban el sol, sin más, ella se pasaba esos ratos leyendo.

—Qué tienes ahí, ¿eh? —le pregunté una tarde en la playa de la Concha, arrebatándole lo que leía—. A ver... *Edad prohibida*, vaya rollo, ¿y por esto no vienes al agua?

—Devuélvemelo —replicó ella, seria—. Si me lo estropeas, te mato.

—Vale, vaaale —accedí, devolviéndoselo y tumbándome en la toalla de al lado—. ¿Y de qué va?

Ella se lo pensó un rato antes de contestar. Yo odiaba cuando hacía eso, porque durante esos segundos dudaba si había metido la pata haciendo una tontería de pregunta.

—Pues va un poco de esta edad que tenemos ahora, en la que no somos ni niños ni hombres, ni niñas ni mujeres.

—Ah, pues para mí ese libro no vale, porque yo ya soy un hombre.

Ella se rio de buena gana y me gané su ironía.

—Sí, un hombre hecho y derecho. También habla sobre las decisiones que tomamos, los rumbos que escogemos, ¿entiendes? Al principio no lo parece, pero después, pasados los años, el esfuerzo de los personajes para ir por un camino u otro supone consecuencias. Quiero decir que, a la larga, cada decisión cuenta, cada elección. El protagonista, Anastasio...

—Ja, ja, ja. ¿Pero cómo puede llamarse Anastasio? —la interrumpí, muerto de risa—. Será de un autor español, claro...

—Pues sí, un autor español —replicó, ofendida—. Pero bueno, en tu caso es indiferente, porque está claro que no lees.

—¿Qué? Perdona, pero sí leo; un montón —(mentí, por supuesto, pero me saqué de la manga un libro que me habían obligado a leer en el colegio y que, en la actualidad, permanece en muchos programas escolares de lectura norteamericanos)—. Ya que hablamos de edades prohibidas, te recomiendo *El guardián entre el centeno*, de Salinger.

—Oh, ¿lo has leído?

—Pues claro. —(En realidad, solo lo había ojeado y había copiado el comentario de texto de un compañero, pero sabía que hablaba sobre la vida de un adolescente llamado Holden).

—Yo la primera vez que lo leí no lo comprendí, ¿sabes? —(¡Increíble! ¡No solo lo conocía, sino que también lo había leído!)—. Pero luego me di cuenta de que hablaba de qué hacer con nuestras vidas, de lo difícil que es tomar una decisión que luego puede no significar nada o que a lo mejor puede cambiar tu futuro. Holden decide cuidar a los demás, orientar a los chicos para que elijan su camino... ¿no te pareció un libro increíble?

—Eeeh, sí. Claro.

—... Pero decidir qué hacer con tu vida no es tan fácil, ¿sabes? Las cosas pueden cambiar. Hoy puedes pensar de una forma y mañana de otra, o se puede morir toda tu familia, o puedes tener un accidente, o una enfermedad, o tener que mudarte, o no tener dinero para hacer lo que deseas, o tenerlo y que no te dejen o no puedas...

—O puedes morirte.

—¿Qué?

—No, lo digo por seguir con la línea optimista —repliqué, haciéndole una mueca y repantingándome más sobre la toalla. Puse mis manos bajo la nuca y me quedé mirando al cielo—. A ver, ¿y tú ya sabes qué quieres hacer?

—Ay, no sé. Me gustaría ser escritora... o algo relacionado con los libros. Bibliotecaria, por ejemplo. O librera... También he pensado en el periodismo, pero no lo tengo claro todavía... ¡hay tantas posibilidades!

Y era cierto. Había tantas posibilidades. En aquel momento, en aquella playa del norte de España, sentíamos que el futuro era nuestro porque estaba lleno de oportunidades.

—Pues yo sí sé qué quiero hacer.

—¿Sí? —El gesto de sorpresa de Lena fue muy expresivo—. Qué.

—Quiero ser surfista profesional.

—Ah.

Pude notar el desdén en su tono de voz. Ese «ah» decaído y repentinamente apático.

—Qué pasa, es un trabajo *guay* —dije, demostrando cómo me había hecho ya con la jerga juvenil local.

—Sí, muy... guay —repuso con sutil ironía, como si fuese inútil contradecirme, como si yo fuese un caso perdido.

—¿Qué pasa? ¿Es mejor ser bibliotecaria? Vaya rollo...

—Pues surfista no es que sea tampoco una profesión.

—Es un deporte. Y en los juegos olímpicos los deportistas son profesionales de élite, no sé si lo sabías —insistí, molesto.

—El surf no es un deporte olímpico —me rebatió (qué rabia me daba que fuese tan lista)—, y si quieres llegar a algo tendrás que respetar tu turno en las olas, para variar.

—Cada ola es una oportunidad y el mar es de todos.

—Precisamente. Es de todos, por eso hay que seguir unas normas para compartirlo.

—Pues el Chino y sus amigos no es que compartan mucho —repliqué, incorporándome y quedándome sentado sobre la toalla—. No se puede tocar la arena donde se ponen, ni el mar cuando están ellos. Eso de los turnos solo vale cuando está Jaime...

—Ya, pero ellos *controlan* y nosotros solo somos principiantes, es normal que no...

—No me hagas reír... Mira, ¿no te gusta tanto leer sobre chavales que escogen qué hacer con su vida? Pues para mí cada ola es una oportunidad, y, si puedo, pues la cojo. Y si es posible ganar, pues gano.

Y dicho esto, me levanté y me fui al agua con los otros amigos dejándola sola.

[...]

Quedaban dos días del mes de septiembre para marcharme de Suances, y el palacio estaba revolucionado. Maletas, recomendaciones, recuerdos. No sabía si tenía ganas de regresar a casa o no. Los cambios que nos íbamos a encontrar no nos iban a volver locos de contento, seguro.

—¿No te habrás enamorado?

Los ojos brillantes y traviesos de mi abuela Martha me miraban con sorna desde su tumbona en la terraza.

—Quién, ¿yo? Qué tontería, ¿de quién?

—No sé. A lo mejor de esa chica tan guapa que siempre lleva libros a la playa.

—¿De Lena? ¿Yo? Ja, ja, no me hagas reír, abuela. (¿Guapa? ¿Le parecía guapa? Pensaba que solo yo me había dado cuenta de que lo era.)

—Ah, no sé. Como te veo tan melancólico, tan triste por marcharte...

—Es que he dormido mal. Estoy cansado.

—Oh. Entonces, querido, debes descansar para el viaje. No bajes hoy a la playa...

Mi abuela sonrió con malicia cuando vio cómo yo cogía mi tabla y mi toalla y, haciendo caso omiso a su burla silenciosa, salí del palacio del Amo.

[...]

Yo había besado dos veces en mi vida. A Megan, el curso anterior, y a su amiga Katy solo un par de meses después. Me había dejado tocarle los pechos por debajo de la ropa. Ahora que lo pienso, no es que entonces tuviese verdaderos deseos de manosearla, pero sí sentía curiosidad y, ante mis amigos, *debía* hacerlo. Rob Taylor, de mi clase, decía que ya no era virgen, pero yo no me lo creía. Mi hermano Pablo, sin embargo, y a pesar de no decir nada, guardaba preservativos en su cartera. Le pregunté si me podía dejar uno y se echó a reír. Nunca supe hasta dónde había llegado con Ruth, pero tampoco se lo pregunté. Y no es que aquella tarde pensase yo hacer nada con Lena, ni siquiera nos habíamos hecho novios, aunque fuese solo para aquel verano.

—Al final me marcho sin que hayas querido salir conmigo.

—Es que dejaste de pedírmelo.

—Es que siempre decías que no.

Ella sonrió y se quedó mirando hacia el horizonte, sentada en la toalla que habíamos puesto en una esquina de la playa de los Locos. La miré y me sonrió con deliciosa naturalidad, o al menos así lo recuerdo, y yo me sentí libre e invencible. Me acerqué y ya no adiviné en ella expresión alguna, quizás solo porque estaba esperando. Le di un único, largo y tímido beso en los labios y creo que en él nos quedamos, detenidos en el tiempo y saboreando aquella calidez durante los nueve años que tardamos en volver a vernos.

El profesor Machín
Segunda clase

Amelia llevaba hoy su largo cabello suelto; brillante y cuidado, llamaba la atención. Era una carta de presentación poderosa, porque sin su melena uno podría preguntarse qué quedaría. Un cuerpo delgado y poco sinuoso, un rostro que carecía de rasgos interesantes y una nariz aguileña que, desde luego, no dulcificaba su apariencia. Como sucede casi siempre, era la mirada la que mostraba qué había dentro de la persona: curiosidad, inteligencia, ganas de vivir. Amelia se dirigió directamente hacia la butaca del paraninfo donde Christian Valle, ya sentado, esperaba que comenzase la charla del profesor Machín. El curso solo duraba tres jornadas, y hoy ya era la segunda, de modo que llegar tarde no entraba dentro de los lujos de los que disponían los asistentes.

—¡Hola! ¿Te importa que me siente aquí? —preguntó ella según se acomodaba directamente en la butaca de al lado y dejaba sus cosas bajo el asiento—. Me llamo Amelia, nos conocimos ayer —le dijo esbozando una sonrisa.

—¿Nos conocimos?

—Ya me entiendes, ayer, aquí, con el profesor Machín. Está un poco loco, ¿no?

—No sé —replicó él sin ganas. Era obvio que, justo en aquel momento, no le encandilaba la idea de una conversación con una desconocida.

—Si te molesto me voy.

—No, qué va —contestó rápido, forzando una sonrisa de cortesía.

—Verás... antes de que empiece la charla me gustaría hacerte una pregunta; si no te importa, claro.

—Pues depende.

—¿Depende?

—De la pregunta.

—Ah. Yo... solo quería saber si eres o no el de la tuerca.

—¿Cómo?

—El de la web de *Otra vuelta de tuerca*, quiero decir. No puede haber muchos investigadores paranormales que vivan en Santander y se llamen Christian Valle, supongo...

—Ah, eso. Sí, soy yo —reconoció él, incapaz de disimular cierto orgullo contenido por haber sido reconocido.

—¿Sí? ¿Eres tú? ¡Lo sabía! Qué pasada, tienes mogollón de seguidores... ¿de verdad vas a todos esos sitios abandonados? ¿Cuántos sois?, ¿tres? ¡El material que utilizáis es absolutamente alucinante! Me encantaría acompañaros alguna vez... yo estoy estudiando psicología, y no creo para nada en espíritus, ¿te imaginas? Ja, ja, ja, ¡en absoluto! —De pronto, Amelia pareció darse cuenta de con quién estaba hablando—. Pero, por supuesto, respeto totalmente a los que sí creéis en ello... en fin, la verdad es que me encantaría ver vuestro trabajo, ver qué hacéis, ya me entiendes.

Christian observó a Amelia: ¿cómo era posible que hablase tanto tiempo seguido sin pararse para respirar? Era un poco más joven que él, sin duda, y tenía un aspecto maravillosamente desaliñado, de alguien que va aprisa a todas partes. Olía a ducha fresca y a perfume floral. Él ya no era estudiante universitario, ni mucho menos, y guardaba cierta fascinación por quien sí lo era de forma convencional: él había estudiado filología inglesa en una universidad a distancia, de modo que nunca había accedido al ambiente universitario propiamente dicho. Cuando iba a contestar a Amelia, hizo su aparición el profesor Machín, y todos guardaron respetuoso silencio. Hoy el viejo profesor tenía un aspecto más cansado, como si de repente hubiese envejecido, aunque sus ojos parecían querer sonreír a la audiencia.

—Buenos días, queridos alumnos. Como les prometí, hoy hablaremos sobre las asombrosas capacidades del cerebro humano.

Amelia levantó la mano.

—Disculpe, profesor, ¿va hablarnos también sobre lo que nos adelantó ayer? Lo de los tigres y los elefantes...

Álvaro Machín sonrió divertido; enfocó su mirada hacia donde estaba Amelia, dando la sensación de que la estudiaba. Christian se hundió un poco en su butaca, avergonzado. ¿Cómo se le ocurría a aquella loca interrumpir al profesor incluso antes de empezar la conferencia?

—Vaya, ya veo que usted y el señor Valle se han unido para seguir la jornada de hoy... —El profesor paseó por el escenario hasta la zona más próxima a ellos, mientras Christian se escurría mentalmente, todavía más, dentro de su butaca azul—. Por supuesto, señorita Amelia, les hablaré de nuestros amigos los tigres. Es más, empezaremos por ellos... o mejor, por los murciélagos, ¿qué les parece?

Los asistentes y hasta la propia Amelia guardaron silencio, sin saber qué responder. El profesor Machín se acercó al estrado del escenario del paraninfo y tomó un pequeño mando a distancia. Clic. Un enorme murciélago apareció en la pantalla.

—Ultrasonidos. Imagino que a todos les sonará el concepto —razonó, sabiendo que para apuntarse a aquel curso de verano ni siquiera era preceptivo ser universitario. Continuó hablando—. Con los ultrasonidos nos encontramos con sonidos con una frecuencia superior a 20.000 hercios, es decir, por encima del intervalo audible por el hombre, que comprende desde los 20 hasta los 20.000 hercios. Animales como los murciélagos utilizan los ultrasonidos como radar, emitiendo ondas potentísimas. Nosotros hemos aprendido a utilizar los ultrasonidos para realizar, por ejemplo, ecografías prenatales —explicó con un nuevo clic de su mando a distancia, que mostraba una imagen de un feto en tres dimensiones—; y, de hecho, estas ecografías también se llaman sonogramas.

Los alumnos guardaban silencio, sin entender el potencial vínculo de todo aquello con lo paranormal. Álvaro Machín se dirigió hacia Christian.

—Dígame, señor Valle, si retrocediésemos en el tiempo cien años y nos introdujésemos en una oscura caverna llena de murciélagos... ¿no cree que entonces cualquier persona podría considerar que había algo mágico o sobrenatural en estos animales, que podían volar a toda velocidad sin golpearse contra las paredes?

Christian dudó solo dos segundos. ¿Por qué le preguntaba a él? Aquella chica, Amelia, había logrado que el profesor focalizase en ellos su atención.

—Eeeh... es posible, supongo. Entonces los conocimientos no eran tan avanzados, y...

—Y, ante lo desconocido —le interrumpió Machín—, se construían historias llenas de superstición, desdeñando la verdadera aventura del conocimiento. Observe —ordenó, con un nuevo clic del mando a distancia. En la imagen apareció un enorme e impresionante tigre—. Observen —repitió Machín, dirigiéndose ahora a todo el público—. El tigre, qué maravillosa criatura. ¿Han escuchado ustedes su rugido? Si tienen uno delante quizás no lo hagan, pero es probable que se queden paralizados, clavados en el sitio de puro miedo, sin saber exactamente por qué no echan a correr. ¿Saben por qué? Por el infrasonido. Justo lo contrario de lo que antes veíamos con el murciélago. Con los infrasonidos estamos por debajo de la frecuencia de 20 hercios, que tampoco puede captar el ser humano. El tigre produce un rugido a 18 hercios que paraliza a su presa, aunque no sea consciente de haberlo percibido.

Clic. Nueva imagen. Una enorme ballena en la pantalla dejaba a los asistentes más atónitos si era posible.

—Aquí tienen, ¿ven? Otro ejemplo de un fenómeno contundente y real pero que los humanos no podemos percibir: las ballenas utilizan los infrasonidos para comunicarse.

Clic. Una manada de elefantes. El profesor seguía hablando, absorto en la pantalla.

—Los paquidermos pueden percibir tonos de hasta 15 hercios. Ocurre algo similar con los hipopótamos y las jirafas... Fascinante, ¿no les parece? Ahora comprenderán cómo el mundo de los infrasonidos puede explicar muchos de los sucesos que históricamente se han considerado paranormales.

Amelia intervino. Ella todavía no comprendía nada.

—¿Quiere usted decirnos que los infrasonidos producidos por algunos animales pueden afectarnos?

—Oh, eso desde luego, pero de manera más puntual. Para la materia que nos interesa, debemos estudiar los infrasonidos producidos de forma natural: por terremotos, avalanchas, auroras... —recalcó, guiñando un ojo a Amelia—. O, incluso, grandes mareas, por no hablar de un sinfín de motivos artificiales modernos: explosiones, aviones supersónicos...

—¿Y eso qué tiene exactamente que ver con las experiencias paranormales? —preguntó Christian, que se había perdido en aquel juego.

—Oh, señor Valle, tiene mucho que ver. Que existan sonidos que los humanos no pueden oír no quiere decir que no los puedan sentir. La exposición de cualquier individuo a sonidos entre 7 y 19 hercios puede llegar a producirle miedo, paranoia, inquietud, temor, dolor y sensaciones de pánico irracional. Es más, si la frecuencia es muy baja, puede incluso suponer daños en los órganos internos.

Christian no parecía convencido.

—Pero, por lo general, cuando suceden hechos paranormales, no hay animales salvajes cerca, ni suceden explosiones, ni auroras boreales...

—Cierto. Sin embargo... ¿puedo preguntarle en qué ha venido hoy hasta este paraninfo, señor Valle?

—¿Cómo?

—Sí, que en qué ha venido. ¿En autobús, en coche?

—En mi coche.

—Pues ha de saber que aparatos como las calderas, o máquinas como los automóviles pueden llegar a generar este rango de frecuencias. No nos matarán, pero pueden causarnos dolores de cabeza, vértigos, náuseas... La gente no se va al campo a descansar porque sí, me temo —concluyó con una amplia sonrisa, que fue secundada por la mayoría del público, al que tenía totalmente absorto.

—Pero eso puede provocar sensaciones desagradables a una persona, no visiones de fantasmas ni experiencias físicamente inexplicables, entiendo —rebatió Christian, que seguía percibiendo las explicaciones del profesor Machín como algo ambiguo, sin la firme certeza que él necesitaba. El profesor, con gesto cansado pero amable, asintió y apretó nuevamente el botón de su mando a distancia. Clic. Un hombre de mediana edad y cabello rubio, casi blanco, miraba desde la imagen a los asistentes a través de unas gafas de montura metálica. La bata blanca que llevaba y la habitación con aspecto de laboratorio en la que se encontraba hacían suponer que se trataba de algún tipo de científico.

—Ahí lo tiene, señor Valle —comenzó Machín—. Le presento a Vic Tandy, el hombre que, aunque ya ha fallecido, podrá explicarle todo lo relacionado con los infrasonidos. ¿Lo conocen? —preguntó, dirigiéndose a los asistentes. Algunos, muy pocos, parecieron asentir sin convicción—. Bien, pues voy a contarles cómo en los años noventa este ingeniero de diseño, de la universidad inglesa de Coventry, se encontró con un laboratorio embrujado. ¿Les apetece esta historia?

Los alumnos asintieron encantados. Amelia, que tomaba notas, observó cómo Christian se concentraba. Aquel chico parecía molesto por todo aquello que le rebatiese la mera existencia de un más allá, de una entidad científicamente inexplicable. ¿Qué habría vivido en sus experiencias como *cazafantasmas*? Desde luego, si estaba allí, en aquel curso, era porque cuestionaba sus propias creencias, porque buscaba respuestas que él no era capaz de asumir con una aceptación simplista de la existencia de espíritus. Christian Valle suscitaba en Amelia, sin duda, una intensa y morbosa curiosidad.

—Pues bien, presten atención. Vic Tandy, en el año 1998, publicó en el periódico de la Sociedad de Investigación Psíquica inglesa un artículo sobre lo que le había sucedido en un laboratorio en el que tenía que trabajar para crear equipos médicos. Desde hacía varias semanas, sus compañeros se quejaban de escuchar sonidos difícilmente explicables, llegando a sentir sudores fríos y evidente malestar. Resultaba incluso palpable la sensación de tristeza cuando llegaban al laboratorio. Tandy, que era profundamente escéptico, pudo llegar a cuestionarse que los ruidos fuesen causados por insectos o pequeños animales, o incluso por el asentamiento de la estructura del edificio. Sin embargo, llegó un momento en que él también empezó a percibir aquellas sensaciones. ¿Qué creen que podría estar ocurriendo allí? ¿Sí, señorita Amelia? —señaló el profesor, viendo que Amelia levantaba la mano.

—Si partimos de la idea de que no existen los lugares encantados, quizás habría que pensar en la autosugestión, si es que los compañeros decían ver cosas...

—Sí, es posible, pero la autosugestión en un hombre de ciencia, que también es factible, se derrumba cuando ese hombre ve algo absolutamente aterrador. ¿Quieren saber qué ocurrió?

Los alumnos se agitaron en las butacas, pidiendo que continuase. Desde luego, el profesor Machín sabía cómo contar una historia. Continuó con su relato.

—Una noche, antes de salir del laboratorio, Tandy

percibió claramente cómo alguien lo observaba y tomaba forma sólida a su izquierda, de forma progresiva, a solo unos centímetros. Podía sentir su presencia en todo su cuerpo y era de color gris. Tandy comenzó a darse la vuelta, aterrorizado, para saber qué estaba a su lado; según se giraba la forma se fue diluyendo, despacio, tal y como había venido, desapareciendo por completo.

—Perdone, profesor —intervino Amelia—. Para saber que no estamos ante una historia con trampa, ¿se supone que Vic Tandy estaba mentalmente sano?

—Se supone y se lo confirmo —respondió riendo el profesor—. En esta historia no hay trampa, señorita Fernández. Fíjese, de hecho, en lo que ocurrió. Al día siguiente, Tandy regresó al laboratorio, y lo hizo con su florete de esgrima, porque esa misma jornada participaba en una competición. Perdió de vista su florete un momento y, al volver a posar la mirada sobre él, comprobó que se estaba moviendo... ¿Se lo imaginan? Tandy se quedó petrificado al ver cómo su arma temblaba sobre la mesa sin recibir interacción humana alguna.

El profesor hizo una pausa de efecto, solo para comprobar que le prestaban atención, y en un solo vistazo verificó que todos los alumnos guardaban silencio con aire contenido, expectantes. Hasta Amelia permanecía callada, sin atreverse a preguntar.

—Piensen, estimados alumnos, y háganlo como Tandy, que era un hombre de ciencia. Si aquel florete, o espada, o lo que fuese, se movía, necesitaba energía para hacerlo. La clave se encontraba en determinar la procedencia de la energía, de modo que Tandy decidió observar el fenómeno con los ojos de la ciencia, no con los de la superstición. Tomó aire y analizó lo que tenía ante sus ojos, dándose cuenta de que los picos de oscilación de la espada provenían del centro mismo de la habitación. ¿Podría estar allí el espíritu que tan mal les hacía sentir a todos?

El profesor hizo otra pausa de dos segundos y apretó el botón del mando a distancia: una nueva imagen, nada fantasmagórica, se impuso a la anterior de Vic Tandy. Parecía tratarse, sencillamente, de un enorme ventilador en medio de un pasillo.

—¿Ven este aparato de ventilación? Pues Tandy comprendió que la energía que hacía mover su florete provenía de las ondas sonoras que este emitía en una frecuencia de 19 hercios. ¿Y saben por qué este ventilador era una fuente de infrasonidos? Ni se lo imaginan —se respondió a sí mismo—, pero por el motivo más tonto del mundo: su posición estaba ligeramente desviada y producía vibraciones constantes, provocando que las ondas de sonido, por la forma del laboratorio, se concentrasen en el centro de la habitación. Tandy corrigió la posición del ventilador y... ¿saben qué? En dos días ya no había fantasmas, ni sensaciones extrañas, ni sentimiento de tristeza. El fantasma se había marchado.

Christian negó con la cabeza.

—¡Pero eso no explica la visión de ese ente gris del que nos habló!

—Oh, claro que lo explica, señor Valle. Los infrasonidos provocan percepción de movimiento en los márgenes del campo visual y distorsiones en la visión periférica, que por cierto es monocromática: esto justifica que la figura que Tandy había visto fuese de color gris. Verá, los sonidos de baja frecuencia afectan al humor vítreo del ojo, que ante su presencia termina vibrando, haciendo que las partículas en suspensión que se encuentran dentro terminen por proyectar sombras en la retina.

—¿Qué... qué partículas en suspensión?

—Oh, todos las tenemos, señor Valle. El humor vítreo del ojo se forma en época embrionaria y no se renueva nunca a lo largo de nuestras vidas, por lo que hay pequeños residuos embrionarios que se quedan flotando dentro del globo ocular para siempre...

Christian asintió, embobado, como si le estuviesen presentando un mundo nuevo del que nunca había oído hablar.

—Es más —añadió el profesor—, la compresión y descompresión ocular causada por las bajas frecuencias sonoras pueden ocasionar hormigueos, escalofríos, ataques de pánico, dolor de pecho, hiperventilación y hasta desmayos... el propio Vic Tandy, tras tu visión del, llamémosle, «ente gris» reconoció haber sufrido hiperventilación, aunque, quién sabe, quizás fuese fruto del propio ataque de terror que estaba viviendo en aquellos momentos.

—¡Es increíble! —acertó a decir Amelia, que no dejaba de realizar anotaciones.

—Es ciencia, señorita, nada más. De hecho, Vic Tandy realizó numerosos experimentos desde entonces vinculados a los infrasonidos, demostrando que muchos lugares legendariamente encantados no eran más que ubicaciones afectadas por ondas de baja frecuencia.

Clic. Otra imagen. Un impresionante castillo sobre una colina de roca gris y escarpada.

—Aquí tienen un ejemplo, el castillo de Edimburgo, uno de los más famosos de Escocia. Un lugar lleno de leyendas y visiones fantasmagóricas por parte de distintas personas a lo largo de generaciones; Tandy lo visitó y se instaló en zonas donde ni siquiera los guías turísticos deseaban detenerse, y comprobó que había ondas con frecuencia de incluso menos de 19 hercios, ¿qué les parece?

—Increíble —repitió Amelia casi para sí misma—. ¡Qué bueno! ¿Y qué puede provocar infrasonidos en lugares como ese castillo?

—Ah, existen numerosas fuentes potenciales. Está demostrado que la geología del lugar interviene en la generación de infrasonidos, pero la estructura de las construcciones humanas también lo hace; de hecho, en lugares así, las visiones fantasmagóricas, si se detienen a revisarlo, suelen suceder en pasillos, no en habitaciones amplias. Esto sucede porque en tubos largos, en corredores, tenemos ondas estacionarias, que son aquellas en las que ciertos puntos de la onda llamados nodos permanecen inmóviles.

Amelia permaneció callada y su rostro, expresivo, delataba que el tema de las ondas estacionarias se escapaba de sus conocimientos básicos de física. El profesor Machín asintió, comprendiendo.

—Para ejemplificarlo de una forma más clara: ¿no les parece mucha casualidad que personas mentalmente sanas aseguren percibir hechos inexplicables, justo cuando suceden tormentas, vendavales y fenómenos meteorológicos que pueden suponer la generación de infrasonidos?

Los alumnos se miraron entre sí, asintiendo y comentando la información. Amelia observó a su compañero de butaca que, ensimismado, parecía reflexionar. Su cabello rubio y su juventud contrastaban con su oscura vestimenta: una camiseta y unos vaqueros totalmente negros y pulcramente planchados.

—Es más —añadió el profesor—, los animo a que escuchen un infrasonido ahora mismo. ¿Se atreven?

Todos los alumnos, incluido Christian, asintieron con interés.

—Bien, sepan que hay otra fuente de infrasonidos, que es nuestro propio cuerpo. Por favor, coloquen sus dedos pulgares sobre sus oídos. Así... —explicó, haciéndolo él mismo—, y cierren los puños. Eso es. Ahora, aprieten. Sí, los puños, apriétenlos.

El profesor Machín dejó pasar cinco segundos. Era curioso ver a todas aquellas personas del paraninfo con los pulgares en sus oídos, concentradas, buscando escuchar. Progresivamente, los gestos de asentimiento, de sorpresa, revelaban que el experimento había dado resultado.

—¿Lo han notado? —quiso confirmar el profesor—. Ese sonido sordo que escuchaban eran sus músculos contrayéndose. Y ahora, amigos —añadió, sin dejar apenas que se repusiesen del experimento—, déjenme que les cuente qué cosas increíbles pueden hacer sus cerebros.

Clic.

5

Nadie reacciona de un modo predecible ante un suceso extraño [...]. A veces, nos refugiamos en el escepticismo para escapar de la ansiedad de lo insondable.

Guía del investigador de lo paranormal,
CARLOS MARTÍN-PARKER

La Biblioteca Municipal Elena Soriano de Suances era mucho más grande de lo que aparentaba desde el exterior del edificio. Valentina nunca había entrado. Le sorprendió acceder a un espacio tan diáfano. Apenas había algunas divisiones acristaladas y transparentes, que favorecían la sensación de amplitud. Según se entraba, el largo mostrador de recepción se encontraba a la izquierda. A la derecha, una división para la sección infantil y, de frente, multitud de mesas, sillas y estanterías. Al fondo, unos grandes ventanales ofrecían vistas asombrosas sobre Suances.

—¿Puedo ayudarlos?

Una mujer de unos sesenta años, con el cabello completamente blanco, los saludaba con unos vivaces ojos azules desde detrás del mostrador. Dado que Valentina y Riveiro no llevaban uniforme, posiblemente los confundía con usuarios de la biblioteca. La teniente se aproximó al mostrador, procurando bajar la voz y ser discreta.

—Soy Valentina Redondo, teniente de la Guardia Civil, y él es mi compañero, el sargento Jacobo Riveiro. Quisiéramos hacerle unas preguntas, ¿tiene un segundo?

—Oh, por supuesto. Yo soy Adela, la bibliotecaria —dijo, poniéndose más derecha y ajustándose sobre la nariz unas gafas que hasta ahora colgaban de su cuello. Valentina estaba acostumbrada a ese efecto de alerta en las personas cuando comprendían que estaban ante la Guardia Civil.

—Un placer conocerla, Adela. Venimos de la Quinta del Amo y queríamos pregunt...

—Ay, qué pena lo de Leo —la interrumpió—, estaba en nuestro club de lectura, ¿saben? Un hombre fantástico.

Valentina alzó las cejas sorprendida.

—¿Y cómo sabe que venimos a preguntarle por eso?

La bibliotecaria se encogió de hombros con total naturalidad.

—No se me ocurre otro motivo por el que pudieran estar ustedes aquí. Esta mañana todos los vecinos hemos visto el revuelo que se ha montado en la Quinta del Amo. En los pueblos se sabe todo. Y mire que yo tengo mi casa en Hinojedo y no en el centro, pero aunque viva a varios kilómetros... en fin, las noticias vuelan.

—Ya lo veo, ya. Conocía bien a Leo Díaz, entonces.

—Claro, lo conozco de toda la vida. Del pueblo, ¿saben? Aunque él se había anotado al club de lectura hace solo un par de años, así que hasta ahora no habíamos tratado mucho. Qué ha sido, un infarto, ¿no?

—Aún no podemos asegurar las causas del fallecim...

—Pobre Leo —la volvió a interrumpir la bibliotecaria—, si es que en los últimos años ya había tenido dos ataques. Y aún menos mal que pudo recuperarse. Un hombruco así, viviendo solo, sin familia. Tendría que haber dejado de trabajar —se lamentó, pesarosa y bajando la mirada.

Valentina asintió y miró a Riveiro. Aquella bibliotecaria se presentaba como una potencial y valiosa fuente de información.

—Adela, ¿lleva usted mucho tiempo trabajando en esta biblioteca?

—Uf, sí, figúrese... desde que la inauguraron, hace ya más de veinte años —suspiró, como si cada uno de aquellos años le pesase como una piedra.

—Y en este tiempo, ¿ha tenido usted contacto con la Quinta del Amo?

—Oh, ¡por supuesto! La señora Green era una gran usuaria de la biblioteca. Una mujer maravillosa. Nos donó volúmenes muy valiosos, ¿saben? Algunos los tuvimos que vender para poder mantener actualizado el catálogo de libros y realizar alguna reforma... en fin. El gobierno nunca tiene suficiente presupuesto para la cultura, ¿saben?

—Una pena que se muriese sin darnos el ejemplar más valioso de todos —dijo una voz masculina a espaldas de Adela.

—¡Sergio, por Dios! Un poco de respeto, que son guardias civiles, ¿no lo ves? —La bibliotecaria se volvió y amonestó con la mirada a un joven moreno y bien parecido, de unos treinta o treinta y cinco años, que la miró desganado desde su ordenador. Valentina y Riveiro no lo habían visto, pero debía de haber estado allí desde el principio, parcialmente oculto tras el mostrador y una pila de libros. Adela se mostró avergonzada—. Disculpen, es Sergio, mi ayudante. La juventud, que parece que no tiene medida, ¿saben?

—No se preocupe —replicó Valentina, atenta—. ¿A qué libro se refiere su ayudante?

La bibliotecaria negó con la mano.

—No le hagan caso. Una pequeña joya que nos había prometido la señora Green para nuestra biblioteca —suspiró, desviando la mirada hacia la entrada—. Miren, ¿ven esas máquinas?

Riveiro y Valentina vieron dos grandes máquinas expendedoras, una de bebidas y otra de chocolatinas y diversos aperitivos envasados. La bibliotecaria continuó hablando y planteando preguntas retóricas:

—¿Saben por qué están ahí? ¿Se lo imaginan? ¡Esto no es un quiosco! Y, sin embargo, las necesitamos para sacar algo de dinero y poder comprar libros, estar actualizados. ¿Saben cuánta vida da una biblioteca a un pueblo como este? —La mujer comenzó a enumerar una lista con los dedos de las manos—: Charlas, encuentros con autores, meriendas, cuentos infantiles, clubs de lectura, conferencias, zona de estudio...

—Por eso nos habría venido tan bien tener a Copérnico —replicó Sergio, levantándose y apoyándose en la parte interior del mostrador, desafiando a Adela con la mirada—, pero la señora Green tuvo a bien morirse antes de cumplir su promesa de donarlo a la biblioteca.

Valentina cruzó una mirada con Riveiro, que ya había sacado su inseparable libreta. Se ponía interesante.

—¿A qué libro se refiere? —le preguntó Valentina directamente al tal Sergio, que era sorprendentemente alto. Este respondió con una sonrisa desgastada:

—A *Las revoluciones de las esferas celestes*, de Copérnico. Edición... —dudó, frunciendo el ceño como si se estuviese esforzando por hacer memoria— del año 1566, valorada en unos doscientos mil euros.

Riveiro soltó un suave silbido de admiración.

—Mucho dinero para un libro, ¿no?

—Ya lo creo, pero es que es un ejemplar especialmente valioso, uno de los primeros que proponía al Sol y no a la Tierra como el centro del universo. Estuvo incluso prohibido por la Iglesia.

Valentina intervino de nuevo:

—¿Y la señora Green manifestó que iba a donarle ese ejemplar a la biblioteca?

—Lo hizo, sí —contestó Adela en vez del joven—, pero ya sabe, las palabras se las lleva el viento, y yo no sé dónde estará esa joya. Posiblemente en California, aunque el nieto asegura que desconoce su existencia.

Valentina se mostró sorprendida.

—¿Han hablado con Carlos Green?

—Claro. Llegó aquí a principios de verano y vino a la biblioteca. Muy amable, por cierto. Nos dijo que nos donaría la colección de libros que tienen en la Quinta del Amo, porque va a vender el palacio en nada, ¿saben?

—Yo creo que el escritor se ha guardado a Copérnico bajo el colchón para llevárselo a California —se rio Sergio, el ayudante, volviendo a su puesto.

—No me diga —observó Valentina, mirando de nuevo a Riveiro, y recordó que Green ya les había dicho que había estado buscando un libro antiguo por todo el palacio. Aquella visita a la biblioteca estaba resultando sorprendentemente productiva. Algo se estaba tejiendo a su alrededor, como un puzle. Pero el caso era que de momento no tenían crimen ni nada que investigar: solo los ruidos oxidados de un viejo palacio. Que la Sección de Investigación de la UOPJ de Santander estuviese allí, escuchando chismes, excedía sus funciones, pero así al menos hoy tendrían tranquilo al capitán Caruso. Riveiro miró detenidamente a la bibliotecaria.

—Y en todo este tiempo, ¿nunca han escuchado historias acerca de la Quinta del Amo?

—¿Historias? ¿A qué se refiere?

—Bueno, un palacio antiguo, con esos torreones... me refiero a historias de fantasmas, leyendas... —comentó con el tono más informal del que fue capaz.

—Oh, ¡eso! —replicó Adela negando con un gesto—. Chismes de viejas. Yo misma he ido un montón de veces a la Quinta del Amo a llevarle libros a la señora Green, y les aseguro que nunca he visto nada raro.

—Ah, ¿se los llevaba usted misma?

—Claro, muchas veces. Se los llevaba por las tardes, cuando ya había echado la siesta, que no la perdonaba nunca —matizó sonriendo con cariño, como si recordase a la señora Green—. No me costaba nada, es aquí al lado; y las donaciones de la señora Green han ayudado siempre mucho a esta biblioteca. Además, en los últimos años, la pobre estaba en silla de ruedas, ¿saben?

—Sí, lo sabíamos —asintió Valentina.

—Figúrense si era encantadora, que una vez hasta hicimos el club de lectura en su salón. Fue maravilloso, porque era sobre una novela de suspense... déjenme recordar... ¡ay, sí! *Diez negritos*, de Agatha Christie. Imagínense, una noche de septiembre, en un salón como ese, charlando sobre un libro de misterio... ¡hasta se puso la chimenea!

—Por lo que veo, la señora Green se llevaba bien con la gente del pueblo, ¿no? —observó Valentina.

—Oh, sí, era encantadora con todo el mundo, aunque apenas salía... por su problema en las piernas, ¿sabe? Mire, precisamente aquella noche fue cuando nos dijo que nos regalaría el libro de Copérnico... fue en septiembre del año pasado, justo antes de ponerse malita.

—No me diga.

—Sí, sí, como se lo cuento. Una mujer generosa y mecenas de la cultura.

—¿Y se lo dijo solo a usted o a todos los presentes?

—Ay, no, a todos los presentes, ¡que yo no me invento las cosas! No estaba todo el club, seríamos solo nueve o diez... yo misma, también Sergio —aludió, señalando con la cabeza a su ayudante—, el propio Leo... pobrecito.

—Ya... y Leo Díaz, ¿le comentó alguna vez si había visto o escuchado algo extraño en la Quinta del Amo?

Adela se encogió de hombros.

—No me suena, la verdad.

Valentina no insistió. De momento habían obtenido mucha más información de la que esperaban. Aquel libro de Copérnico podría ser un buen móvil para un crimen, pero sería la primera vez que tenía que investigar uno antes de que se hubiese cometido. Harían un breve sondeo con los vecinos y se marcharían a la Comandancia, en Santander. Allí, de momento, no había mucho más que investigar. Se despidieron de la bibliotecaria y de su extraño ayudante y salieron a la calle, donde el verano y un sol abrasador no les hizo sospechar que, entre tanto, Carlos Green ya estaba telefoneando al más extraordinario investigador paranormal que había en la ciudad de Santander.

El profesor Machín
Segunda clase

El teléfono móvil de Christian Valle comenzó a vibrar en su bolsillo, pero el joven decidió no hacerle caso: aquella conferencia era, sin duda, mucho más sustanciosa y relevante que cualquier llamada de teléfono. Después la atendería debidamente, pero ahora, ¡ah, era tan interesante todo lo que contaba el profesor Machín! En la imagen del proyector se veía un cerebro de perfil, sin más, sin anotaciones ni indicaciones. A su derecha, cinco símbolos con una palabra explicativa. Bajo el dibujo de un ojo, figuraba escrito «Vista». Bajo el de una oreja, «Oído». Después, una nariz: «Olfato». Bajo una lengua, «Gusto». Y bajo una mano, «Tacto».

—Hablemos ahora del cerebro humano y de nuestro cuerpo, que de por sí es una máquina asombrosa, ¿les parece? —El profesor Machín tomó aire y se acercó a la imagen—. Disponemos de cinco sentidos clásicos, pero hay otros dos no tan conocidos aprobados por la ciencia, ¿los conocen?

Silencio. Caras de extrañeza. El profesor asintió casi imperceptiblemente, dando a entender que en realidad no esperaba que nadie lo supiera.

—Equilibriocepción y Propiocepción. El primero, el sentido del equilibrio. El segundo, el que informa al organismo de la posición de sus músculos y sus partes corporales en el espacio. Pero, para percibir y entender el mundo, diversas investigaciones de prestigio dan credibilidad científica a la percepción extrasensorial más allá de estos siete sentidos básicos; la existencia de un octavo sentido no tendría nada de fantasmagórico ni mágico, y podría dar respuesta a lo que algunos consideran paranormal. Tal y como apuntaba ayer mismo el señor Valle —dijo, inclinando la cabeza hacia donde se encontraba Christian—, todavía no tenemos la certeza de conocer todas las leyes de la física, y en este curso no podemos dejar de abordar las respuestas que nos podría ofrecer nuestro propio cuerpo. ¿Quién de ustedes no ha tenido alguna vez una corazonada, una intuición certera, un pensamiento que algún ser querido, increíblemente, tuvo al mismo tiempo? ¿Existen, son reales la clarividencia, la precognición, la telepatía? Su explicación... ¿es física o espiritual? ¿Qué creen ustedes?

Como ya comenzaba a ser habitual, el profesor había dejado momentáneamente fuera de juego a la audiencia, que comenzaba a revolverse en sus asientos y a cuchichear.

—Bueno, yo no creo en fantasmas ni espíritus... —comenzó a decir Amelia al mismo tiempo que levantaba la mano—, pero hay hechos, o casualidades increíbles, que no sé si podrían ser explicados por ese octavo sentido que usted dice, profesor. Como lo de los grandes accidentes de tren o de avión... casi siempre hay alguien que se salva porque no subió a bordo en el último momento por causas poco comunes o por presentimientos... es algo estadístico.

—¿Ah, sí? —replicó el profesor enarcando las cejas—. ¿Y ha comprobado que eso no ocurra en los vuelos y viajes en los que no sucede ninguna catástrofe? La gente pierde vuelos y cambia de opinión constantemente.

—Bueno, no lo he estudiado a fondo, yo... —empezó a replicar, avergonzada, como si lo que hubiese comentado, de pronto, incluso a ella misma le pareciese ridículo e infantil. El profesor, amable, la ayudó.

—No crea que es una locura lo que dice, señorita. Es posible que las corazonadas existan. El doctor Rollin Mc-

Craty, director de investigación del Heartmath Institute de California, asegura que el corazón no solo bombea sangre, sino que es un órgano sensorial. Por supuesto, es prematuro afirmar que tenga razón, pero, tras veinte años de estudios acreditados, él ha concluido que el corazón alberga un sistema nervioso propio, que interactúa con el cerebro de distintas formas, entre ellas a través de la amígdala cerebral, teniendo incluso un campo magnético.

—¿Cómo? ¿Magnético?

—Exacto. McCraty, con un simple magnetómetro, midió el campo magnético del corazón. ¿Sabe lo que descubrió?

Ella negó con la cabeza, incapaz de imaginar una contestación razonable. El profesor sonrió.

—Que el campo magnético del corazón es cinco mil veces más potente que el del cerebro. ¿Ven posible —preguntó, dirigiéndose ahora a todos los alumnos— que ese campo de energía pueda ser percibido por otra persona? Desde luego no parece un planteamiento descabellado, sino todavía pendiente de estudio y profundización. En todo caso, nuestro cerebro es un instrumento físico y eléctrico que podría contar con suficiente potencia como para ocasionar efectos sorprendentes... observen —indicó, apretando un botón del mando a distancia sobre el proyector. La anterior imagen del cerebro y los sentidos cambió por otra, algo siniestra, de una farola en un parque dando luz en la oscuridad—. ¿Conocen el efecto SLI? Bueno, yo lo llamo el «Efecto Farola» —se contestó a sí mismo—. El Street Light Interference Phenomenon. Entramos dentro de los fenómenos PSI, que vienen a ser las manifestaciones de los poderes ocultos de la mente, que permiten a algunos individuos realizar proezas inicialmente inexplicables. En los años noventa, un joven se dio cuenta de que, siempre que pasaba ante una farola de un parque, esta se apagaba. Curiosamente, si aún había claridad y no estaba activada, a su paso se encendía. Con el transcurso de las semanas, comprendió que no se trataba de una bombilla estropeada ni de mera casualidad, ya que le sucedía también con otras farolas. Buscó un patrón común, e identificó que solía sucederle cuando estaba cansando, nervioso o inquieto. Intentó demostrar la hazaña a sus amigos, pero, cuando estaba relajado y con el ánimo distendido, sus poderes —dijo, entrecomillando en el aire la última palabra— no funcionaban. La Universidad de Princeton realizó una investigación, ¿y saben qué concluyeron?

Los alumnos guardaron silencio, esperando el golpe de efecto.

—Nada en absoluto. Solo conjeturas. Pero aseguraron que el cerebro contaba con suficiente potencia eléctrica como para realizar la interacción. Y descubrieron casos de personas que eran capaces de influir en los campos electromagnéticos de diversos equipos electrónicos superando las estadísticas de la simple casualidad: gente que hacía que el volumen de la televisión variara en su presencia, a la que las baterías y las pilas de sus electrodomésticos se les agotaban enseguida, casi de inmediato, sin ser conscientes de estar ante un hecho inusual...

—¿Está... está usted diciendo que nuestro cerebro podría disponer de una energía que no tenemos identificada o, digamos, adiestrada? —cuestionó Amelia directamente, sin levantar la mano—. ¿Se refiere a ese tanto por ciento cerebral que se supone que tenemos y no usamos?

—Oh, no, señorita Fernández. Le aseguro que usamos todo nuestro cerebro en la medida de lo posible, no se dejen engañar por ideas egocentristas que aseguran que el hombre tiene una inteligencia y una capacidad cerebral desmedidas. Me temo que esa es una verdad aceptada por muchos y que, en realidad, obedece solo a una interpretación errónea sobre los resultados de las investigaciones neurológicas de los siglos XIX y XX. Sin embargo, la idea de que el cerebro dispone de un tipo de energía que todavía debe ser estudiada en profundidad es un hecho irrefutable. Presten atención.

Clic. Un hombre trajeado y con gafas, de mediana edad y aspecto amable, apoyaba la barbilla sobre la palma de su mano y parecía observarlos tranquilamente desde una foto en blanco y negro.

—¿Sabe quién es, Amelia? —Estaba claro que el profesor ya la había elegido como interlocutora para ayudarlo a dar viveza a su discurso. Como era de prever, la respuesta de Amelia fue negativa.

—Ni idea.

—¿Nadie lo sabe? —preguntó el profesor, repasando a los presentes con la mirada—. Tienen ante ustedes un premio Nobel de Medicina. De hecho, esta fotografía la he tomado prestada de la web Nobel Prize. Saluden a John Eccles, premio Nobel de Fisiología o Medicina en el año 1963. A pesar de ser un reputado científico, reivindicó la espiritualidad de la naturaleza humana, y aseguró la existencia de una fuerza de energía dentro del cerebro, responsable de las transmisiones telepáticas y los fenómenos psicoquinéticos. Astrónomos como Axel Firsoff o psicólogos como Cyril Burt avalaban esta teoría.

—Pero todo eso son suposiciones, no hay nada probado —objetó Christian, que no fue consciente de haber hablado en alto hasta que el profesor se volvió hacia él.

—En efecto, señor Valle. Suposiciones. Estudios, investigaciones. Existen multitud de teorías que pretenden encajar ciencia, universo y espíritu. El hombre, tal y como ya viene evidenciando desde hace miles de años con las religiones, necesita darle sentido a todo, comprender su mera existencia. Los fenómenos PSI existen, pero sigue siendo un misterio saber cómo actúa la energía de la mente. Seguirán haciéndose experimentos: cartas Zener, telepatía, clarividencia, exámenes universitarios... y seguirán surgiendo teorías en las que habrá que ahondar debidamente: neuronas espejo, existencia de una doble dimensión... aunque dudo que en los tiempos que corren podamos avanzar especialmente.

—¿Lo duda? ¿Por qué?

El profesor suspiró.

—Porque hoy, señor Valle, usted y todos los presentes viven en un tiempo en el que la investigación carece de financiación gubernamental adecuada, especialmente cuando no hablamos de armamento; aunque no crean que en los setenta la CIA y la Unión Soviética no invirtieron dinero en estudiar las facultades psíquicas para aplicarlas a cuestiones de espionaje... —explicó con una sonrisa irónica—. Y porque la filosofía, la espiritualidad, la búsqueda de verdades en nuestro mundo interior son materias para las que la sociedad occidental no tiene implantado un verdadero hábito de práctica y estudio. ¿Se ha planteado usted, por ejemplo, qué lleva a un bebé recién nacido a buscar de forma natural el pecho de su madre?

—Eeeh... no, yo... supongo que el instinto.

—El instinto. ¿Y qué es el instinto, señor Valle? Un impulso, una pauta dictada por la genética, una conducta innata dentro de los seres de una misma especie. Pero ¿es realmente la genética la que lo pauta todo?

Clic. En la nueva imagen, más actual y a color, aparecía ahora un hombre de pelo algo desaliñado y mirada despistada.

—¿Les suena de algo la teoría de la resonancia mórfica? Este biólogo inglés, Rupert Sheldrake, asegura que existe una especie de inconsciente colectivo, una memoria global dentro de cada especie, y todo lo que hacen y aprenden los individuos a lo largo de su vida se incorporaría a ese saber común. Hubo experimentos en Inglaterra y Norteamérica, aunque uno de los más clarificadores es el que realizó un psicólogo de Yale a estudiantes voluntarios. Les mostró palabras en hebreo, unas reales y otras inventadas. Los estudiantes, que obviamente no sabían hebreo, encontraron que les resultaba más fácil memorizar y hasta escribir las palabras verdaderas.

Christian levantó la mano. En su rostro, un gesto de extrañeza.

—Pero si esto no son más que teorías, seguimos estando ante un mundo en el que lo paranormal existe, y sigue siendo inexplicable.

—No exactamente, señor Valle. Existen hechos que hasta hace poco se explicaban con fantasías, con magia, con religión y supersticiones, y de los que ahora conocemos su causa científica. Con el tiempo, terminaremos por averiguar qué hay detrás de lo que usted denomina paranormal, no me cabe duda. De la alquimia llegamos a la química; del curanderismo a la medicina, de la astrología a la astronomía. Ocurrirá lo mismo con lo paranormal.

—¡Pero es que hay cosas que la ciencia ya ha sido incapaz de explicar! —exclamó Christian con vehemencia—. Casos de bilocación, de combustión espontánea... la radiestesia, los cambios bruscos de temperatura cuando hay manifestaciones de fantasmas o de lo que sea que hay al otro lado, las psicofonías... —De pronto, el joven interrumpió su discurso como si se le hubiese ocurrido el argumento definitivo—. Usted, que es escéptico, ¿dispone de alguna teoría que explique, por ejemplo, las experiencias de las personas que han regresado del más allá?

—¿Del más allá? —El profesor pareció meditar la cuestión unos segundos—. Se refiere a las muertes clínicas en las que los individuos terminan por recuperarse, entiendo.

—Sí.

—Bien, casos ECM, Experiencias Cercanas a la Muerte... —aclaró, para el resto de los presentes—. Por lo que sé, la mayoría de esos pacientes muestran una sintomatología común, que imagino que es a la que se refiere: dicen haber sentido una paz inmensa, haber visto una luz e incluso su propio cuerpo desde una posición más elevada, como si ellos mismos fuesen espíritus... Probablemente se trate de ensoñaciones, juegos de la mente, señor Valle. Cuando dormimos también soñamos, y a veces nos parece absolutamente real, y no lo es.

—No, no puede ser. Les ha sucedido a personas ciegas, que han podido describir la sala en la que las estaban operando, o donde quiera que estuviesen al morir. Y le ha pasado a gente que tenía anestesia general, ¿cómo iban a estar soñando?

—En primer lugar, señor Valle, tendríamos que volver al principio. ¿Recuerda nuestra conversación de ayer? ¿Qué dijimos que habría que hacer cuando un paciente manifestase haber vivido experiencias paranormales?

—Pues... comprobar su estado de salud, pero...

—Pero si no lo hacemos no podemos estudiar con seriedad el fenómeno. ¿Sabe usted qué es la ketamina?

—¿La keta... ketamina? No, no lo sé.

—Se trata de una droga utilizada como sedante y anestésico; ¿sabemos si fue empleada por los médicos que atendieron al paciente concreto al que usted alude?

—Bueno, no hablo de alguien concreto, son datos generales...

—Ajá —le cortó el profesor—. Hablando entonces en términos generales, ¿sabe usted que la ketamina se utiliza para la inducción de la anestesia general y que uno de sus principales efectos secundarios pueden ser las alucinaciones? La sensación de abandonar el propio cuerpo y flotar es similar a la que puede llegar a tener un consumidor de LSD. Cada caso es distinto e individualizado, y cada uno tiene una explicación lógica, aunque no conozcamos todos los entresijos de la física ni de la mente humana. ¿Sabe qué es la criptomnesia?

—No —reconoció Christian, algo apabullado ante tanta información.

—Nuestra memoria oculta. Registramos en nuestro inconsciente todo aquello que vemos, que escuchamos, hacemos o experimentamos. Si cuando usted salga de aquí siente deseos incontrolables de tomar una hamburguesa, puede ser porque tenga hambre, sí, o porque haya visto de refilón, sin ser consciente de ello, un cartel de McDonald's en la puerta de su casa. Si un paciente ECM narra esos paseos por el aire conforme ha visto su propio cadáver y a un grupo de médicos trabajando con él, piense: ¿no vemos imágenes así desde niños, en las películas? ¿Y no hemos leído o escuchado historias como esa desde siempre? ¿No cree que algo puede haberse quedado en nuestra cabeza? Lo mismo ocurre cuando nos encontramos con alguien que hacía tiempo que no habíamos visto pero que, casualmente, ese mismo día se había cruzado en nuestro pensamiento. ¿Quién le dice a usted que, en realidad, no llevásemos cruzándonos semanas y hasta hoy no hayamos contextualizado su presencia? O es posible que alguien, alguna vez y hace tiempo, nos hubiese dicho que esa persona trabajaba allí, en aquella calle o ciudad, y nosotros lo hubiésemos olvidado, o sencillamente desechado como información no fundamental. Pero ese dato estaba ahí, escondido, en reposo, aunque desconectado.

El profesor Machín paseó por el escenario hasta situarse justo en frente de Christian y Amelia.

—No dispongo de verdades irrefutables para ustedes, pero sí les dejo en sus manos las llaves del conocimiento, el ánimo para seguir investigando, comprobando y descubriendo. Mañana les mostraré cuántas fábulas, fantasmas y supersticiones hemos incorporado a nuestras vidas, e intentaré mostrarle al señor Valle argumentos racionales que explican algunos de los supuestos que ha planteado; sin embargo, y como verán, la mayoría están causados por el extraordinario y potentísimo fenómeno AAA.

Y, tras decir esto —y mientras Christian notaba cómo volvía a vibrar su teléfono móvil en su bolsillo—, el profesor guiñó un ojo a la audiencia, apagó el proyector y se dio la vuelta, dando por terminada su exposición.

Clara Múgica observaba el cadáver de Leo Díaz sobre la mesa de autopsias. Su joven ayudante, Almudena Cardona, ahogaba un bostezo de aburrimiento.

—Este hombre tuvo infartos previos, esto es de manual —dijo Cardona mientras observaba la cavidad torácica, que ya estaba abierta en forma de Y—. En el miocardio se aprecian claramente antiguas fibrosis —apostilló.

—Sabes que el estudio macroscópico no es definitivo... —objetó Clara, acostumbrada ya a la habitual precipitación de Cardona para sacar conclusiones—. Y hasta dentro de uno o dos meses no tendremos los resultados del estudio patológico.

Clara Múgica suspiró, al tiempo que retiraba el corazón del cadáver para remitirlo al Servicio de Anatomía Patológica de Valdecilla. Permaneció concentrada y siguió trabajando.

—Pulmones edematosos... vamos a pesarlos.

Cardona le dio las cifras.

—493 gramos el izquierdo y 617 el derecho.

—El edema es innegable —murmuró Clara—, aunque no parece fumador.

—A lo mejor se atiborraba de grasas y de comida con mucha sal, ya sabes.

—Ya, ¿pero has visto su sangre, qué fluida es y qué color tan vivo? A ver qué dicen en Toxicología. Tiene algunas livideces de color cereza por el cuerpo que no me cuadran, podría haber algún tipo de intoxicación.

—¿Cianuro? —aventuró Cardona.

—Podría ser. Sin embargo, si no fuese por esto, parecería un infarto de manual, como tú dices. Vamos con la cavidad craneal.

Tras un rato de trabajo, terminaron pesando el cerebro. Un kilo ciento doce gramos. El cerebelo, ciento sesenta y tres gramos.

—¿Has visto? —preguntó Clara a Cardona señalando el encéfalo.

—Congestión vascular —apreció su ayudante—. ¿Qué crees que podría...?

—No lo sé, no hay lesiones patognomónicas destacables ni definitivas, de momento estamos ante un infarto, pero no descartemos nada. Cuando recibamos el estudio químico toxicológico veremos.

—Pues cuando los polis sepan el tiempo que tienen que esperar les va a dar un síncope. ¡Qué raro que no te hayan querido meter prisa!

—Se supone que trabajamos con la hipótesis de una muerte natural. ¿Por qué nos iban a meter prisa?

Carlos Green estaba nervioso. ¡Vaya locura! ¿Por qué se habría dejado convencer por Cerredelo? Solo era un abogado hípster con ínfulas de sabelotodo. Le resultaba extraordinario que su abuela tratase con semejante personaje para sus asuntos legales en España. Pero ahora él, Carlos Green, el famoso escritor, estaba en la encantadora salita del café de la Quinta del Amo esperando a que llegase un investigador paranormal. Habían quedado a las cinco de la tarde. ¿Sería puntual? ¿Tendría aspecto de *hippie*, de bohemio, de loco? Por teléfono le había parecido bastante normal.

El sonido de unos pasos lo sacó de sus pensamientos.

—Tengo buenas noticias —anunció Óscar Cerredelo, entrando por la puerta y colgando su teléfono móvil—. Al final de la tarde ya traerán a Pilar Álvarez. Le han tomado manifestación asistida por un compañero de mi bufete y la dejan en libertad; consideran que no hay riesgo de fuga ni colaboración necesaria en los hechos en los que podría haber estado implicada.

—Y esos hechos, ¿son graves? Porque no me gustaría tener a una asesina en serie limpiando el polvo por aquí, ¿me explico?

El abogado negó con la mano, sonriendo y restando importancia.

—Tranquilo, señor Green, nada grave. Unos asesinatos hace un año...

—¿Asesinatos? Qué bien. ¡Me quedo más tranquilo!

—No, no, asesinatos en los que el culpable fue identificado, por supuesto, y le aseguro que no era ella. Lo que pasa es que había indicios, que no pruebas, de algún tipo de colaboración, pero ya le digo que esto el juez lo va a archivar, seguro. Ya me dirá qué hacemos con ella, si arreglamos sus papeles y sigue aquí contratada, si la despide, si quiere que le busque a otra persona para mañana mismo...

Carlos Green suspiró y se peinó con la mano su cabello rubio, hoy más indomable que nunca.

—No lo sé, Cerredelo. Hoy llevo un día muy largo. De momento, dejemos que se quede en la casita del servicio. Hablaré mañana con ella y decidiré qué hacer. Además, en solo unas semanas ya estaré de regreso en California.

—Quizás podría hospedarse en un hotel entre tanto, señor Green —sugirió el abogado, atusándose la barba en gesto reflexivo—. Lo digo para evitar... malas energías.

—No —contestó el escritor convencido—, de momento esta es mi casa y de aquí no me muevo. Tengo que terminar la novela y averiguar qué ocurre en este palacio —concluyó, y dio un sorbo a un vaso de cristal sobre la mesa.

—Vaya, ¿whisky?

—Sí —reconoció Green—. Una copa para un día como hoy no me viene mal. Entre el jardinero, la asistenta y la chica fantasma creo que me lo he ganado.

—Estoy de acuerdo. Lo acompaño.

Ambos bebieron despacio, con calma, apenas sin hablar. A las cinco en punto llamaron a la puerta.

El ladrón de olas, de Carlos Green
Borrador de novela

Regresar. Siempre llega un momento en que hay que hacerlo, aunque sea en sueños. Cuando volví a Suances tenía veintiún años y acababa de quedar entre las mejores posiciones del campeonato mundial de surf de Huntington Beach, en California.

Convencer en su día a mi padre para que me dejase practicar surf no había sido fácil, pero creo que persuadirlo fue más asequible gracias, en parte, al divorcio. Nuestros adúlteros progenitores procuraban contentarnos. Pero nuestras discusiones siempre regresaban, perennes, cíclicas, odiosamente oportunas.

—Lo que tienes que hacer es ir a la universidad y dejarte de idioteces. Estudia Económicas, o Empresariales, algo que te sirva para gestionar los negocios de la familia.

—Papá, con el surf también puedo ganarme la vida.

—¡Ja! ¿Cómo? ¿De *hippie*? Ah, ya sé qué vas a hacer. Vas a ganar muchos campeonatos estúpidos y con treinta años ya serás un viejo y tendrás que poner una tienda de surf en Venice Beach. ¿A eso aspiras? ¿A ser tendero?

—Papá...

—Y eso... —seguía perorando— si no te rompes la crisma antes, o la columna, o te ahogas. ¡La culpa es de tu madre! No tenía que haberte consentido tanta tontería. Y esos viajes... Cada vez que lo pienso...

Mi padre se refería a mis aventuras buscando olas.

A veces era cosa de campeonatos, pero otras, la mayoría, las financiaba mi madre. Puerto Escondido en México, islas Mentawai en Indonesia, Jeffreys Bay en Sudáfrica...

[...]

El verano que regresé a Suances, mi abuela acababa de quedarse viuda, así que mi padre me había pedido que la acompañase con la idea de estar allí dos o tres semanas. Pablo se había negado a volver, porque además había comenzado unas prácticas estivales en un despacho de Los Ángeles: por fin un abogado en la familia. En cuanto a Tom, había comprometido su verano en una ONG en Cuzco, Perú. Creo que, por mucho que dijese mi padre, él era el que más *hippie* había salido de los tres. Planeaba por entonces estudiar Medicina y hacerse uno de esos médicos sin fronteras ayudando al mundo.

[...]

Cuando llegué al palacio del Amo, recuerdo que todo me pareció mucho más pequeño. Como si lo hubiesen encogido. Como si yo, nueve años atrás, lo hubiese mirado desde un ángulo diminuto y diferente. La ausencia de mi abuelo Peter era palpable. Un extraño silencio se había apoderado de algunos de los lugares de la casa.

De pronto, mi abuela me parecía distinta. Yo la veía con frecuencia en California, pero allí, sin previo aviso —y sacada de su contexto habitual—, parecía que se me presentaba con una cáscara diferente. Más envejecida, más cansada y encogida. Las piernas le comenzaban a fallar, pero el ánimo positivo lo mantenía intacto a pesar de haberse quedado viuda hacía poco. Con la excusa de los libros, viajaba a ferias, asistía a charlas, debatía sobre autores y lecturas. Su hermana Grace, la alegre e irreverente Grace, se había matado con el coche tres años atrás, cuando el alcohol ya había empezado a formar una parte tan indisoluble de su vida que no lo abandonaba ni para conducir. Un accidente que, por fortuna, solo mató a Grace y no afectó a ninguno de los vehículos con los que se cruzó en sentido contrario. Creo que aquello, de alguna manera, también había encogido a mi abuela, desinflando la antigua fuerza de su sonrisa.

—¿Vas a ir a los Locos?

—Sí, a coger unas olas.

—¿No llamas a ningún amigo?

Me reí de buena gana.

—No conservo el teléfono de ninguno. La mayoría se habrán largado, abuela.

Ella me miró sin decir nada y se fue a revisar el correo a una especie de despacho que había preparado junto al invernadero. Desde allí, en una zona alejada del vergel pero que le pertenecía, mi abuela parecía adentrarse en otro mundo. Su mundo.

[...]

—Eh, ¡tú! Otra vez te esperas, más cuidado...

—Perdona, tío, no te había visto.

—Ya. Seguro, como todos —replicó mi interlocutor sin dejar de remar sobre el agua y ojeando descaradamente mi tabla (y la mía era de las nuevas, última generación, extracara. Me había costado una cantidad indecente facturarla. La suya quizás había dejado de fabricarse hacía ya un par de años)—. Otra vez, si ves a alguien en pico de la ola te esperas. Cae de cajón, joder.

Guardé silencio un par de segundos mientras remaba sobre mi tabla, a su lado, en las aguas de la playa de los Locos. Aquel chico surfeaba de miedo y se le veía oficio. Aquella forma de hablar, su gesto...

—¿Nacho? —¡Nacho! Aquel niño intrépido que se había fabricado una tabla de surf añadiéndole el cable de una plancha.

Tardó varios segundos en reconocerme. Primero, la

sorpresa de que yo supiese su nombre. Después, su asombro al darse cuenta de quién era yo.

—Hostias, ¡Carlitos! No me jodas... ¡cuánto tiempo! ¿Qué tal, tío?

—Bien... perdona por lo de antes —insistí—, de verdad que no te había visto. —(Aunque sí, antes de darme cuenta de quién era, me había colado a posta para coger aquella fantástica ola. No podía evitarlo: me gustaba ganar, necesitaba ser el primero. ¿Qué culpa tenía yo si lo de esperar turno no iba conmigo?)

—Anda ya, cabronazo. ¿Y cómo tú por aquí? ¿Habéis venido todos? —preguntó mirando hacia la orilla, como si allí pudiese ver a Pablo o a mi abuela.

—No, no. Solo yo. Es el primer año que mi abuela viene sola, se ha quedado viuda.

—Vaya... no lo sabía, joder. Lo siento. ¿Y por qué has tardado tanto en volver? ¿Cuánto hace, diez años?

—Bueno, ya sabes, la distancia, la familia...

En realidad, mi madre se había negado en redondo a que regresásemos y la dejásemos otro verano *sola*, que *para eso era nuestra madre*, y el palacio del Amo era, de pronto, el hogar del enemigo, al tratarse de la casa de mi abuela paterna; después, siempre había habido algún campamento de verano al que acudir, alguna fiesta estival que no perderse... ¡y España estaba tan lejos! En todo caso, no me apetecía contarle a Nacho, tras robarle una ola, que mis padres, aun pasados tantos años, solo se hablaban a través de sus abogados y que nosotros solo habíamos sido una manipulable e infantil moneda de cambio para sus chantajes.

[...]

—Abuela, esta noche salgo.

—Vaya, si solo llevas tres días aquí. Lo tuyo es llegar y vencer: «*Veni, vidi, vici*».

—¿Qué?

—Vine, vi y vencí. De Julio César... ¿qué pasa, criatura, es que tú no lees, solo te metes en el agua?

Me reí.

—Sí que leo, abuela, pero las lenguas muertas no son lo mío. ¿Ahora te ha dado por el latín?

—No digas tonterías —me riñó, con cariñosa condescendencia—, es una frase tan vieja que se ha convertido en refrán. ¡Así que ya me dejas sola!

Me volví, como si de pronto me hubiese dado cuenta de por qué estaba en España. Por ella. Era su primer verano en el palacio del Amo sin mi abuelo Peter. Se rio.

—Por Dios, Carlos, querido, ¿has visto qué cara has puesto? ¡No pensarías que ahora me iba a convertir en una de esas viejas de pelo teñido y ahuecado que se hacen las víctimas todo el santo rato! —me dijo, enarcando una ceja—. Sal por ahí y diviértete, ya tienes veintiún años. Yo estaré bien. Tengo a Mary, a mi cocinera, a Leo...

—¿Quién es Leo?

—El jardinero, ¿o es que no te acuerdas? Vete tranquilo, si precisamos la testosterona de un hombre lo llamaremos, vive aquí al lado —añadió con ironía.

Me despedí y salí del salón del palacio del Amo. Estaba preparado para encontrarme con mis viejos amigos del mar.

[...]

Habíamos quedado en un lugar llamado Patapalo, y a la primera que vi fue a Ruth. Estaba espectacular. Se había aclarado el cabello, ahora era rubia y llevaba una camiseta ajustada que dejaba sus hombros al descubierto. Sus pantalones cortos eran tan breves que resultaban inevitablemente sugerentes (yo tenía veintiún años, ¡imposible controlar la mirada!).

—Vaya, vaya... mira quién está aquí. Ya me han contado que has venido solo y que ahora eres un campeón de surf —me soltó al tiempo que me daba dos besos y me abrazaba como si realmente me hubiese añorado.

Su perfume era delicioso y su manera de rozarme y de mirar me dejaba hipnotizado. En realidad, creo que medio local estaba pendiente de ella, de cómo se peinaba el cabello con los dedos y de cómo caminaba, hablaba y se movía al ritmo de la música. Pura sensualidad. Me dijo que estaba estudiando Derecho en Santander, y me dejó impresionado. Toda una universitaria que disfrutaba su juventud.

—Oye... y tu hermano qué, ¿no vuelve al pueblo?

—Tom está en una ONG en Perú.

—Qué espabilado te has vuelto —me miró con picardía—. Ya sabes por quién te pregunto.

Sonreí.

—Pablo está haciendo prácticas de lo mismo que estás estudiando tú, mira qué casualidad.

—¿También va para abogado? ¡Vaya!

Le expliqué por encima cómo iba la vida de mi hermano en California, pero no quise extenderme demasiado ni perder el tiempo, porque a cada cosa que decía Ruth reaccionaba con mil preguntas. No recordaba que hablase tanto, la verdad.

—Oye, ¿y Lena? No la he visto por aquí —pregunté de la forma más liviana y despreocupada posible, como si me diese lo mismo.

—¿Lena? Pero hombre, ¡si la tienes detrás!

Me volví y ella me estaba mirando con una sonrisa y una copa en la mano. Creo que debía de llevar observándome un buen rato. Ya no llevaba gafas, y también se había aclarado el cabello (supuse que sería una moda, ¡ah, los noventa!). Llevaba un vestido ligero, largo hasta los pies y con un generoso escote de tirantes. Qué bronceada estaba y cómo relucía su piel a crema y a verano. A pesar de que brillaba en su juventud, de que estaba guapa, no despedía la sensualidad ni el atractivo de Ruth. Ahora pienso que Lena era de esas mujeres que, para apreciarlas en toda su dimensión, debes conocerlas; de lo contrario, a pesar de su belleza, pasan desapercibidas.

Me dio dos besos. Olía a limpio, a jabón de flores y a mar. Con el ruido de la música y con la cantidad de gente que comenzaba a entrar en el local, se hizo necesario acercarnos y gritarnos el saludo al oído (era incómodo, pero una excusa perfecta para aproximarse).

—Cuánto tiempo sin verte, ladrón de olas.

—Sí... han pasado casi diez años. Estás muy guapa.

—Gracias... Pues tú has mejorado mucho, ya no tienes acné y te han salido músculos —añadió, tocando mi brazo con la mano (¡ah, qué mano más suave!).

—De aquí sacan el acero para hacer tanques —bromeé, hinchando mi bíceps. En realidad, no estaba muy musculoso, sino fibroso. Me mantenía delgado y en forma—. Tú también te has deshecho de las gafas.

Ella se rio, señalando sus ojos.

—Hago trampa... ¡lentillas!

—Ven —le dije, acercándola a la salida para poder hablar.

Nos apoyamos en un banco fuera del local, todavía envueltos por su música, pero allí podíamos charlar más tranquilamente. Estuvimos un buen rato hablando de tonterías, de mis viajes, de cómo estaba mi abuela allí sola en el palacio del Amo, de cómo había cambiado el pueblo en aquellos años... por fin, condujimos la conversación hacia puntos más interesantes.

—No quiero entretenerte, seguro que habrás quedado con tu novio —tanteé.

—No tengo novio.

—Ah.

—¿Y tú?

—Tampoco tengo novio.

—Te has vuelto muy chistoso.

Me reí.

—No, no tengo novia.

—Pobrecito, y yo que ya había hecho a media California suspirando por tus huesos.

—Ya ves. Y tú, ¿has tenido muchos novios?

—Anda, ¿y a ti qué te importa?

—A mí, nada, por saber. Por tener conversación. Yo he tenido muchas novias —fanfarroneé, dando a entender que estaba de broma.

—Qué impresionante. Pues cuando no haces de Casanova, al parecer, estás hecho un campeón de surf...

—Bah, poca cosa. ¿Quién te ha dicho eso?

—Un pajarito.

—Aún me quedan unos cuantos títulos por ganar —repliqué con fingida modestia, encantado de su reconocimiento—. ¿Y tú? ¿Ya estudias para bibliotecaria, escritora, o alguna de esas cosas que ibas a ser?

—No —negó sin perder la sonrisa, aunque habría jurado atisbar cierta incomodidad por su parte—. Tienes ante ti a una estudiante de auxiliar administrativo que en su tiempo libre trabaja de cajera.

—¿De cajera?

—Sí, en el supermercado de mis padres. Para echar una mano, ya sabes.

—Ah. Sí, claro... ¿Y qué más? ¿Qué has hecho en este tiempo?

Lena se encogió de hombros.

—Poca cosa. Algún viaje, estar por aquí, estudiar...

—Entonces ¿aquel sueño de trabajar con los libros?

Ella suspiró, molesta ante mi insistencia. La conversación, de pronto, parecía en efecto haberse vuelto incómoda.

—Sigue estando ahí, pero ahora tengo que trabajar y ganar dinero para ayudar a mis padres. A los chicos ricos de California esto os sonará a chino, claro.

—Yo no soy un niño rico. —«Tan directa como siempre», pensé.

—No, no, claro que no...

—He llegado a donde estoy con mucho trabajo...

—Ya me imagino que los chicos millonarios tenéis más facilidades para robar olas que los demás.

—Oye, ¿ya vamos a discutir?... ¡Acabo de llegar!

No sabía exactamente qué había querido decir con aquello. ¿Insinuaba que había podido practicar surf tantas horas solo porque mi familia era rica? Quizás fuese cierto, no iba a negarlo. ¿Y a qué venía lo de robar olas? Sí, me gustaba ganar, ¿a quién no? Eso era todo. Ella me miró durante unos segundos en completo silencio, supongo que midiéndome, analizando en quién me había convertido.

—Carlos, me alegro por todos tus éxitos, de verdad... —declaró, suspirando y con gesto conciliador—. Tienes que estar muy contento. Te felicito, en serio. Ven, te invito a tomar algo —dijo, haciendo ademán de volver a entrar en Patapalo.

—Oye —le dije, cogiéndola de la mano y señalando el cielo nocturno y estrellado—, ¿para qué vamos a entrar ahí pudiendo dar un paseo genial? Con la noche que hace...

—Vaya. ¡Va a ser verdad que eres un donjuán! Qué quieres, ¿llevarme a la playa, así, directamente, a los cinco minutos de llegar?

—¿Y por qué iba a llevarte a la playa?

Ella se rio.

—Porque muchos se van a la Concha y a la Ribera para enrollarse, por eso. Es que, viniendo de ti, me esperaba algo más tradicional. Ya sabes, lo típico, que se lo pidieses a todas y me dejases para el final, que hubiese un cortejo de al menos diez minutos, no sé...

Tiré de su mano y la acerqué a mí.

—No eres el plan B.

—Tú sigues pensando que eres el rey de la fiesta, ¿eh? Llegar y vencer.

Me quedé parado, sorprendido. Justo lo que me había dicho mi abuela Martha aquella misma tarde. Llegar y vencer. ¿Ese era mi estilo?

De pronto, llegó corriendo Ruth con otra amiga.

—Pero bueno, ¡estabais aquí! Venga, Carlos. Han llegado los demás y quieren verte. ¡Y en el Patapalo invitan ahora a una ronda!

[...]

Aquella noche fue divertida. Lena y yo tonteamos, nos reímos, contamos anécdotas viejas. Salí con aquel grupo —que de pronto volvía a ser mío— todas las noches de aquella semana. Fueron veladas inolvidables, de risas, de complicidad. De sentirnos jóvenes e invencibles. El verano era poderoso y su energía vital nos arrastraba, nos llevaba a vivir; a acostarnos tarde y a madrugar para coger buenas olas y pasarnos las tardes felices, agotados y adormecidos.

Recuerdo un día en que fuimos todos paseando hasta la Punta del Dichoso por los acantilados que bordeaban la playa de los Locos. Al final del camino nos esperaba Roca Blanca. Era una extraña península, imponente, de piedra caliza clara y fragmentada. Parecía una nube pétrea formada por cirros que nunca terminaban de separarse.

—¿Quién se lanza conmigo al agua?

Miré a Nacho. ¿Hablaba en serio?

—Es broma, ¿no? —repliqué mirando la altura del acantilado. No era excesiva para un salto, pero desconocía la profundidad. Tampoco tenía ni idea de las rocas que podría haber bajo el mar, que aquel día estaba extraordinariamente calmado.

—Anda, ¡el campeón de surf se nos echa atrás!

Y, sin esperar contestación por mi parte, Nacho se quitó las zapatillas y la camiseta. Avanzó unos metros, guiñó un ojo a las chicas y se lanzó al vacío. Todos fuimos corriendo hasta el borde del breve acantilado que formaba Roca Blanca. Nacho tardó unos largos segundos en salir del agua. Cuando lo hizo, su sonrisa era infinita, de pura energía y satisfacción.

—¡Qué, Carletes! ¿Te tiras o no? ¡Vamos! —me gritó riéndose desde el agua.

Lena, Ruth y los demás me miraban con curiosidad. Reconozco que sentí miedo. ¿Sería capaz de hacerlo? Maldita sea, estaban las chicas delante, no podía quedar como un idiota. Yo siempre ganaba, siempre conseguía lo que quería, era el ladrón de olas. Sin saber cómo, me encontré desnudándome y quedándome en bañador al borde del acantilado. Miré a Lena, que era la única que no me jaleaba para tirarme al agua. Me sonrió, creo que para ofrecerme apoyo. Quizás ella fuese la única que supiese que, en el fondo, yo era bastante cobarde. Esperé varios segundos.

—Qué coño —murmuré. Di un paso adelante y salté al vacío.

Qué sensación, qué plenitud, cuánta adrenalina. Cuando salí del agua grité de pura emoción. Un aullido de sincera felicidad por estar vivo, por haber sido capaz de hacerlo. A mi júbilo se unió Nacho, que ya nadaba cerca del acantilado, preparado para escalarlo y salir del agua. Desde arriba, otros dos chicos se lanzaron al mar, e incluso Lena, tras pensárselo bastante, terminó por hacer el salto. Ruth, sin embargo, decidió no arriesgarse. «Acabo de alisarme el pelo, ni hablar», se excusó, aceptando nuestras inevitables bromas al respecto.

Allí, en aquel momento y en aquel lugar, con la irreverente juventud precipitándose por nuestras venas, sentíamos que nada podía con nosotros, que éramos los mejores. Ahora que lo analizo con mirada de verdadero adulto, creo que sí, que en cierto modo era verdad. Nos sentíamos invencibles porque amábamos la vida. Sin pensarla como los ancianos, sin ignorarla como los niños. La juventud estaba en nosotros. ¿Qué más podíamos pedir?

[...]

Una de aquellas noches bebí demasiado. Desde luego, el concepto de cubata español excedía con mucho el de la copa norteamericana. Yo, deportista entregado, no solía beber y, además, en California solo era legal desde los veintiuno. Pero aquella noche... Ah, creo que quizás fui incluso impertinente. Pero pensaba que aquel era nuestro momento y que había que tomarlo. Cogí a Lena de la mano en el Patapalo y le pedí que me acompañase fuera.

—¿Nos vamos a dar una vuelta a la playa? (Ahora ya sabía lo que implicaba aquella invitación.)

—Estás borracho.

—Quién, ¿yo?

Me acerqué y la besé en los labios con pasión, entregado. Al principio, me devolvió el beso, pero terminó por apartarme.

—No, Carlos, así no. Estás que te caes.

—Joder, qué estirada eres, Lena, bonita.

—¿Cómo...?

—Que ya estoy harto de que te hagas la mojigata, joder. ¿No ves que me gustas? Y yo a ti, no lo niegues —aseguré, pretendiendo poner cara de conquistador, aunque casi me tropiezo conmigo mismo, y fue ella la que tuvo que agarrarme para evitar que me cayese.

—Carlos, no estás bien. Creo que tienes que irte a casa. Te llevo.

—¿Qué...? ¿Me llevas? —Recordé que sí, que ella conducía un viejo y destartalado coche que era de sus padres—. No, no... Mira, ¿por qué no te vas tú? Yo sigo de fiesta —le dije enfadado. No entendía por qué no quería estar conmigo. De qué iba, ¿de monjita virginal y aburrida?

Recuerdo vagamente que discutimos.

Solo sé que de aquella noche guardo lagunas en la memoria, y que amanecí abrazado a un cuerpo de mujer sobre una tumbona olvidada de la playa de la Concha.

La soledad no buscada es, sin duda, una fuente inagotable de delirios y de tristeza. Christian Valle lo sabía. Ahora esperaba en la puerta de la Quinta del Amo con total tranquilidad. No era la primera vez que lo llamaban de un viejo caserón porque sus moradores escuchaban ruidos. La mayoría de las veces sus *clientes* no eran más que personas de avanzada edad solitarias, que sencillamente se habían parado a escuchar sonidos a los que antes no prestaban atención.

Al lado de Christian, dos miembros de su equipo: Pedro y Muriel. El primero había podido acudir a la cita de milagro, cambiando su turno de camarero a un compañero. «Tío, cuando sea así, avísame con tiempo, joder.» Pedro era amigo de Christian desde que eran niños, y siempre que podía lo acompañaba a sus investigaciones. Su cometido se reducía a manejar los sensores y aparatos que llevaban para estudiar los fenómenos si se daban. Pero él, en realidad, se conformaba con la posibilidad de vivir una aventura, porque ni creía ni dejaba de creer. Solo pasaba el tiempo con aquello. Además, le debía unos cuantos favores a Christian. Las amistades forjadas en la infancia, a veces, consolidan vínculos asombrosos.

La presencia de Muriel, sin embargo, resultaba mucho más excepcional. Ella era distinta. Sensitiva, espiritual. Una médium cada vez más valorada y reconocida, a pesar de su discreción. Era extraordinariamente pequeña. De lejos, parecía una niña. Al acercarse, uno podía comprobar que sufría una acondroplasia típica: la cabeza más grande de lo normal, un tronco de proporciones más habituales y las extremidades pequeñas. El enanismo no había arrebatado personalidad a su rostro, que era dulce y pecoso. Su mirada transmitía tranquilidad. Solo acudía a la llamada de Christian cuando tenía la sensación de que debía hacerlo. Y eso no ocurría casi nunca, y mucho menos en las exploraciones nocturnas que él y Pedro hacían a lugares abandonados, investigando conexiones con otros planos y otros seres. Ella era mucho más reservada y prudente. Ambos se habían conocido cuatro años atrás, cuando una anciana de El Astillero los había llamado para que acudiesen a su piso, asegurando que sufría manifestaciones demoníacas en las paredes. Nada más llegar, comprobaron que solo se trataba de manchas de humedad, pero a Muriel le gustó la delicadeza con la que Christian había tratado a aquella mujer, de la que solo había que exorcizar la soledad.

—Este lugar debe de ser enorme —apreció Muriel mientras observaba la longitud de los muros.

—Como todos los caserones de ricos —apostilló Pedro repeinándose nervioso. Se aseguró de que hasta su último cabello estuviese en el lugar adecuado y resopló—. Bueno, qué, ¿abren o no?

Justo en aquel momento, Óscar Cerredelo abrió la enorme puerta trasera, sobre la que, en hierro forjado, aparecía escrito QUINTA DEL AMO. Tras él, Carlos Green los observaba con curiosidad. Formaban una curiosa pareja: con aquel calor, el abogado, en traje, repeinado y con una densa barba; y, a su lado, el rico propietario con imagen de rubio surfista burgués. Su suave y jovial bronceado parecía restar solemnidad al encuentro. Se saludaron cordialmente y los llevaron a la salita del café. El escritor observó detenidamente a Christian: que fuese completamente vestido de negro le daba un aspecto sobrio; su gesto serio y firme hizo que decidiese confiar en él de forma instintiva. ¿Para qué iba a andarse con rodeos, a aquellas alturas? Le contó todo lo que había sucedido hasta entonces, sin guardarse nada.

—Bueno, en fin... y hay otra cosa.

—Dígame, señor Green. Con plena confianza. Lo que nos cuente no saldrá de aquí —insistió Christian mirando a sus compañeros, que asintieron dando su conformidad. Carlos Green suspiró.

—Desde hace unas semanas, tengo la sensación de que algo me hace daño.

—A qué se refiere... ¿daño físico?

Por toda respuesta, Green se levantó la camiseta y les mostró dos gruesos y feos moratones. Uno cerca del ombligo y otro en el costado. Tenía otro menos evidente en la pierna izquierda, que les mostró subiéndose un poco las bermudas. Christian se puso serio, e incluso Cerredelo ahogó un exabrupto de pura sorpresa.

—¿Cuándo sucedió la agresión?

—Nunca, que yo recuerde. Me levanto por las mañanas con estos golpes.

Christian meditó unos segundos.

—¿Cabe la posibilidad de que sea usted sonámbulo?

—Lo dudo. Para mí, desde luego, sería una sorpresa. Algo nuevo, en todo caso.

—Bueno, nos dijo que practicaba surf... ¿no puede ser que se haya golpeado al hacerlo? En caliente uno no se da cuenta, y luego al llegar a casa...

—Que no, que no... le digo que ha sido aquí. Incluso duermo con el cerrojo echado.

—¿Y no toma ningún tipo de medicación? Pastillas...

—Nada, de verdad.

Christian dudó antes de continuar, pero tenía que preguntarlo.

—¿Drogas?

—¡No, por Dios! ¡No tomo nada!

—Pero si algo le atacase tendría que despertarlo al golpearlo —observó Muriel, que hasta ahora había permanecido callada.

—Exacto, ¡exacto! Por eso no entiendo nada, no sé qué demonios está pasando.

—¿Y no ha ido al médico? —preguntó Christian, conciliador.

—¿Al médico? ¿Y qué le diría? ¿Que me encuentro perfectamente pero que un ente desconocido me golpea sin que yo me entere? No, no, ni hablar. Además —insistió, señalándose la pierna derecha—, desde que tuve un accidente no me llevo muy bien con los médicos.

—Ya. En todo caso, hay un hecho curioso en todo lo que nos ha contado, señor Green.

—¿Sí? ¿Usted cree? ¿Solo uno?

Christian sonrió ante el sarcasmo de su interlocutor.

—Bueno, varios. El primero es que los fenómenos son diferentes según el inquilino de la casa. Usted ha escuchado música, ha visto a una joven vestida como en los años cuarenta o cincuenta justo aquí, en ese invernadero, ¿es así?

—Sí, así es.

—Bien. Pues según lo que nos ha contado, tanto su asistenta como el jardinero no escucharon ni vieron nada de eso. Nada de música ni de fantasmas, sino ruidos, sin más. Y han visto objetos cambiados de lugar, y luces encendidas donde debería haber oscuridad.

—¡Eso también me ha pasado a mí! He visto luces en esta zona desde mi torreón en el ala oeste, he cruzado el palacio hasta el ala este y nada, todo apagado.

—El ala este... donde estamos ahora, entonces.

—Exacto. Pero las luces las hemos visto especialmente en la segunda y en la tercera planta, no aquí abajo. Ni en la cocina ni en el invernadero.

—Y su alarma de seguridad, dice que funciona perfectamente... ¿cierto?

—Cierto. Qué ocurre, ¿no me cree? —Carlos Green comenzaba a exasperarse. Ni siquiera un *cazafantasmas* lo tomaba en serio. Christian se tomó dos segundos antes de responder.

—Lo creo, pero antes de ponernos a trabajar necesitamos haber barajado todas las posibilidades. Además, según lo que nos cuenta, no estamos ante un simple espectro.

—¿No?

—No. Los espectros no interactúan con las personas. Serían... cómo explicarle... algo así como un holograma, son como una película del pasado, una energía residual que siempre hace lo mismo, como si estuviese en otro plano dimensional, sin percatarse de su presencia.

—Ah... ¿y entonces? ¿Qué era la chica que yo vi en el invernadero?

—Por lo que usted nos ha explicado, un fantasma. Un ser inteligente que sí se percata de su entorno e interactúa con él.

Muriel miró detenidamente a Carlos Green e intervino.

—¿Qué percibió cuando vio a la chica?

—¿Qué? Pues, en fin, no sabría explicar... solo sé que parecía real. Claro que estaba nervioso, la gramola había comenzado a sonar sola...

—No me refiero a eso. ¿Percibió agresividad? ¿Algo maligno en ella?

—No —replicó Green convencido—. En absoluto.

Muriel miró a Christian.

—Aquí siento energías, percibo fuerzas, pero no están definidas. Debemos revisar toda la casa y comenzar la sesión.

Christian asintió, poniéndose en pie y mirando al escritor.

—Vamos a ayudarlo, señor Green. Pero primero necesitamos ver todo el palacio.

Carlos tomó aire y se puso en pie, dispuesto a ejercer de cicerone: les mostró el salón, las habitaciones, la sala de baile, el ático... les contó cómo había jugado allí al escondite con sus hermanos y algunos niños del pueblo, y se sintió como una vieja gloria que solo sabe contar batallas viejas y oxidadas. Como si él mismo se estuviese ajando sin remedio, igual que las paredes de aquel inmenso caserón. Por fin, tras media hora de rápida visita, terminó de mostrar a unos desconocidos, por segunda vez en el mismo día, el palacio de la Quinta del Amo.

Muriel decidió que harían la sesión en la salita del café, al lado del invernadero. Habían revisado toda la Quinta del Amo y en ninguna otra estancia había sentido una fuerza semejante. Ella había bautizado sus capacidades como un «talento telepático», pero lo cierto es que sus facultades eran extraordinarias. A los once años, había comenzado a sentir presencias a su alrededor. Pocos meses después, ya era capaz de escucharlas. Con catorce años, era incluso capaz de ver personas que ya habían muerto. ¿Por qué ella podía percibir aquellas energías? ¿Cuál había sido el detonante? No lo sabía. Su familia ni siquiera era religiosa. ¿Y si solo fuese su imaginación? ¿Y si, sencillamente, estuviese loca? Sus padres la habían llevado al psicólogo, que había determinado que era una persona muy sensible y que, posiblemente debido a su enanismo, aquella podía ser la vía que había encontrado para llamar la atención. Muriel no sabía cuál era la verdad. Solo sabía que un día, de pronto, a punto de cumplir dieciséis años, una voz dentro de sí le dijo: «escribe». Y eso hizo. Escribir. Mucho, muchísimo, a veces de forma ilegible, y en otras ocasiones largas historias que aparentemente carecían de sentido. Podía pasar meses sin establecer conexión con nada, con nadie. ¿Qué había al otro lado? ¿Espíritus? ¿Muertos? ¿Su energía residual, quizás? Ella pensaba, sentía y creía que eran personas muertas. No sabía si estaban en otra dimensión, si eran fantasmas o proyecciones mentales que habían emitido algunas personas antes de morir. Solo sabía que, a través de ella, esos entes se intentaban comunicar con su mundo. A veces lo hacían a través de su mano y ella escribía, escribía sin parar. Otras, muy pocas, a través de su voz: al terminar, ella no recordaba nada, y su agotamiento físico era total.

—¿Qué es todo eso? —preguntó Carlos Green al ver el despliegue de aparatos que Christian y Pedro estaban sacando de sus mochilas. Christian lo tranquilizó:

—Descuide, no es nada extraordinario. Un detector de movimiento, otro electroestático para medir la electricidad estática, un termómetro, una brújula...

—¿Una brújula?

—Sí... los fantasmas, o energías, o como desee llamarlos, son capaces de alterarlas. Si vemos que la brújula se vuelve loca, es que tenemos uno cerca —le explicó, guiñándole un ojo con total tranquilidad—. También hemos traído una videocámara y dos grabadoras. Estableceremos un perímetro de seguridad.

—A ver, a ver —lo interrumpió Green, sobrepasado—. Termómetros, perímetros... ¿no es demasiado todo esto? —preguntó mirando a Cerredelo y haciendo que la responsabilidad de aquello recayese sobre él. Christian miró a ambos con expresión estoica e imperturbable:

—Señor Green, es muy posible que esta tarde no consigamos nada. Pero si establecemos algún tipo de contacto resultará imprescindible registrarlo. Vamos a proceder a cerrar la puerta de esta sala y a verificar que entre esta y el invernadero no hay más entradas ni salidas. Comprobaremos las ventanas y las fijaremos, y solo trabajaremos en este perímetro de seguridad; solo así sabremos que no hemos sufrido interferencias del exterior y que, si por ejemplo se cierra una puerta de golpe, no ha sido el viento ni una corriente de aire. ¿Le parece bien?

—De acuerdo, me parece bien. Pero ¿no tendríamos que esperar a que fuese de noche o algo? Quiero decir... ¿no van a poner velas, a invocar a los espíritus y todo eso?

Christian, Muriel y Pedro se rieron a la vez, pero fue Christian el que habló.

—Señor Green, eso es en las películas. No necesitamos autosugestionarnos. Si aquí hay algo, vendrá a contactar con nosotros aunque sea en esta tarde de verano, se lo aseguro.

Tardaron varios minutos en dejar todo listo antes de comenzar. Christian mandó a todos que se sentasen junto a él alrededor de la mesa. Conectó dos grabadoras y una cámara de vídeo. Muriel tenía ante ella un bolígrafo y un montón de folios en blanco. Green apenas podía creerlo: por la mañana había tomado allí mismo café con la Guardia Civil y ahora mismo iba a intentar contactar con el más allá.

—Señor Green —explicó Christian—, ahora necesitaré que todos saluden, por orden, para identificar sus voces en las grabadoras. Después, comenzaré a hacer preguntas y dejaré espacios de entre diez y treinta segundos para obtener alguna respuesta. No se preocupe si ve que no hay reacción, es posible que luego encontremos algo revisando las grabaciones. ¿Le parece bien?

—Sí, sí —asintió el escritor, asombrado por el procedimiento. Parecía que estuviesen más en un experimento científico que no en la idea que él tenía de una sesión espiritista, si es que aquello lo era. Christian comenzó a hablar de forma mecánica.

—Miércoles. Seis y veinticinco de la tarde. Estamos en la sala de café contigua a un invernadero cerrado al exterior, sección este de la Quinta del Amo, Suances. Temperatura interior de 21 grados y exterior de 25. Presentes: Muriel, Pedro, señor Green, señor Cerredelo y yo mismo. La tarde es clara y la habitación dispone de fuentes de claridad desde varios ángulos, sin que haya sido necesario conectar la luz eléctrica. Comenzamos.

Carlos Green miró a Óscar Cerredelo disimuladamente, solo para confirmar si estaba tan sorprendido como él por el procedimiento. Sin embargo, el abogado parecía completamente entregado al experimento, absorto en las palabras de Christian.

—Hola. —Silencio. Diez segundos.

—¿Estamos solos en esta habitación? —Silencio.

—Me llamo Christian. Me gustaría hablar con la joven del invernadero. ¿Estás aquí? —Silencio.

Siguieron muchas preguntas, pero solo respondieron interminables silencios. «¿Cómo te llamas? ¿Qué quieres? ¿En qué año estamos? ¿Estás sola?» Nada. Silencio. Ni un solo ruido, ni un crujido de madera, ni un soplo de aire. La gramola había decidido que Patti Page no sonase aquella tarde. Llevaban allí más de media hora y no habían obtenido ningún resultado. Christian miró a Muriel. Ella negó con la cabeza. No sentía nada, ninguna fuerza dirigía su mano a escribir, ninguna energía había conectado con la médium.

Pedro miró su reloj, resopló y se levantó.

—Bueno, qué, está claro, ¿no? Aquí no hay nada. ¿Nos vamos?

—No.

Todos volvieron la mirada hacia Muriel. Había sido ella la que había hablado, pero no parecía su voz. De pronto, su mirada estaba perdida, mirando hacia un horizonte inexistente. Su rostro había cambiado tan radicalmente de expresión que parecía otro. Movió muy lentamente la cabeza y de pronto pareció volver a enfocar la mirada, esta vez en Christian, que la observaba muy serio. El corazón de Carlos Green le golpeaba en el pecho tan fuertemente que casi podía escucharlo, como si lo advirtiera de algún peligro. Se quedó helado cuando de nuevo, con una voz gruesa y metálica, la pequeña Muriel dijo «no».

6

Los espíritus son el precio que pagamos por poseer cerebros extraordinarios.

RICHARD WISEMAN

Todos hemos tenido alguna vez un sueño revelador, un sentimiento, una intuición. Muriel creía que todas las personas tenían dentro de sí la posibilidad de conectar, de desarrollar sus facultades de médium. Si ese poder no se ejercitaba, se enmascaraba: un músculo sano pero dormido. Una voz, un mundo interior, que normalmente nos negábamos a nosotros mismos. Ahora, sin embargo, Muriel no pensaba en nada. Se dejaba llevar por aquella voz que se le había instalado dentro. Christian la miraba fijamente.

—¿Quién eres?

—Soy sonido, ondas. Luz.

—¿Tienes nombre?

—Ya no.

—¿Vives aquí, en la Quinta del Amo?

—No.

—¿De dónde vienes, entonces?

—De todas partes. Lejos y cerca, no hay distancia.

—¿Eres la joven que vio el señor Green en el invernadero?

—Sí.

—¿Qué haces aquí?

—Vengo a buscarlo.

—¿A quién? ¿Al señor Green?

—No.

—¿A quién buscas, entonces?

—A mi amor. El amor es eterno.

—¿Sabes quién está haciendo daño al señor Green?

Silencio. Muriel había vuelto a perder la mirada en el infinito. Christian insistió, ajeno a la cara de miedo del escritor, del abogado e incluso de Pedro, que nunca había visto a Muriel en trance.

—¿Eres tú quien está haciendo daño al señor Green?

—No.

—¿Sabes qué le sucedió a Leo, el jardinero?

Silencio. Muriel parecía concentrada. Christian repitió la pregunta.

—¿Sabes qué le sucedió a Leo?

—Está en este lado. En este sueño. Se ha convertido en lenguaje, transparencia, movimiento e ideas.

—¿Sabes si alguien le hizo daño?

—No.

—¿Quién eres? —insistió Christian.

—Ya no soy nadie.

—¿Qué eres, entonces?

—Recuerdo y esencia. Soy aérea. Una gota de perfume que ya no está, pero que aún eres capaz de oler —dijo con una sonrisa extraña, como si se hubiese hecho gracia a sí misma—. Indescriptible para vosotros. Inimaginable.

—¿Podemos ayudarte?

—No.

—¿Hay algún otro ser en esta casa? ¿Otro como tú?

Silencio. Muriel frunció el ceño.

—Por mí, por mí, por mí.

—Por... ¿por ti? ¿Por ti qué? ¿Alguien va a por ti?

De pronto, Muriel pareció volver en sí y dejó de hablar. Su gesto volvió a ser el mismo, pero su mirada había perdido su poso de eterna tranquilidad.

—¿Qué... qué ha pasado? —había recobrado su tono normal de voz, y parecía desorientada.

—Has establecido contacto —la tranquilizó Christian—, pero no has escrito nada —le explicó señalando con su barbilla los folios, que permanecían blancos e impolutos—. Has hablado.

Muriel abrió mucho los ojos. Estaba sorprendida. Hacía mucho tiempo que no le sucedía aquello.

—¿Cómo te encuentras?, ¿estás bien?

—Sí, Christian, tranquilo. Estoy bien, aunque agotada —reconoció la joven, que respiraba despacio y miraba detenidamente a cada uno de sus compañeros de mesa—. Me siento, me siento...

—¿Sí? —Christian la animó a terminar la frase, pues la médium parecía no encontrar las palabras.

—... Me siento en paz. No sé, como si alguien me hubiese limpiado por dentro.

Con gesto cansado, Muriel se volvió hacia el dueño del palacio.

—No sé si habrá más energías en esta casa, señor Green, pero lo que ha contactado conmigo no es maligno. Es un ser de luz, ¿comprende?

El escritor se limitó a asentir, sin saber qué pensar sobre lo que acababa de vivir. El abogado guardaba silencio, y por su forma de mirar dejaba claro que se había tomado muy en serio lo que había ocurrido en la habitación. Green reaccionó.

—A ver... —comenzó, frotándose las sienes con la punta de sus dedos—. Suponiendo que quien haya hablado a través de Muriel fuese la joven del invernadero, estaríamos ante un fantasma inofensivo, ¿no?

—Eso parece —confirmó Christian—. Los fantasmas pueden llegar a ser inquietantes, pero los revoltosos, los que pueden llegar a interactuar con nosotros de forma aterradora, son los *poltergeist*.

—¿*Poltergeist*?

—Digamos que esos son otro tipo de fantasmas... una energía más violenta, aunque yo nunca me he tropezado con ninguno —reconoció. Esta confesión pareció tranquilizar un poco a Green.

—De acuerdo, pero nuestro fantasma no ha dicho al

final si estaba o no solo en la casa, ni si había alguien o algo que me estuviese haciendo daño.

—Es cierto, no lo ha dicho. Pero después revisaré las grabaciones y le diré si tenemos algo más. Ahora debería descansar, o dar una vuelta. Despejarse.

—Sí, dar una vuelta, tomar aire —repitió el abogado, que estaba pálido—. Yo mismo lo acompaño, señor Green.

Christian asintió, comprendiendo que Cerredelo estuviese impresionado. Miró al escritor:

—Mañana hablaremos, ¿le parece?

—Claro, por supuesto. No sé si tengo que abonarles algo por haber venido...

—No, no —Christian negó con la mano, vehemente—. Ni podemos ni debemos cobrar nada por esto. Es una conexión limpia; en esto nunca puede haber intereses materiales, ¿comprende? En realidad, es usted el que me ha ayudado a mí en mi investigación.

—¿En su investigación? ¿Qué... qué investiga en concreto?

El *cazafantasmas* suspiró.

—En realidad —replicó como si lo meditase—, solo busco saber qué hay al otro lado.

Christian sonrió al señor Green, se levantó dando por concluida la conversación y comprobó el termómetro: la temperatura apenas había descendido un grado. Estaba dentro de la normalidad, pues estaba cayendo la tarde. De todos modos, después revisaría las oscilaciones de temperatura durante la sesión. Tomó la brújula entre sus manos: tampoco parecía haber sufrido alteraciones. Las grabaciones las revisaría en casa. Estaba intentando permanecer todo lo estoico posible, pero la verdad es que él nunca había visto a Muriel así. En otras ocasiones, estando él presente, la médium había escrito pensamientos que parecían de otros, pero nunca había hablado por voz de un tercero. Aquello era mucho más impresionante. Tendría que estudiar la historia de aquel caserón para ver si encontraba alguna información que les pudiese resultar de utilidad. ¿Sería realmente un fantasma quien había hablado? Confiaba en Muriel, pero ¿se habría autosugestionado? Él quería creer, quería investigar, pero necesitaba pruebas, contundencias sobre las que trabajar, no solo intuiciones. ¿Quién sería aquella mujer del jardín secreto? Despertaba su curiosidad. ¿Qué había dicho? Que ella era como un perfume, que ya no estaba, pero que podías percibir. Sin duda, aquella joven, si realmente había existido, debía de haber sido extraordinaria.

Las noches de verano en Suances guardaban el calor del día, de aquel ambiente estival y despreocupado. Oliver recordaba bien cómo habían sido los pocos veranos que, en su infancia y juventud, había ido a pasar a la vieja Villa Marina. Él, sus padres y su hermano Guillermo iban a menudo a cenar sardinas al restaurante El Álamo, cerca del *camping* y de su propia casa. Aquello eran las vacaciones: cenas con ropa ligera, brisa marina, jugar a las palas, hacer excursiones. Sol, arena, sardinas y sonrisa despreocupada. Recordaba haber caminado de noche por las calles paralelas a la playa, camino del muelle, y encontrarlas llenas de veraneantes haciendo cola para llamar por teléfono. ¿Cuántas cabinas había? ¿Dos, tres? Hoy ya no quedaba ninguna. Cada cual tenía ahora su propio teléfono móvil, su propia vida dentro de ese diminuto aparato. Pero los paseos hasta el muelle seguían siendo los mismos: según avanzaba, más bares, más bullicio, más restaurantes, gran parte de ellos ante la playa de la Ribera.

Justo a aquella altura, Oliver y Valentina paseaban ahora de regreso a casa con la pequeña *Duna*, su revoltosa beagle. La noche se presentaba clara y agradable.

—Vaya día, ¿no? Así que habéis pillado a la monja y has visitado un palacio encantado. ¡Para que luego te quejes de trabajar en verano!

—Muy gracioso. Te recuerdo que ahora mismo ya

estaríamos de vacaciones si no fuese por tu superhotel, señorito.

Oliver fingió disgusto.

—*Darling*, esto ya lo habíamos zanjado... ¡no nos íbamos a ir en temporada alta! Además, si viajar en septiembre es lo más. Nada de aglomeraciones, buen clima...

—No creo que en Escocia vayamos a poder estar en bañador —repuso Valentina enarcando una ceja.

—Mujer, si solo quedan unas semanas... y luego ya nos vamos a Venecia, *signorina*... Además, tengo que ver a mi hermano —añadió Oliver, serio. Ella le apretó la mano según caminaban, en expresión de cariñosa conformidad. El hermano de Oliver, Guillermo, se estaba recuperando de unos episodios complicados en su vida, con altos y bajos, y aquel verano no había podido finalmente ir a verlos. Las medicinas para el alma a veces retardan sus efectos y solo el paso del tiempo logra sanar el dolor. Oliver retomó su actitud desenfadada y siguió caminando mientras le soltaba la mano a Valentina y le pasaba un brazo sobre los hombros, achuchándola, al tiempo que sujetaba a la perrita con la otra mano.

—Esto me recuerda el calor que pasamos en casa de tus padres en Semana Santa. Parecía el Caribe. No sé qué hacían allí aquel frío y aquella lluvia, la verdad.

—Qué pesado. Fue una ciclogénesis, pero te juro que en Galicia hace sol —replicó ella sonriendo y entornando los ojos. Valentina, que había nacido en Santiago de Compostela, tenía allí a sus padres y a su hermana Silvia, que junto con su cuñado y un par de sobrinos pequeños conformaban su núcleo familiar de referencia. Haber viajado con Oliver hasta Galicia para presentárselo a su familia había sido todo un acontecimiento, un asentamiento formal de la relación. Se habían alojado en la casa familiar que los padres de Valentina tenían en Ames, a unos veinte minutos del centro de Santiago. A Oliver le había impresionado su enorme tamaño, el grosor de sus muros, hechos con grandes piedras irregulares, y los antiquísimos robles que rodeaban la impresionante vivienda; todo ello le daba un aire antiguo y atemporal. Aquella repentina tormenta en Semana Santa había recluido a toda la familia durante unas horas en la vieja hacienda familiar y, de golpe, Oliver se había visto conviviendo con Valentina, sus padres y su hermana, cuyos hijos no dejaban de hacer trastadas y de mirarlo con curiosidad. Por fin, Oliver había podido ver un lado de su novia hasta ahora desconocido: despreocupada, tirada por el suelo con sus sobrinos, comiendo con buen apetito y sin prisas por ir a ninguna parte. Sin duda, Valentina era menos dura de lo que quería aparentar. Oliver había descubierto que su calidez, su verdadera forma de ser, no se la mostraba nunca por completo a los demás.

—Ya, ya, una ciclogénesis. Por lo menos he probado el potaje ese que hace tu madre... ¡hay pocas cosas que se puedan comparar a la excelencia de los *haggis*! —suspiró, aludiendo al famoso plato escocés.

Valentina se rio.

—Es que el caldo gallego es infalible.

Oliver asintió y siguió caminando, sonriente y pensativo. Accedieron al paseo que bordeaba la playa y, de frente, a lo lejos, ya podían ver Villa Marina: sus luces acogedoras y estratégicamente situadas en el exterior la dibujaban más aún bella de noche. De pronto, se volvió hacia Valentina.

—Oye, y si nos casamos... ¿dónde lo hacemos? ¿En Escocia o en Galicia? ¿O aquí, en Villa Marina? A fin de cuentas, fue donde nos conocimos —resolvió, volviendo a achucharla. Valentina paró de caminar.

—Disculpa, ¿casarnos? No habíamos hablado de esto, yo...

—Qué pasa, ¿no quieres? —replicó él, divertido—. ¡Pero si ya vivimos juntos!

—Yo no he dicho que no quiera, pero vamos... ¿esta es tu forma de pedirlo? ¿Así?, ¿de golpe? Muy romántico todo, sí señor.

—El romanticismo está sobrevalorado. Es culpa de las películas. Pero sabes que te quiero con toda mi alma —dijo él acercándose y besándola en los labios. Acto seguido, miró a *Duna*, que los observaba con curiosidad, y fingió hablar con la perra—: ¿Has visto? ¡No se quiere casar conmigo!

Valentina sonrió y lo abrazó.

—De verdad que no sé de dónde sales. Claro que quiero, pero no me esperaba esto ahora, esta noche. Una declaración taaan romántica.

—Qué pasa, ¿es que no me quieres? —le preguntó, poniendo cara de cachorro desvalido.

—Nada de nada.

—Qué mala... —se rio él con un punto gamberro en la mirada—. A ver, ¿acaso no llevamos meses declarándonos? Un año de novios y medio viviendo juntos... ¡Pero si hasta ya he convivido con tus padres! Y no somos quinceañeros, a mí me parece tiempo más que suficiente para dar otro paso —replicó, enarcando las cejas y mirándola fijamente a los ojos. La desarmaba. Valentina suspiró.

—Sí. Pero tenemos algunas cosas que hablar todavía.

—¿Por ejemplo?

—Por ejemplo, tener hijos.

—Pues claro, ¿cuántos quieres? ¿Encargamos uno esta noche? —le preguntó. La cogió por la cintura y la levantó en el aire de un modo que arrastró a *Duna* por la correa hasta sus pies—. Te advierto que más de cuatro o cinco no quiero, que no nos entran en la cabaña.

—¿Ves? Es que yo no sé si quiero —replicó ella, seria—. Tú llegas a todas partes con tu sonrisa, tus bromas y tus cosas, parece que solo ves lo bueno. Pero yo veo también lo terrible, lo que hay en las calles. No sé si quiero traer más personas a este mundo, Oliver.

Él se puso más serio.

—¿Y por qué tienes que pensarlo todo tanto? La decisión primordial ya ha sido tomada, ya estamos juntos.

¿Por qué no te dejas llevar? La vida es más fuerte que nosotros.

—¿La vida es más fuerte que nosotros? —se rio ella—. ¿De dónde demonios sacas esas frases?

Oliver persistió en su discurso sin aceptar distracciones.

—Por muchos planes que hagamos, no sabemos cómo nos vamos a sentir dentro de dos, de tres o de cuatro años. Yo solo te estoy pidiendo que hagamos una fiesta, que celebremos que estamos juntos. Deja descansar un poco esa cabecita —dijo bajando el tono y acercándose más.

—Ya, pero ¿y cómo haríamos para cuidar un bebé? ¿Lo has pensado? Aquí no tenemos cerca ni a tu familia ni a la mía, yo tengo unos horarios complicados, tú también te encargas de Villa Marina y das clases...

—Bah, eso son solo dos mañanas a la semana —la interrumpió Oliver—, el resto del tiempo me pido ser amo de casa, dejar a los niños en el cole e irme al gimnasio y de compras con las amigas.

Ella lo miró fijamente.

—Te tengo una manía horrible. Lo sabes, ¿no?

—Lo sé.

Y Oliver volvió a besar a Valentina. Despacio, sin prisas. Solo en los labios. Y fue un beso de esos largos, en los que parece que los amantes están en una pequeña plataforma fija mientras el resto del mundo gira a su alrededor sin atreverse a tocarlos. Cuando por fin se separaron, Valentina sintió que no habría ningún otro lugar del mundo en el que desease estar que no fuese aquel. Y comprendió, rendida, que se dejaría llevar a donde aquel inglés sabelotodo la arrastrase. Justo cuando iba a salir de sus labios una declaración de amor desarmada y sincera vio cómo Oliver desviaba la mirada y se separaba de ella con una sonrisa.

—¡Charly! *How are you doing?*

«¿Charly? ¿Quién demonios es Charly?», se preguntó Valentina, que de pronto había sido extraída de aquel inesperado e intenso trance romántico. Se volvió y, atónita, observó cómo Oliver, llevándola de la mano, la acercaba a Carlos Green para presentárselo.

El rostro del escritor mostraba la misma sorpresa que el de Valentina. Oliver, ajeno a aquella mutua estupefacción, procedió a presentarlos.

—Mira, Valentina, te presento a Charly —dijo, volviendo la mirada hacia Green—. ¿Qué tal, amigo? Hoy no te he visto ir a coger olas.

—No, hoy... no he podido. Buenas noches, teniente Redondo.

—¿Os conocéis? —ahora era Oliver el sorprendido, y miraba alternativamente a Valentina y a Carlos Green buscando una explicación. Fue ella quien tomó la iniciativa.

—El señor Green es el dueño de la Quinta del Amo, Oliver.

—¿En serio? ¡Pero bueno, Charly! Entonces ¿tú eres el tal Carlos Green? Nunca habría imaginado que vivías en ese caserón.

—Ya ves —sonrió con timidez el escritor, que no se esperaba ver a la firme teniente Redondo paseando abrazada a nadie, y menos a aquel nuevo aficionado al surf, con el que había charlado algunas veces en la playa de los Locos en las últimas semanas. Había resultado agradable poder hablar en inglés con alguien como Oliver tomándose un refresco en el chiringuito de la playa tras hacer deporte. Sin duda, era la persona más torpe que jamás había conocido para practicar surf, pero su conversación era afable e interesante. Green le había contado a Oliver que vivía en una casa en la parte alta del pueblo, pero había obviado mencionar que era un palacio porque no siempre le agradaba la reacción de los demás cuando comprendían que era rico. Le gustaba pasar desapercibido.

—Espero que no haya habido más incidencias desde esta mañana —comentó Valentina, tomando automáticamente el tono de su papel de teniente de la Guardia Civil—. Imagino que Pilar Álvarez ya habrá hablado con usted.

—Sí, sí, ha regresado y al final hemos hablado esta misma tarde. Llegó justo cuando yo me disponía a salir a dar un paseo. He decidido que siga trabajando en la Quinta. Mi abogado arreglará todos los papeles —añadió, señalando con la cabeza a un hombre trajeado y de larga barba que se alejaba caminando. El brillo de la gomina en su cabeza se acentuaba cuando pasaba bajo la luz de las farolas—. Precisamente acabo de despedirme de él, y estaba dando una vuelta.

—Ah, pues vente con nosotros hasta el final del paseo —lo invitó Oliver alegremente—, que vamos de camino a casa.

—No sé si yo... no quisiera molestar.

Valentina miró a Oliver transmitiéndole que no, que era mejor seguir solos. El instante romántico ya había sido aniquilado sin solución, pero mezclar un individuo de un caso con su vida privada no le atraía lo más mínimo. A ella, que era tan estricta y que guardaba en compartimentos tan diferentes los distintos planos de su vida. Oliver interpretó aquel silencio, sin embargo, como una invitación a que él decidiese:

—Qué va, hombre. Vente, aunque sea solo hasta el final del paseo. Oye, siento lo de tu jardinero. Cuéntanos, a ver, ¿es verdad que tienes fantasmas en casa?

—¡Oliver! —le recriminó Valentina. La prudencia y la discreción no estaban en la mente de su novio, al parecer.

—¿Qué? —se defendió Oliver riéndose—. A estas horas ya sabe todo el pueblo la que se ha liado ahí arriba. Hay que ver —le dijo a Green, mirándolo—. Así que eres el dueño de la Quinta del Amo... ¡Con fantasma incluido!

—Bueno, yo no sé si creéis o no en esas cosas... —dudó Green, todavía algo cortado—. Yo hasta ahora tampoco, pero creo que en el palacio suceden cosas inexplicables. Además, esta tarde ha pasado algo...

—¿Ah, sí? —Ahora Valentina sí que estaba interesada—. Cuéntenos.

—Tutéame, por favor.

—Claro, perdona. Dime... ¿qué ha pasado?

—Bueno, ha venido un investigador paranormal a casa con una médium...

—¿En serio? —preguntó Oliver, casi en una exclamación—. ¿Y qué ha pasado?

—Es largo y raro de explicar...

—Oh, tranquilo, no tenemos prisa. —De pronto, Valentina estaba completamente de acuerdo con Oliver en permanecer en compañía de Carlos Green. Su curiosidad y su instinto de investigadora eran más fuertes que ella—. Mira, podemos tomar algo aquí, nosotros aún no hemos cenado —dijo, señalando el antiguo balneario de Suances, que estaba en pleno paseo, prácticamente sobre la playa de la Concha.

Carlos Green lo meditó solo dos segundos. ¿Por qué no? No tenía nada mejor que hacer. Además, necesitaba desahogarse: le vendría bien un rato de charla. Los tres entraron en el balneario, que acababa de ser reformado manteniendo parte del viejo encanto de aquellos años veinte en los que había sido inaugurado. La pequeña *Duna* se acomodó a los pies de Oliver y el camarero, viéndola tranquila, simuló no haberla visto y les tomó la comanda. Mientras cenaban, el escritor les contó a Oliver y a Valentina todo lo que había sucedido aquella tarde en la Quinta del Amo. Procuró incluir todos los detalles posibles para dar fuerza a su relato, porque según lo relataba más increíble le parecía. Incluso confesó el episodio de los moratones, a los que Valentina no dio importancia.

—Es muy posible que te los hayas hecho practicando surf —razonó Valentina, sin saber que aquella posibilidad era la misma que había planteado Christian Valle al escritor aquella misma tarde—. Oliver ha vuelto con varios cardenales desde que ha empezado a practicarlo.

—Bueno, cariño, es que yo me caigo todo el rato, pero Charly es una leyenda del surf.

—¿Ah, sí? —preguntó ella sorprendida. Recordaba que Green había dicho que se había hecho profesional, pero que lo había dejado muy joven, a los veintiún años. El californiano negó con la mano, restando importancia a las palabras de Oliver.

—Hace muchos años de eso. Desde que me lesioné —explicó señalando su pierna derecha—, solo he practicado como aficionado. No sé, tengo la sensación de que lo que me hace daño está en esa casa, pero no puedo explicarlo. Y también tengo la sensación de que la mujer del invernadero era real. O lo fue, al menos, hace años —dijo, incapaz de encontrar las palabras que diesen credibilidad a lo que les contaba.

En el balneario, donde cenaban, como si el destino quisiese jugar con ellos, comenzó a sonar como música de fondo *Not About Angels*, de Birdy. Aquella suave melodía hacía juego con el murmullo del mar aquella noche. La letra de aquel poema lleno de música los mecía: ¿qué ocurría con los ángeles? ¿Existían? Si alguien tuviese la certeza de que fuesen reales... ¿no resultaría injusto conocer una realidad que jamás podría estar a su alcance?

—Sé que no me creéis —continuó Green—, pero siento que en el palacio hay algo que me acompaña. La chica del jardín y esa otra... *cosa*. No tengo la sensación de que sea exactamente malvada, pero sí destructiva.

—Oh, yo sí que te creo —replicó Oliver con gesto serio—. Mi abuela tiene su casa en Stirling, en pleno corazón de Escocia, y te aseguro que allí los fantasmas son de lo más normal. ¿Te he contado lo que me pasó en el castillo de Glamis? —dijo mirando a Valentina.

Ella negó con la cabeza sorprendida. No sabía que

Oliver creyese en fantasmas; normalmente era bastante práctico y terrenal. El camarero se acercó. Oliver y ella pidieron postre, mientras que Carlos Green se decantó por tomar una copa. A Valentina le llamó la atención el detalle, especialmente cuando la botella de vino que habían pedido para acompañar el pescado de la cena se la había bebido él casi en su totalidad.

—¡Te vamos a tener que llevar a casa!

—No, no, tranquila —negó Green con la mano—. La verdad es que no suelo tomar copas, pero hoy ya es la segunda. El día ha sido duro.

—Claro, amigo —asintió Oliver, comprensivo—. A ver, ¿os cuento lo de Glamis?

—A ver, cuenta —replicó Valentina, cruzándose de brazos y apoyándolos sobre la mesa, dejando claro por su expresión burlona que a ella, desde luego, no la iba a convencer de que los espíritus errantes existían.

—Pues esto que os voy a contar es pura estadística, ¡datos contrastados!

—Ya, seguro.

—Que sí, *baby*, atiende: en ese castillo vivió en el siglo XVI una tal Janet no sé qué, que todo el mundo conoce como la sexta lady Glamis. Por lo visto, hizo cosas que atentaron contra el rey, de modo que la quemaron por bruja en Edimburgo.

—Qué majos —repuso Valentina, fingiendo que bostezaba.

—Espera, espera, que ahora viene lo interesante. Por lo visto su espíritu regresó a Glamis, y dicen que desde entonces se la ve deambular por los pasillos del castillo, gemir y todo eso. Algunos la llaman la Dama Gris, pero no sé por qué.

Tanto Valentina como incluso el propio Carlos Green se quedaron mirando a Oliver con gesto escéptico. El escritor no se atrevió a decir nada, pero ella, desde luego, no pensaba dejar de replicar.

—¿Y eso es todo? No sé dónde están las estadísticas,

los datos y las, hum, no sé, las fotografías de ese fantasma tan impresionante.

—A eso llegamos ahora —contestó Oliver, triunfal—, porque os voy a contar lo que me sucedió a mí cuando visité el castillo. Iba con mi abuela y con Guillermo, hace un montón de años. Era verano y había una cantidad exagerada de turistas; el guía nos llevó hasta una vieja capilla para sentarnos a todos y contarnos historias del castillo, porque allí pasó su infancia la reina madre Isabel, y no sé cuántos nobles. El caso es que, al terminar, el guía nos dijo que mirásemos hacia una silla al fondo, a la derecha de la sala. ¿Sabéis quién estaba sentado en la silla?

—¿Quién? —replicó Valentina con un puchero irónico.

—¡Nadie!

Carlos Green miró a Valentina y se rio.

—Una historia de fantasmas verdaderamente aterradora —comentó, dando un sorbo a su copa y empezando a considerar que Oliver no era mejor contando historias de espectros que haciendo surf. El inglés se defendió: todavía no había terminado.

—No lo entendéis. Aquel guía nos explicó que llevaba veinte años mostrando el castillo y acomodando a los turistas en la capilla, y que nunca nadie en ese tiempo se había sentado en aquella silla de la esquina. ¿No os parece raro?

—Bueno —reflexionó Valentina—, si estaba en una esquina quedaría menos a mano. Además, ¿qué tiene eso que ver con la Dama Gris?

—Que era el sitio donde ella se sentaba para rezar.

El golpe de efecto dejó a Carlos y Valentina fuera de combate solo dos segundos.

—Bueno, eso pudo ser una historieta que os contó el guía —razonó Valentina—. O puede que la sala fuese muy grande, o que sí se hubiesen sentado turistas en esa silla pero que él no se diese cuenta...

—Que no, que no. Que habría cincuenta asientos, nada más. Y el guía nos contó que una vez se iba a sentar un turista noruego, pero que cambió de opinión en el último instante. Le preguntó que por qué había cambiado la elección de asiento y el señor le contestó que, de pronto, había tenido la sensación de que aquella silla pertenecía a alguien. Y te digo que el guía decía la verdad. Yo lo creí, era el típico escocés honorable, no tenía por qué mentir.

—Le creíste porque tú también eres medio escocés y lo de tener antepasados comunes vistiendo faldas debe de unir mucho —bromeó Valentina mirando a Green y buscando animarlo. Sin embargo, él estaba sumido en sus pensamientos; terminó por decidirse y hacerles una pregunta:

—Oye... ¿y por qué no venís?

—¿Ir a dónde?

—A la Quinta del Amo. El investigador paranormal va a volver para hacer otra sesión con la médium. Vuestra opinión tendría mucho valor para mí —añadió sonriendo—. Una persona escéptica y otra que admita la posibilidad de que existan los fantasmas... sería interesante.

—¡Sí, sí, sí! —exclamó Oliver encantado—. ¡Yo me apunto! ¿Cuándo sería?

Green se encogió de hombros.

—Aún no lo sé. Depende de lo que me diga mañana el investigador. Quizás dentro de un par de días.

Valentina dudaba. ¡Vaya locura! ¿Cómo se había dejado enredar para llegar a aquel punto? Ella solo había salido a dar su paseo nocturno habitual con su novio y su perrita, y había terminado cenando con un escritor que la invitaba a una sesión de espiritismo. Claro que... ¿por qué no? Con Carlos Green no había caso, nada relevante que investigar, en realidad. Sería como ir de visita a casa de un amigo.

—De acuerdo. Iré. Solo por demostraros que no existen más fantasmas que los que tenemos en nuestras cabezas —concluyó, guiñando un ojo a Oliver, que parecía entusiasmado:

—Confieso que me encantará visitar el palacio con o sin fantasmas... por dentro debe de ser espectacular.

—En realidad —apuntó Green a Oliver—, no es más que un viejo caserón lleno de muebles anticuados. Aunque te gustará el invernadero, seguro. Mi abuela Martha decía que allí estaba el encanto del palacio, entre los colores, las plantas y los aromas del jardín secreto.

—Vaya, suena de maravilla. Imagino que tu abuela pasaría aquí unos veranos increíbles.

—Sí, le encantaba venir, estaba tres o cuatro meses, a veces hasta cinco... Aunque, por muy bonito que fuese esto, siempre decía que sus mejores tesoros estaban en California —explicó el escritor con una sonrisa de añoranza.

Valentina, temiendo que la charla se reactivase hablando sobre familia, rincones encantadores y viejos palacios, se apresuró a desviar la conversación.

—Caballeros, la velada ha sido estupenda, pero mañana tengo que madrugar...

—Claro, *baby*, tienes razón, vamos a irnos levantando. Mira, *Duna* se ha quedado dormida —señaló Oliver, viendo a la perrita hecha un ovillo a sus pies.

Carlos Green se mostró conforme, también cansado por aquel día interminable y lleno de emociones contrapuestas. Los tres salieron del viejo balneario y caminaron entre bromas por el paseo camino de Villa Marina. Al final del paseo se encontraba el aparcamiento donde Green tenía su vehículo. Justo cuando se despedían allí mismo —ya que Oliver y Valentina iban a acceder a su cabaña por la entrada de la playa—, ella no pudo reprimir un grito ahogado. El escritor y Oliver siguieron su mirada, que se dirigía hacia la parte alta de Suances. Un incendio espectacular parecía crecer entre llamas, poderosas y afiladas, justo donde se encontraba el palacio del Amo.

7

Encima de nuestras cabezas el cielo estaba negro como la tinta. Pero hacia el horizonte aparecía iluminado por una viva luz roja, como salpicado de sangre. El viento salobre del mar venía lleno de cenizas...

Rebeca, DAPHNE DU MAURIER

La vida nos hace tropezar con escenarios llenos de magia. Hasta en la muerte más grotesca puede haber belleza: el brillo de una última dignidad, un agonizante asomo de resistencia. En aquellas ruinas humeantes se adivinaba un pasado, una historia calcinada. Lo magnífico se había transformado, con el tiempo, en decrépito. Quizás el fuego le había dado un final más limpio. Mejor aquello que derrumbarse en el olvido. Valentina Redondo miró a su alrededor. Aunque ya casi estaba amaneciendo, la oscuridad de la noche resaltaba todos los destellos de luz que la rodeaban: los coches de bomberos, la ambulancia, la Guardia Civil. El palacio de la Quinta del Amo no había sufrido ningún desperfecto: a pesar del humo que se condensaba en el aire, lucía tan impecablemente decadente como la mañana anterior. Era la casita del servicio la que había ardido por completo: que todo su interior fuese de madera había ayudado a propagar el fuego. El incendio había devorado todo a su paso, incluyendo a Pilar Álvarez, a la que las llamas habían engullido sin piedad. Un bombero se aproximó a Valentina:

—Le confirmo lo que sospechábamos, teniente. La evaluación inicial concluye que el incendio ha sido provocado. Hemos localizado hasta cuatro focos, y ni siquiera va a ser necesario que traigamos a los perros para detectar acelerantes, el olor a gasolina es evidente... Ya ve que nos ha llevado gran parte de la noche extinguirlo, las dos bombonas de butano de la cocina no han ayudado demasiado a que pudiésemos sofocar las llamas.

—¿Pero podemos dar ya el incendio por controlado?

—Sí, por eso no hay problema. Con la luz del día será más fácil evaluar los daños, pero de ahí no se podrá sacar nada, apenas ha quedado una pared en pie.

—¿Ya ha hablado con Lorenzo? —preguntó Valentina, señalando con la mano al jefe del Servicio de Criminalística, que estaba entre las ruinas humeantes con su equipo, cuyos miembros, todos vestidos de blanco, contrastaban grotescamente con los restos calcinados.

—Sí, ya le he informado de nuestras impresiones. Ahora ya les hemos dejado el campo libre para que tomen las fotografías y para que... en fin, hagan su trabajo.

Valentina asintió y le dio las gracias. Llevaba sin dormir toda la noche, pero se encontraba alerta y con los sentidos asombrosamente despiertos. Desvió la mirada hacia la terraza de la Quinta del Amo: Oliver le llevaba un café a Carlos Green, que, a pesar del humo, había decidido permanecer allí, pendiente de todo y atento por si pudiese servir de ayuda en algo. Su gesto era de puro asombro y desolación.

Valentina percibió un movimiento a sus espaldas y se volvió.

—Ah, Clara. ¿Has terminado?

La forense sonrió con cansancio.

—Digamos que he empezado, al menos. Se llevan ahora el cuerpo a Valdecilla, le haremos la autopsia hoy mismo.

—¿Crees que habrá sido un suicidio?

—No. Eso creo que es prácticamente imposible, aunque te lo confirmaré tras la necropsia.

—¿Imposible, por qué?

—Porque cuando alguien se quema en un incendio su cuerpo toma una pose típica, que se llama la *postura del boxeador*; se encoge, ¿entiendes? No es una postura que siempre quede muy marcada, pero en este caso el cuerpo estaba completamente estirado, y te adelanto que creo haber adivinado una lesión con algún instrumento punzante en el cráneo. Además, con todo el tiempo que ha estado el cuerpo en ese horno, que no le haya estallado la cabeza me hace sospechar que la mujer debía de estar muerta antes del incendio.

—¿Cómo? ¿Se... se supone que debería haberle estallado la cabeza?

—Claro; en un incendio todos los órganos se cuecen y el cerebro termina por hervir, así que si no ha explotado es que el individuo ya estaba muerto desde bastante antes de quemarse.

—Qué desagradable —observó Valentina con disgusto e incredulidad. Clara Múgica, acostumbrada, se encogió de hombros.

—Ya sabes que todo esto tengo todavía que confirmarlo, pero me apostaría mis vacaciones a que este cadáver no tiene restos de humo en su árbol respiratorio.

Valentina asintió. Por una vez, el capitán Caruso había tenido razón: había hecho bien en enviarla el día anterior a la Quinta del Amo. Lo del jardinero parecía haber sido una muerte natural, pero hoy —menos de veinticuatro horas después— tenían un incendio, un asesinato y hasta un fantasma en el invernadero. De pronto, Valentina pareció darse cuenta de algo.

—Oye, ya he visto al juez ese casi adolescente que ha venido al levantamiento... ¿por qué no se ha acercado Talavera? ¿Estaba durmiendo su Señoría? —preguntó con retintín.

—No, está en el hospital —replicó Clara dándole gravedad a su gesto.

—¿Y eso? ¿Qué le ha pasado?

—Una angina de pecho. Se veía venir. El sobrepeso, el colesterol, la falta de ejercicio... y ya no es un chaval. Los excesos, a la larga, se pagan. ¿Pero tú crees que el muy idiota escucha? Qué va, se cree eterno —se contestó a sí misma la forense, con evidente disgusto. Valentina sabía que ella y el juez eran amigos desde hacía años, y que la preocupación de Clara por la salud del jurista era sincera.

—Vaya, lo siento mucho. Espero que se reponga pronto.

—Bueno, Talavera ya sabes... es el típico que dice que para comer lechuga y hacer vida monacal es mejor morirse. ¿No te digo que es idiota? Que tiene dos hijas que ver crecer, por Dios.

Valentina suspiró, recordando las típicas historias de abuelos de cien años que se contaban en Galicia: fumadores, bebedores, trabajadores hasta el final y duros como el acero. Pero ellos eran excepciones que salían en algún reportaje televisivo un par de minutos para morirse al siguiente. Decidió animar a su amiga.

—Seguro que ahora se cuida más, ya verás. Anda, vente a tomar un café conmigo. Mira, Oliver acaba de preparar una cafetera —le dijo señalando con la cabeza la terraza de la Quinta del Amo.

—Sí, gracias... me vendrá bien. Después tengo que irme pitando a Valdecilla, pero un café a estas horas me va a dar la vida. Por cierto, quería comentarte algo sobre Leo Díaz.

—Leo... ah, ¡el jardinero! Sí, dime.

—No quiero que te emociones, pero aunque en principio estamos ante un infarto, cabría la posibilidad de una intoxicación.

—Qué me dices... ¿Veneno?

—No lo sé. Los resultados de tóxicos ya sabes que tardan. Hasta ahora esta no era una causa con preso, pero después de esto... —dudó, mirando hacia los restos de la vivienda calcinada—. Ya son dos muertos en dos días.

—¿Y tienes alguna idea de qué tipo de tóxico pudo administrársele? Porque de ahí podemos hilar para...

—Valentina —le cortó Clara, acostumbrada a que la teniente Redondo trabajase de forma acelerada—, ya te he dicho que no es seguro que haya sido intoxicado.

Cuando vaya ahora a la ciudad intentaré agilizar al máximo el tema de los análisis, pero ya sabes que eso depende del juez.

—Yo también tengo que ir a Santander, a la Comandancia. Imagínate cómo está el capitán Caruso con este asunto... —resopló Valentina, provocando la sonrisa de su amiga.

—¡Os va a poner firmes!

—Eso creo —reconoció la teniente, que ya había comenzado a caminar hacia la terraza—, pero no va a hacer falta, ya he convocado a todo el equipo a primera hora. Tengo la sensación de que este caso es más grande de lo que parece.

Clara Múgica asintió en silencio, observando a Valentina y siguiéndole el paso. Sabía que la teniente era metódica, cuadriculada y fría en sus razonamientos, pero también intuitiva. Según se aproximaban a la Quinta del Amo, sintió cómo un escalofrío la barría por completo, y se alegró de ver a Oliver en la terraza y de no tener que entrar en el palacio. Sentía que había algo allí, en aquel lugar, que volvía hueco el tiempo y lo detenía, cubriéndolo todo con un manto perturbador.

—Hostias, Redondo, no me jodas. ¿No has dormido nada?

El capitán Marcos Caruso miraba sorprendido desde su mesa a Valentina.

—Señor, primero tuvimos que subir a la Quinta del Amo y controlar la situación para evitar que las llamas accediesen a las fincas colindantes y al propio palacio. Colaboramos con los bomberos y después coordiné a la Patrulla Ciudadana y a los efectivos del cuartel de Suances... Localizar a la víctima tampoco fue fácil, aunque logró rescatarse el cuerpo en relativo buen estado...

—Claro, claro, me hago cargo. ¿Has comido algo, por lo menos?

—He desayunado y me he venido directamente, me he duchado en la Comandancia.

Caruso pareció meditar el proceso durante unos segundos.

—En fin, luego echas una siestecita y solucionado.

—Sí, señor.

—Que no creas que no me preocupa tu descanso, pero es que lo que se nos viene encima ya me lo olía yo. El súmmum de los colmos, joder. Otro crimen, en pleno verano y tan espectacular. ¿Sabes cuántos periódicos han llamado a la Comandancia desde primera hora, Redondo? ¿Lo sabes?, ¿eh? ¿Te lo imaginas?

—Me lo imagino, señor.

—A ver —resopló el capitán buscando calma dentro de sí mismo—, ¿y qué pasó ayer con el jardinero? ¿No decía la forense que era muerte natural?

—De momento, eso parece, capitán. Todavía no tienen todos los resultados... pero Múgica cree que fue un infarto, aunque todavía están pendientes de los resultados de Toxicología.

—Un infarto... —repitió Caruso, pensativo—. Y a la asistenta se la han cargado y le han plantado fuego. ¿Habrá sido el periodista?

—Es escritor, señor.

—Ah. Pues eso, el norteamericano, ¿crees que tiene algo que ver?

—No lo creo, capitán. Al menos nada que ver con el incendio, porque cuando comenzó el fuego él llevaba un buen rato cenando conmigo, y antes había estado con su abogado paseando por Suances.

—¿Qué? ¿Y qué coño hacías cenando con él? —preguntó Caruso, aunque en su interrogante había más sorpresa que amonestación. Sus conversaciones con Valentina siempre tenían, de todas formas, un tinte extraño, pues él tuteaba a la teniente y ella mantenía invariablemente las distancias formales del cargo.

—Prácticamente me tropecé con él anoche en el pueblo, capitán. Resultó conocer a Oliver por sus clases de surf, así que al final terminamos cenando juntos.

—Coño, ¿tu novio también? Hay que ver, y luego dicen que en los pueblos nunca pasa nada. Surf... ahora resulta que todos los extranjeros vienen aquí a hacer el gilipollas con las olas —añadió, mordiéndose el labio inferior—. Señor... en fin, entonces al norteamericano qué, ¿lo eliminamos como potencial sospechoso?

—De momento es mejor hacer una lista de sospechosos en condiciones, capitán. No creo que Carlos Green tenga nada que ver con este asunto, pero no podemos descartar nada. Podría tener un cómplice, o haber programado un sistema incendiario retardado... no lo sé. Con los informes definitivos de los bomberos, del SECRIM y de la forense será todo más fácil.

—Claro, pero eso llevará unos días. ¿Tenemos ya algo, un posible móvil, algún interesado en que la palmasen el jardinero y la asistenta?

Valentina negó con la cabeza.

—Lo único que se me ocurre es un libro de mucho valor que es posible que esté en el palacio; nos lo dijo ayer la bibliotecaria del pueblo.

—¿Mucho valor? ¿De cuánto estamos hablando?

—Creo que de unos doscientos mil euros.

—Coño, y con qué está escrito, ¿con oro y diamantes?

—No, señor, pero es muy antiguo... de Copérnico.

—Hay que joderse. ¡Copérnico! Bueno, pues tira por ahí, a ver qué encuentras. Infórmame de todo, ¿eh? ¡Atenta al teléfono! —exclamó, tomando su propio teléfono móvil en la mano y moviéndolo en el aire.

—Sí, capitán, descuide.

Y así, dando por concluida la reunión, Valentina salió del despacho del capitán Caruso y se dirigió al suyo propio, donde su equipo ya la estaba esperando. Lo que Santiago Sabadelle había averiguado sobre la Quinta del Amo iba a dejar en ella un sabor a sorpresa y fascinación.

—A ver, Sabadelle, vamos por partes. ¿Me estás diciendo que un hombre que nació en Santoña terminó construyendo el mayor centro comercial del mundo del siglo XX y que luego vino a hacerse un palacio a Suances?

Valentina Redondo había hecho la pregunta alzando las cejas y mostrando su incredulidad. Por su parte, ella ya había puesto al día al equipo de todas sus averiguaciones, incluyendo lo que sabía sobre la sesión de espiritismo con el fantasma del jardín secreto, pero lo que les contaba Sabadelle le parecía todavía más sorprendente. El subteniente chasqueó la lengua con suficiencia. Por una vez, había hilado fino y tenía a todos a su alrededor en la mesa de juntas prestándole atención. Riveiro, Valentina y el cabo Roberto Camargo lo observaban expectantes.

—No, a ver, él no. Su hijo. Y primero fue el palacio y después el centro comercial. He hecho un esquema lineal, por fechas —explicó, sacando varios folios de una carpeta y mostrándolos sobre la mesa. Valentina miró a Riveiro de reojo, sorprendida. Normalmente, Sabadelle seguía la ley del mínimo esfuerzo, pero, desde que se había echado novia, parecía no solo que estuviese de mejor humor, sino que trabajara más eficientemente. ¿Quién le iba a decir al huraño Sabadelle que gracias a su actividad en un grupo de teatro iba a conocer a Esther, aquella bendita chica que le había suavizado el carácter?

Riveiro echó un vistazo a la documentación. Demasiadas fechas, nombres y números.

—A ver, cuéntanoslo desde el principio y clarito, ¿vale? Yo tomaré mis propias notas —le pidió el sargento sacando ya su libreta. Sabadelle ahogó un suspiro, como si tuviese que armarse de paciencia ante los niños de una guardería.

—Desde el principio... ¿dónde lo tengo? Ah, sí, aquí —dijo, atrapando una hoja en un revoltijo de folios que había logrado revolver en medio segundo para desesperación de Valentina—. A ver, año 1858... nace Gregorio del Amo en Santoña. Bien, pues se licencia como médico y se va a Sudamérica a ejercer en distintos países, que vete tú a saber por qué no se quedó en España, pero vamos, que eso es lo de menos. El tío debía de ser espabilado, porque se casó con una *california* casi quince años mayor que él, la típica solterona con un padre rico, que era dueño del rancho San Pedro en Los Ángeles...

—Un momento —interrumpió Camargo, que el día anterior se había perdido las explicaciones del cabo Maza sobre los *californios*—, ¿qué es eso de *california*? californiana, quieres decir.

—Joder, y qué más da, ¡si me interrumpís, pierdo el hilo!

—Sabadelle —le amonestó Valentina. Con solo nombrarlo, el tono de la teniente fue suficiente. A veces, ella sí que sentía que estuviese con niños de guardería. Sabadelle entornó los ojos e hizo la aclaración:

—Eran los españoles que desde la conquista de Sudamérica permanecían allí, en ese territorio. Desde luego, los *californios* eran sus descendientes, los que estaban en California desde, al menos, el siglo XIX, aunque los terrenos del rancho de San Pedro estaban en manos de españoles desde el siglo XVIII. ¿Contento?

—Muy contento —replicó Camargo, sonriendo de forma deliberadamente exagerada.

—Pues sigo. ¿Por dónde iba? Ah, sí, que se casó con esta señora, Susana Domínguez. Dejó la medicina y fue nombrado cónsul en San Francisco, y después se puso a recorrer Europa durante ocho o nueve años, en plan fino, mandando construir la Quinta del Amo para ir a Suances de veraneo de vez en cuando.

—Pues sí que eran ricos —observó Riveiro, que no dejaba de tomar notas.

—Bueno, he visto que viajaban por placer y por negocios, a saber. Pero lo bueno llega en 1922, porque se descubre petróleo en los terrenos de California de la tal Susana, su mujer. ¿Me seguís?

Todos asintieron. Valentina evitó intervenir para no

alargar el discurso de Sabadelle, pero su mente iba más rápido: «Venga, al grano, cuéntame algo que me sirva». El subteniente, encantado de ser el centro de atención, siguió hablando.

—Bueno, pues ahí ya sí que debían de estar podridos de dinero, y crearon Del Amo State Company, aprovechando parte de los beneficios del petróleo para beneficencia y fines culturales y filantrópicos... vamos, que no eran los típicos ricos cabrones, sino de esa *rara avis* de los generosos. El caso es que, cuando ya llevaban veinte años casados, adoptaron a dos chavales sevillanos. Y esto tiene su gracia, porque los críos eran de verdad hijos de Gregorio, que los había tenido con su amante andaluza.

—Joder con el de Santoña —comentó Riveiro, levantando la vista de su libreta—. ¿Y qué dijo su mujer?

—Nada, que yo sepa no se enteró de la jugada, pero cualquiera sabe. Como siempre, apenas he tenido tiempo para investigar, menos mal que hay una especie de ensayo universitario sobre este hombre, porque si no habría tardado una puñetera eternidad en localizar información; además, ayer por la tarde tuve también que encargarme de Pilar Álvarez —se justificó mirando a Valentina. A su vez, Camargo se mordió los labios y bajó la cabeza. La teniente sabía que el cabo no replicaría a su superior, pero, sin duda, la mayor parte del interrogatorio y del trabajo con la asistenta lo habría desarrollado él.

—Continúa —ordenó Valentina—. Y a ver si nos cuentas algo interesante —lo incitó mirando el reloj.

—Bueno, pues el hijo pequeño, Carlos, tenía mala salud y murió joven, pero el otro, Jaime, aunque solo vivió cincuenta y pico años, no perdió el tiempo. A ver —dijo, ganando unos segundos y localizando otro apunte dentro de su revoltijo de papeles—. Aquí está. Nacido en 1913 y fallecido en 1966. Fue vicecónsul de España en Los Ángeles durante cuatro años, vicepresidente y presidente de Del Amo State Company...

—Abrevia —lo animó Valentina viendo que aquello no iba hacia ninguna parte.

—Sí, sí, abrevio. Vivió entre California, España y Suiza... Se casó tres veces, y, cuando murió su padre, en 1941, lo heredó todo, incluyendo el palacio del Amo y otro que tenían en Iruz. Le encantaba el cine, así que creó Cantabria Films, ¿os suena?

Todos, mirándose unos a otros, negaron con la cabeza.

—Pues gracias a esa afición al cine conoció a su tercera mujer, ¡Jane Randolph!

Se notaba que Sabadelle había esperado surtir un efecto explosivo con aquella revelación, pero tanto Valentina como sus compañeros se quedaron en silencio, sin mostrar la reacción que él habría esperado.

—Pero bueno, ¿no sabéis quién es? ¡Una actriz de cine famosísima! ¿No veis cine negro?, ¿Clásicos? —Sabadelle se llevó la mano a la cabeza, exagerando su desesperación. No contaba con que, del grupo, solo él era aficionado al teatro y, además, al cine antiguo. Sin embargo, no dejó de intentarlo—. Os tiene que sonar, si hasta la fichó la Warner Bros... rodó *La princesa de Éboli*, *Abbott y Costello contra los fantasmas*, *La mujer pantera*... Mirad, esta es su foto.

Les mostró una imagen en blanco y negro de una mujer muy guapa, de rasgos dulces y suaves, maquillada con gusto, de forma natural. Las ondas al agua de su peinado hicieron que Valentina conectase ideas. Ella no creía en fantasmas, pero la fotografía de aquella actriz se coló irremediablemente en su cabeza.

—Esa chica, Jane, ¿murió en la Quinta del Amo?

—No, no —replicó con fastidio Sabadelle—, todavía no he llegado a esa parte. Murió en Suiza en el 2009, con más de noventa años. Se había casado con Jaime del Amo en 1949, justo el mismo año que él inauguró el centro comercial que antes os contaba, Del Amo Shopping Center, al sur de Los Ángeles, que entonces fue el más grande del mundo y aún hoy sigue siendo uno de los más grandes de Estados Unidos.

—Qué pasada, quién lo iba a decir, un cántabro haciendo las américas —comentó Camargo, sorprendido—. A mí su nombre no me sonaba de nada.

—Bueno, es que él murió en el 66, hace más de cincuenta años, y la pareja normalmente vivía en Ginebra, en Suiza. De hecho, creo que él dimitió como presidente de la compañía unos años antes de morir solo para estar con Jane en Ginebra. Eso sí, dejó dispuesto ser enterrado en Suances, así que, cuando murió, lo trajeron haciendo escala en Madrid, con honores de Estado.

—No me digas... —Valentina no salía de su asombro—. ¿Y por qué con honores de Estado?

—Ah, porque le habían concedido la Gran Cruz de la Orden de Isabel la Católica. El tío había colaborado con todos los sectores de la ciencia y la cultura que os podáis imaginar soltando un montón de pasta. Según parece, hasta pagó maquinaria de hospitales y Cruz Roja en Madrid, y creó un montón de becas para que algunos españoles pudiesen estudiar en Estados Unidos. En Suances colaboró también para construir casas de pescadores... Vamos, un filántropo en toda regla. Cuando murió, Jane vino al entierro, se marchó a Suiza y creo que no volvió a Cantabria, pero lo cierto es que juntos pasaron unos cuantos veranos en la Quinta del Amo.

—Nunca hubiese sospechado que una actriz de Hollywood veranease por aquí en los años cincuenta —reconoció Riveiro.

—Bueno, cuando se casó, dejó de actuar, después de casada solo rodó *La princesa de Éboli*. He leído en alguna parte del ensayo que Jaime del Amo cerró una sala de cine que había en Suances solo para ella, para poder ver juntos el estreno.

Valentina se mostró pensativa.

—¿Y ya está? ¿Eso es todo? ¿Qué pasó con el palacio, fue vendido a los Green al morir Jaime del Amo, sin más?

—Sí, los Green eran otros *californios* que conocían bien a los Del Amo, creo que en Los Ángeles hasta eran vecinos. No he tenido mucho tiempo para investigar —insistió—, pero, al parecer, Martha Green se encaprichó del palacio tras pasar allí un verano invitada por los Del Amo.

—Pues estamos como al principio —reflexionó Valentina con cara de preocupación—. Para lo único que nos vale toda esa historia es para fabular que Jane Randolph fuese el fantasma del jardín secreto.

—Sería bonito... —dijo Riveiro, sin ser consciente de haber hablado en alto. Cuando vio cómo los demás lo miraban sorprendidos, se apresuró a justificarse—. Quiero decir que, si él está enterrado en Suances, la idea de que ella muriese tantos años después y viniese aquí a buscarlo tiene su punto romántico.

Valentina sonrió ante la ocurrencia.

—Pues sí, muy romántico, pero solo si los fantasmas existiesen, que ya os digo yo que no. A ver, Sabadelle, ¿y nada más? ¿Ninguna incidencia que hayas detectado en relación con potenciales herederos, intereses económicos...?

—Nada. El actual propietario, el escritor, por lo visto es rico a rabiar. Cuando murió su abuela, le dejó la Quinta del Amo y he comprobado en el Registro de la Propiedad que está solo a su nombre y sin ninguna carga.

—Y de los Green, ¿no tienes nada?

—De esos solo he sabido que también estaban forrados por sus negocios inmobiliarios en California, pero nada más.

—Bien, pues ahora quiero que hagáis lo siguiente —ordenó Valentina, que se había levantado para hacer anotaciones en la pizarra de la sala de juntas—. Camargo, quiero que investigues a Carlos Green. En principio, tiene coartada para el incendio, pero quiero averiguar su historial: parejas, antecedentes, salud... todo.

—¿Salud? —se sorprendió el cabo.

—Sí, quiero descartar que estemos ante un nuevo Norman Bates de *Psicosis*.

—Pero me llevará tiempo. Sin una orden judicial, ¿cómo voy a acceder a sus historiales médicos? ¡Encima serán historiales norteamericanos!

—Lo sé, investiga todo lo que puedas por otras vías. Si es escritor, le habrán hecho muchas entrevistas, habrá biografías suyas por internet... lo que sea. Pasó un par de veranos en Suances en su juventud, así que habla con Maza, que allí conoce a todo el mundo, que te cuente todo lo que sepa. ¿De acuerdo?

—Sí, teniente.

—Y, de paso, investiga a su familia, a los Green. Cualquier información podría ser de interés. Por cierto, ¿ayer te dio tiempo a investigar un poco a Leo Díaz?

—Sí, eché un vistazo. Era pensionista y vivía de alquiler, solo tenía a su nombre un Citroën destartalado, un par de prados rústicos en Tagle y otro en Mercadal.

—¿Y seguro de vida?

—No me consta —dijo—. No he localizado ningún motivo por el que a nadie pudiese interesarle su muerte, aunque tendríamos que preguntar a los vecinos.

Valentina asintió, pero se centró ahora en el subteniente:

—Sabadelle, quiero que tú te informes con detalle de la historia del libro de Copérnico y de dónde podría venderse un material así. Sigue rastreando la historia del palacio por si podemos sacar algo más en claro, ¿conforme?

—Conforme.

—Riveiro, tú y yo nos vamos a la Quinta del Amo. Si Carlos Green está todavía despierto, tenemos que hablar con él sobre ese libro, y necesitamos volver a la biblioteca.

—Lo sé —asintió Riveiro, que compartía ese mismo pensamiento—. Necesitamos averiguar la lista de asistentes al club de lectura de los *Diez Negritos*.

El ladrón de olas, de Carlos Green
Borrador de novela

¿Por qué había acabado así con ella, de aquella forma tan absurda? A ratos, me consolaba pensando que lo que había sucedido era consecuencia de una de esas juergas típicas de la edad, ¿qué más daba? El sol seguiría saliendo.

Es curioso: los recuerdos son inamovibles, el pasado no puede cambiarse, pero puede ensombrecerse con actos futuros. Eso lo aprendí aquella semana. Aquel beso perdido y adolescente que nos habíamos dado Lena y yo, nueve años atrás, ya no nos pertenecía. Si ahora había calculado un reencuentro más completo, más intenso, había aniquilado yo solito cualquier posibilidad. Haberme acostado con Ruth aquella noche de borrachera, sin duda, había hecho que cambiase todo.

[...]

Ruth era una buena chica. Alegre, abierta a sentir y a vivir. A su manera, era incluso responsable. Se apuntaba a todas las fiestas, pero cuando tenía que estudiar se recluía en su casa y no salía de allí hasta que consideraba tener todo el temario controlado. Al menos, esa fue la sensación que me transmitió y lo que asimilé tras la charla que tuvimos paseando por la Concha a la mañana siguiente.

—Lo que no entiendo es por qué tienes esa cara de agobio. Chico, ni que fuese algo malo... Qué pasa, ¿tienes novia en Los Ángeles?

—No, no.

—¿Entonces?

—Nada, que todavía tengo resaca. No me acuerdo de casi nada. ¿Tú sí?

Ella se rio alegremente.

—Yo de casi todo. Pero tranquilo, te pusiste condón y yo no voy a pedirte en matrimonio.

—Pero si yo no llevaba...

—Tenía yo —replicó con gesto pícaro—. Oye... el tonteo de estos días entre Lena y tú no iba en serio, ¿no? Ayer se marchó y esta mañana no he podido hablar con ella.

—Ah, no, no. Entre ella y yo no hay nada —me esforcé por confirmar.

—Bien. ¿Puedo pedirte un favor?

—Lo que quieras.

—Si estás con Nacho, no entres en detalle sobre lo que pasó. Ya lo sabe, pero...

—Yo nunca le contaría...

—Tú eres como todos, y tarde o temprano os contáis las batallitas.

—No me digas que teníais algo vosotros dos.

—Tuvimos. Ahora no hay nada, pero no quiero líos.

¡Así que me había enrollado con la chica equivocada en todos los sentidos! ¿Y por qué demonios me importaba tanto aquello? Si Nacho y Ruth ya no eran novios... Lo mismo pasaba con Lena. ¿Acaso era mi novia? Ni siquiera estaba enamorado de ella, sino solo de un recuerdo infantil. Y Ruth era guapísima y encantadora, podría presumir de aquella conquista durante años con mis colegas. Claro que ni siquiera recordaba con detalle la sesión de sexo en la playa. ¿Cómo habíamos terminado allí? Supongo que vi la oportunidad y la tomé. Hacía lo mismo en el mar, era un ladrón de olas.

A mi mente acudían imágenes como latigazos, sensaciones. Recordaba haber besado y mordido hasta la desesperación unos pechos, haber desnudado a una mujer de forma imperiosa, urgente, solo lo necesario para penetrarla con furia, con pasión torpe y juvenil. Pero que fuese Ruth solo lo tengo claro por la evidencia de amanecer con ella entre mis brazos y por algunas breves reminiscencias de aquella noche en que ella me miraba, jadeando, pidiéndome más entrega, más placer y más rabia en cada embestida.

Un rollo de verano fugaz, sin más. ¿Qué importancia podía tener?

[...]

Quedaban tres días para marcharme del palacio del Amo. Me había aclimatado con asombrosa rapidez, y había tenido la suerte de disfrutar un clima caluroso y soleado todo el tiempo. No había vuelto a salir de noche y me había dedicado a acompañar a mi abuela a breves excursiones y a bajar a los Locos para coger olas. Lo hacía muy temprano, porque no me apetecía cruzarme con nadie. Cuando volví a ver a Nacho tras la última noche en el Patapalo, su actitud conmigo había sido distante. Supongo que los surfistas no son solo territoriales con sus zonas de deporte.

Aquella mañana era un poco más tarde, pero, aun así, me sorprendió ver a Lena en el arenal.

—Hola. —La saludé con la sonrisa más grande y forzada que he esbozado en mi vida—. Qué temprano vienes a la playa...

—Es sábado, no tengo que trabajar. —Otra vez me restregaba que trabajaba. ¿Acaso tenía yo la culpa de ser rico? ¿No tenía yo que entrenar?

—Ya... ¿Y estás sola?

—No, me acompañan estos amigos invisibles que ves por aquí.

Hice caso omiso de su sarcasmo.

—Oye, no hemos vuelto a hablar desde la noche en el Patapalo, y ya me voy en un par de días.

—Ah. Que tengas muy buen viaje —me dijo con una

amplia sonrisa y desviando la mirada hacia el libro que tenía abierto entre sus manos.

—¿Estás enfadada?

—¿Yo? ¿Por? (Su sorpresa parecía genuina, pero yo sé que no, que me estaba insultando mentalmente, lo sé.)

—No, por nada. Pero como me voy a ir ya, es una pena que no nos hayamos visto más.

—Por mí tranquilo, creo que sin verme ya te ha ido bastante bien. —¿De verdad teníamos aquella conversación? No éramos novios, hacía años que no nos veíamos, ¿de dónde venía aquella rabia, aquella ironía hiriente?

—Estaba borracho y no me acuerdo de casi nada, yo...

—Carlos, no tienes que darme explicaciones.

—Ya lo sé, pero como parece que no me hablas...

—Te estoy hablando... Anda, mira —dijo, desviando la mirada hacia el mar—. Hoy tendrás olas geniales y, como eres un surfista tan *crack*, te dará incluso para hacer algún tubo espectacular. Que lo pases bien.

Y con esto me despidió y dio por concluida la conversación, pues bajó la mirada hacia su libro y no volvió a levantarla.

[...]

La verdad es que el mar estaba espléndido para practicar surf. Las olas tubulares no eran tan fáciles de observar en los Locos, y solían darse con marea baja, por lo que el riesgo para el surfista era mayor. Llevaba ya un buen rato en el agua, y vi cómo un chico se sentaba al lado de Lena. Dos besos. Bien, si fuese solo uno y en los labios, sería otra cosa. (Un momento, ¿otra vez? ¿Qué demonios me importaba a mí? ¿Acaso no tenía un montón de chicas en California? ¿Era Lena algo mío, alguien que me importase? No, claro que no. Posiblemente, no volvería a verla en mi vida.)

Después, llegaron Ruth, Nacho y los demás. A la mayoría ni los conocía. Me dio la sensación de que Ruth y Lena no se habían saludado. Me apuré a colarme para coger una última ola, porque ahora el agua se iba a llenar de gente y tampoco me apetecía cruzarme con Nacho (ambos sabíamos, además, que no me gustaba respetar los turnos).

Pensaba lucirme. Sabía que ella me miraba (eras una estirada, Lena, ¿lo sabías?) y quise hacer un tubo en una marea que parecía bastante accesible. Sin embargo, cuando ya estaba dentro de la ola, pude sentir cómo esta se cerraba y su labio me aprisionaba contra el fondo, rompiendo sobre mi propio cuerpo con una furia insólita. Todo ocurrió en unos segundos, sin explicarme cómo, sin saber por qué (estabas preciosa con aquel bikini verde que llevabas, Lena. ¿Lo sabías?).

Caí de cabeza contra el fondo e intenté nadar hacia la superficie, pero era como si mis pies y mis manos perteneciesen a otro cuerpo, porque no me obedecían. Yo sabía caer de la forma más idónea para no hacerme daño, pero todo lo que había aprendido hasta entonces no me sirvió para nada, porque mi cuerpo iba sin control (me encantaba tu forma despistada de leer, ¿nunca te lo dije, Lena?).

Perdí el conocimiento, y solo lo recobré cuando me sacaban del agua. Pude reconocer a Jaime (¿de dónde salía? No lo había visto en aquellas dos semanas. ¿Acaso me había muerto y estaba viviendo un delirio póstumo? Después, supe que Jaime había estado de vacaciones y que había regresado justo aquella mañana).

Mantuve la consciencia solo un rato, hasta que vi en mi pierna derecha la rotura abierta de mi tibia y mi fémur, que sobresalía espantosamente de la carne. Más tarde supe que había sido Lena la que, viendo que no salía del agua, había ido corriendo a avisar a Jaime y a otros surfistas (quizás su rapidez me salvó la vida). No solo sufrí varias fracturas en la pierna derecha. También me partí el cuello y me fracturé tres vértebras, aunque, por fortuna, no me había dañado la médula espinal.

¿Por qué me había sucedido aquello, a mí, a un surfista experimentado? La ola no parecía tan difícil, la maniobra era clásica y, el riesgo, moderado. ¿Me habría descentrado por culpa de aquel malentendido etílico de la noche del Patapalo? (Sí, Lena, deberías haber sido tú la chica de la tumbona, habrían sido dos semanas preciosas.) ¿Serían los efectos del alcohol, todavía presentes en mi cuerpo y en mi sentido del equilibrio? (No, imposible, habían pasado varios días.) ¿Me habría caído igualmente si no hubiese pretendido fanfarronear ante Lena en aquella estúpida y última ola? Había sido un idiota: con el mar siempre se ha de estar en guardia, atento.

Me evacuaron en helicóptero y me llevaron de urgencia a un hospital de Santander; todavía recuerdo el miedo y la angustia en el rostro de mi abuela Martha.

Lena había ido a verme al hospital en Santander. No quise hablar con ella, porque en aquel momento la odiaba. Odiaba a todo el mundo. Todos tenían la culpa de mi fracaso, de mi caída, de que ya no tuviera futuro.

Después, en California, estuve muchos meses entre el reposo y la rehabilitación. Soporté las exageradas atenciones de mi madre y los «Te lo dije» de mi padre. Me hundí en la tristeza.

Sabía que volvería a caminar, que podría ejercitar deporte moderado, incluso surf, pero ya nunca como profesional. Mi cuerpo se había roto en puntos tan importantes como para que resultase imposible intentarlo otra vez. Quizás si hubiese persistido en la rehabilitación, si alguien me hubiese animado a ello... pero mi familia y mis amigos observaban mis escayolas y mis pronósticos médicos y se limitaban a darme palmadas en la espalda. «Qué se le va a hacer. Cosas que pasan. Es un milagro que no te hayas quedado parapléjico. O tetrapléjico, ¿te imaginas?»

Tras aquello, fue necesario que transcurriesen veinte años para que regresase al mágico y magnético palacio del Amo.

El profesor Machín

Tercera clase

El profesor Álvaro Machín se presentó puntual y sonriente a su tercera y última ponencia en el paraninfo de las antiguas caballerizas del palacio de la Magdalena. Hoy tenía mejor aspecto: el gesto más descansado, las arrugas de su rostro menos marcadas. Desde el estrado, buscó con la vista a Amelia y a Christian, que en esta ocasión volvían a estar sentados el uno al lado del otro. Ella, rodeada de libros, con un par de bolsas de contenido indefinido y un enorme bolso a los pies; hablaba sin parar al joven Christian, que se limitaba a asentir distraído, garabateando algo en una libreta. En realidad, el *cazafantasmas*, ajeno a la cháchara de Amelia, seguía dándole vueltas a la extraña sesión de espiritismo que había dirigido la tarde anterior en la Quinta del Amo.

—Buenos días, estimados alumnos. Hoy vamos a seguir trabajando sobre la salud mental, sobre lo que percibimos a través de nuestros sentidos y que no podemos descifrar todavía a través de la ciencia... —explicó con su suave acento canario, que en él invitaba al acercamiento, a escucharlo—. Quizás se deban abrir nuevas disciplinas de conocimiento, porque debemos reconocer que todavía carecemos de todos los métodos y herramientas para medir el mundo, pero también es cierto que muchos fenómenos inexplicables no son más que artificios de nuestra imaginación colectiva. Señor Valle —dijo mientras caminaba sobre el escenario hasta el punto más cercano a

Christian—, ¿recuerda que ayer quedamos en que hablaríamos de los fenómenos AAA?

Christian se limitó a asentir. El profesor sonrió, insistiendo.

—¿Y ha investigado usted algo al respecto?

—Sí, bueno, yo... no he encontrado nada —reconoció, molesto.

—Yo tampoco —le ayudó Amelia—. He rebuscado en mis libros de psicología y nada, en Google, tampoco...

—¿En Google? —El profesor parecía divertido—. ¿Alguien ha investigado y ha encontrado algo? —preguntó dirigiéndose a toda la audiencia. Muchos, sin duda, no habían curioseado sobre el fenómeno, pero los que sí lo habían hecho negaron haber localizado información.

—Bien, pues déjenme que les muestre cómo, una vez más, en la sencillez y en lo obvio se encuentran las explicaciones más precisas. Las «A» son siglas, todas de la misma palabra —aclaró, encendiendo con su ya inseparable mando a distancia el proyector del paraninfo. Clic. En la pantalla podía leerse, tres veces consecutivas y en letra mayúscula, la palabra AMIGO—. Díganme, ¿no es cierto que la mayoría de hechos extraordinarios y sucesos paranormales no los han vivido ustedes directamente? ¿Acierto si aventuro que, cuando ha sucedido, ha sido un relato que les ha contado un amigo, al que se lo ha relatado otro amigo, al que un tercer amigo le había narrado con detalle su experiencia?

Los alumnos se echaron a reír. El profesor se burlaba de ellos, pero, en gran medida, en sus rostros, era visible que aceptaban que había algo de verdad en el fenómeno AAA.

—Hablemos de ello. Hay muchos ejemplos de lo que les digo y, desde luego, no es una teoría mía. En Inglaterra se conoce como el fenómeno FOAF: *Friend of a friend tales*, es decir, historias de un amigo de un amigo. ¿Quién no ha escuchado la leyenda urbana de la «chica de la curva», por ejemplo? ¿Señorita Amelia?

La joven, hoy peinada de nuevo con su larga cola de caballo, entornó los ojos como si así hiciese un esfuerzo por recordar.

—Bueno... creo que es la historia de una chica que se aparece haciendo autostop, casi siempre de noche, lloviendo; ya se sabe, en plan peli de miedo. Y luego, cuando la dejan ya en su destino, por lo que sea el conductor se entera de que justo en aquella curva había muerto una chica que se llamaba igual que la que él había llevado; algo así, ¿no?

—En efecto, algo así, porque la historia tiene muchas variantes —asintió Machín—, y con frecuencia la chica desaparece aún con el coche en movimiento, en un instante en que el conductor mira hacia la carretera. Esta leyenda se encuentra expandida geográficamente por un terreno muy extenso, desde Norteamérica hasta Europa, y a veces esta chica parece ser un elemento terrorífico, que provoca que el conductor sufra un accidente, y otras se muestra como una simple aparición que amablemente previene al conductor del riesgo de una curva cerrada. La cuestión es... ¿alguno de ustedes se ha cruzado con esta misteriosa muchacha? ¿Amelia?

La joven negó con la cabeza. El resto de los alumnos hicieron lo propio, bromeando incluso con ello: «Yo no, ¡pero un amigo de un amigo de un amigo mío sí que llevó a esa chica en coche!».

El profesor Machín dejó que los alumnos se divirtiesen un rato, pero volvió a centrar su mirada en el proyector. Clic.

—Veamos un ejemplo de algo mucho más conocido y asentado. Observen.

En la imagen, se desplegaba un mapa que unía tres puntos terrestres con unas líneas imaginarias que atravesaban el Atlántico Norte. Un punto, Puerto Rico. Otro, Florida. Un tercero, Bermudas.

—¡El triángulo de las Bermudas! —exclamó Amelia—. Pero eso no es una leyenda urbana, ahí ha habido muchísimos siniestros... leí en algún sitio que podría ser por culpa de cráteres submarinos.

—¿De verdad? —preguntó el profesor, enarcando una ceja con bonachona suficiencia—. Yo también he escuchado que la Atlántida podría estar ahí abajo, o que el magnetismo de la Tierra podría ser el responsable de las desapariciones de aviones, barcos y personas y... sin embargo, partimos de una mentira primera, de una base tan frágil que resulta asombroso lo crédulo que es el ser humano. Usted misma, Amelia, ha dicho la primera falsedad.

—¿Yo?

—Usted, sí. ¿Está segura de que ha habido muchos siniestros? ¿Más que en otras partes del planeta en similares circunstancias? ¿Dónde lo ha leído?

—Pues no sé... en revistas, libros... es algo sabido, vamos; creo que hasta han hecho películas y, desde luego, unas cuantas investigaciones.

—Sí, es cierto; hay estudios, investigaciones y documentales. Pero resulta que, estadísticamente, es una zona tan tranquila o preocupante como cualquier otra. Es más, según archivos históricos, hasta el siglo XIX resultaba ser una zona marítima mucho más segura que otras colindantes, donde había un número de naufragios considerable.

—¿Entonces...?

—Entonces, señorita Fernández, nos encontramos ante el poder que confiere a nuestras palabras el que se encuentren escritas y refrendadas por algo que asociemos a algún tipo de autoridad: lo que viene en los periódicos, en los libros... para nosotros parece adquirir una suerte de fiabilidad que damos por sentada. En el caso de las Bermudas, hablamos de un mito muy moderno, ya que tiene su origen en un artículo periodístico algo sensacionalista publicado por Vincent Gaddies en 1964; tras este reportaje, vinieron libros que exaltaron y mitificaron todo lo relacionado con el Triángulo.

El profesor se giró y volvió su mirada de nuevo hacia la pantalla. Cambió la imagen con un ligero toque sobre el mando que escondía en su mano. La portada de un libro de estética setentera ocupaba ahora casi toda la plataforma visual. Se trataba de una fotografía del mar abierto con la línea del horizonte cargada de nubes grises. Sobre toda la imagen, un grueso triángulo equilátero amarillo y, dentro de este, lo que parecía ser un platillo volante sobrevolando el océano.

—Aquí tienen, el *best seller* mundial de Charles Berlitz titulado *El Triángulo de las Bermudas*. Tras este, llegaron más libros y la locura colectiva, llegando a reseñarse en la Enciclopedia Británica las supuestas y misteriosas experiencias de esta zona geográfica.

—Pero hay experiencias paranormales que sí son vividas, incluso por personas de distintas generaciones, sin que haya habido libro ni reportaje de por medio —objetó Christian, reacio a aceptar que los hombres fuesen tan torpes como para creer leyendas como si fuesen verdades absolutas sin más.

—Es posible —concedió Machín—, pero hay autoridades sencillas a las que las personas concedemos gran poder, como los periódicos. Sabemos que no son imparciales, que están politizados, que nos dan una información ya matizada por otros y, sin embargo, aceptamos sus informaciones como válidas. Con frecuencia, me he topado yo mismo con titulares sobre fenómenos fortianos deliberadamente preparados para llamar la atención del lector, pero que después son redactados por el periodista asumiendo una posición escéptica. ¿Quieren que les cuente cómo un periodista se inventó un fantasma en el que aún hoy algunas personas no han dejado de creer?

—Sí, ¡por favor! —exclamó Amelia. La mayoría de los alumnos parecían encantados: otra curiosidad de Álvaro Machín. ¿Qué tendría para ellos ahora el viejo profesor?

Clic. En la pantalla apareció la imagen de un dibujo a

carboncillo, en blanco y negro, que parecía representar unos viejos muelles; al fondo, se podía intuir el Puente de la Torre o Tower Bridge de Londres. Solo aparecía un personaje en la escena, de frente, caminando. Su estética era victoriana y su rostro, medio cubierto por las sombras, se intuía siniestro.

—Les presento al fantasma de los muelles de Ratcliffe, en Londres. ¿Lo conocen? —Los alumnos negaron saber nada sobre aquel espíritu inglés; el profesor sonrió divertido—. Pues se trata de uno de los fantasmas inventados más populares de Inglaterra en el siglo XX. En los años setenta, un periodista llamado Frank Smyth decidió hacer un experimento y publicar en un artículo de una revista sobre fenómenos paranormales la historia de este fantasma; se inventó que había sido un vicario propietario de una pensión en la zona de los muelles de Ratcliffe. Según la versión del periodista, cuando el negocio empezó a ir mal, este clérigo contrató prostitutas para que llevasen marineros a sus habitaciones, donde él los esperaba para matarlos y tirarlos al río Támesis, quedándose con todo lo que llevasen encima.

—¡Vaya angelito! —exclamó Amelia, riendo y haciendo que otros alumnos asintiesen con una sonrisa.

—En efecto, un fantasma malvado —concedió el profesor—. Smyth publicó un artículo contando la historia de este personaje inventado diciendo que varias personas habían dicho haberlo visto en las últimas semanas en los muelles de Ratcliffe... ¿Saben qué ocurrió?

—Que todo el mundo empezó a ver al fantasma, seguro —aventuró Amelia, dictaminando su diagnóstico—: Autosugestión.

—Y no solo eso señorita Fernández, sino que durante muchos meses las apariciones de este fantasma llegaron a convertir la zona en un lugar siniestro y temido, llegando a publicarse ocho libros sobre el tema; las personas no solo veían sombras o escuchaban ruidos, sino que describían el supuesto fantasma con sus ropas, su fisonomía, ¡todo! Smyth tuvo que explicar públicamente en el *Sunday Times* el experimento que había realizado. Imagínense la repercusión que tuvo, que hasta la BBC realizó en los años ochenta un documental, *A Leap In The Dark*, que pueden ustedes encontrar en YouTube.

Mientras los alumnos tomaban nota del documental por si se les ocurría echar un vistazo en internet, Christian mantenía la mirada fija en el profesor; quedaba poco para que terminase la clase, la última clase, y Álvaro Machín aún no le había ofrecido explicaciones que lo contentasen.

—Esto que usted nos explica habla del poder de la sugestión, pero sigue sin aclarar hechos objetivos que se encuadran dentro de lo paranormal.

—¿Ah, sí? Dígame, ¿qué clase de hechos objetivos, señor Valle?

—Las psicofonías, por ejemplo.

—¡Oh! Las psicofonías... un tema interesante, aunque personalmente nunca he escuchado ninguna grabación que merezca mi credibilidad, ¿usted sí?

—Sí. Yo mismo he obtenido grabaciones en condiciones de máxima fiabilidad.

Al decir esto, se abrió un silencio de unos segundos, y el resto de los alumnos pareció interesarse más por Christian, como si él mismo pudiese ser objeto de estudio en aquella ponencia. De pronto, lo que dijese aquel joven vestido de negro parecía ser potencialmente interesante. El profesor Machín se desplazó unos metros sobre el escenario, y volvió a situarse próximo a Christian.

—¿Condiciones de máxima fiabilidad? Por favor, explíquenos.

—Me refiero a que yo mismo realicé hace tiempo las grabaciones y en distintas ubicaciones, no hay posibilidad de fraude —empezó a explicar Christian, algo azorado—. Cerramos las puertas y las ventanas de las viviendas donde las hicimos para que ningún elemento externo pudiese interactuar.

—Ajá. ¿Y podemos saber qué escuchó en esas grabaciones?

—Palabras sueltas, nombres.

—¿Por ejemplo?

—Por ejemplo «vete», «Antonio», «silencio», «ángel»...

—¿Y no cabría la posibilidad de que su grabadora captara ruidos de cañerías, voces de otras viviendas o fragmentos de ondas de radio? ¿No lo ve factible?

—Podría, sí... pero me refiero a experimentos realizados en viviendas aisladas... y además, si lo de la radio fuese posible, tras todo el tiempo que llevo grabando psicofonías, ¿por qué nunca he captado una cuña publicitaria? Solo escucho palabras sueltas, que casi siempre puedo vincular con la historia del lugar en el que me encuentro.

—Ya veo. Sin embargo, nada nos impide suponer que esas palabras que usted ha escuchado sí puedan pertenecer a un anuncio de radio —objetó el profesor, llevándose la mano derecha a la barbilla en un gesto reflexivo—. Y, si me lo permite, además, creo adecuado suponer que esos mensajes o palabras no resultan muy nítidos, ¿me equivoco?

—No, eso es cierto —reconoció Christian con seriedad—. A veces tengo que poner una cinta varias veces para entender qué dice el *espír...* lo que sea que esté al otro lado.

—Entiendo. Lo que esté al otro lado —repitió Machín ensimismado. De pronto, pareció rescatar una energía dormida dentro de sí y barrió con la mirada todo el patio de butacas—: ¿Saben ustedes quién fue el primero en grabar una psicofonía? —Era una pregunta retórica, por supuesto, para la que no esperó ninguna respuesta—. Un cineasta sueco, Friedrich Jürgenson, que preparaba un documental en Estocolmo sobre el canto de los pájaros; al revisar las grabaciones, se topó con voces y susurros. Fue a devolver la grabadora pensando que estaba estropeada, pero esta se encontraba en perfectas condiciones. Al revisar todo el material de que disponía, creyó adivinar un mensaje de su madre muerta; nadie lo tomó en serio hasta que llegó el psicólogo Konstantine Raudive. Este, siguiendo el ejemplo de Jürgenson, llegó a grabar ochenta mil psicofonías... ¿lo sabía, señor Valle?

Christian asintió.

—¿Y sabe usted quién retomó las riendas de las investigaciones de Raudive cuando este falleció?

—No, no lo sé.

—Hans Bender, uno de los primeros profesores de parapsicología de la historia. Este profesor tenía conocimientos y estudios de Derecho, Filosofía, Psicología y Medicina; ¿sabe qué concluyó tras años de investigación?

Christian se limitó a negar con la cabeza.

—Que detrás de los fenómenos paranormales y las psicofonías en concreto no había espíritus, ni fantasmas, ni nada que no fuese el propio ser humano; que era nuestra mente, nuestro cerebro, el que debíamos estudiar. De hecho, si examinan la palabra «psicofonía», verán que «psico» se vincula a la psique, a la mente humana, y «fonía» al fonema... la propia etimología de la palabra nos dice que estamos ante voces producidas por nuestra psique, nuestra mente.

—¡Imposible! ¿Es nuestra mente capaz de grabar audios de voz? ¿Y en idiomas que no conocemos, incluso?

El profesor suspiró.

—Señor Valle, si coloca usted su boca ante un micrófono muy sensible y vocaliza una palabra, aun sin emitir sonido alguno, comprobará que esa palabra ha quedado grabada a pesar de no haberla pronunciado en voz alta. ¿Sabe cómo es posible? —preguntó, una vez más de forma retórica—. Porque los movimientos y cambios que usted realiza en su cavidad bucal generan vibraciones en el aire. Su oído podrá no captar el sonido, pero un micrófono sí. ¿Recuerda lo que hablamos sobre los infrasonidos?

—No, no, no. Yo no me he puesto a gesticular ante ninguna grabadora, ni he estado cerca de ninguna radio mientras grababa. Y, desde luego, tampoco creo tener poderes mentales como para...

—Disculpe —le interrumpió Machín—, pero creo recordar que me había dicho que solía tener que escuchar varias veces las grabaciones para así poder entender qué le decían, ¿cierto?

—Bueno, yo... sí, es cierto.

—¿Sabe qué es la pareidolia, señor Valle?

—No —negó Christian, vencido por las argumentaciones del profesor—, no lo sé.

—Es la denominación que damos al hecho de que nuestro cerebro trate de darle forma reconocible a estímulos vagos o indefinidos. Es nuestra forma de protegernos, de intentar identificar nuestro entorno. Usted escucha un susurro, un suspiro de aire, pero trata de identificar una palabra en ello. Si se encuentra en un bosque y escucha un ruido, supone ver un bulto, cree identificar un oso o un jabalí y sale corriendo. Ese es su instinto básico: el de identificar a toda costa qué tiene a su alrededor para poder sobrevivir.

—Las psicofonías están grabadas, las pueden escuchar varias personas a la vez, ¿es que todos van a creer escuchar lo mismo? —objetó Christian cargado de ironía.

—No, claro que no, pero unos ayudarán a otros a identificar qué están escuchando. ¿Sabe que Jürgenson y hasta el propio Raudive tuvieron que dejar de grabar psicofonías durante una larga temporada? Su obsesión los había llevado a identificar voces en cualquier ruido del ambiente, desde el sonido de un motor hasta el más leve crujido de una puerta —explicó el profesor peinándose distraídamente el cabello con las manos—. Los humanos no nos resignamos al caos, señor Valle; buscamos predecir el porvenir, nuestro córtex cerebral analiza absolutamente todo para formar patrones de la realidad a la que debemos enfrentarnos. Todo lo que percibimos, tendemos a identificarlo con figuras, imágenes y sonidos familiares porque nos da seguridad.

—¿Seguridad? ¿Qué seguridad puede dar el ver un fantasma?

—¡Ver un fantasma! ¿Ha visto usted alguno?, ¿le ha mirado a los ojos un ser que no fuese de piel y hueso, señor Valle?

—No —reconoció Christian—, pero sí he sentido presencias, cambios de temperatura extraordinarios...

—Pero no ha visto ningún fantasma —le cortó Machín, enarcando las cejas ante una evidencia que ya había dado por sentada—. Dígame... si al atardecer mira usted a través de su ventana, ¿qué ve?

—¿Cómo? Pues... qué voy a ver, lo que hay al otro lado, la casa de mi vecino.

—¿Y nunca ha visto el reflejo de la habitación en la que usted se encontraba en su propia ventana?

—Sí, claro...

—Pues eso, señor Valle, es un efecto espejo, una ilusión. Hay un estímulo externo, pero este no se encuentra ni en su ventana ni al otro lado, en casa de su vecino; la ilusión la genera la inflexión de luz. Es más, cuando carecemos de estímulos externos, también es posible que veamos objetos, cosas o personas... no es tan extraordinario; muchos pacientes perfectamente sanos pueden sufrir alucinaciones.

—Yo no sufro alucinaciones —resolvió Christian de manera impulsiva, aunque al instante se avergonzó del tono que había utilizado, próximo al de una rabieta infantil.

—No digo que lo haga. Pero las personas, especialmente en estado depresivo, por ejemplo por la muerte reciente de un familiar, pueden sentir o percibir que ven a ese ser querido en todas partes, confundiéndolo constantemente con otras personas. Resulta incluso habitual. Existe una teoría psicológica, la de la destilación, que plantea la posibilidad de que las alucinaciones sean en realidad imágenes de nuestro inconsciente que se cuelan sin filtro a nuestra conciencia.

Christian guardó silencio unos segundos y decidió no replicar, convencido de que cualquier cosa que dijese sería científicamente refutada por aquel hábil profesor. Este lo miró con amabilidad, incluso con un matiz de cariño fraternal en la mirada, y continuó su ponencia unos minutos más, deteniéndose en distintas teorías sobre las capacidades de la mente humana hasta que por fin terminó aquella última clase.

Cuando todos los alumnos comenzaban a levantarse y a recoger sus cosas, Christian dudó. ¿Debía o no debía hacerlo? ¿Por qué no?

—¿Qué haces? ¿Vas a hablar con él? —le preguntó Amelia, que, con habilidad y en un único gesto, ya había recogido su enorme bolso, los libros y los diversos cachivaches que llevaba consigo. Christian se mostró resuelto.

—Sí, voy a hablar con él.

—No insistas. No vas a convencerlo de que existen los fantasmas.

Christian miró a Amelia con cierto hartazgo. ¿Por qué demonios se le había pegado aquella pesada? Pero, al ver la expresión amable y comprensiva de la joven, se arrepintió de ser tan rudo.

—Lo sé —confirmó, sonriendo por primera vez—. Lo que quiero es que venga conmigo para enseñarle uno.

Y dicho esto, Christian caminó decidido hacia el estrado, de donde ya estaba bajando el profesor Machín, mientras Amelia, atónita, lo seguía con la mirada.

8

Escribí esta novela [*Diez negritos*] porque era tan difícil de llevar a cabo que la idea me fascinó.

Autobiografía, AGATHA CHRISTIE

Oliver observaba el vaivén de las olas sobre la playa de la Concha. Desde el porche de su casa, era como si pudiese detener y controlar el mundo. Un café caliente entre sus manos y la pequeña *Duna* en su regazo, durmiendo. Del interior de la cabaña le llegaba la melodía tranquila que sonaba en la radio, *England Skies*, de Shake Shake Go. La canción hablaba con nostalgia de Inglaterra, de su eterno, nublado y húmedo encanto, que a cualquier nativo le hacía siempre regresar. Él, sin embargo, no añoraba nada que no fuesen buenos recuerdos. Había aprendido a hacer que su patria fuera el lugar donde pudiese ser feliz, donde se atisbase esa posibilidad. Eran tantas las adversidades que le habían sucedido en los últimos años, que se había vuelto más tenaz para lograr que sucediesen cosas buenas: necesitaba sentirse vivo. Su buen humor enmascaraba en cierto modo esta obstinación: con Valentina, no le resultaba suficiente estar con ella. Quería celebrarlo. Celebrar la vida porque su entorno inmediato, en el pasado reciente, había estado rodeado de muerte. Por eso quería casarse, por eso deseaba hacer cosas, estar siempre en movimiento. Su determinación, sin embargo, debía suplir la exagerada prudencia de Valentina para todo. Él apreciaba esa cualidad en ella: le había encontrado encanto y personalidad a todo lo que conformaba el carácter de su novia, por muy contrapuesto que fuese a como él pensaba. Era cursi, lo sabía, pero si tuviese que expresarlo en alto diría que la amaba por encima de todo, que se complementaban, y que hasta le divertía discutir con ella: las contraargumentaciones de Valentina lo retaban, le obligaban a cultivar su lado más ingenioso.

—Buenos días, señor Gordon.

—¡Oh! *What a fright...!*

—¿Qué? —Matilda miraba a Oliver sin comprender.

—Ay, Matilda, qué susto me ha dado, no la he escuchado acercarse... —replicó Oliver, al que casi se le había caído la taza de la mano. Si ya había sido extraño que Matilda se hubiese presentado el día anterior en su cabaña, hoy era la segunda ocasión que lo hacía en menos de cuarenta y ocho horas. ¿Qué querría? Él solo había podido conciliar el sueño durante apenas una hora. Iban a dar las once de la mañana, y había dejado a Carlos Green descansando en su enorme palacio, prometiendo volver por la tarde. Se había despedido del escritor cuando también lo había hecho Valentina, que se había marchado camino de la Comandancia, en Santander.

—Perdone, es que la caldera está volviendo a fallar. Quería consultarle si puedo llamar ya a un fontanero o si va a volver a intentar arreglarlo usted —dijo con un suave pero marcado sarcasmo.

—Matilda, que sepa que esa caldera es nueva, ¡nuevecita! No se trata de fontaneros, sino de saber tocar los botones adecuados.

—Esos botones que usted tuvo la amabilidad de apretar nos dejaron sin agua caliente dos días enteros hace tres semanas, señor Gordon.

Oliver se rio. Estaba muy cansado como para discutir.

—Me rindo, haz lo que quieras, Matilda. No necesitas mi permiso para llamar a ningún especialista, confío plenamente en tu criterio, ¿de acuerdo?

—De acuerdo —respondió ella, evidentemente complacida y dándose ya la vuelta para marcharse. De pronto, Oliver pareció recordar algo.

—¡Matilda!

—¿Sí?

—Ya hemos localizado a nuestra espía.

—¿A quién?

—La mujer que entraba en la finca y se acercaba a mi cabaña.

—Ah. Y... ¿todo bien?

—Todo bien —replicó Oliver, que no dejaba de apreciar la prudencia de Matilda. Si él no le contaba nada más, sabía que ella tampoco haría más preguntas.

—Pues me alegro, señor Gordon. Voy a llamar al fontanero —resolvió, y retomó su camino por el sendero hacia Villa Marina.

—¡Espera, Matilda!

—¿Sí?

Oliver parecía haber recordado algo más, pero en su expresión dubitativa se apreciaba que estaba pensando cómo formularlo.

—A ver, Matilda... Tú eres de Suances, ¿no?

—Sí, señor. Y mis padres, y mis abuelos... ¡De aquí de toda la vida! —respondió ella volviendo sobre sus pasos y con cierto orgullo.

—Ajá... ¿y conoces la Quinta del Amo?

—Claro, ¿cómo no voy a conocerla? En su día fue un palacio impresionante. Mi madre trabajó ahí de cocinera en los años cincuenta.

—¡No me digas!

—Ah, pues sí. ¡Mi madre era una cocinera buenísima! En la Quinta, era gente de mucho dinero, escogían el mejor servicio... Ah... ¡para cocinar siempre llamaban a la señora Lucinda! —explicó con más orgullo todavía—. Mi madre murió hace varios años, pero le aseguro que sus guisos aún se siguen comentando en el pueblo, porque luego puso una casa de comidas.

—Ah, vaya... Siento que falleciese.

Matilda se encogió de hombros. ¿Qué podía contestar? La vida había seguido su camino. Oliver la miró con curiosidad, interesado.

—¿Y su madre nunca le contó historias del palacio?

—¿Historias? ¿A qué se refiere? —Ahora era Matilda la que tenía curiosidad.

—Fantasmas.

—¿Qué? ¡No, por Dios! Fantasmas... no creerá en esas tonterías, señor Gordon.

Ahora fue él quien se encogió de hombros. Replicó con cara de travieso:

—Nunca se sabe... Entonces ¿no le sucedió nada a su madre que le hiciese pensar que había espíritus en el palacio?

Matilda se rio de buena gana.

—Le aseguro que ella nunca me contó nada sobre fantasmas... ¡Lo que había en la Quinta eran muchas fiestas! Mi madre trabajó allí al servicio de Jaime del Amo, un hombre riquísimo que pasaba algunas temporadas en Suances con su mujer, una actriz de Hollywood.

—¿Qué? ¿De Hollywood? ¡No me diga! ¿Sabe cómo se llamaba?

—Creo que Jane, pero no recuerdo el apellido. Tenían una niña que se llamaba Cristina, pero el señor tenía más hijos de sus antiguas mujeres.

Oliver abrió mucho los ojos asombrado.

—¡Vaya Casanova! Cuente, cuente... Precisamente he estado esta mañana en el palacio, y le aseguro que ha suscitado mucho mi curiosidad saber quién ha podido vivir ahí. Esta noche ha ardido la casa del servicio, ¿no se ha enterado?

—¡Qué me dice! —el gesto de Matilda era de pura sorpresa—. Hoy he dormido en casa de mi hija en Tagle y he venido aquí directamente, no me he enterado. ¿Ha habido heridos?

—Sí, por desgracia ha fallecido la asistenta.

—Cuánto lo siento —repuso ella, evidentemente apenada. Todo lo que sucedía en el pueblo le interesaba, y tanto las alegrías como las desgracias de Suances las hacía propias. Oliver consideró si revelarle o no a Matilda que quien había muerto era la espía de Villa Marina, pero decidió no decir nada; ahora ya carecía de importancia. Se levantó y le puso a Matilda una mano sobre el hombro.

—¿Quiere un café?

—Ah, no, gracias, me sienta fatal —se negó, desacostumbrada, además, a descansos no programados; y menos con el patrón.

—Venga, mujer, que por un día no pasa nada. Le traigo una infusión, ¿de acuerdo?

Oliver no tardó más de dos minutos en convencer y casi obligar a Matilda a acomodarse en su cómodo y mullido banco del porche y en traerle un humeante té verde. Su curiosidad sobre cualquier información relativa al palacio del Amo se había visto acrecentada desde anoche. No solo había habido dos muertes en aquella propiedad en menos de cuarenta y ocho horas, sino que una de ellas, muy probablemente —por lo que había visto y escuchado—, había sido un crimen. Y esperaba realizar próximamente una sesión con una médium en aquel jardín secreto que había conocido aquella misma madrugada, al acompañar a Carlos Green tras descubrir el incendio. Le había parecido un lugar absolutamente irresistible y magnético, cargado de energía. Green le había contado cómo un genius loci custodiaba el tesoro verde que era aquel jardín. Sin duda, era una estancia en la que se paralizaba el tiempo.

—Pero, señor Gordon, no crea que tengo mucho más que contarle, mi madre era solo la cocinera. Le aseguro que nunca me dijo nada en relación a espíritus ni fantasmas, si eso es lo que le interesa.

—No, no, me interesa todo. Dígame, ¿qué le contaba su madre sobre el palacio?

Matilda dio un sorbo a su té y miró hacia el mar y la playa intentando recordar. A aquellas horas, el arenal ya había comenzado a llenarse de veraneantes.

—No me contó gran cosa sobre el palacio, ella siempre estaba en la cocina... pero me decía que hacían unas fiestas elegantísimas, con mucha música. Que la señora era muy guapa, y muy amable con los empleados. Por las mañanas se marchaba en su Rolls-Royce a jugar al golf a Pedreña. Y por las tardes ponía música, jugaba al tenis, montaba a caballo y cosas así.

—Vaya, la tal Jane era muy activa —observó Oliver.

—Oh, ¡sí! Se marchó incluso a África de safari... pero mi madre no admiraba eso tanto... que viajase, quiero decir. Mi madre siempre me decía que, el servicio, con lo que se sorprendía de verdad era con que condujese. ¿Se imagina lo raro que tuvo que ser para la gente del pueblo ver conducir a una mujer? ¡Eran los años cincuenta!

—Me lo imagino, y encima con un Rolls-Royce —reconoció Oliver, encandilado por el relato. De pronto, tenía unas ganas enormes de investigar la vida de aquella actriz que había vivido en Suances—. ¿Y del señor, de Jaime, su madre no le contó nada?

Matilda sonrió con nostalgia, como si estuviese viendo a su madre mientras le contaba viejas historias de juventud.

—Poca cosa. Era un hombre de negocios, y como comprenderá mi pobre madre poco sabía de eso. Sí que me contó que era muy alto, de casi dos metros.

—¡Vaya! No puede ser... ¿tanto?

—Eso me dijo ella, quién sabe, era tan pequeñuca que a lo mejor a él lo veía más alto de lo que era. Pero también me contó que era muy tranquilo, mucho más que la mujer, muy discreto. Por ser, creo que hasta era guapo, tenía un bigote como el actor este... ¿cómo se llamaba? El de *Lo que el viento se llevó*, el protagonista...

—Ah. Clark Gable.

—Ese, sí. Pues creo que era un bigote parecido. Yo vi una vez una foto en blanco y negro. Elegantísimo. Imagínese, con tanto dinero... Y muy generoso y amable con el servicio.

—Vaya, así que su madre guardaba buen recuerdo.

—¡Y tanto! Me contó que don Jaime y su mujer hacían una pareja espectacular... que estaban enamoradísimos, vaya. Pero lo cierto es que no sé mucho más, o no lo recuerdo. Estas cosas me las contaba mi madre de niña siempre que pasábamos delante del palacio, pero después, en fin, ¡el tiempo pasa!

—¿Y no sabe por qué venderían el palacio a los Green? Si aquí estaban tan bien...

—Ah, bueno, es que don Jaime murió allá por los setenta. Y entonces vendieron el palacio y, que yo sepa, su viuda no volvió más al pueblo, salvo al entierro.

—¿Al entierro? ¿Lo enterraron en el palacio?

—No, no, ¡por Dios! En el cementerio municipal, pero esto se lo puede contar cualquiera, fue todo el pueblo y vino gente de toda Cantabria, autoridades y así. No entraba una aguja, eso me lo contaron también mis tíos, que fue espectacular. Don Jaime era un hombre muy querido por aquí, ¿sabe? Había ayudado a mucha gente, y sus padres también.

—No tenía ni idea —reconoció Oliver, asombrado—. Y de cuando vivieron en el palacio los Green... ¿sabe usted algo?

Matilda dio un último sorbo a su té e hizo una tosca mueca negativa.

—No mucho; mi madre ya no trabajó más en la Quinta y estaba a otras cosas, ya le dije que puso una casa de comidas. Solo me suena escuchar por ahí que la nueva señora leía mucho, pero desde luego no daba aquellas fiestas... eran mucho más discretos. Pero no sabría decirle más.

—Y Jane, ¿sabe si murió?

—No lo sé, pero imagino que sí, ha pasado mucho tiempo.

Oliver, fascinado por la historia, había hecho sin saberlo la misma conexión imposible que Valentina y su equipo: ¿y si Jane, aquella Jane de Hollywood, fuese el fantasma del jardín secreto? ¿Sería posible? ¿Habría vuelto a buscar a su amor? En cuanto se despidió de Matilda, Oliver decidió investigar en internet y conseguir una foto de aquella actriz para llevársela a Carlos Green por la tarde. La idea en sí, lo sabía, era fantasiosa, infantil y absurda. Por mucho que hubiese bromeado la noche anterior con el tema, él no creía seriamente en fantasmas, pero sí sentía que había energías que matizaban el ambiente de algunos lugares. Con *Duna* todavía dormida entre sus brazos, entró en la cabaña, encendió el ordenador y acomodó a la perrita en su regazo. Sonrió con admiración cuando, por fin y tras un largo rato de investigación ante la pantalla, pudo mirar a los ojos a la bella e indomable Jane.

Decidieron ir primero a la biblioteca de Suances. Así podrían dejar descansar un poco a Carlos Green, que llevaba dos días muy largos y dos muertos encima. Valentina sentía simpatía por el escritor, pero, a pesar de su consideración por él, no pensaba retirarlo de su lista de potenciales sospechosos. Un hombre como él, rico, atractivo, ¿por qué pasaba aquel verano en Suances, completamente solo? ¿Por qué renunciaba deliberadamente a toda esa clase de lujos inútiles de que disponen los millonarios? Podría estar alojado en cualquier hotel de cinco estrellas, disponer de chófer y comer en los mejores restaurantes. Y, sin embargo, prefería pasar desapercibido y disponer de sus horas escribiendo en aquel increíble altillo de madera del viejo jardín secreto. Resultaba difícil comprender cómo un soltero de oro como él se dejaba llevar por la solitaria vida de un escritor rodeado de fantasmas.

Adela, la bibliotecaria, se aproximó a ellos nada más verlos.

—Qué alegría que vengan ustedes por aquí. Estamos todos los vecinos consternados, ese incendio ha sido horrible; las llamas eran terroríficas, llegaban tan alto que casi se comen los cables de varios postes, ¿saben? ¡Y lo de esa pobre chica! Yo no le pongo cara, la verdad, pero me han dicho que era muy joven...

La bibliotecaria terminó la frase escrutando a Valentina y a Riveiro, como si desease que ellos terminasen su propio enunciado y le pudiesen facilitar así más información. No tuvo suerte.

—Sí, ha sido una desgracia —confirmó la teniente, que aprovechó la evidente capacidad de Adela para dar noticias e informaciones a los vecinos—: Descuide, le aseguro que el tema del incendio está controlado y ahora mismo estamos investigando sus causas.

—Puede haber sido cualquier cosa, esa casa era tan vieja, toda de madera... ¡ha ardido como una tea! Claro que hay quien dice que esa pobre muchachuca pudo haber querido terminar con todo... en fin... ayer se la llevó la Benemérita, que lo vio Sergio —explicó, señalando con la mirada a su ayudante, que los observaba fijamente sin perder una palabra desde detrás del mostrador. La bibliotecaria continuó hablando—: Me ha dicho la vecina del primero de aquí, de este edificio, que la chica que ha muerto era sudamericana, y que la pobre no tenía familia en España... qué triste morir así.

—Sí, una pena —la cortó Valentina con hermetismo. No pensaba facilitar ningún tipo de información a aquella mujer, que se había convertido en un torrente de palabras incontrolado y que parecía buscar más cotilleos para su círculo de amas de casa y jubilados aburridos—. Necesitamos su colaboración —atajó, bajando el tono y aproximándose al mostrador.

—¿Mi colaboración? —La bibliotecaria parecía realmente sorprendida—. ¡Pero si ya le digo que yo ni le pongo cara a la muchacha! Sergio sí que la conocía —insistió, mirando de nuevo al joven que, aunque se encogió de hombros, explicó:

—Suelo aparcar cerca del palacio; en la zona por donde estaba la casa del servicio siempre hay algún sitio y me queda al lado de la biblioteca. He visto varias veces entrar y salir a esa chica, aunque nunca hablé con ella.

Valentina, interesada en esa información, se acercó al joven bibliotecario.

—Y en las últimas semanas, ¿ha visto entrar o salir a alguien diferente a la asistenta?

—No sé, creo que no. A Leo sí, claro. Y al americano, al señor Green. Pero, vamos, que yo no estoy mirando quién entra y quién sale de los sitios, no sé si me explico. No tengo por qué fijarme.

—Y sin embargo se fijó bien ayer cuando la asistenta se marchó acompañada de la Guardia Civil.

—¡Como para no fijarse! No es que fueran muy discretos, desde luego.

Valentina asintió mirando hacia Riveiro con disimulada complicidad. Era cierto, los coches de la Benemérita no eran exactamente discretos. Menos mal que su Sección de Investigación llevaba los vehículos sin serigrafías de la Guardia Civil; claro que su actual Range Rover descapotable tampoco era el mejor ejemplo de discreción. La teniente se volvió hacia Adela.

—¿Tienen videocámaras de vigilancia? ¿Aquí o en los accesos?

—¿Nosotros? No, ¡por Dios! Somos una biblioteca de pueblo, no la Menéndez Pelayo de Santander —replicó la bibliotecaria, casi riendo ante la ocurrencia. Valentina lo lamentó en silencio, porque dada la proximidad al palacio quizás hubiese podido obtener un registro de imágenes interesante sobre quién entraba y salía de él, al menos por las puertas principales.

—Bien, entonces necesitamos su colaboración en una última cosa, sobre la que le ruego discreción, y ya no la molestaremos más.

—Por supuesto, pero no entiendo en qué podría yo...

—¿Recuerda el club de lectura que hicieron en la Quinta del Amo, el de los *Diez Negritos*?

—Por supuesto, ¿cómo iba a olvidarlo?

—Necesitamos la lista de asistentes. Y la necesitamos ahora mismo —especificó Valentina al ver la sorpresa de la bibliotecaria.

—Claro, cómo no, pero no entiendo para qué.

—Lo suponía... ¡Ha sido un asesinato, no un suicidio! —exclamó de pronto Sergio, elevando el tono y mostrando en su rostro la sorpresa de una súbita revelación—. Es eso, ¿no? ¿Por qué si no iban a querer investigar aquí? —El joven mantenía la mirada fija, pero parecía hablar al mismo tiempo que desarrollaba sus teorías—. ¡El libro de Copérnico!

Adela miraba a su ayudante boquiabierta, como si hablase en otro idioma que no acertase a comprender.

—Sergio, cálmate, ¿para qué iba a querer la Guardia Civil...?

—Para tener una lista de sospechosos —atajó el joven, sonriendo y con su mirada gélida fija en Valentina—. Es eso, ¿no? —insistió, desviando ahora la vista hacia Adela—. ¿No lo ves? Todos los que estuvimos allí aquella noche supimos lo del libro de Copérnico. Sin embargo —matizó, volviendo de nuevo la mirada hacia la teniente—, no les resultará fácil controlar a cuántas personas les contaron lo del libro cada uno de los asistentes. Y tampoco veo el vínculo de la muerte de la sudamericana con nuestro club ni con el puñetero libro, que al final no sé ni siquiera si existe, porque lo cierto es que nadie lo ha visto. ¿No han pensado que podría haber otro motivo para quemar la casa o matar a esa mujer? ¿Un novio, por ejemplo? ¿Y qué tal un atraco normal y corriente? No, señor, tienen ustedes que tocarnos a nosotros las narices...

—De momento no podemos dar información sobre el contenido de nuestras investigaciones, pero sí les agradeceríamos...

Sergio se levantó y se aproximó a Adela haciendo caso omiso a Valentina. Se dirigió hacia la bibliotecaria con vehemencia, alzando la voz:

—¿No te das cuenta? ¡Alguien ha matado a esa pobre chica y nos quieren cargar el muerto a los del club de lectura!

Valentina intervino. Su mirada bicolor se volvió dura e intransigente, igual que su tono de voz.

—Siéntese y tranquilícese. No estamos acusando a nadie de nada ni hemos dicho que haya habido ningún asesinato. Solo necesitamos esa lista de asistentes. ¿Adela?

—Sí, sí, cómo no. —La bibliotecaria, por fin, reaccionó—. No sé si recordaré todos los que... ¡espere! Tenemos una foto, siempre sacamos una al terminar cada sesión y la colgamos en Facebook, para que se anime más gente a venir...

—No sé si esa vez sacamos foto —intervino Sergio de nuevo, malhumorado.

—Oh, claro que sí, yo misma me encargo siempre. —Adela se fue tras el mostrador y con gestos hábiles sobre su teclado localizó en la pantalla lo que estaba buscando—. Miren, no es muy buena porque la hicimos con el temporizador, ¿saben? Y tuvimos que poner la cámara sobre una estantería para poder salir todos... aquí está, ¿ven?

En efecto, podía verse una imagen, algo desencuadrada, de un grupo de personas sonrientes y aparentemente felices en el salón de la Quinta del Amo. La luz tenue de las lámparas y el fuego de la chimenea le daban a la fotografía un toque atemporal. En el centro de la imagen, Martha Green, la anfitriona, sentada sobre su silla de ruedas. A su derecha, la propia Adela, Sergio y Leo Díaz, el jardinero del palacio que había fallecido solo dos días antes. Valentina no reconoció a quienes estaban a la izquierda. Adela comenzó a enumerar sus nombres mientras Riveiro los anotaba, incluyendo todos los detalles de su ficha en la biblioteca: dirección, teléfono, edad. Adela parecía esforzarse por ser útil, y de sus nervios iniciales había pasado a una actitud más colaborativa, intentando ensalzar a cada uno de los miembros del club. Era como si pretendiese justificar, en cada uno de ellos, la imposibilidad de delinquir:

—Esta es Ruth, qué guapa, ¿ven? Tiene dos niños, se divorció hace unos años, vive aquí, en el centro. Esta otra, la que brinda con la copa de vino, es Marlene. Siempre va así de arreglada, aunque creo que tanto maquillaje le hace parecer mayor de lo que es. Un encanto, ¿eh? Es artista, pinta unos cuadros preciosos; su marido es panadero, hace los mejores sobaos de todo Suances... Y este es Jaime, el surfista.

—¿Tienen un surfista en el club? —Riveiro estaba sorprendido. No es que los amantes del surf no pudiesen ser grandes lectores, pero no imaginaba a ninguno en una actividad que parecía tan reposada como aquella.

—¿Qué pensaba, sargento, que esto era un club de marujas y jubilados? —Adela no parecía ofendida, pero sí acostumbrada a tener que explicar que su trabajo era mucho más ameno de lo que aparentaba—. En el club leemos, comentamos, cenamos tomando un poco de vino y empanada o lo que se tercie... pasamos un buen rato.

—No lo dudo —concedió Riveiro sin dejar de anotar la información. Valentina observó detenidamente la imagen del surfista. Lo conocía. ¿Aquel no era el profesor con el que Oliver había comenzado sus clases de surf unas semanas atrás? Sí, era él, sin duda. Cuando lo había visto por primera vez, le había llamado la atención la buena forma de aquel hombre, que debía de estar entre los cincuenta y los sesenta años, pero cuyo aspecto físico era envidiable: bronceado, cabello casi blanco pero mechado por el sol... todavía resultaba atractivo.

—Bueno, pues lo que les decía, este es Jaime, lleva ya casi dos años en el club, no falta nunca, un buen hombre. No sabe a cuántos chicos les ha enseñado a amar el deporte y el mar aquí, en Suances. Sin las tonterías de ahora, ¿eh? Solo mar y naturaleza. Y este —señaló a un hombre que, al igual que la señora Green, iba en silla de ruedas— es Suso, con su mujer, Lola, la que está de pie

agarrando la silla. El pobre falleció hace cuánto, a ver...
—se llevó una mano a la cara, como si ese gesto la ayudase a recordar—, hará ya unos seis meses, y Lola se marchó a Burgos, que viven allí los hijos. No iba a quedarse aquí sola... ha puesto el pisuco que tenían en Suances a la venta, ya no creo que vuelva, ¿saben? La verdad es que ella era la más mayor del grupo, pero la más activa también, ¿eh? Una maravilla de persona. Le encantaban las novelas de misterio, la llamábamos la señora Fletcher —añadió, haciendo referencia a la investigadora de avanzada edad de una serie de televisión de los años ochenta. Hablaba de aquella mujer con una sonrisa llena de cariño y nostalgia, y parecía extender su afecto a todos los miembros de aquel club de lectura—. Y... a ver... esta es Lena —dijo mostrando una mujer de cabello castaño y con unas gafas de montura metálica—. ¡Es una emprendedora! Abrió hace un par de años una librería en el pueblo, aquí cerquita, la verán al lado del ayuntamiento. Una chica encantadora, la verdad. Parece una niña, ¡no me diga! Pero ya ha cumplido los cuarenta, ¿sabe?

—Así que en total eran diez personas.

—Sí, eso es. Normalmente reunimos a más gente, pero esto fue en septiembre del año pasado, y muchos aún estaban de vacaciones en esas fechas. Nuestra temporada alta es de octubre a junio. Hemos llegado a tener más de treinta personas comentando lecturas —se jactó, orgullosa—. Aunque, claro, en octubre la señora Green era cuando ya solía regresar a California, ¿saben? Aquí solo estaba durante el verano. De hecho, el ictus le dio aquí solo unos días después del club de lectura en la Quinta del Amo, y ya no llegó a recuperarse.

—Ah, ¿falleció por causa de un ictus? —se interesó Valentina.

—Sí, un derrame cerebral o algo parecido. Se desvaneció aquí y la llevaron corriendo al hospital de Santander. Luego se estabilizó, pero ya no volvió a recuperar el conocimiento, que yo sepa. La llevaron a California y murió allí a los pocos días, ¿saben?

—Vaya, una marcha inesperada entonces.

—Oh, sí. Fue una pena, la verdad. Era una mujer encantadora, ya les digo.

Valentina observó en silencio la lista que había confeccionado Riveiro y solicitó a Adela que les imprimiese la fotografía de aquella noche que habían puesto en Facebook. No era de gran calidad, pero les valdría como referencia. De los diez asistentes, tres ya estaban muertos, de modo que les quedaban siete por investigar, incluyendo a Adela y a Sergio, que los seguía mirando con desconfianza. «Nos quedan siete negritos», se dijo Valentina con media sonrisa. Tenía la sensación de haber recibido ya algún tipo de información fundamental que se le escapaba y que no había acertado a encajar en el lugar correcto, como si ya hubiese comenzado a poder ver el lienzo pero le faltase la luz adecuada.

«Siete negritos», se repitió. Sin embargo, antes de examinarlos uno a uno y de comprobar las posibles videocámaras de vigilancia de toda la zona, aquella mañana aún tenían pendiente hablar con el único negrito que no estaba en la lista: el cada vez más interesante y enigmático Carlos Green.

Clara Múgica ahogó un bostezo y se ordenó a sí misma mantenerse concentrada. Podría haber delegado aquella autopsia, pero sentía curiosidad: se había apostado a sí misma que aquel cadáver no tendría en sus pulmones restos de humo, carbón ni ningún componente del incendio; sí, debía de haber fallecido antes de que el fuego lo desfigurase. Cuando terminase el trabajo se marcharía a casa a descansar: su marido, Lucas, a menudo la reñía con suavidad por aquel afán en su labor como forense. En realidad, Clara podría permitirse no trabajar: había heredado una suma muy sustanciosa tras el fallecimiento de su madre, pero había decidido dedicar parte de su patrimonio familiar a causas benéficas, consciente de que la vida ociosa la ahogaría y de que su trabajo le gustaba demasiado como para renunciar a él.

No solía tener sobre su mesa restos de quemados, y aquel caso parecía especialmente interesante. Miró a Almudena Cardona, que la asistía sin perder la concentración, y de reojo observó a Ulloa, el gris guardia civil que a veces vigilaba la cadena de custodia de los cadáveres. En aquel caso quizás no hubiese hecho falta su presencia, pero el joven juez sustituto de Talavera parecía haber decidido que se siguiese el protocolo más estricto. Ulloa era un hombre grueso y de mirada endurecida, y ya había estado presente en tantas necropsias que posiblemente podría darles lecciones a los forenses en prácticas. Hoy, sin embargo, y con gesto asqueado, había retirado la vista hacia un punto fijo e indefinido del suelo, descartando mirar hacia aquel resto humano prácticamente carbonizado.

—¿Ves? Esta zona está limpia —le señaló Clara a Cardona, mostrándole el árbol respiratorio del cadáver—. En el Toxicológico no van más que a confirmar la evidencia, esta mujer murió antes del incendio.

—Entonces ¿no vamos a recortar la piel?

—Ah, claro, ¡por supuesto! El protocolo hay que seguirlo siempre, querida. Pero me juego el café de las once de todo un mes a que el estudio de vitalidad de la piel va a confirmar que esta pobre chica ya estaba muerta cuando fue quemada.

—¿El café de todo un mes? Ah, no —negó Cardona, vehemente—. Yo no apuesto con la jefa.

Clara sonrió, pero no miró a su ayudante, sino que permaneció concentrada ante el cadáver que tenía sobre la mesa de autopsias. Los cuerpos de quemados solían tener las extremidades muy deterioradas, pero las vísceras y los órganos torácicos se conservaban bastante bien, al igual que las lesiones en las estructuras óseas.

—Fíjate, ¿lo ves?

—Sí, la hendidura, ¿no?

—Exacto —repuso Clara Múgica, examinando lo que quedaba de la cabeza de Pilar Álvarez—. En el parietal, llegando casi al occipital... tuvo que ser un único golpe, seco y fuerte, por la espalda —reflexionó, estudiando los huesos del cráneo mientras Cardona tomaba fotografías con detalle de la zona lesionada—. Claro que pudo golpearla algún objeto si hubo explosiones en el incendio. Aunque... no, no —se reafirmó convencida—. No veo restos de metralla ni de ningún otro objeto proyectado. La atacaron por detrás y la mataron con ese único golpe.

—Qué barbaridad —comentó la ayudante, que no estaba tan acostumbrada como muchos de sus amigos suponían a autopsias de cadáveres que hubiesen sufrido violencia explícita. En la práctica, solía tener que atender más casos de fallecidos por accidentes o enfermedades comunes—. Es decir, que la golpearon en la cabeza con algo sólido y que la debieron de pillar por sorpresa, porque le dieron por la espalda, ¿no?

—Eso parece —confirmó Múgica pensativa—. Pudo ser una barra de hierro, un candelabro... no algo pensado expresamente para cortar, ¿entiendes? En ese caso, la marca sería distinta, aunque este golpe parece haber sido realizado con una fuerza tremenda.

—¿Un hombre?

—No, no tiene por qué. Desde el ángulo adecuado, el golpe mortal pudo darlo con parecida contundencia un hombre o una mujer. Es una pena que aún no dispongamos de los análisis de tejidos, pero viendo lo que ya tenemos y los informes policiales sobre el incendio, la mujer debió de fallecer un par de horas antes de empezar a quemarse.

Ulloa miró de reojo a las forenses tapándose la nariz. El olor a carne humana quemada era especialmente desagradable, y no era capaz de compararlo con nada. Que las forenses acabasen de confirmar que la persona sobre cuyo cadáver trabajaban hubiese sido asesinada no le espantaba, estaba hecho a todo. Sin embargo, había aprendido a tener miedo de las personas, de su capacidad para lo mejor y para lo peor. Fuera quien fuese el asesino de aquella mujer, sin duda, había traspasado una línea de forma premeditada, y ya nunca daría un paso atrás. Él sabía que cuando un asesino acaricia el inmenso y atroz poder que supone matar, ya nunca deja de juguetear en su mente con volver a hacerlo.

El profesor Machín
De la teoría a la práctica

El profesor Álvaro Machín recogía sus cosas observando de reojo al grupo de alumnos: ah... ¡aquella vitalidad, aquella vehemencia! Pensó con nostalgia que la juventud era pura energía, un tesoro inigualable. Después, en la senectud, ya solo éramos destellos de aquello que antaño había brillado tanto.

Aquel grupo de alumnos tendría un descanso de quince minutos y, después, otra clase. Con media sonrisa terminó de despedirse de los organizadores y de otro profesor y se dispuso a salir del paraninfo de las antiguas Caballerizas del palacio de la Magdalena.

—¡Profesor!

—Oh, señor Valle. Vaya, es usted más alto de lo que parecía —dijo, deteniéndose y observándolo de cerca con amabilidad—. No me diga que quiere seguir debatiendo sobre fantasmas.

—No, no. Yo... quería saber si usted... ¿se vuelve ya para Tenerife?

—¿Tanto le urge que me marche? —replicó. Su acento canario suavizaba su tono descreído. Sonrió a Christian—. Me voy mañana. Dígame, ¿en qué puedo ayudarlo?

—Pues si no es molestia... vamos, si no tiene usted otro plan para esta tarde, en fin...

—Dispare. Soy un hombre viejo, ¡el tiempo no me sobra!

Christian tomó aire para insuflarse valor.

—¿Le gustaría venir conmigo a una casa encantada?

Álvaro Machín se rio sorprendido.

—Todavía no le he quitado la idea de los fantasmas de la cabeza, por lo que veo.

—Verá, es que nunca he visto nada igual. Fui ayer mismo con una médium amiga que fue, digamos..., poseída por el espíritu de una mujer que fue vista en una especie de jardín secreto, un invernadero un poco raro. Aún no he podido investigar a fondo sobre quienes han vivido en el palacio, pero si usted tiene que marcharse...

—Un momento, joven. Una casa encantada, un jardín secreto, una médium y ahora un palacio... aquí, ¿en Cantabria?

—Sí, señor. Sé que suena raro, fantasioso incluso, pero estuve ayer allí y la médium es de plena confianza, tengo la certeza de que en el palacio hay algo. He escuchado las grabaciones que realizamos y da la sensación de que se aprecian quejidos...

—¿Le da la sensación o tiene también la certeza?

—Profesor, han muerto dos personas en dos días en las inmediaciones del palacio. Esta noche ha habido un incendio en la casa de servicio, todas las radios de la zona están con la noticia.

—¿Y con esas estadísticas pretende usted que me acerque a su palacio? —bromeó Machín. Suspiró mirando comprensivo a Christian—. Espéreme aquí un segundo, joven. Déjeme despedirme del rector y tomemos algo en la cafetería del paraninfo. Allí podrá contármelo todo, ¿de acuerdo?

—Sí, ¡muchísimas gracias!

—¿Diez minutos?

—Por supuesto, profesor, le esperaré allí.

El profesor Machín se despidió con una sonrisa rasgada y Christian, satisfecho, se dispuso a ir directamente a la cafetería para esperarlo.

—¿Yo también puedo ir? —La pregunta lo frenó en

seco. Provenía de una voz femenina a sus espaldas. Se volvió. Amelia lo miraba; en su semblante se dibujaba tanto la súplica como un sincero interés—. Perdón, es que estaba aquí y he escuchado la conversación casi sin querer.

—Claro. Sin querer. —Christian no se molestó en disimular su enfado—. Esto no es un juego, sino un experimento serio. ¡Y la conversación era privada!

Christian estaba cada vez más asombrado con el descaro de aquella chica. Se cruzó de brazos y la miró fijamente.

—¿Pero tú no decías que no creías en fantasmas?

—No, es verdad —reconoció ella—. Pero si va a hacerse un experimento...

—Es una casa particular, no puedo llevar a todo el que me apetezca. De hecho, tendré que pedir permiso para asistir hoy mismo.

—Ah. Imagino entonces que no cabe la posibilidad...

—No insistas. No es posible. —Christian suspiró, haciendo esfuerzos para restar importancia al entrometimiento de Amelia—. Te agradezco tu interés, pero te lo repito: esto no es un juego al que apuntarse. ¿Lo entiendes?

—Sí, lo entiendo. No soy idiota.

—Yo no he dicho eso.

—Pero lo piensas, hombre de negro. —Ahora parecía ella la enfadada—. ¿Pondrás los resultados de la investigación en tu web?

—Si son interesantes, sí —replicó él automáticamente, todavía sorprendido porque ella lo hubiese llamado «hombre de negro». ¿Qué tenía de malo su ropa?

—Vale. Pues no te molesto más.

—Lo siento, pero... —Si Christian pensaba balbucear algún tipo de disculpa, se quedó sin esa posibilidad. Amelia se volvió con gesto digno y le dio la espalda en medio segundo y comenzó a caminar con paso decidido, alejándose del paraninfo. El joven se encogió de hombros. ¿Qué podía hacer? En realidad, no conocía a aquella entrometida de nada. Y él se tomaba muy en serio sus investigaciones, no necesitaba curiosos que lo hiciesen sentir importante. Christian se dirigió con paso resuelto hacia la dirección opuesta, donde se encontraba la cafetería del paraninfo. Rodeó las Caballerizas y siguió el paseo que bordeaba el mar tranquilo de la bahía de Santander. La proximidad del agua parecía hacer más llevadero el calor. Cuando accedió al patio, pudo ver ya al profesor aproximándose a una mesa bajo una enorme sombrilla.

Él hizo lo propio y se sentó con Machín; tras pedir un par de tés helados y agradecerle varias veces que le prestase aquel tiempo, le contó con todo detalle lo que había sucedido en el palacio del Amo, mostrándole incluso el vídeo del momento de la «posesión» de Muriel que había grabado. El profesor Machín se quedó pensativo.

—Su amiga Muriel, la médium...

—¿Sí?

—No dudo que sea una excelente muchacha, pero ella ya sabía que al señor Green se le había aparecido una mujer en el jardín secreto, ¿no?

—Sí, claro. Por eso fuimos al palacio.

—Entonces, pudo autosugestionarse y hablar por voz de esa mujer imaginaria. Es posible, ¿no?

—Es una posibilidad —reconoció Christian—. Pero incluso su cara y hasta su voz cambiaron, lo ha visto usted mismo. Y la sensación que le quedó después...

—Su amiga —negó Machín, aunque su rostro se arrugaba con líneas llenas de amabilidad—, sin duda, es una persona receptiva, y puede haber intuido mucha información de forma inconsciente por detalles en la conversación con Green, por el ambiente de la vivienda... si fue construida sobre los años veinte, no es descabellado pensar en un fantasma de los años cuarenta o cincuenta. Piénselo: ¿y por qué no un espíritu medieval? Seguro que en ese lugar hubo construcciones previas. Y, sin embargo, solo se aparece alguien que se podría ajustar a quien el señor Green dice haber visto.

—Pero están también las grabaciones de audio...

—Tendríamos que revisarlas. Pero, dígame, ¿podría negar con total certeza que no se tratase de roedores, termitas, crujidos de madera o ruidos de cañerías?

—No, no podría. ¿Pero puede negar usted de forma taxativa que no existe la vida después de la muerte? —La mirada de Christian traslucía su rebelión ante las contestaciones del profesor, que no lo convencían.

—Sí puedo, señor Valle. No existe vida después de la muerte. ¿Acaso el fantasma crece, se reproduce, come, bebe? Si no es así, no es ningún tipo de vida. Al menos, no ningún tipo de vida conocido. Si usted me quiere preguntar si la conciencia sobrevive al cuerpo, también le diré que no. Cuando murió mi esposa investigué todas las fórmulas imaginables para determinar si la conciencia sobrevivía a la materia, y le puedo asegurar que no encontré nada sólido ni creíble.

—Pero usted dijo en sus clases que todavía no tenemos en nuestras manos todas las llaves de la ciencia.

—Cierto —confirmó Machín sonriendo—. Los astrónomos y los astrofísicos, por ejemplo, vinculan la actividad de los ciclos solares con el clima de la Tierra, pero, a pesar de que saben que esa relación existe, no tienen ni idea de cómo funciona. Lo mismo nos sucede con los fantasmas. Tenemos la sensación, la intuición segura, de que algún tipo de energía nos sobrevive, pero no podemos saber cómo. Sin embargo, en mi caso le aseguro que la conciencia de mi esposa no sobrevivió a su cuerpo.

—Pero eso... —dudó Christian, suponiendo que se adentraba en un terreno delicado—. ¿Por qué está tan seguro? Quiero decir, ¿cómo puede saber a ciencia cierta si sobrevivió o no la conciencia de su mujer?

—Porque, de haberlo hecho, ella habría contactado conmigo. Así de simple. Como el caso de Houdini y su mujer, imagino que lo conoce.

—Sí —asintió Christian mientras hacía memoria—. Acordaron que el primero que muriese debería contactar con el otro diciéndole una frase que solo ambos conocían.

—¿Y bien?

Christian pareció hundirse en su asiento derrotado.

—Nunca sucedió.

—Exacto. Y ello a pesar de que su viuda visitó a todos los médiums y espiritistas de renombre de la época. Y le digo más, señor Valle. Su amiga, la médium...

—Le aseguro que es de plena confianza. —Christian salió de nuevo en defensa de su amiga.

—No lo dudo. Sin embargo, es un hecho estadístico que la fenomenología paranormal suelen experimentarla en mayor medida mujeres jóvenes, la mayoría con algún problema mental, como neurosis, oligofrenia, esquizofrenia...

—¡Muriel está perfectamente sana!

—Sí, es posible. Pero he visto su juventud y que, además, es enana.

—¡Pero bueno! ¿Y eso qué tiene que ver? —Christian comenzaba a sentirse ofendido y cada vez más asombrado.

—Todo y nada. Tranquilo —dijo Machín, haciéndole gestos con la mano para que se calmase—. Pero sí es una mujer joven que ha podido sufrir algún problema psicológico de adaptación por su condición física.

—No tendría por qué. ¿Y si se equivoca? ¿Y si es una persona bajita encantada con su cuerpo y que tiene un montón de amigos? ¿Lo ha pensado?

—Sí, es una posibilidad muy saludable e incluso deseable. Pero dígame: ¿tiene en efecto Muriel muchos amigos? ¿Sale con frecuencia? ¿No cabe, acaso, la más mínima posibilidad de que estemos ante una persona que sufre algún problema de adaptación? Que sea más o menos alta es lo de menos. Podría sufrir los mismos inconvenientes por ser más o menos guapa, más o menos gorda o más o menos simpática. Estos matices carecen de importancia, pero las inseguridades de las personas jóvenes pueden convertirse en problemas psicológicos. ¿No lo ve? El fantasma es una ilusión de nuestro cerebro. No existe fuera del observador.

—Muriel no está loca. No tiene muchos amigos, es cierto, pero le digo que es una chica perfectamente normal, de verdad. Le aseguro que en ese palacio hay algo que no pertenece a este mundo.

Álvaro Machín miró a Christian con gesto analítico. El chico era inteligente, pero no sabía hasta qué punto disponía de objetividad para comprender lo que le estaba explicando.

—Dígame, señor Valle, ¿por qué investiga usted el mundo de lo paranormal? ¿Qué le ha llevado a ello?

Christian se tomó su tiempo para contestar. Bebió un sorbo de su té y masajeó su entrecejo durante dos breves segundos.

—Tuve una hermana pequeña que murió hace mucho tiempo. Yo apenas tenía siete años y ella tres. No crea que me quedó un trauma de por vida ni que tengo ningún problema de adaptación social —añadió con ironía, en clara alusión a Muriel—. Pero al pasar los años me entró curiosidad por ver si habría algo al otro lado. Si eso fuese posible, mi madre... en fin, todavía sufre a diario por mi hermana, se lo aseguro. El caso es que un día vi un programa norteamericano de televisión en el que se hacía investigación paranormal y me gustó, me llamó la atención. Comencé poco a poco a informarme sobre el tema y a comprar libros sobre ello. Una cosa llevó a la otra, y un día me vi visitando casas abandonadas y lugares con historial paranormal. Al final, ha sido una ocupación que se ha llevado todo mi tiempo libre.

El profesor Machín asintió, comprensivo. Él mismo había buscado desesperadamente la existencia de un cordón de luz que lo conectase con su difunta esposa. No haber encontrado nada durante tantos años lo había vuelto un escéptico.

—Dice usted que no sufre ningún problema de adaptación. Sin embargo, en los tres días que ha asistido a mis ponencias ha venido siempre vestido de negro. ¿Puedo preguntarle por qué?

—Pues, yo... no sé, me gusta —repuso Christian desconcertado—. Siempre visto de negro. Simplemente me gusta el color.

—Un poco lúgubre... cualquier psicólogo podría darle una explicación interesante, ¿no cree?

Christian sonrió y se encogió de hombros, rendido. Era inútil contradecir al profesor Machín. Si seguía por aquella línea, no solo Muriel sería cuestionada, sino también él mismo. Suspiró, resignado.

—Siento haberle hecho perder su tiempo, profesor. Le agradezco en todo caso que me haya escuchado.

—¡Cómo! ¿Se despide usted? ¿No íbamos a ir a ese palacio encantado?

—Como usted dijo que... en fin, pensé que no querría...

—Claro que sí, señor Valle. Tengo la tarde libre. Investiguemos —replicó, tomando su taza de té y guiñándole un ojo.

Christian, asombrado y emocionado a partes iguales, cogió su teléfono móvil y, con Machín presente, llamó a Carlos Green sin perder un segundo. Aquella tarde visitarían el jardín secreto de la Quinta del Amo.

9

Tus huesos, en el ataúd, se convertirán en polvo. Tu memoria, tu nombre, tu gloria perecerán, pero no tu amor, si tu amor te es querido: tu alma es inmortal y lo recordará.

«Cartas a Lamartine», ALFRED DE MUSSET

Hay antropólogos que afirman que el hombre solo comenzó a ser consciente de sí mismo cuando vio morir a un semejante. Valentina Redondo era muy consciente de la fragilidad de la vida, pero especialmente desde que había muerto su hermano mayor en una situación extrema y llena de dramatismo, que en ella había dejado una huella indeleble: esa mirada de dos colores, extraña y enigmática. Su relación con Oliver había suavizado las aristas protectoras de su propio carácter, que durante su juventud se había forjado con muros férreos y casi inexpugnables. Qué curioso: ahora que se había librado de parte de sus gélidas corazas se sentía mucho más fuerte, casi invencible. ¿Cómo era posible, si de esta forma ahora era mucho más vulnerable? Ya no le importaba contar por qué tenía los ojos de dos colores, ni por qué necesitaba tener todo a su alrededor limpio, pulcro y ordenado. Había sido Oliver quien le había devuelto su seguridad, pero ella sabía cuánto le había costado confiar en alguien, dejarse llevar. Eso lo había logrado por sí misma. La evolución había sido difícil, pero ahora ya formaba parte de aquella nueva Valentina menos tensa y cuadriculada, aunque igual de exigente y perfeccionista. Desde luego, la evolución del caso de la Quinta del Amo estaba logrando que Valentina recuperase su tono frío y analítico.

—No podemos descartar nada, Riveiro —le dijo al sargento según caminaban hacia el palacio del Amo—.

Me he dejado llevar por el ambiente de este caserón; el chico de la biblioteca tenía razón.

—Quién, ¿el tal Sergio? No le caemos muy simpáticos.

—Lo entiendo, no creas. Cree que está en una lista de sospechosos, y probablemente ninguno de ellos haya hecho nada; lo del libro de Copérnico es una posibilidad, pero pillada por los pelos. Tenemos que ahondar en la vida de Pilar Álvarez, ver si tenía rencillas con alguien. De entrada, lo del jardinero es un caso aparte... me ha dicho Clara que podría haber habido alguna intoxicación, pero de momento, oficialmente, ha muerto de forma natural. Y parece que nadie se beneficia especialmente de su fallecimiento. Debemos centrarnos en Pilar, analizar quién podría tener interés en su muerte.

—Pero ha sido mucha casualidad, ¿no? Además, ella misma dijo que había algo en el palacio, que veía luces y escuchaba ruidos. Cuando hablamos con ella en la Quinta nos dijo que no tenía familia, solo unos primos en Sudamérica. Además, dudo que tuviese novio... ya viste que era muy religiosa, ¡no hace ni un año que era monja de clausura! Y Green nos dijo que vivía sola en la casa de servicio.

—Quizás ayer viera algo que no debería haber visto y por eso la mataron —conjeturó Valentina cuando ya casi llegaban a la puerta del palacio—. Voy a llamar a Camargo, que, a fin de cuentas, fue el que la interrogó ayer.

Valentina Redondo telefoneó al cabo, que respondió al segundo tono. Este le confirmó lo que ya sabían respecto a Pilar Álvarez:

—No, teniente, no tenía pareja ni quiso que avisásemos a nadie. Estaba sola. Estuvimos hablando sobre todo del otro caso, claro... Pero lo único que hacía era recitar pasajes bíblicos diciendo que el diablo se había instalado en el palacio del Amo y cosas así. Yo creo que no estaba bien de la cabeza. —Valentina suspiró, preocupada. Si el posible móvil del crimen hubiese sido algo más vulgar, más común, quizás estuviese más tranquila. Una mafia, un novio celoso, tráfico de drogas... a eso sí estaba acostumbrada. Pero que solo pudiese agarrarse, de momento, a un viejo libro del que ni siquiera habían confirmado su existencia era algo que se escapaba de sus esquemas, llenos de lógica y rigidez—. De acuerdo, Camargo, gracias.

—¡Espere, teniente! —replicó el cabo intuyendo que ella iba a colgar—. Ya tengo algo más sobre el escritor.

—¿Ah, sí? Dime.

—Pues resulta que de joven era un surfista buenísimo, ganó incluso campeonatos importantes. Hasta he encontrado un reportaje de él en el *Vanity Fair* del año pasado sobre solteros de oro de Norteamérica. El tío participó incluso en el campeonato mundial de surf en Huntington Beach en California, pero tuvo un accidente en el mar y tuvo que dejarlo.

—Vaya... ¿se sabe lo que le pasó?

—Ni idea, pero el accidente lo tuvo aquí, en Cantabria.

—No me digas.

—Sí, tuvo que dejar el surf profesional, así que estudió Empresariales e incluso trabajó para empresas familiares en Los Ángeles durante unos años. Y, después, parece que publicó una novela sobre California y sus surfistas que fue todo un éxito... en fin, que hizo una serie de libros de ese tema que son un *best seller* en Estados Unidos.

—¿Todos de lo mismo? ¿De surfistas?

—Algo así, son como novelas de misterio ambientadas en California y con personajes del mundo del surf, aunque creo que no se han publicado en España.

—Vaya, encima es escritor de misterio... esto ya parece una película de Hitchcock —bromeó Valentina, que se había acercado a Riveiro para que también pudiese escuchar—. ¿Y qué más? ¿Patrimonio, parejas...?

—Estuvo casado bastante tiempo con una editora

algo mayor que él, y se divorciaron hace casi dos años. Todo muy civilizado según parece, entre otras cosas porque estaban en separación de bienes.

—Joder, ¿y todo eso lo pone en la revista?

—Casi todo —asintió Camargo al otro lado del teléfono—, aunque encontré otra entrevista literaria en que se hablaba de su pasado con las drogas, justo después de lesionarse. Da la sensación de que le hubiese dado a todo durante una temporada.

—Vaya... qué interesante. ¿Algo más?

—Sí, dispone de patrimonio como para no tener que trabajar el resto de su vida. Obviamente, no he podido acceder a sus cuentas, pero sí a los inmuebles que tiene registrados; tiene una larga lista de casas y pisos en Los Ángeles, y hasta un ático en Nueva York, todos sin cargas. Y él vive en una casa en la playa, en Redondo Beach.

—Y eso también está en California, imagino.

—Sí, claro, en la costa de Los Ángeles.

Valentina sopesó la información un par de segundos. Desde luego, si Carlos Green había hecho algo inapropiado, no había sido por ningún móvil económico: esa parte la tenía cubierta.

—¡Ah! Y otra cosa, pero que no valdrá de mucho —recordó Camargo—. He contactado con Maza, como me ordenaste, pero he sacado poca cosa; cuando Carlos Green estuvo en Suances, al parecer tuvo un éxito espectacular con las chicas y hasta se echó una medio novia...

—Normal... surfista, rico, guapo y norteamericano. ¡Como para que las chicas no se fijasen en él! —repuso Valentina, sonriendo y sin dar importancia a la información—. Gracias, Camargo, gran trabajo. Sigue investigando y, si encuentras algo de interés, llámame, ¿de acuerdo?

—Por supuesto, teniente.

Valentina colgó el aparato y, justo cuando iba a tocar el timbre del palacio, la llamaron por teléfono. Era Clara Múgica, que la llamaba para informarla del resultado provisional de la autopsia de Pilar Álvarez: asesinato, golpe letal en la cabeza, atacada por la espalda. Cuando terminó con la llamada, miró a Riveiro sin verlo, solo pensando en voz alta:

—Debieron de matarla justo cuando se despidieron de ella Carlos Green y el abogado. Dice Clara que falleció unas dos o tres horas antes de ser quemada, así que veo difícil que fuera el escritor quien iniciase el incendio.

—Nos queda el abogado... —apuntó Riveiro.

—¿El abogado? ¿Y por qué iba él a...?

—Él está haciendo el inventario del palacio, ¿no? A lo mejor también está buscando el dichoso libro. Y él sí que pudo provocar el incendio, porque me dijiste que cuando os encontrasteis a Green en el paseo él se estaba marchando.

Valentina se quedó seria, pensativa.

—Tienes razón, es una posibilidad. No sé cómo no se me ha ocurrido antes. Y él más que nadie tiene que saber qué hay en este palacio...

—O lo sabe y no lo encuentra, por eso lo está buscando —replicó el sargento, estrechando la mirada.

—Él o cualquier otro de los sospechosos. ¿Te imaginas? Podría ser eso, de ahí los ruidos y las luces... imagínate que alguien estuviese entrando en el palacio para buscar el dichoso libro o cualquier otra cosa.

—¿Y cómo evitaría la alarma?

Valentina suspiró y movió la cabeza en señal negativa.

—No lo sé, Riveiro, no lo sé. Pero, de momento, todo son divagaciones; vamos a centrarnos y a hablar con el escritor, ¿de acuerdo? —Y, dicho esto, le guiñó un ojo al sargento y llamó al timbre de la Quinta del Amo.

Carlos Green abrió la puerta un par de minutos más tarde. Aquel palacio era tan grande que no debía de ser fácil recorrerlo de forma veloz. El aspecto del escritor no era muy bueno: se había duchado, pero en su rostro se traslucían el cansancio y la preocupación. A pesar de su eterno bronceado, se le adivinaba pálido. Se saludaron afablemente y los llevó hasta la sala del café para poder preparar uno bien fuerte.

—¿Cómo estás, Carlos? ¿Has podido dormir algo? —le preguntó Valentina, ya sentada en la mesa.

—Muy poco, un par de horas. Pobre Pilar... no sé, es como de locos, dos muertos en dos días.

—Sí, entiendo que no debe de ser fácil de digerir. Quizás podrías marcharte esta semana a un hotel...

—No —negó él con vehemencia—. Esta es mi casa, y hasta que no averigüe lo que está sucediendo no me iré a ninguna parte.

Valentina se limitó a asentir, apreciando la determinación del escritor. Sin embargo, en ella anidaba la curiosidad:

—Me gustaría saber si desde anoche... —pareció esforzarse por buscar las palabras adecuadas—, en fin, entiendo que no ha sucedido nada extraño, ¿no?

—No, nada de fantasmas con cadenas ni chicas guapas en el jardín secreto —bromeó Green con amargura. De pronto, Riveiro lanzó un exabrupto, señalándole la parte posterior del antebrazo izquierdo:

—¡Vaya golpe se ha dado usted ahí!

—¿Dónde? —el escritor, nervioso, desvió la mirada de inmediato hacia su extremidad—. *Oh, shit!*

Un moratón alargado, entre rojizo y oscuro, le cubría gran parte del antebrazo.

—¿Te has golpeado? —La expresión de Valentina era de preocupación.

—No, no. Yo... juraría que no tenía esto cuando me he acostado esta mañana.

—¿Has hecho algún esfuerzo, alguna actividad que...?

—¡No, no he hecho nada! Te lo dije, me sucede desde que estoy aquí. ¿Qué hora es?

—Casi las doce del mediodía —replicó Riveiro.

—Pues me he acostado cuando se ha marchado Oliver, he dormido un poco, me he levantado, me he duchado y ya habéis llegado vosotros, ¡eso es lo que he hecho!

—Deberías ir al médico, Carlos. Y creo que deberías hacerlo inmediatamente.

—No, estoy bien. Además, tengo que quedarme. Me acaba de llamar Christian, el investigador paranormal, y al final va a venir esta misma tarde con un experto; dadas las circunstancias, voy a darle prioridad.

Valentina asintió, comprensiva. Pensaba descansar y dormir aquella tarde, pero haría un esfuerzo para no perderse aquella sesión de espiritismo. Quizás una siesta tras aquella visita pudiese compensar el cansancio, que ya empezaba a provocarle un ligero pero persistente dolor de cabeza.

—Carlos, comprendemos que la situación es difícil, pero insisto en que debes acudir a un médico. En todo caso, ahora veníamos para hablar contigo de un tema concreto.

El escritor tomó aire. Ya estaba preparado para lo que fuese.

—Dime, ¿qué necesitáis?

—Queremos saber dónde está el libro de Copérnico.

—¿Qué? –El californiano mostraba pura sorpresa—. ¿Cómo sabéis...?

—Nos lo dijo Adela, la bibliotecaria.

—¿Hay algo que no cuente esa mujer? —Carlos mostró una sonrisa que parecía de alivio—. Ya me gustaría a mí saber dónde demonios está ese libro. Lo he buscado por todas partes y no lo encuentro. Y he confirmado con Cerredelo, el abogado, que mi abuela lo adquirió solo unos meses antes de fallecer. La documentación que lo acredita la guardaba mi abuela, no sabemos dónde, pero él me ha dicho que intentará lograr un duplicado de la casa de subastas.

—¿Y entonces? El libro no puede haber desaparecido, ¿crees que lo habrán robado?

—No lo sé. La verdad es que me enteré de su existencia cuando fui a la biblioteca municipal para donar los libros que tenemos aquí, y después le pregunté al abogado, que me confirmó la adquisición. Pero mi abuela Martha era muy proclive a esconder cosas, a tener los objetos de valor en cajas fuertes o en estanterías ocultas y cosas por el estilo. Como falleció de forma repentina, es muy posible que el libro se quedase donde lo guardó sin poder decirle a nadie dónde estaba.

—Entonces ¿crees que está aquí, en el palacio?

Él se encogió de hombros.

—Desde luego, no me consta que lo enviase a California. Pero aún confío en que aparezca en el registro que se está realizando para hacer el inventario; también falta alguna joya, y otros papeles, por eso creo que mi abuela debía de tener algún escondrijo por aquí.

Riveiro intervino:

—Pues si su abuela iba en silla de ruedas, el escondite debería de estar en la planta baja, ¿no?

—Posiblemente —asintió Green—. Pero, por favor, tutéame —le rogó, con un cansancio al que Riveiro respondió con una sonrisa. Le caía bien el escritor. Carlos Green siguió hablando:

—Lo cierto es que el primer sitio a donde fui a mirar fue la biblioteca del salón, pero ahí no he encontrado nada. Ni siquiera una miserable estantería oculta, que sería lo adecuado para un lugar así, ¿no te parece?

Riveiro iba a contestar, pero justo entonces volvió a sonar el timbre del palacio.

—Oh, perdonadme un segundo, vengo ahora. Debe de ser Cerredelo, el abogado, que justamente viene por el tema del inventario y por lo del incendio, que ya le avisé a primera hora.

Valentina quiso saber más, pero utilizó un tono ligero:

—Menos mal que tendréis asegurada toda la propiedad, ¿no?

—Sí, claro —replicó Green deteniéndose—, pero no por un millón de dólares ni nada parecido, si es lo que estabas pensando.

—No, yo no he dicho que...

—Pero lo has pensado. No necesito cobrar ningún seguro, Valentina, ni tengo nada que ver con lo que sucede aquí.

—Te equivocas, no creo que te mueva ningún interés económico, pero comprende que son preguntas que tengo que hacer.

—Lo comprendo —respondió él conciliador—, pero Cerredelo podrá contestar mejor tus dudas en ese sentido. Disculpa, voy a abrirle.

Valentina lo disculpó con una sonrisa y, mirando a Riveiro, pensó que su lista de sospechosos, en vez de ir decreciendo, aumentaba. El abogado podía perfectamente haber incendiado la casa del servicio, e incluso podría haber matado a la asistenta. Los tiempos eran un poco justos, pero era una posibilidad. Se preparó para recibir al que parecía perfilarse como el octavo negrito.

El ladrón de olas, de Carlos Green
Borrador de novela

No me resultó fácil decidir qué ser y qué hacer con mi tiempo. Había dedicado gran parte de mis fantasías, de mis sueños, a convertirme en un surfista de éxito. Tras el accidente, ni siquiera me planteé vincularme a la profesión como profesor ni nada parecido. De pronto, la vida era algo oscuro que soportar, llena de reproches paternos y de opciones laborales poco apetecibles. Terminé estudiando Empresariales porque mi padre me había animado a ser «alguien de provecho».

Entretanto, para olvidarme del dolor (los cambios de tiempo hacían que los huesos me crujieran, literalmente) y la frustración, supongo, comencé a salir de noche. A beber, a gastar dinero en fiestas estúpidas. Llegó un momento en que ni siquiera mis hermanos quisieron salir por ahí de fiesta conmigo. Probé toda clase de drogas, me olvidé de Suances por completo, de Lena, de Ruth, del aroma y el misterio del jardín secreto de mi abuela. Ah, ¡aquel sorprendente jardín al que la incombustible abuela Martha seguía acudiendo cada verano!

Cuando ella murió, pienso que me dejó el palacio del Amo para obligarme en cierto modo a volver. Mi abuela tenía tantas propiedades a su nombre que el palacio no era más que un inmueble anecdótico, un capricho de vieja *california*, pues a las nuevas generaciones de mi familia parecía importarles poco sus orígenes. El aquí y el ahora, era eso lo que contaba.

[...]

Estuve tres o cuatro años dando tumbos, aprobando asignaturas sueltas. Mi padre me advirtió que «cerraría el grifo» si no me espabilaba, y eso hice. Pero no por él, sino por lo que me sucedió una noche en una discoteca de Los Ángeles. Había bebido muchísimo, y cuando fui a vomitar al baño, casi al final de la noche, todo lo que salió de mí era de color negro. Un vómito oscuro como un abismo, lo juro. Me asusté.

Cuando salí del local, sentí como si unas voces de mi cabeza comenzasen a darme órdenes. Salta, empuja, vete, corre. Órdenes y más órdenes. Y aparecieron aquellos animales tan extraños, de colores imposibles, que me perseguían sobre una ola afilada. Les pregunté a mis amigos si veían, si escuchaban, si era real o no aquello que yo estaba viviendo. Me miraron extrañados. Asustados. Me horrorizó comprobar que me observaban como si yo estuviese loco. Terminé acudiendo a un hospital, con la angustia mordiéndome en la garganta.

—¿Qué has tomado?

—¿Yo? Nada.

El médico había suspirado. Imagino que estaría aburrido de recibir en urgencias a jóvenes ricos, borrachos y caprichosos.

—Te lo repito. ¿Qué has tomado?

—Unos tripis —confesé—, pero hace ya un par de días. Esta noche solo he bebido.

—Qué has bebido.

—No sé. Whisky, ron, de todo.

—¿Sueles hacerlo con frecuencia?

—Psé. —Me encogí de hombros, hastiado.

[...]

Me diagnosticaron un episodio de psicosis, que había sido realmente grave, porque había perdido el contacto con la realidad. Desde aquella noche, hace ya tantísimos años, no volví a probar las drogas.

[...]

Conocí a Meredith a través de mi madre (sigo pensando que fue una cita planeada por ella sin que ninguno de los dos supiésemos de la encerrona). Nos enredó junto con los tíos de ella para que hiciéramos juntos una excursión a un parque de secuoyas en Arnold, California. Antes éramos asiduos a aquel tipo de paseos, pero hacía años que yo no visitaba ninguno de aquellos parques.

Entrar en un bosque de secuoyas siempre tiene algo de místico, quizás porque sabes que estás ante un centinela del tiempo que ya vivía antes de que tú llegases y que permanecerá cuando tú mismo no seas más que un recuerdo. Paseamos por el parque sin ser capaces de ver los árboles por completo, tal era su envergadura. Meredith se burló descaradamente de la estrategia celestina de mi madre dándome un codazo.

—Y a ti... ¿qué es lo que te pasa?

—¿Perdona?

—Que qué te pasa, que por qué te tiene que traer tu madre a una encerrona como esta. Cuéntame, en confianza: ¿eres gay?

—¿Qué? ¿Yo? No...

—¿Informático?

—¿Y qué les pasa a los informáticos?

—Y yo qué sé. Son raros.

—No, no soy informático.

—¿Lo tengo que adivinar?

Suspiré. Me había tocado una listilla.

—He estudiado empresariales y ahora trabajo en Green Houses. ¿Contenta?

—Ah, vaya. La inmobiliaria familiar... ¡No te pega nada! —exclamó riendo.

—Ya ves. Y tú qué eres, ¿detective?

—¡Ya me gustaría! No, soy editora en Black River, una editorial pequeñita, ¿la conoces?

—No —reconocí (¿Editora? Otra a la que le gustaban los libros; era mi destino, sin duda).

—¿Y por qué a un guaperas con esos ojazos le tiene que buscar novia su mamá?

—No sé. —(Atención: dijo «guaperas» y «ojazos». En tono de burla, sí, pero lo dijo. No soy tonto)—. Por lo mismo que te buscan varón a ti en un bosque de secuoyas, supongo.

—No hace falta que te pongas borde.

—Ni que tú vayas de listilla.

—Qué carácter —me espetó, mirándome con fijeza—. Oye...

—Qué.

—¿Nos escaqueamos?

La miré sin comprender.

—Ven —me tomó de la mano—. Vamos al bosque de verdad.

Y así, Meredith me obligó a relajar las formas, a salir del sendero. Recorrimos el bosque abrazando troncos y contándonos retazos de nuestras vidas mientras aquellos espíritus antiguos, arbóreos y vivientes, se colaban en mi cuerpo y, por primera vez en muchos meses, me hacían sentir calma y serenidad. Aquella tarde me olvidé de todo, me lo pasé bien, me reí. De la forma más inesperada. Sin contar con ello, de verdad.

Meredith era muy sarcástica, incluso demasiado, pero sus comentarios resultaban ingeniosos, divertidos. Se reía de sí misma. Era un poco mayor que yo, y lo había dejado hacía año y medio con uno de esos novios de toda la vida con los que no se evoluciona a nada; quizás porque habían empezado demasiado jóvenes o porque un amor tan temprano dejaba muchas puertas abiertas al «¿y si hubiese hecho esto, o lo otro? ¿Y si no hubiese tenido novia en aquel viaje? ¿Y cómo sería probar otros besos, otra carne, otra posibilidad?».

Por mi parte, no había tenido relaciones destacables con nadie. Un rollo aquí, otro allá. Un par de meses con una, dos semanas con otra. La época de las juergas nocturnas, de las drogas y el alcohol difuminaba las fechas y los recuerdos. Resultaba desconcertante y patético que la persona que más me hubiese calado fuese prácticamente una desconocida. Lena. De pronto, la recordaba. ¿Qué sería de ella?

[...]

Meredith y yo comenzamos a salir. Era como si el destino la hubiese puesto ahí para mí. Su compañía me daba calma, lograba que viese el lado bueno de las cosas. Congeniamos bien desde el principio y le conté todo sobre mí. Todo. Me vacié por completo.

—¿Sigues enamorado de ella?

—De quién.

—De quién va a ser, de Lena.

—¿Cómo voy a enamorarme de alguien a quien apenas conozco?

—A veces pasa. Te enamoras de una ilusión, de lo que idealizas. De un recuerdo. Es imposible que te falle, porque no interactúas con él.

—Joder, ¿además de editora eres psicóloga?

—No. Pero soy tu amiga.

[...]

Cuando Meredith y yo nos casamos, me sentí feliz. Feliz de verdad, lo prometo. Tenía un trabajo que odiaba, es verdad, pero mi tiempo libre era mío y, sobre todo, literal. Libre.

Que volviese a hacer surf fue culpa de Meredith. Ella me animó a buscar cosas que me hiciesen feliz, que le diesen un sentido a mi vida, como al Holden de *El guardián entre el centeno*. Volví a coger la tabla. De forma moderada, claro. Sin alardes, con maniobras sencillas. A veces los huesos de mi pierna derecha parecía que se iban a partir en mil astillas, pero cuando salía del agua volvía a sentirme renovado, como antes. Ella me esperaba leyendo sobre la toalla (en su caso, trabajando) y simulaba fatal que había estado abstraída todo el rato en su lectura. Pero yo sabía que había espiado y vigilado mis giros, la remada, el gesto.

Yo me acercaba, casi siempre cojeando, agotado por el esfuerzo, la besaba y apoyaba la cabeza sobre sus piernas, que eran la mejor almohada del mundo. Y, a veces, comentando qué tal había sido entrar en el agua con la tabla aquel día, le contaba antiguas batallas de mar, viajes y aventuras de surfistas.

—Tendrías que escribirlo.

—Escribir el qué.

—Todo esto que me cuentas. Lo de las técnicas que utilizáis, lo de tus viajes, ese rollo espiritual del hombre y el agua...

—¿Te burlas?

—Para nada. Podrías incluso novelarlo, contar una historia. Tienes mucha imaginación, ¿nunca te lo habían dicho?

No supe qué contestar. No, no me lo habían dicho. No me había dado cuenta de que poseyese ningún don especial en nada, salvo para montar olas, y eso ya resultaba imposible, al menos tal como yo deseaba.

Una tarde ociosa de otoño, mientras llovía —y sin mucho afán—, comencé a escribir.

[...]

Fue Meredith la que me abandonó. Sin embargo, tras doce años juntos, había sido yo quien la había dejado tiempo atrás, quien la había obligado a tomar la decisión. Y era extraño, porque yo la amaba, pero volvía a sentirme perdido. Ahora que lo escribo pienso «qué gilipollas». Un estúpido, un inmaduro que nunca estaba satisfecho con nada. La insatisfacción cíclica. ¿Puede haber mayor fuente de infelicidad? Yo mismo era mi mayor crítico. Sabía que era un cobarde porque no hacía frente a mi vida. Me dejaba llevar. Había trabajado en la inmobiliaria familiar solo por mi padre. Y había empezado a escribir por Meredith. Ninguna de esas cosas había ido mal. Pero ¿qué había iniciado por mí mismo? Nada, salvo el surf, mil vidas atrás.

Mis libros iban bien, se vendían. Ella misma los editaba al principio. Yo había encontrado una vocación tardía y había terminado abandonando Green Houses. Pero a veces tenía pesadillas. Soñaba que estaba en el palacio del Amo y bajaba a la playa y acababa envuelto en una ola enorme que terminaba siendo de madera, clavándome sus astillas por todo el cuerpo con una furia bestial. En ocasiones, la pesadilla se mezclaba con soplos del recuerdo de lo ocurrido sobre aquella tumbona de la playa de la Concha, incluyendo escenas de sexo que no recordaba haber tenido. A veces era Ruth mi amante, a veces Lena. Pero el sueño siempre terminaba de forma abrupta, con un dolor intensísimo en la espalda y en la pierna derecha, que volvía a quebrarse y a dejar el hueso al aire, astillado y herido.

Pero ahora mi vida era otra. Era escritor. ¿Era aquel mi destino? ¿Escribir? Tras varios libros sobre surfistas, la temática comenzaba a resultarme tediosa, y mis tramas, enrevesadas. Meredith y yo habíamos intentado tener hijos, pero algo fallaba. Por supuesto, era yo. Un semen lamentable y estéril, quizás a causa de mi pasado de excesos. ¿Quién sabe? Llegó un momento en que a mí tampoco me pareció buena idea reproducirme. Pero Meredith... ah, mi dulce compañera. Yo sabía que ella lo lamentaba. Perder su oportunidad. Una vida, un amor, un momento que aprovechar. Y yo lamentaba ser la causa de aquella pérdida, de aquellos niños que no íbamos a tener por mucho que lo intentáramos. Fuimos a varios especialistas. Le pedí que me dejase. Discutimos. Avanzamos en una espiral de desencuentros. Ella decía que daba igual, pero yo sabía que no. La observaba cuando jugaba con mis sobrinas (Pablo había tenido dos niñas y era un respetable abogado en Los Ángeles) y sabía que, sin pretenderlo, le había robado esos instantes propios de felicidad.

[...]

Cuando se leyó el testamento y supe que el palacio del Amo era mío, dudé. ¿Regresar? Quizás allí encontrase algo que, sin darme cuenta, había perdido por el camino. Porque estaba incompleto, porque era infeliz y era culpa mía. Quizás pudiese escribir una buena historia, la de aquel verano que descubrimos los paisajes españoles a través de Cantabria, aquella tierra que nos recibió brava, espectacular, verde y azul. Tal vez pudiese contar algo que valiese la pena, por fin, y que con ello pudiese mirar a Meredith sin mi gesto de eterno perdedor. Porque ella seguía llamándome, cuidándome.

—¿Vas a ir a España, entonces?

—Sí. He decidido pasar allí el verano. Me vendrá bien el cambio de aires y tendré tiempo para escribir.

—¿No te vas a sentir raro, tú solo en ese viejo palacio?

Imaginé su cara de extrañeza al otro lado de la línea del teléfono.

—Seguramente.

—¿Pero vas solo, en serio?

—Claro, ¿con quién iba a ir?

—No sé, alguna novia... Desde que saliste en aquel reportaje de solteros de oro norteamericanos debes de estar muy cotizado.

Simulé una carcajada amarga ante su tono sarcástico. Pero su suspicacia me dio ternura.

—Debieron de equivocarse de millonario. En serio, creo que me vendrá bien estar allí unas semanas, escribir. Es como si se lo debiese a mi abuela Martha, ¿entiendes?

Como una despedida. No creo que tenga tiempo de sentirme solo.

—Bueno, siempre puedes buscar en Suances a tu viejo y verdadero amor.

Cuando quería, Meredith podía ser aguda y afilada con sus palabras.

—Sabes que no. —En realidad, pensé: «Tú eres mi verdadero amor». Pero no dije nada. Yo nunca decía nada.

—¿Te cuidarás?

—Me cuidaré.

¿Qué demonios me habría pasado por la cabeza para dejar que se marchase una mujer como Meredith? Quizás se alejó por el estilo de vida que yo estaba tomando sin ella, porque había visto cómo yo volvía a caer en un pozo y no quería verse arrastrada al fondo. Pero seguía ahí. A veces solo los estúpidos como yo pueden deprimirse por pura ociosidad, por egoísmo y egocentrismo desmedido. Era el momento de cambiar, de intentar hacer las cosas bien, de apreciar la vida (¿reconquistar a Meredith? Al final, me había dejado, pero no me constaba que tuviese nueva pareja y tampoco había tenido hijos... ¿y si aquella no fuese su verdadera y esencial fuente de infelicidad? ¿Y si fuese yo, con mis delirios existenciales?).

Conocer al abogado hípster fue como saludar al personaje de una película, pues cumplía los estereotipos más básicos: era exageradamente amable con su cliente y hacía malamente el papel de abogado protector. Resultaba obvio que estaba muy nervioso. Terminó confesando que, tras la sesión de espiritismo del día anterior, a partir de ahora mandaría a un par de compañeros para que siguiesen realizando el inventario. Esto llamó poderosamente la atención de Valentina: quizás habría que replantearse que aquel hombre, bajo su aparatosa cantidad de gomina, fuese uno de los candidatos para estar en la lista de sospechosos. O quizás ya había encontrado lo que estaba buscando y no necesitara regresar a aquel palacio.

—¿Y el seguro?

—¿Perdón? —Cerredelo se mostró sorprendido por la pregunta de Valentina—. ¿Qué seguro?

—Imagino que el palacio tendrá un seguro, ¿no?

—Claro. Cubre tanto el inmueble principal como la casa de servicio, pero le aseguro que con cantidades normales y moderadas, si lo precisan yo...

—¿Y el beneficiario?

El abogado miró a Carlos Green como pidiéndole permiso. El escritor asintió, como si con ello concediese autorización al letrado para contestar sobre cualquier tema vinculado al palacio.

—El beneficiario es el heredero de la Quinta, obviamente.

—Obviamente.

La mirada de Valentina viajó hasta Carlos Green, que se encogió de hombros como si el asunto le resultase completamente indiferente. Quizás tuviese un patrimonio tan importante como para que a él esa clase de cosas le resultasen accesorias y secundarias. La teniente y el sargento, tras otras preguntas de rutina, se despidieron de Carlos Green y, ya dentro del estrafalario Range Rover, ella y Riveiro hicieron una lista:

~~Martha Green~~ (RIP)
~~Leo Díaz~~ (RIP)
~~Suso~~ (RIP)
Lola (viuda de Suso, ahora en Burgos)
Adela (biblioteca)
Sergio (biblioteca)
Marlene (artista)
Jaime (surfista)
Ruth (madre divorciada)
Lena (librera)

—¿Se puede saber por qué pones RIP? —preguntó Valentina a Riveiro riéndose—. ¿No te bastaba con tachar el nombre?

Él se rio sin dejar de realizar anotaciones en su inseparable libreta:

—Así sé que han muerto, hay otros que eliminamos porque son inocentes, que es distinto.

—Ya veo, ya... te falta añadir al escritor y al abogado.

—A esos los tenemos en cuarentena, pero no estaban en aquel club de lectura. Y creo que casi podríamos eliminar a Lola de la lista; ¿has visto la foto? Es muy mayor, y acaba de quedarse viuda. Viviendo en Burgos... no sé, no lo veo.

—Yo tampoco —reconoció Valentina—, pero le diré

a Camargo que haga un rastreo de sus movimientos. Tenemos que verificar las coartadas de todos para ayer, cuando mataron a la asistenta. El asesinato debió de ser sobre las nueve o diez de la noche, según lo que me ha dicho Clara, y el incendio comenzó casi dos horas más tarde.

—¿Quieres que me encargue yo? Tendrías que descansar, llevas toda la noche en pie.

—Sí, lo sé. De hecho, estaba pensando en llamar a Sabadelle para que viniese hasta aquí y dejase trabajando a Camargo en la Comandancia; a estas horas aún no me ha llamado, así que dudo que haya encontrado nada más de interés sobre el palacio ni sobre el libro de Copérnico.

—Como quieras, teniente. Si no, puedo pedirle ayuda al cuartel de Suances.

—No lo descarto, pero de entrada te diré qué vamos a hacer. Ahora mismo me voy a Villa Marina a dormir un poco, y después regresaré al palacio del Amo para la sesión de espiritismo; dijo Green que era a las siete, ¿no?

—Sí, a las siete.

—La verdad es que tengo serias dudas de que vaya a valer para algo, pero también tengo la molesta sensación de que disponemos de elementos reveladores ante nosotros y no los captamos, ¿entiendes?

Riveiro asintió. Comprendía perfectamente a qué se refería Valentina: su intuición los había llevado por caminos acertados en muchas ocasiones. Ella lo miró fijamente:

—Y, por cierto, sargento: ni se te ocurra quedarte hasta tarde. Todo lo que no puedas hacer hoy con Sabadelle, lo continuaremos mañana, ¿de acuerdo? Te necesito fresco. Que el subteniente te ayude con las coartadas de esta gente y después te vas con tu familia, ¿estamos?

—Que sí, teniente.

—Es una orden, Riveiro. —Valentina lo dijo con afabilidad pero con innegable firmeza. Había aprendido que tras un caso venía otro, y que siempre eran todos importantes. A veces era necesario acumular horas extras y a veces no. Saber diferenciar ambas situaciones había logrado que se ganase el respeto de su equipo. Ella sabía que Riveiro tenía una mujer, Ruth, y dos niños pequeños. Los interrogatorios a los miembros del club de lectura les llevarían muy poco tiempo, pero el motivo para realizarlos era todavía tan endeble que no pensaba presionar a su equipo si no era necesario. Y estaban en pleno agosto, hacía mucho calor y los pequeños de su compañero estaban de vacaciones.

Valentina se sonrió a sí misma: sí, había cambiado. Casi sin darse cuenta. Pero no era exactamente un cambio, sino una evolución; antes caminaba por la vida de forma rígida, siguiendo y acatando todas las normas, agotando todos los recursos a su alcance para realizar su trabajo. Ahora seguía haciendo lo mismo, pero caminaba de otra forma, como si le hubiesen puesto música por las calles y se hubiese atrevido a soltarse un botón de la camisa y a dejar suelto su cabello.

Se despidió de Riveiro y, agotada, llegó a la cabaña de Villa Marina. Pensaba que se encontraría a Oliver dormido, y la idea de hacerse un ovillo a su lado y descansar un rato le parecía irresistible. Procuró entrar sin hacer ruido. Sin embargo, nada más poner un pie dentro de la cabaña, se encontró a Oliver en una actividad frenética de impresión de documentación y de viejas fotografías.

—¡Valentina!

—Oliver, hola... ¿qué... qué haces con el ordenador? Pensé que estarías durmiendo.

—¡Ah, *baby*! ¡Es que no sabes lo que he averiguado! Ven, ven, estarás agotada —le dijo, obligándola a sentarse ante el ordenador. En la pantalla, se veía la foto de una mujer mayor, rubia, con el cabello por encima de los hombros. Debía de haber sido muy guapa. Todavía lo era.

—¿Quién es?

—Adivina.

—Oliver, estoy hecha polvo, de verdad...

—Me lo imagino —repuso él, besándola en los labios—. Pero será solo un momento, luego me tumbo contigo, ¿quieres?

—Claro, pero ¿quién...?

—¡Jane Randolph! Mira, esta foto es de cuando ya era mayor en Suiza, pero mira estas otras. —Puso otras imágenes en el ordenador, donde aparecía Jane en blanco y negro. Una de las fotos era la que había visto Valentina por la mañana. Oliver comenzó su explicación—: Era una actriz de Hollywood, que se casó con un californiano de ascendencia española... ¡adivina dónde vivió!

—En la Quinta del Amo. Y su marido murió y pidió ser enterrado en Suances, y se cree que ella ya nunca regresó al pueblo en vida. Por eso piensas que podría ser nuestro fantasma del jardín secreto, que viene a buscar a su amor —replicó Valentina con sonrisa traviesa y triunfal. Oliver estaba boquiabierto.

—¿Pero... cómo lo sabías? A mí lo de estos dos me lo ha contado hoy Matilda.

—Y a mí hoy Sabadelle me ha soplado un montón de cosas sobre Jane y Jaime del Amo —lo interrumpió Valentina mientras estiraba los brazos y bostezaba—. Si me cuentas lo tuyo, te cuento yo lo mío —lo retó con una sonrisa.

—Esas tenemos... —repuso él con un exagerado gesto de desaprobación. La tomó en brazos y la llevó hasta el sofá mientras ella fingía querer escaparse de su secuestrador. Oliver se tumbó sobre Valentina y puso las manos sobre sus muñecas, aprisionándolas.

—¿Te rindes?

—Jamás.

—¿Se niega usted a confesar? ¿Seguro?

—Puedo darte una paliza con mis técnicas letales de defensa personal, te lo advierto —replicó ella riéndose—. En serio, amor, estoy agotada. Cuéntame, que necesito dormir un poco antes de ir a la sesión espiritista y seguir trabajando.

—¿Es hoy? —preguntó Oliver casi en una exclamación. La liberó al instante—. Ah, pues vamos juntos.

Valentina suspiró. ¿Cómo había sucedido aquello? Dos días antes solo deseaba que terminase el mes para poder marcharse de vacaciones a Escocia y después a Italia... ah, Venecia, sus playas... ¿no sería romántico? Y ahora, resultaba que su vida personal se había entrelazado de forma asombrosamente rápida con un caso extraño, en el que incluso el móvil para el asesinato era un misterio en forma de libro, y en el que los fantasmas, de forma inexplicable, habían adquirido consistencia e importancia.

Valentina le contó a Oliver lo que sabía sobre Jane y Jaime del Amo; a fin de cuentas, aquello no era secreto de sumario, sino información pública. Lo que no podía detallarle a Oliver era todo lo relativo al asesinato de Pilar Álvarez, aunque ella ya sabía que el inglés, que había estado allí mismo con los bomberos, había concluido sin esfuerzo —al igual que Green— que el incendio había sido provocado y la muerte de la asistenta un asesinato.

El propio escritor le había hablado al inglés sobre la existencia del libro de Copérnico, que él desechaba como móvil para cualquier allanamiento del palacio y mucho menos para lo que le había sucedido a Pilar Álvarez. ¡Solo era un libro! Oliver había mirado al californiano con asombro, reconociéndose a sí mismo qué poco valor le daban al dinero los que eran ricos desde la cuna. En todo caso, aquel dichoso libro podía estar escondido en cualquier parte, si es que estaba realmente en la Quinta del Amo.

Cuando Oliver puso al día a Valentina de todo lo que Matilda le había contado, se mostró orgulloso de sus propias y posteriores averiguaciones:

—Tenías que ver cómo vivía Jane en Suiza... al principio estaban en Ginebra, aunque después se mudó a Gstaad, la típica localidad de postal en Suiza, de famosos, *jet set*, millonarios... ya sabes.

—Pues no me suena nada, la verdad.

—Será porque no somos de la élite, *baby*, porque ahí solo van millonarios, te lo digo yo que he estado leyendo un rato sobre la zona. Jane se hizo una casa que hizo llamar JACRIAMO, que son las siglas de Jane, de Cristina que era su hija... y de Amo, el apellido de su marido.

—¿No se volvió a casar?

—Qué va, nunca. Viajó por todo el mundo con su hija, se codeó con la realeza, y hasta he visto fotos suyas con la princesa Soraya en la feria de Sevilla, ¿te imaginas?

—No sé quién es la princesa Soraya —reconoció Valentina bostezando.

—Ah, pues la exmujer del sah de Persia, lo he visto en internet.

—¿Todo eso está en internet?

—Como lo oyes, aunque he tenido que excavar un poco, claro. Bueno, ¿sigo?

—Sigue.

—Pues Jane, en sus últimos años, vivía sola, pintaba cuadros, colaboraba con la prensa local, hacía obras de beneficencia... Se murió con noventa y tres años y completamente activa, ¿qué te parece?

—Que sin duda tuvo una vida alucinante, pero que dudo mucho que se encuentre merodeando por el palacio del Amo. Los fantasmas no existen, Oliver. Y todo esto es muy interesante, pero yo tengo que encontrar a un asesino pirómano de carne y hueso... Por cierto, tu primer profesor de surf se llamaba Jaime, ¿no?

—Sí, Jaime. —Oliver no ocultó su extrañeza—. ¿Por qué? ¿Ahora tú también quieres hacer surf? Pero Jaime solo me dio las primeras clases, ahora estoy con otro profesor. Que sepas que estoy pensando en desapuntarme, no es lo mío...

—¿No? —Valentina se fingió sorprendida.

—Muy graciosa. Estaba pensando comenzar clases de tenis...

—Me parece bien; yo me apunto... pero antes dime, ¿qué sabes de Jaime?

—¿Y ese interés?

—No puedo contártelo. —La mirada de Valentina lo decía todo, pero guardaba formalmente la confidencialidad que ella le debía a su cargo.

—No puedo creerlo. —El rostro de Oliver no ocultaba su sorpresa—. ¿Es sospechoso de algo? ¡No puede ser! Es un tío cojonudo, en serio. Ya tiene sus años, pero entra en el mar como cualquiera y le da mil vueltas incluso a los veteranos. Y, encima, les da clases gratis a niños sin recursos... ¡un *gentleman*!

—De acuerdo, deduzco entonces que te parece buena persona.

—Creo que lo es, de verdad.

—Pero lo conoces desde hace solo unas semanas...

—Es cierto, pero hablan de él por todas partes. Y siempre bien. Puedes preguntar en la escuela de surf o en los bares de los Locos, allí todos lo conocen.

—Ya. ¿Y tienes alguna información de interés sobre él, algo que te haya llamado la atención?

Oliver se encogió de hombros.

—Solo sé que es el profesor más antiguo de la escuela, que lleva toda la vida surfeando en los Locos y que es viudo desde hace bastante tiempo.

—Vale, ¿y te suena que tenga alguna vinculación con el palacio del Amo?

Oliver lo dudó unos segundos, como si rebuscase información en su memoria.

—No. Es que vamos, no se me habría pasado nunca por la cabeza que tuviese nada que ver con tu caso...

—Yo no he dicho que tenga nada que ver.

—Claro, claro, por eso te interesa de repente. —Oliver se puso de pie y miró a Valentina intentando escrutar en ella algún tipo de información adicional, aunque sabía que la teniente no le diría nada—. Anda, ven, que te llevo a la cama.

—¿Qué? ¿Cómo que me llevas?

Oliver volvió a tomar a Valentina en brazos e hizo el ademán de comenzar a subir las escaleras con ella. La pequeña *Duna* pareció despertar por fin y se aproximó a la pareja, enredándose en los pies de Oliver.

—¿Qué haces? —Valentina sonreía encantada, pero con el sueño y el agotamiento abriéndose paso por todo su cuerpo—. Anda, déjame en el suelo, que nos vamos a matar. Ven a dormir conmigo un rato.

—No, no, señorita. Te voy a llevar así para practicar el día que vengamos de nuestra boda.

—¿Nuestra qué? —De pronto, Valentina volvía a estar alerta. Oliver, imparable, ya subía las escaleras con ella en brazos.

—Nuestra fiesta. Tranquila, si no quieres no hará falta ni que firmemos papeles, solo que celebremos estar juntos —le dijo, besándola de forma teatral y exagerada—. ¡Solo familia íntima! Y Michael, claro, tocando el clarinete.

—Por supuesto —se rio Valentina recordando a su buen amigo el músico Michael Blake, que ahora estaba en el festival de Ravello, en Italia, pero que había prometido visitarlos al terminar su participación en aquel evento musical. El músico era amigo de Oliver desde primer curso de instituto en Londres, y ambos se veían con frecuencia, de modo que se había incorporado a la vida de Valentina con asombrosa naturalidad.

—Valentina Gordon —dijo Oliver, agravando su tono de voz y fingiendo formalidad—. Suena bien, ¿eh, *baby*?

—¿Qué? ¿Pretendes que pierda mi apellido?

—Mujer, perder, perder... más bien es ganar una nueva identidad.

—No me digas —se quejó Valentina, casi cayéndose de sus brazos—. ¡Yo estoy muy contenta con la que tengo!

—Me haría ilusión —replicó él poniéndole ojitos de cachorro desvalido—. En Inglaterra lo hacemos así. No es ningún rollo machista, solo señala una nueva etapa... una nueva familia, ¿entiendes?

—Entiendo. Si no te importa negociaremos ese punto en otro momento, estoy agotada —le pidió, apoyando su cabeza sobre sus hombros—. Teniente Gordon... —murmuró, todavía asombrada—. Suena a novela de detectives.

—A mí me suena a superpolicía de película norteamericana —replicó él, mirándola a los ojos—. Me suena a ti. Y me encanta.

La pareja terminó por llegar al dormitorio y Oliver se derrumbó literalmente sobre la cama, enredando a Valentina entre besos y caricias que parecían ser bien recibidos.

—Te recuerdo que he venido a descansar —se quejó ella sin dejar de devolverle los besos.

—Ya lo sé, lo hago por tu bien. Después de una sesión con el Doctor Amor dormirás de maravilla.

—Que te crees tú eso. —De pronto, Valentina hizo una especie de llave imposible al inglés, y fue ella la que se sentó sobre Oliver a horcajadas. Sonrió divertida—. Serás tú el que duermas como un bebé después de jugar un rato, chaval.

Ambos rieron y se dejaron enlazar por sus cuerpos, que se buscaban y que parecían latir en la misma dirección. No podían imaginar que aquella tarde vivirían uno de los momentos más extraordinarios de sus vidas: de la muerte, de la sombra, de la nada, verían nacer un rayo de luz.

10

Al otro lado de las tumbas, los ojos que se cierran
siguen viendo.

René François Armand Prudhomme

El profesor Machín recorrió todo el palacio del Amo en apenas cuarenta minutos. Habían llegado más de una hora antes del comienzo de la sesión. Había que reconocer que aquel lugar tenía un ambiente especial, envolvente y sugestivo. Carlos Green había sido muy amable mostrándoles todos los rincones, incluso los restos calcinados de la ya inexistente casa del servicio, todavía rodeada de cintas policiales y con algunos curiosos asomándose al otro lado del muro.

Cuando Machín llegó al jardín secreto, sintió cómo la magia extraña de aquel lugar se le colaba dentro, invitándolo a quedarse y a investigar; como si aquel duende, aquel genius loci que equilibraba la vegetación y el espacio le prometiese desvelarle secretos deliciosos.

Carlos Green, al igual que había hecho la noche anterior con Oliver y Valentina, puso al profesor Machín al tanto de lo que había sucedido en las últimas semanas. En la acogedora salita del café, terminó por relatarle los detalles mientras Christian escuchaba en silencio.

—Vaya, veo que ha estado usted entretenido —observó el profesor.

—Eso parece.

—Debe ir a un médico para que le mire esos moratones lo antes posible. Confío en que lo haga... —insistió con desconfianza—. Ustedes, los jóvenes, a menudo desafían al sentido común más elemental.

—Lo haré, lo haré —aseguró Green, como si fuese un adolescente que estuviese siendo regañado por su padre—. De hecho, pensaba acudir hoy mismo, pero han venido ustedes...

—¡Ah! Mañana entonces; no lo deje pasar... —le aconsejó el profesor, retomando su análisis visual de la habitación. Al parecer, el jardín secreto le había maravillado, pero no lo suficiente como para perder su sentido práctico ni su objetividad. Comenzó a hablar en voz alta, aunque parecía estar poniendo en orden sus propias reflexiones—: De modo que, además de por la médium, las presencias han sido detectadas por hasta tres personas, pero ninguna ha visto exactamente lo mismo... y dos de ellas han fallecido en estos últimos dos días. Y el palacio está tal cual lo construyeron, salvo la cocina, reformada por su abuela... ¿cierto?

—Sí, así es. Mis abuelos compraron esta quinta en los setenta, y solo arreglaron algunas cosas de la cocina, el resto le gustaba a mi abuela tal y como estaba.

—Ajá... ¿y la siguen utilizando?

—El qué, ¿la cocina? Muy poco, Pilar hacía algún guiso de vez en cuando, pero yo apenas paro a comer aquí, lo que más utilizo es el microondas para calentar algo por la noche —explicó señalando el electrodoméstico en una esquina del cuarto, al lado de la cafetera.

—Vamos, que no le gusta a usted cocinar, por lo que veo —sonrió Machín. El escritor se encogió de hombros.

—Confieso que nunca lo he hecho. Solo entro a esta cocina para encender el calentador de la ducha, ¡lo reconozco!

Machín lo miró interesado, con curiosidad. Parecía que iba a decir algo, pero justo en ese instante sonó el timbre.

—Ahí están —intervino Christian—; deben de ser Pedro y Muriel.

—O bien Oliver y Valentina —matizó Carlos Green,

mirando su reloj de pulsera—. Deben de estar a punto de llegar.

Christian asintió y siguió con la mirada al escritor, que se alejaba por el corredor para abrir la puerta a quien quiera que estuviese al otro lado. Se había sentido algo contrariado cuando Green le había explicado minutos antes que una teniente de la Guardia Civil y su novio iban a estar presentes en la sesión; sin embargo, si aquellas personas permanecían en silencio y no molestaban, él sabía que podría hacer igualmente su trabajo. A fin de cuentas, Green era el dueño de la Quinta y tenía en su mano decidir quién podría asistir o no aquella tarde. A pesar de que Christian estaba relativamente tranquilo, la sola presencia de Álvaro Machín lo mantenía alerta: ¿qué explicación tendría el viejo profesor para lo que sucedía en aquel palacio? Ahora, Machín parecía concentrado observando la estancia y perdiendo la mirada en techos, paredes y esquinas. Quizás buscase algo. Christian Valle, absorto en sus pensamientos, no sabía que aquella tarde viviría una de las experiencias más inolvidables de su vida.

Valentina Redondo acababa de aparcar cerca de la Quinta del Amo. Desde su posición, pudo ver claramente cómo accedían a la mansión, justo en aquel momento, dos personas que despertaron de inmediato su curiosidad: una era una joven extraordinariamente bajita, a la que solo pudo ver de espaldas; el otro, un chico nervioso cargado con un par de mochilas y que se repeinaba constantemente.

—Anda, ¿será ese el *cazafantasmas*? —preguntó Oliver, que ya se estaba desabrochando el cinturón de seguridad.

—No sé, espera —replicó Valentina, observando que comenzaba a pitar su teléfono móvil. Vio que era Riveiro y, antes de descolgar, se dirigió a Oliver—. ¿Te importa esperarme fuera?

Oliver suspiró. Sin embargo, no dijo nada: comprendía que había conversaciones en las que no podía estar presente. Bajó del estrafalario Range Rover fingiendo que disparaba a Valentina con su dedo índice. Ella arrugó la nariz simulando desaprobación y al instante aceptó la llamada.

—Ah, ¡por fin! Te llamé ya un par de veces, ¿dónde te habías metido?

—En Una escalera hasta las nubes. Ahora ya voy camino de Santander.

—¿Qué? ¿Qué es eso de la escalera?

—Es el nombre de una librería, se llama así, Una escalera hasta las nubes.

—Ah... la librera, ¿no? Así que has ido a ver a uno de nuestros negritos.

—Exacto —confirmó el sargento, que, al otro lado de la línea, a pesar de ir conduciendo, parecía pasar hojas de su libreta—. La librera se llama Lena, y me llevó hasta su despacho, que lo tiene casi en un sótano; no debía de tener cobertura.

—Vaya. ¿Y cómo te fue?

—Pues nada claro; dice que anoche estuvo hasta tarde en la librería y que luego se fue a su casa a descansar, a eso de las diez. Como vive sola en Torrelavega, no tenemos a nadie que corrobore su versión.

—Vamos, que no tiene coartada. Hablaré mañana con el juez que sustituye a Talavera, parecía diligente: quizás ya haya despachado la orden de revisar las cámaras de vigilancia de toda la zona, pero vamos a tener que tirar de ahí para verificar versiones. ¿Qué te pareció la librera?

Riveiro pareció dudar.

—Bien, pero ya sabes... uno nunca se puede fiar. Parecía tranquila. Una buena chica.

—¿Una de esas buenas chicas que saben de libros y de mercado negro? Mira que si es librera habrá sido la primera en echarle el ojo al libro de Copérnico.

—Sí, ya lo pensé. Pero no me dio la impresión de ser una librera tan... no sé, experimentada. Antes de dedicarse a esto me ha contado que era administrativa en una empresa de mensajería y que vivió en el extranjero haciendo no sé cuántos trabajos que no tienen nada que ver con los libros. Tendrá unos cuarenta años y, como quien dice, acaba de montar la librería. No sé, no lo veo.

—Vale, ¿y qué más?

—Pues he estado con Sabadelle hasta ahora, y ya hemos descartado a Lola de la lista.

—Lola, Lola... ¿Esa quién era?

—La viuda del que iba en silla de ruedas, la que ahora vivía en Burgos y le gustaban las novelas de misterio.

—Ah, ¡la señora Fletcher!

Riveiro se rio.

—Sí, esa. Resulta que lleva ingresada una semana por una pulmonía, lo hemos verificado en el hospital, así que descartada.

—Pues no le pongas RIP cuando la taches, ponle INOCENTE —bromeó Valentina.

—Eso haré —confirmó él riendo.

—Claro que esto solo es orientativo... —reflexionó ella, como si hablase consigo misma— porque tanto ella como su marido pudieron contarle a sus hijos o a medio pueblo lo del libro de Copérnico... pero en fin —resolvió con un suspiro—, de algún sitio tenemos que empezar a tirar. ¿Qué más tienes?

—Pues volví con Sabadelle a la biblioteca, y allí nuestro amigo Sergio aseguró haberse marchado a las ocho, que es la hora a la que cierran en verano. Según él, se fue con su novia al cine en Santander, luego al piso de ella y luego a su casa, a donde asegura que llegó sobre la una o una y media de la mañana. Ya tenemos los datos de ella para interrogarla. ¿Qué más? Ah, sí, Adela. Dice que también se marchó a las ocho en punto, directa para su casa, en Hinojedo. Que allí tiene que atender a su marido, que apenas se puede mover por un problema de espalda y no sé qué más... ya sabes lo que habla esa mujer.

—Sí, sí, ya sé —asintió Valentina, que no envidiaba nada la tarde que habría tenido Riveiro—. Total, que también tenemos que corroborar su testimonio con el marido.

—Y con las cámaras de vigilancia que haya por el camino, porque aquí son todos novios o maridos, ya ves.

—Ya veo. ¿Quién nos queda?

—Pues una mujer divorciada con dos críos que se llama Ruth y que estaba con sus padres y los niños en Comillas pasando un par de días.

—¿Eso lo podemos comprobar?

—Parece que sí, ha facilitado hasta el teléfono del restaurante donde estaban cenando anoche, tenemos que verlo. Después nos queda Marlene, la pintora. Esta me mosquea, porque cuando hablamos con ella se puso muy nerviosa. Dice que estaba en casa con el marido, pero el tipo se acuesta tempranísimo para abrir una panadería, así que a saber. Además, vive justo al lado del palacio, de modo que a esta la tengo en cuarentena.

—Vale —asintió Valentina, que estaba tomando notas según hablaban y mirando a Oliver de reojo, que se había apoyado en el capó del coche mientras no dejaba de bostezar—. Entonces solo nos queda el profesor de surf, Jaime.

—Sí, es el único con el que no hemos podido hablar, había salido a una excursión con unos niños. Sabadelle ha ido ahora hasta su escuela por si había regresado.

—De acuerdo, buen trabajo. Yo estoy ahora delante del palacio, ya te contaré qué sale de esto.

—Valentina...

—¿Sí?

—Sabadelle...

—¿Qué pasa con él?

—Que cuando acabe en la escuela de surf quería pasar por el palacio... sabe lo de la sesión de espiritismo y dice que quiere ir, solo como elemento de apoyo... para vigilar el perímetro.

—Joder.

—Bueno... él hará lo que tú digas.

—Lo sé —suspiró Valentina sonriendo. Lo sopesó un par de segundos—. Quizás no sea tan mala idea, quién sabe si lo tengo que poner en la puerta vigilando *poltergeist*... ¿tú qué haces ahora?, ¿playa?

—Si no me necesitas, sí. Claro que...

—Nada, nada, márchate. Es una orden. Yo voy a entrar, que ya van a dar las siete. Mañana a primera hora nos vemos todos en la Comandancia para ponernos al día, avisa a Camargo —resolvió Valentina, ya con ademán de colgar. Cuando por fin se despidieron, ella repasó su lista. Cuatro de los negritos sospechosos ya estaban descartados. Tres porque habían muerto y uno porque estaba hospitalizado: Martha Green, Leo Díaz, Suso y su mujer Lola.

Quedaban seis negritos: Adela y Sergio, de la biblioteca; Marlene, la pintora; Jaime, el surfista; Ruth, la madre divorciada, y Lena, la librera. Y ello sin contar con el propio Carlos Green ni con su barbudo abogado.

Un pitido en el teléfono móvil desvió los pensamientos de Valentina. Un mensaje. Tenía una llamada perdida de Clara Múgica. La teniente la llamó al instante.

—Clara, ¿me has llamado?

—Sí. Era solo para confirmarte que el juez sustituto ha ordenado la causa con preso en el tema del jardinero. Tan pronto recibamos los informes de Toxicología te aviso, *okey?*

—Gracias, Clara. Este juez es una maravilla, ¿no? ¿Cómo se llamaba...?

—Antonio Marín, debe de ser el juez más joven de su promoción. Parece majo.

—Ya. ¿Qué tal está Talavera, por cierto?

—Mejor. Parece que por fin se ha dado cuenta de que todo lo que hace y lo que no hace tiene consecuencias.

—¿Lo que no hace?

—Ejercicio, dieta sana... ya sabes. A los que se creen los más guais de la fiesta, al final hay que sacarlos en carretilla.

Valentina detectó el tono de moderado enfado de su amiga forense. Sabía que había perdido a su madre recientemente, y que Clara se había vuelto menos ligera al hablar de la enfermedad, de la muerte y de la falta de aprecio por la vida.

—Verás cómo se repone pronto... Y no te preocupes más, cada uno escoge su camino, y tú no puedes hacer nada —añadió convencida—. Te dejo, estoy trabajando.

La forense y la teniente se despidieron y, con un suspiro, Valentina tomó fuerza y bajó del coche. Oliver la esperaba con una sonrisa de pura emoción: por fin iba a compartir con Carlos Green la información que había descubierto aquella mañana. Ambos se dirigieron hacia el palacio sin perder un minuto. Cuando la pareja ya estaba a punto de llamar a la puerta, vieron a Sabadelle aparecer por una esquina. Parecía más pequeño de lo habitual, llevaba lleno de sudor el pliegue superior de la barriga y los sobacos, pero se acercaba sonriente. Desde luego, aquella forma de caminar era única.

—¿Qué tal, Sabadelle? ¿Has logrado dar con el surfista? —preguntó Valentina a forma de saludo.

—Qué va, teniente, imposible. No llega hasta dentro de un par de horas, ya he dejado aviso —replicó hablando casi sin aliento, como si viniese de correr un maratón—. ¡Joder, qué calor!

Valentina lo miró y se guardó un suspiro: seguramente, Sabadelle habría aparcado a solo unos metros, pero cualquier ejercicio físico parecía agotarlo.

—Me ha dicho el sargento Riveiro que querías venir a la sesión de espiritismo...

—Ah, teniente, ¡es que uno nunca sabe dónde va a encontrar una pista! Y total, ya estaba en el pueblo. Pero si hay algún problema...

—No, no Sabadelle. Ningún problema —negó Valentina—. Pero te quiero calladito, ¿estamos? Nada de *Bitelchús* ni de *El resplandor* ni de historias.

—Sí, teniente, por supuesto —aseguró Sabadelle, haciendo que cerraba sus labios con una cremallera imaginaria.

Valentina le quería dar margen a su compañero. Sabía que él trabajaría mejor si se sentía valorado y agradecido. Y para una vez que mostraba interés en una investigación... Oliver, que había sido testigo en varias ocasiones de la eterna relación de tira y afloja de Valentina y el subteniente, miró a su novia haciendo una mueca y no esperó ninguna indicación: llamó por fin al timbre deseando contarle a Carlos Green todo aquello que creía haber averiguado sobre su fantasma del jardín secreto. Cuando el escritor les abrió por fin la puerta, Oliver se llevó una mano a la cabeza.

—¡La carpeta! Me la he dejado en el coche —se lamentó—. Tardo solo dos minutos y la traigo —dijo apurado, extendiendo la mano y pidiéndole a Valentina de forma tácita las llaves del vehículo.

—¿Qué carpeta? —preguntó el escritor con curiosidad.

—Unas averiguaciones que hice esta mañana —le replicó Oliver con un guiño.

—Ah, pues tranquilo, nosotros vamos entrando. ¿Podrás recordar cuatro números?

—¿Qué?

—La llave para entrar —replicó Valentina, que señaló con la mirada el panel digital de la entrada.

—Oh. Joder, qué modernos. ¡Claro!

Carlos Green le dijo a Oliver los cuatro dígitos que tendría que marcar para acceder al palacio y, casi al instante, él, Valentina y Sabadelle desaparecieron dentro del vestíbulo, como si este los hubiese engullido y aquella casa, decadente y decrépita, estuviese viva.

Por fin estaban todos. Las presentaciones fueron rápidas, y solo hubo algo de controversia a la hora de decidir dónde hacer la sesión. En el gran salón, sin duda, estarían más cómodos, pero en la salita del café inmediata al jardín secreto era donde habían hecho el último contacto. Y allí era donde Carlos Green había visto a aquella misteriosa chica con el cabello dibujado con dunas de agua.

Todos se sentaron alrededor de la mesa: estaban algo apretados, pero con un par de sillas que el propio Sabadelle se encargó de traer del salón, parecían una extraña familia dispuesta para comer el día de Navidad. El profesor Álvaro Machín guardaba silencio y los observaba a todos, como si estuviese ante un curioso experimento científico protagonizado por el grupo más heterogéneo y estrafalario imaginable. Muriel, muy seria, permanecía también callada ante un bloque de folios y un bolígrafo que no sabía si terminaría por utilizar. A ella y a Valentina, el profesor Machín les había caído bien de inmediato. En su mirada había calma, respeto, confianza. Oliver parecía entusiasmado con la idea de estar allí, pero Pedro, el amigo de Christian, sudaba de puros nervios. Sabadelle, por una vez, había dejado de chasquear la lengua y contemplaba la escena con infinita curiosidad mientras Christian terminaba de colocar grabadoras y medidores electrónicos sobre la mesa.

—Bueno, antes de comenzar —intervino Oliver, mirando a Christian como si le pidiese permiso—, me gustaría enseñarle a Charly unas fotografías que he localizado esta mañana —anunció, sacando ya de su carpeta las imágenes de Jane Randolph. Las colocó sobre la mesa de manera que Green pudiese verlas claramente—. Dime, ¿te suena esta mujer?

—No sé, yo... —dudó el escritor, comenzando a pasar fotografías. Había empezado por aquellas en las que Jane tenía mayor edad, descendiendo progresivamente hasta su juventud—. Podría ser... se parece, la verdad.

Sin embargo, ante la última imagen, Green abrió

mucho los ojos y miró a Oliver completamente atónito—. ¿De dónde has sacado esta foto? ¡Dime! ¿De dónde? ¿Quién es?

—¿La reconoces? —Oliver se fijó en la fotografía: era la más clara, la de la esplendorosa juventud de Jane, sin excesivo maquillaje; el gesto indómito, invencible y soñador del que sabe que su futuro todavía está lleno de posibilidades.

—¡Claro! ¡Es ella, es ella! ¡La vi aquí mismo! —exclamó, levantándose y dirigiéndose al invernadero. Señaló varias veces, nervioso, el lugar donde había visto a la mujer. Oliver, emocionado, también se puso en pie.

—Es Jane Randolph —explicó—. Pasó aquí algunos veranos, era una actriz de Hollywood.

Todos los presentes, en especial el profesor Machín y el propio Carlos Green, además de Cristian, Muriel y Pedro, se centraron en Oliver para escuchar todo lo que tuviese que decir. Con aquello de «actriz de Hollywood», había captado su curiosidad todavía más. El inglés, encantado, explicó todo lo que había averiguado aquella mañana tras su conversación con Matilda, al tiempo que todos se iban pasando las fotos de la actriz. Cuando terminó su exposición, Sabadelle intervino con un chasquido.

—Creo que yo puedo completar esa información —dijo. Valentina habría jurado que sobreactuaba, como si quisiese imitar a un detective de una película en blanco y negro—. ¿Puedo? —La pregunta iba dirigida a ella, que asintió con un cabeceo, pensando que contar a aquellas personas la vida de la familia del Amo no iba a suponer ningún cambio en su investigación. Sabadelle, con todos sentados a su alrededor, comenzó entonces a narrar todo lo que él mismo había descubierto sobre el palacio del Amo. Christian se mostró muy interesado; cuando Sabadelle terminó su exposición, todos se habían hecho una composición más o menos poética de lo que pensaban que podía estar pasando allí.

—Entonces ¿la teoría sería que Jane ha vuelto para reencontrarse con su amor, Jaime del Amo?

Sabadelle se encogió de hombros.

—Quién sabe. Eso en caso de que exista el fantasma de la tal Jane, claro.

—Pero toda esta historia —razonó Christian— no explicaría el incendio de anoche ni la muerte de la asistenta, y tampoco los moratones del señor Green...

Valentina atajó las fabulaciones:

—Señor Valle, estamos aquí en un intento de abrir nuestras mentes y de hacer una composición lo más completa posible de lo que puede estar sucediendo en este palacio, pero le aseguro que ese incendio y todo lo que sucede en esta mansión viene de la mano de personas que están perfectamente vivas.

—Veo que es usted escéptica.

—Completamente.

—¿Y usted, profesor? —preguntó Christian a Machín volviéndose hacia él—. ¿Qué tiene que decir sobre el hecho de que el señor Green haya reconocido a Jane Randolph?

El profesor se llevó una mano a la barbilla en un gesto reflexivo. La prudencia le aconsejaba mantener silencio, pero la apremiante mirada de Christian necesitaba una respuesta.

—Veo que ha olvidado el primer paso que debe investigarse cuando alguien cree haber visto un fantasma.

Christian dudó solo unos segundos.

—¿Su estado de salud?

—Exacto.

Carlos Green se puso rojo.

—¡Yo no estoy loco! Le digo que vi a esa mujer. Y Muriel también. O la sintió, al menos.

La médium lo confirmó con un gesto afirmativo, aunque con timidez: el profesor le imponía respeto. Machín pidió calma con ambas manos, abriendo las palmas y moviéndolas hacia abajo, como si les solicitase amablemente disminuir su velocidad.

—Señor Green, no pretendía ofenderlo. No pienso que esté loco, ni mucho menos, pero sí debe ser visto por un médico. A veces el estrés, el cansancio...

—¡Que no! Le digo que no estoy estresado, ni tengo traumas, ni nada parecido. Sé lo que vi.

—¿Lo sabe? Antes nos contó que cuando estaba con el supuesto fantasma llegó su abogado, y este no vio a nadie. ¿No sería lógico considerar la posibilidad, por mínima que fuese, de que usted podría haber visto una ensoñación, una ilusión?

—Claro —replicó el escritor con ironía—, ¿y precisamente con el rostro de alguien real que vivió en esta casa?

—Puede haber sido una construcción de su mente. ¿De veras nunca había oído hablar de Jane Randolph? Su abuela le compró este palacio... ¿es posible que nunca le hablase a usted y a sus hermanos de los antiguos moradores, siendo uno de ellos una exitosa actriz de Hollywood?

—Yo no lo recuerdo, de verdad, solo estuve aquí dos veranos...

—¡Pero a su abuela la veía mucho más que esos dos veranos! ¿No nos contó antes que ella solo pasaba aquí unos tres o cuatro meses al año?

—Sí, claro...

—¿Y no cree posible que, en algún momento, aunque fuese de pasada y en su infancia, le mostrase una foto de Jane Randolph?

—No recuerdo, yo...

—¿Sí o no? ¿Es posible? —El profesor se mostraba implacable; sereno y tranquilo, pero firme. Carlos Green terminó por llevarse las manos al rostro, vencido.

—No lo recuerdo... pero sí, cabría la posibilidad —reconoció, bajando la mirada y concentrándose, para pasar casi a hablar consigo mismo, haciendo memoria—. Mi abuela y mi tía Grace me hablaron de los antiguos dueños de la casa, es verdad. Es posible que terminasen por enseñarme fotos en alguna revista vieja de la biblioteca.

El profesor miró ahora a Christian y se dirigió a él:

—¿Recuerda, señor Valle, cuando hablamos de la memoria oculta y de la pareidolia durante el curso? Cuando nuestro cerebro recibe algún estímulo vago o indefinido trata de completarlo, de recomponerlo para poder identificarlo. La información de esa cara, de ese rostro, podría haber estado dormida en alguna parte del cerebro del señor Green, y ha sido rescatada por su subconsciente para terminar de dibujar al personaje que él cree haber visto en el invernadero.

—Pero eso implicaría reconocer la existencia de un estímulo, por vago e indefinido que sea.

—Por eso debería revisarlo un médico.

—¿Y la asistenta y el jardinero? ¡Ellos también recibían esos estímulos!

—Por eso estamos aquí, Christian. Pero ya hemos averiguado una posibilidad racional de por qué Jane solo se aparece al señor Green.

—¿Cómo? ¿Qué quiere decir?

—Que solo él la conocía. Y solo él, en consecuencia, podía proyectarla con su rostro real. No digo que haya sucedido eso —tranquilizó el profesor al escritor, que ya volvía a mostrar su disconformidad entornando los ojos—, pero, como ha dicho la teniente Redondo, debemos abrir nuestras mentes. Y yo mismo reconozco que todavía no conocemos todos los recovecos de la física y la ciencia, ni mucho menos. Hasta ahora solo hemos raspado la superficie del verdadero conocimiento —concluyó el profesor, que dejó de mirar a Christian y se dirigió a todos los presentes—. ¿Conocen ustedes a Frédéric Chopin?

—Quién —replicó Sabadelle—. ¿El músico?

—Exacto, el pianista. Un hombre mentalmente sano y brillante, aunque con una salud tan frágil que lo llevó a la tumba a los treinta y nueve años. Unos meses antes de morir, dando un concierto en Londres delante de un público más o menos numeroso, creyó ver cómo unas horribles criaturas salían del piano. Y no era la primera vez que las veía, ya lo había hecho en su pasado reciente, mientras vivía en Mallorca. ¿Creen que estaba loco? —preguntó, de forma retórica, como si estuviese en una de sus ponencias. Se respondió a sí mismo al instante—. No, claro que no estaba loco, sino enfermo. Ahora ya no podremos saber exactamente qué le pasaba, pero los expertos médicos, analizando sus síntomas y su corazón, que se conserva en Varsovia, concluyeron que podría sufrir epilepsia en el lóbulo temporal del cerebro, que provoca alucinaciones y visiones, entre otras muchas cosas. Una especie de epilepsia focal, en definitiva.

—¡Yo no soy epiléptico! —bramó Carlos Green, ya abiertamente enfadado.

—No he dicho que lo sea, pero tampoco sabemos a ciencia cierta que no sufra usted algún daño en su salud, señor Green —se justificó Machín—. Es un tipo de epilepsia que no produce convulsiones ni otros síntomas que se suelen asociar a esta enfermedad, y puede aparecer en edad adulta. Por supuesto, no afirmo que usted sufra este problema, solo digo que tenemos muchas posibilidades ante nosotros, y es nuestra misión ir descartándolas para lograr entender qué está pasando en su palacio.

El tono de Álvaro Machín era tan conciliador y amable, que el escritor relajó los músculos de su rostro de forma progresiva. Hasta ahora había estado bastante seguro de sí mismo, pero comenzaba a dudar. ¿Estaría enfermo? ¿Loco, quizás? ¿Y Jane Randolph? ¿Sería ella una construcción de su imaginación? Por un momento, toda la mesa guardó un silencio contenido. Por fin, Oliver rompió la tensión del aire comenzando a hablar lo más desenfadadamente que pudo:

—Habrá que empezar la sesión, ¿no? ¡Los espíritus se nos van a quedar dormidos!

—Sí —asintió Christian manteniendo su seriedad—. Comenzamos. Muriel, ¿estás lista?

—Lo estoy —replicó la joven. Christian inició el ritual de la misma manera que el día anterior y se dispuso a grabar las circunstancias de la sesión: día, hora, temperatura, personas presentes. Todos tuvieron que saludar en alto para que sus voces quedasen registradas e identificadas en la grabadora. Sabadelle incluyó un chasquido que provocó que Valentina apretase los puños bajo la mesa. El ambiente estaba cargado de solemnidad, a pesar de que los rayos del sol todavía se colaban alegremente por las vidrieras del invernadero, llenando la estancia de un agradable y suave tono multicolor.

Christian comenzó a hablar a un interlocutor que, de momento, solo era imaginario.

—Hola. —Silencio. Diez segundos.

»Me llamo Christian. Estuve ayer aquí, y hoy vuelven a acompañarme Muriel y otros amigos. Me gustaría hablar con la joven del invernadero. ¿Estás aquí? —Silencio.

» ¿Eres Jane Randolph? —Silencio. Diez segundos.

»Ayer nos hablaste a través de Muriel. ¿Quieres volver a hacerlo? —Silencio. Doce segundos.

» ¿Puedes darnos alguna señal de que estás aquí?

De pronto, la gramola comenzó a sonar, haciendo que hasta la propia Muriel se sorprendiese y diese un respingo sobre su asiento. No era una música pesada, ni lenta, ni melancólica. Era *rock and roll* de los cincuenta. Elvis Presley cantaba *Don't Be Cruel*, pidiéndole a su chica que no lo dejase solo, que su corazón era sincero: ¿por qué deberían estar separados?

El ritmo rápido y desenfadado de la canción contrastaba con el ánimo de los presentes. Pedro se había quedado pálido y Sabadelle, con los ojos muy abiertos, miraba de un lado a otro preguntándose cómo demonios había comenzado a sonar aquella música justo en aquel momento.

—Joder, ¡qué puto susto!

—Ay, Dios mío, esto ha sido por culpa de esa caja de

música estropeada, ¿no? ¿No? —preguntó Pedro casi histérico.

—Claro, debe de haber sido eso —intentó tranquilizarlo Oliver, que no disimulaba que también se había sobresaltado—. Vaya casualidad, sonar justo ahora...

—También sucedió justo antes de que apareciese la mujer en el invernadero —apostilló Carlos Green impresionado.

El profesor Machín intentó calmarlo:

—Si el aparato está estropeado, puede haber sido una simple casualidad.

—No —negó Christian—. Muchas casualidades seguidas. «Uno es accidente, dos es coincidencia, y tres esconde un patrón» —citó recordando algo que había leído en un libro sobre espíritus.

—Entonces seguimos con la coincidencia —observó Oliver con una sonrisa—. Solo llevamos dos arranques injustificados de la *jukebox*.

Christian parecía que iba a contestar algo, pero la teniente, sin pretenderlo, interrumpió la conversación al levantarse con decisión.

—Voy a desenchufar esa gramola.

Pero Valentina no llegó a dar ni un paso. Un golpe rotundo y seco justo al otro lado de la puerta, en el pasillo, los dejó a todos petrificados. De pronto, la puerta se abrió de forma abrupta, golpeando la manilla contra la pared y casi incrustándola en ella. Varios comenzaron a gritar cuando vieron que lo que parecía una mujer se había precipitado desde el pasillo y se había desplomado sobre el suelo. De fondo, Elvis seguía pidiendo a su chica que no fuese cruel, que olvidase el pasado porque el futuro brillaba para ellos. ¿Para qué iba él a querer otro amor?

II

Sapiens nihil affirmat quod non probet.
El hombre sabio no afirma nada que no pueda
probar.

Antiguo proverbio

Santiago Sabadelle no recordaba haberse llevado un susto mayor en su vida. El corazón parecía que le iba a estallar en el pecho. Además, era él quien estaba más cerca de la puerta. Elvis Presley, de pronto, había dejado de cantar, pero, en aquella salita, el que más y el que menos continuaba gritando. Incluso el tranquilo profesor Machín se había llevado la mano al pecho, como para contener sus latidos acelerados ante aquella impresión.

Valentina había dado un salto y se había situado al lado de Sabadelle.

—Vamos.

—¿Vamos? Joder, teniente, no querrá que me acerque, me cago en la puta. ¡Si parece la niña de *The Ring*!

Valentina tomó aire.

—¡Sabadelle! Es una chica de carne y hueso, ¿o no lo ves? Ha debido de perder el conocimiento —resolvió, acercándose ella primero. Oliver no pudo evitar aproximarse también, a pesar de que no iba armado. Las técnicas de defensa de su novia superaban con mucho ninguna argucia física que él pudiese utilizar (salvo su fuerza bruta, que no era mucha), pero su instinto de protección sobre Valentina hizo que sus pasos lo llevasen directamente hacia donde ella se encontraba.

Quien estaba desplomado sobre el suelo no parecía tener un aspecto especialmente aterrador; sin embargo, era su larga y oscura melena la que le daba un matiz in-

293

quietante, pues le cubría el rostro. Valentina se agachó con cuidado y le retiró el pelo de la cara.

—¡Amelia! —exclamó Christian atónito.

—Amelia... —repitió el profesor Machín asombrado. La primera vez que la había visto no le había llamado especialmente la atención, pero cuando durante el curso le dijo su nombre, de forma automática la miró con otros ojos. Su difunta mujer también se llamaba Amelia. Y hablaba por los codos, no dejaba de preguntar cosas y siempre parecía extraordinariamente viva. Como aquella joven. Tras conocerla un par de días antes, apenas había podido dormir, pues había visto la energía de su mujer en ella, esa vitalidad incansable y curiosa. Al día siguiente se había sentido cansado, nostálgico y extraordinariamente viejo.

—¿La conoce? —preguntó Valentina a Christian, intentando dar la vuelta a la mujer para reanimarla. Oliver y Sabadelle ya la ayudaban con mucho cuidado, porque no sabían qué lesiones podía tener ni por qué se había desplomado allí de aquella forma.

—Sí, sí... estaba conmigo en las charlas del profesor Machín, es estudiante de psicología, creo. Me pidió venir a esta sesión pero le dije que no. ¡Les juro que no la conozco de nada, solo de las clases!

Sabadelle comenzó a murmurar, de modo que solo lo escuchaban Oliver y Valentina:

—Joder... entre la musiquita, el *cazafantasmas*, la enana y la chavala esta a mí me va a dar un puto infarto.

—Sabadelle, cálmate —le ordenó Valentina—. Vamos a ver si podemos reanimar a esta chica. Si no, tendremos que llamar a una ambulancia.

No hizo falta. Amelia comenzó a abrir los ojos con tranquilidad y confianza. De pronto, como si se hubiese dado cuenta de dónde estaba, dio un respingo y se puso en pie de golpe, llevándose la mano derecha a la cabeza. Observó callada a todos los presentes, y miró a Christian con timidez, terminando por bajar la vista.

—¿Estás bien? —le preguntó Valentina cogiéndola del brazo y obligándola a dar unos pasos y a sentarse.

—Sí, sí, un poco mareada, nada más. Creo que me he golpeado la cabeza al caer. Lo siento...

—¿Lo siento? —casi exclamó Christian—. ¿Se puede saber qué coño haces aquí y qué ha pasado?

—Perdón, perdón... yo solo quería ver la sesión de espiritismo. Abrí un poco la puerta para escuchar mejor y me tropecé, no sé cómo me ha ocurrido.

—No te habría pasado nada si te hubieses quedado en Santander, ¿sabes? —Christian, enfadado, se había puesto en jarras y miraba a Amelia absolutamente incrédulo—. ¿Eres consciente del susto que nos has dado?

—Me lo imagino... lo siento mucho, de verdad —se disculpó Amelia mirando a Christian, y después al profesor, como solicitando auxilio. Este, con una sonrisa llena de paciencia, acudió a socorrerla:

—Christian, ahora ya está, no le demos más importancia. Que se quede y sigamos con la sesión.

—¿Que se quede? ¡Ahora lo ha estropeado todo!

Carlos Green, que todavía estaba asumiendo lo que estaba viviendo en aquella habitación, miró a Amelia con curiosidad.

—Por mi parte, no hay problema en que se quede. Pero, Amelia —se interesó, dirigiéndose directamente a la joven y tuteándola—, ¿cómo pudiste entrar en el palacio?

—Oh, la puerta del jardín estaba abierta —replicó ella con toda naturalidad.

—Pero entonces tuviste que saltar el muro.

—Sí —reconoció cabizbaja—. Pero de verdad que mi idea era mirar desde una ventana, no entrar en la casa ni nada, pero al ver la puerta abierta...

—¿Y la alarma? —preguntó Valentina mirando a Green—. ¿Está desconectada?

El escritor se llevó una mano a la cabeza y se dio un toque en la frente con el borde de sus dedos.

—¡Es verdad! La desconecté para recibiros y no volví a ponerla... aunque, en realidad, solo suelo conectarla por las noches —explicó, acercándose al armario pintado con motivos medievales que había en la salita. Tras dos de las hojas se guardaban utensilios para preparar té y café, pero, tras las otras dos puertas, unos sencillos botones parecían controlar la seguridad de la Quinta del Amo—. Pusieron aquí los interruptores por mi abuela, para que pudiese alcanzarlos sin levantarse de su silla de ruedas, aunque le costaba llegar a ellos igualmente.

—Pero tenía un servicio que la atendía para estas cosas, ¿no? —preguntó Valentina acercándose.

—Claro, pero ella solía darle la tarde libre a todo el mundo; le gustaba estar aquí sola, o en la terraza, leyendo...

Christian interrumpió la conversación.

—Da igual cómo haya entrado. Ha estropeado la sesión.

—Volvamos a empezar —sugirió Machín en tono conciliador.

—Sí, por favor —rogó Green—. Necesito ver qué pasa con esto de una vez. Si no, todo el mundo va a pensar que tengo alucinaciones.

—Estoy en tu pensamiento —dijo Muriel de pronto.

De nuevo tenía aquella voz metálica y ausente. Había entrado en trance y nadie se había dado cuenta. Todos se volvieron hacia ella asombrados. Tenía la vista perdida, como si mirase algo inconcreto del invernadero, y había comenzado a escribir el mismo nombre constantemente, cubriendo hojas sin parar: «Jane, Jane, Jane». Mientras escribía, sin mirar ni un segundo el papel, siguió hablando, aunque desvió la mirada hacia Christian de nuevo, diciéndole algo que aseveraba con una certeza que los dejó petrificados:

—Los ausentes están cerca de vosotros.

Todos se quedaron callados, entre el asombro, el miedo y la sorpresa. Pedro sudaba aterrorizado. Muriel acababa de decir que los ausentes estaban cerca: ¿Los muertos, sus espíritus... quiénes? ¿Qué demonios había querido decir con eso? Christian se recompuso y se concentró en Muriel.

—¿Eres Jane Randolph? —Silencio.

»¿Puedes escucharme? ¿Eres Jane Randolph?

—Te escucho. ¿Qué he de responder?

—La verdad. ¿Eres Jane?

—Soy energía. Pretendes materializar lo inmaterial. En vuestro tiempo fui Jane.

Christian tomó aire.

—¿Estás sola en este palacio o hay más como tú?

—Estamos por todas partes. Somos ondas. Luz, sonido, ideas.

Un nuevo silencio. Al parecer, Jane no tenía más que decir respecto a aquello. Christian intentó hacer alguna de las preguntas de «manual».

—¿En qué año estamos?

—No lo sé. Mi medida del tiempo es distinta.

—¿Quién hace daño a Carlos Green? ¿Lo sabes?

—El diablo.

Hubo un breve y nuevo hueco de silencio. Oliver, expectante, pudo escuchar claramente cómo Sabadelle tragaba saliva. Christian, firme, continuó su interrogatorio.

—¿Quién es el diablo?

—La fuerza que lo envuelve todo. La inercia, el abismo.

—¿Puedes darnos su nombre?

—No. Tiene tantos nombres como hombres hay en la Tierra.

—¿El diablo está aquí, ahora?

Muriel sonrió. Pero, con su mirada perdida y aquel gesto desvaído, su sonrisa se convertía en una mueca aterradora.

—Siempre está aquí. En todas partes. Dentro de vosotros, fuera. El bien y el mal siempre conviven.

Christian resopló. Aquella extraña conversación parecía no llevarlo a ningún sitio, y el diálogo sobre el diablo comenzaba a resultar inquietante. No era lo que decía la médium, sino cómo lo decía: su mirada mecánica, fría, incluso despiadada. Muriel, sin bajar ni siquiera la vista sobre el papel, no dejaba de escribir el nombre de Jane en distintos tamaños y con distintas caligrafías. Los folios volaban sobre la mesa.

—¿Sabes quién ha incendiado la casa del servicio?

—Un diablo.

—¿Sabes su nombre?

—No.

—¿Por qué estás aquí?

—Por amor. El amor siempre permanece. Él me espera.

—¿Quién es él?

Silencio. Diez, veinte, cuarenta segundos. Muriel deja de escribir el nombre de Jane. Christian siente que va a perder aquella extraña e indefinible conexión de un momento a otro y hace un último intento.

—Jane, ¿quieres decirnos algo?

—Por mí, por mí, por mí.

Christian comenzó a desesperarse. Aquel «por mí». ¿Por ella qué? ¿Por culpa de ella había pasado algo o es que alguien iba a por ella? ¿Aquel demonio, tal vez?

—¿Qué quieres decir con «por mí»?

Muriel inclinó suavemente la cabeza hacia un lado. Valentina tuvo la sensación de que la médium miraba ahora a Christian con lástima.

—Os hacéis demasiadas preguntas.

El gesto de estupor del *cazafantasmas* evidenciaba que no sabía muy bien por dónde seguir.

—¿Qué quieres que hagamos? ¿Que dejemos de preguntar?

—Vivid. No forcéis el futuro. Tenéis la obligación.

—¿Qué obligac...? —Christian parecía confundido—. ¿Cuál es nuestra obligación?

—Vivir. El amor es lo único que permanece —repitió.

De pronto, Muriel pareció desvanecerse. Oliver la atrapó en el aire justo cuando iba a caerse de la silla. Aquella conexión con la mujer del jardín secreto había terminado.

Todavía no era de noche, aunque la claridad comenzaba a hacerse más tenue, como si le faltase energía. Cada cual había sacado sus propias impresiones sobre aquella accidentada sesión de espiritismo. Pedro y Muriel acababan de marcharse. Él, asustado y con ganas de no regresar jamás a aquella mansión, y ella tan agotada que apenas podía hablar. Solo quería dormir, descansar, aunque sintiese de nuevo que había sido una energía positiva y luminosa la que se le había colado dentro. Los demás permanecían todavía en la salita del café. Quizás no fuese la mejor hora para tomarse uno, pero cuando Carlos Green propuso hacer una cafetera todos parecieron conformes, como si compartir algo rutinario y normal los devolviese a la realidad.

—Dígame, profesor —preguntó Christian—, ¿qué opina sobre lo que ha visto? Creo que es evidente que Muriel no fingía, estaba en trance.

—No lo niego, aunque, respecto a Muriel, he de insistir en nuestra conversación de esta mañana —remarcó, dejando a los demás llenos de curiosidad sobre aquel diálogo en el que no habían estado presentes—. Además, si lo piensa, todo lo que ha dicho Muriel han sido vaguedades, ambigüedades, ningún dato concreto ni revelador. Nada que ella no pudiese saber o suponer por sí misma.

—Pero ha visto hasta cómo le cambiaba la voz, cómo escribía mil veces el nombre de Jane...

—No he visto nada que no pudiese adjudicar a la autosugestión, y le recuerdo que Muriel solo ha escrito el nombre de la antigua moradora del palacio cuando ya lo sabía. ¿Por qué lo escribe hoy, que ya conoce la historia de Jane Randolph, y no ayer, en su sesión inicial? ¿Se lo ha preguntado? El subconsciente, en estados de concentración, puede revelar datos increíbles, y mucho más si la información es fresca y acabamos de recibirla. La escritura automática suele exteriorizar traumas o recuerdos inconscientes. Además, piénselo, ¿en qué idioma hablaba nuestro fantasma cuando todavía vivía?

—Pues... no sé, si era norteamericana... en inglés, supongo.

—¿Y en qué idioma ha hablado esta tarde?

—Castellano... —reconoció el joven con evidente fastidio—. Entonces, no cree que hayamos presenciado una conexión real con un fantasma.

—Yo no he dicho eso. He dicho que no he visto nada que no pueda justificarse con autosugestión, que es diferente. En este palacio hay más misterios que explicar, como los moratones del señor Green —dijo Machín señalando al escritor—, o como saber quién ha incendiado la casa del servicio, o comprender por qué las personas vinculadas a este palacio tenían la sensación de ver o sentir cosas extrañas.

—Eso quizás no pueda explicarlo su ciencia.

—Quizás sí —replicó el viejo profesor frunciendo la mirada—. Déjeme que estudie este caso, es posible que haya razones más simples de lo que parece.

—¿Va a estudiar mi... caso? —preguntó Green sorprendido.

—Sí, creo que las circunstancias lo merecen. Mañana cojo un avión para Tenerife, pero, si es tan amable, déjeme su contacto. Hay un viejo asunto que debo revisar antes de conjeturar teorías. De todos modos, debe prometerme algo.

—Usted dirá.

—Necesito que vaya al médico. Y que se haga un chequeo completo.

—Lo de mis golpes no tiene importancia, pero sí, ya le dije que iría mañana...

—No, no quiero que solo le miren los golpes, señor Green. Quiero que se haga un chequeo completo. ¿Cree que puede ser?

Carlos Green suspiró. Era como si tuviese que aceptar de forma tácita la posibilidad de que estuviese loco.

—Sí, descuide. Me haré el dichoso chequeo.

—Fantástico —agradeció Machín, poniéndose en pie y dirigiéndose ahora hacia el investigador paranormal—. Christian, si no le importa, yo ya debería irme...

—Por supuesto, profesor, yo lo llevo —contestó el *cazafantasmas*, mirando a su vez a Amelia—. Tú, imagino que habrás venido en coche...

—Sí, sí —se apresuró a contestar la joven, todavía avergonzada—. Ya me voy ahora, en cuanto termine el café.

Y, de esta forma, terminaron por despedirse y marcharse Álvaro Machín y Christian Valle, que caminaba como si le faltase la energía con la que había llegado. Desde luego, si había querido impresionar al viejo profesor, no lo había conseguido. Nada más llegar a casa, revisaría todas las grabaciones: ¿se le habría escapado algo?

Ahora solo quedaban en la Quinta del Amo Carlos Green, Oliver, Sabadelle, Valentina y Amelia. La teniente se dirigió a la joven con una sonrisa amigable.

—Vaya susto nos has dado... ¿Crees que podrás conducir? Deberías ir a que te revisasen el golpe de la cabeza.

—No, no hace falta, de verdad. Estoy bien. Siento mucho todo lo que he liado, solo quería ver la sesión con el profesor Machín... es toda una eminencia. Y bueno, Christian, en lo suyo, también...

—¿Ah, sí?

—Sí, sí, hace investigaciones muy serias, ha viajado a

muchos sitios donde ha habido casos... paranormales —dijo, dudando sobre la utilización de aquel término—. Belchite, la isla de Pedrosa, Corbera de Ebro... tiene algunos reportajes publicados en su web.

—¿También tiene web? —preguntó Valentina sorprendida.

—Claro, muchos investigadores paranormales la tienen, pero él publica reportajes sin editar ni nada; sin efectos especiales, vamos. Se llama *Otra vuelta de tuerca*.

—Un nombre un poco raro para una web —observó Valentina, que procedió a anotar la información en una de las hojas que habían quedado sobre la mesa.

—Es el título de una novela.

—Ah.

—La historia de fantasmas más rara que yo he leído, la verdad. De Henry James. Al final no sabes muy bien si los fantasmas existen o no, o si es que la institutriz está como una cabra.

—La institutriz... —repitió Valentina.

—Sí, ya sabe, la típica historia victoriana con caserón inglés apartado del mundo.

—Como *Los Otros* —dijo Sabadelle recordando la famosa película de Alejandro Amenábar.

Valentina respiró despacio y le envió al subteniente una mirada glacial. Como siguiese citando películas de miedo, de terror, de fantasmas o de suspense, ella misma lo sacaría a patadas de aquel palacio.

—De verdad que no quiero molestar más, me marcho —dijo Amelia, dando un último sorbo a su taza de café—. Gracias por todo, señor Green. Y gracias por no haberse enfadado... pagaré los desperfectos de la pared.

—Tranquila —respondió él, afable y con gesto cansado—. Lo siento por el golpe que te habrás llevado, nada más. Otra vez, pide permiso para entrar en casas ajenas —añadió guiñando un ojo.

—Lo haré, descuide. Creo que me caí tropezando conmigo misma, lo siento muchísimo —insistió—. Es que cuando comenzó a sonar la gramola me puse nerviosa. Y yo estaba sola, y ese pasillo que tenía detrás era tan largo y con tantos recovecos que... en fin, una ya ve cosas raras por todas partes.

—Si vas para Santander —interrumpió Sabadelle—, yo mismo te escolto por si te sientes mal. Tengo el coche aparcado aquí al lado. Vamos, que te sigo.

—Nosotros también nos marchamos, ¿no, Valentina? —dudó Oliver.

—Sí, claro —dijo ella mirando a Green—. Carlos, si no necesitas nada más...

—No, claro que no —replicó el escritor—. Será mejor que todos descansemos, demasiadas emociones juntas. Y yo mañana tengo que ir a hacerme un chequeo. Iré a un médico que me ha recomendado Cerredelo, pero aún me tiene que pasar las señas —resopló rendido—. Aunque intentaré hacer algo de deporte a primera hora.

—Te vendrá bien para despejar la mente —aprobó Oliver—. Si quieres coger unas olas, mañana es mi última clase de surf, a las ocho.

—¿La última?

—Sí —contestó el inglés con sonrisa de perdedor—. El surf no es lo mío, voy a probar el tenis. Pero mañana termino. Si quieres, quedamos.

—Pues mira, sí, buena idea. ¿A las ocho en los Locos, entonces?

—Perfecto.

—Qué temprano vais —observó Valentina.

—Es que, si no, después ya llegan los turistas y los niños de las clases de surf, y la playa se pone imposible —explicó Oliver.

—Pues que sepáis que para mañana dan lluvia —advirtió ella.

—Bah, un poco de agua no es nada para un inglés —objetó Oliver—. Total, nos íbamos a mojar igual —añadió guiñando un ojo a Carlos.

—Nosotros continuaremos con la investigación

—suspiró Valentina, poniéndole la mano sobre el hombro a Carlos como muestra de apoyo—. Si escuchas ruidos o si ves cualquier cosa extraña, no dudes en llamarme, vivo a solo cinco minutos en coche, ¿de acuerdo? Y además, tienes el cuartel de la Guardia Civil aquí al lado. Llama sin dudar.

—De acuerdo, lo haré —confirmó él, agradecido.

Valentina pareció recordar algo:

—Es posible que veas algún coche de servicio por aquí durante la noche, los chicos del cuartel tienen instrucciones de vigilar la finca, harán rondas cada poco rato, ¿de acuerdo?

—No creo que vaya a pasar nada, pero gracias.

Valentina dudó un segundo.

—¿Estás seguro de querer dormir aquí? Quiero decir que... en fin, después de todo lo que ha pasado estos días y tras la sesión de hoy...

—Tranquila —replicó Carlos, restando importancia a lo sucedido y negando con las manos—. Estoy tan cansado que dormiré como un tronco. Además —añadió, poniéndose algo más serio—, esta es mi casa y debo permanecer en el palacio hasta que resuelva qué está sucediendo. Pero descuida, si aparece algún fantasma os llamaré.

Valentina sonrió ante aquella última frase, que en otras circunstancias habría tenido un cariz más cómico y menos inquietante del que tenía ahora. Carlos Green acompañó a todos a la puerta, se despidió amablemente y regresó a la sala del café. Conectó la alarma. Por fin se había quedado solo en su palacio. Se volvió hacia la mesa. Ahora no tenía asistenta que recogiese las tazas ni los platos, estaba solo. Se dispuso a la tarea, pero su vista terminó por desviarse hacia el invernadero. Se acercó. Ningún fantasma a la vista. Su escritorio estaba tal y como lo había dejado, con su portátil abierto y varias libretas con anotaciones a su alrededor. Caminó hasta allí, cerró el portátil y regresó a la zona donde florecía la vegetación del jardín secreto. Repasó el invernadero con la mirada. Algo había cambiado, aunque el genius loci permanecía en su sitio, sobre la gran bola del mundo y observando el paisaje con gesto soñador. No, no era eso. ¿Qué era diferente? Por fin se dio cuenta. Las plantas. La mayoría estaban como siempre, pero otras parecían marchitarse. Las flores de las alegrías habían empezado a blanquear, a desvanecerse y desmayarse sobre la tierra. Las begonias seguían un camino parecido: aquel tono blanco y desteñido de sus pétalos les daba un aspecto de incipiente agonía.

Carlos Green suspiró y se acercó a las plantas, las observó más de cerca. Posiblemente, la plaga que había liquidado meses atrás aquel jardín hubiese regresado, y ahora no tenían quien las cuidase. Él podía vivir sin asistenta unas semanas, pero aquel palacio no podía subsistir sin un jardinero. Mañana mismo contrataría uno para que cuidase aquel pequeño vergel y mantuviese la finca, al menos hasta su venta. Salió del jardín y echó un último vistazo desde la salita del café antes de ir directamente a su habitación. Él no pudo verlo, pero, justo cuando se dio la vuelta, se desmoronaron los últimos pétalos de la begonia sobre el suelo.

El ladrón de olas, de Carlos Green
Borrador de novela

Veinte años pueden ser una vida entera. Todo puede cambiar: el paisaje, el sentido de las sonrisas. Según me aproximaba a Suances, tuve la intuición de que aquella sería mi última estancia en el palacio del Amo. Bienvenido al último *show*.

Cuanto más me acercaba al pueblo, más se asentaba la certeza de su inmenso crecimiento. Muchas más casas, más vida, más urbe. Y, sin embargo, Suances mantenía aquel toque de enclave salvaje rodeado de naturaleza. El indomable mar Cantábrico, los prados costeros e interminables que morían en impresionantes y altos acantilados... toda aquella belleza primitiva permanecía ajena a la evolución y al dominio de los hombres.

Cuando llegué al palacio, me pareció estar en mi propio sueño. Un ligero toque sobre la verja de hierro y esta se había deslizado suavemente en sentido contrario, invitándome a pasar. Por dentro, la casa parecía guardar el aliento de otro tiempo. El olor de los muebles, de las telas, la forma en que estaba ordenada la despensa. Todo parecía hablar de una vida lejana y de personas que ya habían muerto pero que, en cierto modo, seguían presentes. Como si pudiesen entrar en cualquier momento por la puerta y reanudar sus rutinas.

Me dio pena comprender que, sin las personas que lo habían vivido, aquel lugar tan carismático se había convertido en un cascarón sin más significado que el de la nostalgia. Sí, debía venderlo y recomenzar.

[...]

Bajé a los Locos con la vieja tabla, aquella con la que había tenido el accidente y que, sorprendentemente, no había sufrido daños. Paseando por el palacio, descubrí que mi abuela la había guardado en el garaje. Es curioso, hasta el momento nunca me había planteado qué habría sido de ella, la daba por perdida y destrozada bajo el mar. Pero no, allí estaba, dentro de su funda y pendiente de ser encerada.

Me pareció increíble, nada más pisar la arena, toparme con mi viejo profesor de surf, Jaime. Se conservaba tan bien que su aspecto parecía incluso atemporal.

—Coño, ¡Carlos Green! —Me reconoció al segundo, para mi sorpresa—. ¡Qué alegría verte! ¿Cómo estás, hombre?

—Bien... Gracias. Ya veo que tú, fenomenal, ¡no pasan los años por ti!

—Vida al aire libre —me dijo señalando con la mirada la playa y el mar—. Y tener algo que hacer —añadió, indicando con la mano un grupo de chicos que estaban poniendo sus tablas sobre la arena.

—¿Sigues dando clases?

—Sí, claro. ¡Hasta hemos ampliado la escuela! Mira, estos chavales son los que tienen beca.

—¿Beca?

—Sí, no les cobramos nada, ¿entiendes? Son críos que o vienen a la escuela o se pasan el día en la calle, sin nada que hacer. Aquí por lo menos practican deporte y hacen amigos.

—¿Y quién os financia las becas?, ¿el Estado?

Jaime se rio.

—No, hombre. Mi bolsillo, más bien. Ya me gustaría tener buenos fondos para hacer una fundación o algo así... Aunque, al final, a veces es una inversión, porque los chavales que sí se aficionan luego vienen a mi tienda a coger material, ¿entiendes? Pero la mayoría no tiene un euro, así que lo importante es darles algo que hacer, sacarlos de los antros, de los videojuegos y todas esas mierdas.

Asentí, sorprendido por la generosidad de mi viejo profesor.

—Qué bien. Ya he visto que el pueblo se ha llenado de escuelas y de tiendas de surf...

—Sí, todo ha cambiado mucho. La gente viene aquí a aprender y a seguir modas, ya sabes. Ahora ya ves que hay muchas más chicas en el agua, y el *paddle surf* también está pegando fuerte.

—Sí, me he fijado que había gente practicándolo en la Concha.

Jaime se apartó un momento y me examinó de arriba abajo, con descaro, observando especialmente mi pierna derecha.

—Y tú, ¿te recuperaste bien? ¡Ya veo que sigues practicando! Joder, si es que hace cien años que no sabía nada de ti, y mira que te conocí siendo un renacuajo... Por cierto, siento lo de tu abuela.

—Gracias.

—Y tú qué —me dijo en tono más ligero—, ¿sigues robando olas?

—No, ya no —sonreí y tomé aire—. Mis viejos compañeros de cursillo, ¿siguen viniendo por aquí? ¿Sabes algo de ellos?

—Ah, pues mira... ¿Sabes quiénes se casaron?

—No. Quiénes. —(Procuré poner cara de chismosa curiosidad, aunque a la altura del pecho sentí un cosquilleo intenso, como cuando se te queda dormida una extremidad.)

—Joder, pues el Nacho y la Ruth. Tuvieron un par de críos, me parece. Sabes quiénes te digo, ¿no?

—Sí, sí... ¡Vaya! ¿Y viven por aquí, todavía?

—Ella sí, pero él no. Se divorciaron y él marchó a Santander, ni siquiera viene a los Locos a coger olas. Suele parar en Somo, ¿sabes?

—Ah.

—Y Lena, la de las gafas, ¿te acuerdas?

—Sí...

—Pues esa estuvo viviendo en Francia, y en Barcelona y por ahí, y ha vuelto hace poco, ¿sabes? Ha montado una librería en el centro del pueblo.

—No me digas. —(¡Al final lo hizo!)

—Sí, sí. Yo ya he ido, desde que estoy en el club de lectura leo un huevo.

Sonreí. No me imaginaba a Jaime leyendo ni haciendo ninguna otra cosa que no fuese surfear o dar clases. Charlamos un rato más hablando sobre antiguos compañeros e incluso recordando el accidente (era inevitable, fue Jaime quien me sacó del agua, así que hice de tripas corazón) y después, con prudencia, me adentré en el mar. Allí, en aquellas aguas, había cambiado todo. Fue culpa mía, por apostar todo a una sola carta. Y por, tras caer, no saber rearmarme. Por depender siempre de otros para que me guiasen y me sirviesen de bálsamo, cuando era yo quien debía haber marcado mi propio camino.

Estudia. Trabaja. Escribe. Surfea. Sueña. Haz, di, madura. Ahora ya no era un niño y debía buscar qué hacer y hacia dónde dirigirme, tal y como había hecho Holden, aquel chico que había decidido ser guardián entre el centeno.

[...]

Una escalera hasta las nubes. No era mal nombre para una librería. Un poco largo, eso sí, pero resultaba evocador. Muy del estilo de Lena. El local era bonito, con un escaparate en tonos verdes que imitaba al de las antiguas librerías francesas. Al entrar, tuve la sensación de regresar a la *Belle époque*. Sin embargo, la modernidad de los libros que había sobre mesas y estanterías lograba que regresases rápidamente a la realidad.

Ella pasó a mi lado cargando una caja enorme y sin apenas mirarme. Sin embargo, debió de ser consciente de que debía atender a aquel cliente que había entrado a última hora. Se dirigió a mí, todavía caminando en dirección opuesta, antes de dejar la caja en el suelo.

—Buenas tardes, ¿puedo ayudarlo?

La miré. Cómo había cambiado. Volvía a tener el pelo castaño y a llevar gafas, aunque ahora la montura era metálica y delgada. Llevaba unos vaqueros y una blusa floja. Pensé que había ganado algo de peso, y que seguía siendo de esas mujeres que inicialmente pasan desapercibidas, pero que tras un rato son capaces de enamorarte. La forma amable en que me había hablado, el tono.

—Sí... quería un libro... no sé si lo tendrá, es bastante antiguo.

—Si me dice el título...

Entonces levantó la vista. Me reconoció al instante y se quedó callada, esperando. Yo no aparté la mirada.

—Estoy buscando *Edad prohibida*. ¿Lo tiene?

Sonrió.

—Ese siempre lo tengo.

[...]

Fuimos a tomar un café. Me resultó extraño. Pensé que, como ocurre con los buenos amigos, el paréntesis temporal —aunque fuese de veinte años— resultaría indiferente. Que todo volvería a ser lo mismo. Pero no. Fue diferente porque ella era distinta. Lena había vivido mucho y se había trabajado su camino a conciencia. Había vivido de una forma distinta a la mía, decidiendo sus propios pasos y agarrando la vida con las manos, arriesgando.

—¿Y no te has casado?

—Sí, me casé en Francia. Estuve un tiempo viviendo en Bergerac, ¿sabes? Pero ya no estamos juntos.

—Ah.

—¿Y tú?

—También estuve casado, pero ya no.

Y llegaban los silencios, el no saber qué decir.

—¿Y qué tal te va la librería?

—Ah, de momento bien, aunque llevo solo un par de años con ella.

Nuevo silencio.

—Por cierto... supe que eras escritor.

—¿Sí? ¡Pero si mis libros no han sido traducidos al español!

—En Una escalera hasta las nubes también tenemos ejemplares extranjeros...

—¿Me tienes a mí?

Asintió (¡así que me había seguido la pista!). Guardamos un nuevo y extraño silencio unos segundos, viendo a la gente pasar por la calle a través del ventanal de la cafetería.

—¿Qué te pasó? ¿Por qué no quisiste volver a hablar conmigo? —me preguntó.

—No sé. Estaba enfadado con el mundo. Fue una época difícil.

Volvió a asentir. La nueva Lena hablaba menos que la anterior. Charlamos un rato más. Sobre la vida, sobre lo que habíamos hecho. Me sorprendió comprobar que en efecto éramos unos desconocidos. O, al menos, nos habíamos convertido en extraños sin nada en común. Solo nos quedaba el recuerdo encantador de aquel beso adolescente en la playa. Y de aquel otro verano en que fuimos invencibles, cuando nos lanzamos al mar desde Roca Blanca. Ahora había pasado el tiempo suficiente como para comprender que no era tan fácil aquello de merendarse el mundo. Quedamos en volver a vernos a lo largo del verano que pensaba pasar allí, escribiendo. La invité a venir a casa alguna tarde. Pero no. Yo nunca llegué a formalizar la invitación y Lena nunca llegó a visitarme en el palacio del Amo.

[...]

Es curioso. Hay personas a las que ves después de mucho tiempo y su presencia te golpea, te hace pensar e inevitablemente comparas su camino vital con el tuyo. Y hay otras, sin embargo, que aparecen y desaparecen como chispas de luz, como fuegos artificiales de los que después no queda nada. Cuando volví a ver a Ruth paseando por el pueblo, sucedió algo parecido. Me habló como a un amigo que hubiese visto el día anterior, comentando cómo había cambiado el pueblo y preguntando por mi hermano Pablo. «¿Dos niñas? ¡Como yo! Claro que yo tengo parejita.»

La conversación resultó insulsa, aunque me agradó verla. Seguía siendo una mujer guapa y que se arreglaba para llamar la atención, aunque su mirada se había endurecido.

Una noche de julio, durante las fiestas del Carmen —cuando todo el cielo de Suances se llena de fuegos artificiales—, vi cómo ella y sus hijos paseaban por la parte alta del pueblo rodeados de amigos. Debía de ser bonito pertenecer a un sitio, sentirse arropado.

Volví a ver a Lena algunas veces, casi por casualidad, aunque en una ocasión había sido yo mismo quien había vuelto a su librería. Entre ella y yo había calma, sonrisas, un diálogo tranquilo. Pero nada más. Ya no. Al final, Meredith había tenido razón y me había enamorado de una ilusión, de un recuerdo. Quizás podría intentar conocerla mejor, procurar conquistarla, enamorarme. Era una mujer buena, inteligente y bonita. Valiente, incluso. ¿Qué más podría pedir? Pero había algo en mí que me decía que no, que el suyo no era mi camino.

Además, en el palacio comenzaban a suceder cosas extrañas. La asistenta (que me parecía que era especialmente religiosa) no dejaba de convocar a ángeles, a la Virgen y a Jesucristo, porque decía que el mal se había apoderado del palacio, en concreto de su ala este. Esto incluso me hacía gracia, pero cuando Leo, el jardinero de toda la vida, comenzó a darle la razón, empecé a preocuparme. Y aquellos ruidos nocturnos, las luces... no sucedía siempre, pero comencé a inquietarme.

[...]

Una mañana, bajé a los Locos y no pude entrar en el mar porque este, más vivo que nunca, movía unas olas tremendas y el mar de fondo arrastraba con furia todo lo que encontraba a su paso. Arena, piedras, colosos de agua. Ya iba a marcharme cuando me crucé con Jaime, que me presentó a un chico inglés llamado Oliver. Nos dejó solos y tomando algo en el chiringuito. Tras tantas semanas, volver a hablar en inglés y, sobre todo, a reírme, me resultó especialmente agradable. Oliver carecía de pericia para surfear, pero disponía de la inteligencia necesaria como para asimilar sus limitaciones con buen humor. Recuerdo haberme reído a carcajadas mientras me contaba sus desencuentros con la tabla y el mar. Fue Oliver quien, preguntándole sobre lugares que visitar, me descubrió la existencia de un bosque de secuoyas en Cantabria.

—Es pequeñito, pero está bien. Al lado tiene un poblado cántabro antiguo. Una reproducción, vaya.

—No me digas... quizás me acerque. ¿Queda lejos?

—No... en Cabezón de la Sal, a media hora desde aquí, más o menos. Pero no te esperes un parque como los de California... ¿sabes dónde vi yo un tronco increíble de secuoya? ¡En el Museo de Historia Natural de Londres!

—¿Sí?

—Sí, lo habían cortado por la base, y habían logrado una hoja del tamaño de una mesa descomunal y lo ha-

bían colgado en la pared. ¡Hay que ver con los ingleses!
—exclamó, dándome un codazo amistoso.

[...]

Fui aquella misma tarde hasta Cabezón de la Sal. Tuve
que perderme varias veces hasta que me di cuenta de que
había pasado al menos en dos ocasiones por delante de la
entrada de aquel parque, que al lado de los que yo conocía, en efecto, parecía de juguete. Allí apenas habría mil
ejemplares de secuoyas de poca altura, unos cuarenta o
cincuenta metros a lo sumo. Sin embargo, se podía respirar igualmente aquel aire a mausoleo atemporal, aquel
ambiente mágico y envolvente de bosque denso y cerrado.

Accedí por una larga pasarela de madera y dejé atrás
hayas, robles y castaños. Por fin, cuando contemplé aquellas secuoyas rojizas, sentí que había vuelto a casa. Allí
podía respirar.

Me senté en un banco tosco, hecho de madera, y contemplé la quietud del bosque. Cerré los ojos y pensé en
Meredith, en nuestro paseo por aquel bosque californiano al que después habíamos vuelto muchas veces. De
pronto, supe con absoluta certeza por qué me había limitado a saludar a Lena sin pretenderla, sin buscarla de
ninguna otra forma que no fuese amistosa. No había sido
porque no hubiese alguna posibilidad con ella, sino porque yo ya tenía un amor. Qué ciego había estado. Qué
egoísta, qué perdido. Meredith. Fue ella quien me hizo
reír cuando lo necesité, quien me cosió alas para volver al
mar, quien me descubrió el don de escribir, quien me
dejó marchar.

—¿Está bien, amigo?

—¿Qué?

Abrí los ojos. Un hombre muy alto y de fino bigote
me miraba. Al instante, comprendí por qué me lo había
preguntado. Sin darme cuenta, y en silencio, mis lágrimas, por fin, habían comenzado a vaciarme.

—Sí, sí. Gracias. Estoy bien.

El hombre asintió y me sonrió.

—*Good luck* —me dijo con una sonrisa indescifrable. Se dio la vuelta. Me sorprendió su forma de caminar, sin hacer ruido a pesar de la firmeza de sus pasos. Llevaba un traje elegantísimo, aunque algo anticuado. ¡Ir así vestido, en aquel bosque! Al final del sendero parecía esperarlo una mujer, pero apenas pude ver su silueta, su sombra. Atónito, los miré marcharse. ¿Por qué aquel desconocido me había deseado buena suerte en inglés? Quizás mi acento, al hablar, había descubierto mi procedencia. Ahora, cuando recuerdo a aquel hombre, que me miraba como si me conociese, siento como si su presencia hubiese sido un sueño.

Todavía sentado en aquel banco, me limpié el rostro con las manos y también decidí marcharme. De forma literal. Ya no sabía si terminaría la novela, esta historia mía que dudaba tener el valor de publicar, pero, al terminar el mes, volvería a California. A Meredith.

Pero no buscaría su regazo ni su manto protector, esta vez seríamos iguales. Esta vez, tenía un plan. Decidí, en aquel paseo entre secuoyas, crear una fundación, un campamento, un «algo» que aún no sabía cómo denominar, para darles a los niños sin recursos y a los jóvenes otros caminos que seguir. Surf, cuidado de la naturaleza, de los bosques, amistad y aventuras. ¿Era una idea demasiado ilusoria, infantil incluso? Puede ser. Pero lo había decidido. ¿No hacía algo así Jaime, mi viejo profesor? ¿No era, acaso, lo que aquel Holden de novela había hecho?

[...]

Aquella misma noche hablé con Meredith. Creo que notó algo tan nuevo, una resolución tan impropia en mí, que se asustó. Que yo tuviese una ilusión genuina, sin duda, era algo nuevo.

—¿Nos vemos en California, entonces?

—Claro, Carlos, te lo prometo. Me alegro de que hayas encontrado algo que... en fin, que te haga feliz.

—Tú también me hacías feliz.

—No lo parecía.

Guardé silencio unos segundos. Tenía razón. Yo no era feliz con nada, porque esperaba que la satisfacción de vivir me la diesen los demás, en vez de buscarla por mí mismo. Pero ahora ya no era un ladrón de olas, y ya no quería seguir las directrices de nadie para saber qué hacer con mi tiempo. Por fin iba a dedicarme a algo en que yo mismo no fuese una prioridad. Podría, incluso, seguir escribiendo. Contar otras historias.

—Meredith.

—¿Sí?

—Volvamos al parque de secuoyas. Hagamos un picnic, ¿quieres? Te contaré todos mis planes.

—Carlos, no sé. ¿Estás bien? Te noto... no sé, distinto.

—¿Mejor o peor?

Ella se rio.

—Distinto.

—Me lo tomo como un cumplido.

Nos despedimos al poco rato, sin que me hubiera atrevido a decirle nada más por teléfono. No así. Tenía que verla. Ah, Meredith. Qué idiota fui dejándote marchar. Por supuesto, el camino no iba a ser fácil, pero al menos ella no me había negado la posibilidad del reencuentro. Quizás me fuese a dar calabazas, pero intentaría reconquistarla con todas mis fuerzas, guardando paciencia y determinación en mi alma. De hecho, y si no llega a ser porque ella estaba reunida por trabajo durante un par de semanas en Boston y Nueva York, creo que habría cogido un vuelo inmediatamente. Pero el tiempo para reencontrarnos llegaría pronto y, además, quería averiguar lo que sucedía en el palacio del Amo. La sensación de sentirme observado allí dentro era cada vez mayor;

incluso (¡qué locura!) había creído ver a una mujer de otra época en el jardín secreto.

Tuve la intuición, la desasosegante certeza, de que algo me acechaba; de que, a pesar de mis nuevos planes, todavía no estaba todo bien. Como si permaneciese pendiente una cuenta que saldar y el diablo, paciente, me estuviese esperando.

Llovía. Las gotas de agua repiqueteaban sobre los teja-
dos, las repisas, los suelos de las terrazas. A Carlos Green
no le molestaba la lluvia. Era como si le diese una tregua,
un poco de calma durante aquel verano tan desconcertante. Que el clima se hubiese vuelto otoñal de repente no
era extraño. En Cantabria, el sol y la lluvia jugaban al
despiste en un baile interminable, aunque la temperatura era todavía estival.

Green escuchaba desde aquella enorme cama con dosel cómo caía el agua fuera mientras planeaba qué haría
durante la jornada. ¿Qué hora sería? ¿Las seis, las siete
de la mañana? Le vendría bien ir a coger unas olas a los
Locos. Necesitaba hacer algo de ejercicio; le despejaría la
mente, como había dicho Oliver. ¿Qué importaba la lluvia? Después, visitaría el centro médico privado que le
había aconsejado Cerredelo, aunque todavía no le había
dado las señas exactas. Miró su móvil. No, no tenía todavía ningún mensaje suyo y eran las siete y cuarto de la
mañana. Y tenía que encomendarle al bufete la contrata-
ción inmediata de un jardinero, que no se le olvidase. Le
escribió un mensaje de WhatsApp al abogado, para que
lo llamase lo antes posible.

Y escribir, tenía que escribir. Lo que había sucedido
los últimos días le había dejado sin tiempo, sin concentración, sin ganas; pero debía hacerlo. Tenía la intuición, la sensación, de que si no concluía aquella

historia antes de marcharse de Suances ya nunca la terminaría.

Se levantó y abrió el postigo interior de madera de una de sus grandes ventanas. En el exterior, la claridad comenzaba a abrazar su espacio, y la lluvia besaba la tierra con inagotable persistencia. Miró el parterre y, después, el horizonte. Era la primera mañana en dos días que amanecía sin cadáveres y sin nada que no fuese él mismo. Observó distraídamente su propio cuerpo: sin nuevos golpes, sin rasguños. Bien. Se dio la vuelta, dispuesto a coger una chaqueta y bajar a desayunar. Cuando liberó el cerrojo de su cuarto y abrió la puerta, sintió cómo una corriente fresca inundaba el pasillo. El tiempo quizás no fuese tan agradable como él pensaba para ir a los Locos. Cuando pasó ante el salón de baile, le sorprendió ver la puerta abierta. ¿Había sido él quien la había dejado así? No lo recordaba: en un par de días había estado más gente en aquel palacio que en todo el verano. Se acercó para cerrarla, pero el movimiento de su brazo se quedó congelado en el aire. Ella estaba allí. Sentada ante la barra del bar, mirándolo fijamente. De pronto, un sudor frío comenzó a deslizarse por la espalda del escritor, que estaba aterrorizado. Cerró los ojos.

«No es real. No es real, estás soñando. Cuenta hasta diez y se irá. Cuenta hasta diez y respira.»

Uno, dos, tres.

«No estoy loco, es solo un sueño.»

Cuatro, cinco, seis.

«¿Qué dijo el profesor? Autosugestión. Memoria oculta. Subconsciente. Los fantasmas no existen.»

Siete, ocho, nueve.

«No estoy loco, joder, no estoy loco. ¿Lo estoy?»

Diez.

Carlos Green abrió los ojos. Ante él, a solo veinte centímetros, estaba ella. De pie, mirándolo sin pestañear.

—Buenos días, escritor.

Green era incapaz de moverse. ¿Aquella era Jane, la

Jane Randolph que llevaba años muerta? ¿Ahora, además de ser un fantasma que poseía a médiums, también hablaba? No, era imposible. Los espíritus no hablaban, ni eran tan guapos, ni esperaban pacientemente a que te levantases. ¿O sí? Green, acobardado, volvió a cerrar los ojos. No, no podía ser. Amanecía. ¿Desde cuándo los espíritus se aparecían a la hora del desayuno? No había nada terrorífico en aquella Jane de Hollywood, pero su aspecto amable no la convertía en una aparición precisamente tranquilizadora. Carlos Green volvió a abrir los ojos con decisión. Ella permanecía en su posición, esperándolo.

—No tengas miedo. El miedo se hace más grande cuanto más lo temes.

—¿Quién... quién eres?

—Ya lo sabes.

—¿Qué quieres de mí?

—Nada.

Carlos Green tomó aire y dio dos pasos atrás. Le pareció que ella olía a niebla y a flores. ¿Sería posible?

—Entonces ¿qué... qué haces aquí?

—Ayudarte.

—¿Ayudarme? ¿A mí?

—Sé dónde se esconde el diablo.

El corazón de Green latió más rápido todavía. Él habría jurado que aquel bombeo sordo e imparable de su pecho podía escucharse en toda la habitación.

—¿Qué diablo?

—El que te hace eso.

Green, instintivamente, siguió la mirada de ella y observó su propio cuerpo, lleno de moratones. Aterrorizado, hizo la pregunta.

—¿Dónde está?

—En el ático.

—El ático... —Green, inmóvil, deslizó únicamente su mirada hacia arriba, pero ella negó con la cabeza, en silencio. El escritor dedujo lo evidente ante aquella negativa.

—No este ático... el otro... El del ala este.

Jane asintió.

—Debes subir. Busca el camino.

Green no comprendió aquello de buscar el camino. ¿Acaso era otro diferente al que él ya conocía? De pronto, la imagen de Jane se desvaneció y se quedó solo, rodeado de un desapacible silencio, tan extraño como cuando entras en un bosque y no escuchas nada, como si incluso los animales se hubiesen escondido de algo.

¿Qué debía hacer? ¿Subir al ático? ¿Y si aquella encantadora Jane, aquel fantasma adorable, fuese un diablo disfrazado? ¿Y si le esperaba algo terrorífico en el ático? Carlos Green tomó aire con una inspiración profunda, como si aquella inyección de oxígeno le permitiese al valor colarse en su interior. Comenzó a caminar, siguiendo la misma ruta que había tomado con Valentina Redondo y Jacobo Riveiro solo dos días antes. A cada paso podía sentir cómo crujía la madera bajo sus pies, recordándole que aquello no era un sueño. Subió los escalones. Uno, siete, quince. Podría subir hasta el infinito, porque era como si el tiempo se hubiese detenido. Entró en el ático. La luz comenzaba a clarear la estancia, iluminando las florecillas que adornaban el papel de las paredes. Ni siquiera hacía falta encender la luz, que llegaba sola: Green tuvo la sensación de que pronto descubriría algún tipo de verdad. De pronto, volvió a ser consciente del ruido de la lluvia repiqueteando sobre el tejado.

Entró en la sala donde había destapado algunos muebles para el sargento Riveiro. No parecía que nada hubiese cambiado, todo permanecía tal y como recordaba haberlo dejado: lleno de polvo, olvido y crujidos del tiempo. Retiró todas las sábanas y un par de mantas. ¿Qué diablos había allí debajo? Cajas con vajillas desparejadas, muebles apolillados, un reloj parado en las tres en punto. Un momento. Aquello de la esquina... ¿era una caja fuerte? Caminó despacio hasta ella. ¿Podrían estar los pequeños tesoros de su abuela allí dentro? ¿O aquel dichoso libro, el de Copérnico? No, imposible. ¿Cómo iba a haber subido la anciana Martha Green aquellas escaleras? Se agachó y abrió la caja. Vacía. Palpó el interior y la observó desde distintos ángulos, sin apreciar diferencias notables entre interior y exterior. Era poco probable que tuviera un doble fondo.

Carlos sintió una punzada de decepción: allí no había nada. El miedo se había diluido solo un poco, pero lo suficiente como para dar paso a la curiosidad. Se incorporó y se dio la vuelta para salir del cuarto.

—Busca el camino.

Ella, otra vez. En el marco de la puerta, bloqueándole el paso. Jane estaba de pie frente a él, los brazos laxos a ambos lados de su torso. En su mirada no había provocación ni frialdad. Había compasión. Carlos Green lo comprendió sin acertar a entender. ¿Por qué él la conmovía en ese sentido? Jane volvió a hablar.

—Por mí. Por mí.

—¿Por ti?

—Por mí y por todos mis compañeros.

Carlos abrió muchos los ojos, sorprendido. De pronto, como si un chorro eléctrico y veloz iluminase conductos dormidos de su cerebro, volvió a su infancia. En aquel ático había jugado al escondite muchas veces aquella primera vez que estuvo en Suances. ¿Cuántos años tendría? ¿Once? ¿Doce? Era divertido: él, sus hermanos, los primos, niños y niñas del pueblo. A ellas las asustaban siempre que podían y las dejaban a oscuras si se daba la ocasión. En el juego, cuando el que te tenía que buscar no conseguía localizarte y eras capaz de llegar a «casa», al punto de partida, debías gritar «¡Por mí!» y te salvabas, porque no había sido capaz de encontrarte. Pero cuando ya solo quedabas tú, cuando ya habían encontrado a todos, tenías una oportunidad de salvarlos: el último podía decir «¡Por mí y por todos mis compañeros!». El último podía salvarlos a todos. Pero Carlos nunca los rescataba: él tenía el escondite perfecto y siempre era el último, nunca lo descubrían; y él nunca salvaba a los demás. Se reía y se limitaba a decir «¡Por mí!» mientras el resto de los niños se quejaban y perdían la partida de forma definitiva.

Aquello resumía la historia de su vida: él siempre había sido su prioridad, el egoísta ladrón de olas que nunca había sido capaz, sin embargo, de marcar su propio camino.

—Por mí y por todos mis compañeros —murmuró Green, observando aquella alma inmaterial pero visible e imposible que era Jane, que lo miraba con fijeza. El escritor comprendió qué tenía que hacer. Dio la vuelta sobre sí mismo y se dirigió a un lateral de aquella habitación. Localizó la puerta casi de inmediato. Cada vez había más claridad, a pesar de lo oscuro que estaba el día fuera, con aquella lluvia indomable rompiendo el amanecer. ¿Cómo era posible que hubiese olvidado que estaba allí? Era una de esas puertas camufladas en las paredes con más o menos acierto. La parte inferior disimulaba sus bordes en el zócalo, a media altura de la madera. Los bordes superiores, ocultos entre el juego de los adornos del papel, seguían la inclinación del tejado abuhardillado. Normalmente esa clase de accesos se veían a la primera, pero aquella puerta era diferente. Un cuadro con un lago sobre el que unos niños lanzaban piedras y que reflejaba los destellos del sol al atardecer había camuflado perfectamente aquella salida, que en realidad daba paso a un discreto vestidor. Aquel había sido el escondite infalible de Carlos en aquellos juegos.

De forma automática, ya sin pensar, el escritor presionó la puerta hacia el fondo, justo bajo el cuadro. Sabía que el resorte interior haría que se abriese en sentido contrario de forma inmediata. Y así fue. La puerta se deslizó hacia él abriéndose sin ceremonias, invitándolo a entrar. Green dio dos pasos. ¿Estaría allí el diablo?

Dentro, el oxígeno parecía antiguo, como si hubiese sido mil veces respirado. Partículas de polvo se dibujaban navegando por el aire, atravesadas por la luz de una pequeña claraboya en el techo. Era como nadar bajo el mar y estar rodeado de polvo de arena en suspensión.

A la derecha, había unas estanterías de obra que estaban completamente vacías. La ropa que en su día habían albergado, se la habían llevado, y solo un par de barras custodiaban unas perchas solitarias. Al fondo, nada interesante: la inclinación del tejado no había dejado más sitio que el necesario para una banqueta de madera que parecía a punto de derrumbarse. A la izquierda, un enorme bulto, más alto que Green, se encontraba tapado por una sábana. ¿Qué sería? El escritor, sudando, comenzaba a recordar. Tenía una vaga idea. Se aproximó y, muy despacio, sujetó un extremo de la sábana y tiró de él. Cuando vio qué había bajo aquel manto de polvo y de olvido, comprendió quién era el diablo y perdió el conocimiento.

12

Ojalá la muerte sea saberlo todo.

La uruguaya, PEDRO MAIRAL

¿Qué sucede cuando morimos? ¿Nos volvemos más sabios? ¿Nos convertimos en algún tipo de forma desmaterializada? Quizás no. Quizás el alma se marcha con la carne, diluyéndose en el olvido inevitable, sin que gravitemos hacia ningún otro plano espiritual, sin que nuestra energía se cuele en ninguna parte. Sencillamente, termina el juego.

¿Hablamos suficientemente de esto, de lo que pasa al morir? Valentina se lo preguntaba sentada en su despacho, todavía impactada por lo que había vivido la tarde anterior. Eran las ocho y media de la mañana y ya llevaba dos cafés. A las nueve, tendría reunión de equipo. La teniente pensaba en su hermano: había muerto muy joven, y a ella le había dejado un ojo de cada color como recuerdo: imposible olvidarlo. Muerto por estúpido, por enfermo, por pura tragedia. Por eso estaba ella allí, buscando a los malos, a aquellos que se llevaban a los ingenuos de mente y de corazón joven. Por eso era teniente de la Guardia Civil. ¿Qué había dicho Muriel mientras estaba en trance? Que teníamos obligación de vivir. ¿De ser felices, quizás? ¿De intentarlo? Muy poético para un fantasma. Ninguna felicidad es eterna: tarde o temprano estamos destinados al dolor. ¿Qué había de verdad en lo que había vivido en el palacio del Amo? Ella no creía en espíritus, pero tampoco sabía a quién pertenecían las almas. ¿Al propio cuerpo, a la naturaleza, al olvido? Hacía solo unos meses que había tenido que enfrentarse a un caso en el que las cuevas, los abismos del mundo, habían tenido un protagonismo inesperado. ¿Sería la Tierra un organismo vivo cuyos conductos de energía afectasen de alguna forma a los que estábamos en la superficie? Ella había visto en un documental sobre la antigua China en el que se explicaba que, según los preceptos del *feng shui*, las energías telúricas circulaban bajo nosotros a través de una inmensa red de canales conocida como el Dragón. Pero Valentina no creía en dragones intraterrestres ni en nada que la ciencia no pudiese explicar.

Muriel había dicho que el amor era lo único que perduraba. ¿Y el odio? No, quizás no. Quizás solo algo tan simple como el amor pudiese llevarnos de vuelta a casa y lograr que, de alguna forma, perdurásemos a lo largo del tiempo.

—¿En qué piensas?

Valentina despertó de su ensimismamiento y recibió a Riveiro con ironía.

—Buenos días a ti también.

—Buenos días, teniente —replicó el sargento, risueño—. ¿Qué tal ayer?

—¿Ayer? El numerito de la cabra, imagínate.

—Cuenta, cuenta.

Valentina le relató a Riveiro todo lo que había sucedido en aquella estrafalaria sesión de espiritismo del día anterior: la gramola misteriosa, la aparición de aquella chica, la supuesta posesión de Muriel. Conforme el relato avanzaba, Riveiro cambiaba de postura y soltaba un exabrupto.

—Joder, vaya tarde.

—Ya ves.

—¿Y sacaste algo en limpio?

—Nada, aunque cada vez tengo más claro que Carlos Green no tiene nada que ver con lo de la asistenta.

—¿Por?

—No sé... ¿además de que porque cuando la mataron estaba cenando con nosotros? Qué puedo decir, tengo un pálpito. Y no parece mala persona.

—Un pálpito... —repitió Riveiro enarcando las cejas. Valentina sonrió.

—Qué pasa, las gallegas tenemos algo de meigas. Es genético.

El sargento iba a replicar, pero en aquel instante entraron Sabadelle y el cabo Camargo por la puerta.

—Buenos días. Teniente, sargento... —saludaron ambos, formales, aunque Sabadelle pasó de inmediato a dirigirse a su compañero:

—Joder, Riveiro, no te imaginas lo qué pasó ayer en el palacio de los cojones, no se plantaron allí las brujas de Salem porque no les quedaba a mano.

—Sabadelle, déjalo —lo atajó Valentina intentando ser amable—. Ya le he explicado todo. Vamos a lo nuestro —ordenó, señalando la mesa de juntas. Sabadelle evitó chasquear su lengua, con esfuerzo, y todos se dirigieron hacia la mesa y se sentaron a su alrededor; la teniente miró a Camargo:

—Vamos a repasar la lista de sospechosos y sus coartadas, pero antes dime, ¿tenemos algo nuevo?

—Sí, teniente, a eso venía —replicó con un gesto de eficiencia que comenzaba ya a ser característico en él. Camargo era todo juventud, decisión y ganas—. Acaban de llegar por fax los informes de la empresa de seguridad, la que ha instalado la alarma en el palacio del Amo. En todos estos meses no se detalla ninguna incidencia, pero...

—¿Pero? —Valentina era consciente de que el cabo había hecho una pausa de efecto. Quizás tuviese información interesante.

—Pero sí les consta el registro de cuándo la alarma era desconectada.

—¿Y...?

—Y que resulta muy interesante, porque no la desconectaban desde dentro, sino desde fuera. Y también en fechas en las que se supone que no había nadie en el palacio.

—¿Qué? Explícate.

—Pues resulta que el operativo de control de la alarma estaba en el propio sistema de entrada; primero tenían que teclear los cuatro dígitos que hacían de llave normal, y si la alarma estaba conectada tenían que teclear seis más. Si no lo hacían en 5 minutos sonaba el aviso en la central.

—Lo típico... Ya nos explicó Green el sistema.

—Sí, pero había otro panel en el interior de la casa. Según me han explicado por teléfono, está en una sala de té o de café o algo por el estilo, al lado de la cocina. Lo pusieron para que Martha Green pudiese desconectar la alarma desde allí si tenía visita sin tener que desplazarse.

—Conozco ese panel, lo vi ayer mismo, aunque no era tan accesible —reflexionó Valentina. Riveiro asintió, pero expresó sus dudas en alto mientras rebuscaba en sus notas:

—Podría ser el abogado el que desconectase la alarma para el servicio de limpieza; creo que Green nos dijo que iban cada par de meses, y nos confirmó que el abogado tenía la clave.

—Dudo que fuesen ellos —negó el cabo Camargo, convencido— porque las horas de entrada eran nocturnas. Normalmente a partir de las nueve de la noche.

—Es decir —resolvió Valentina—, que tenemos a alguien que sabe el código de la alarma desde hace tiempo y que entra en el palacio cuando le da la gana... Un momento, ¿pero esos códigos no se cambian cada poco tiempo?

Camargo asintió.

—Sí, suelen cambiarse, pero al parecer Martha Green tenía ya cierta edad y no quería que la mareasen. Como clave de la alarma había puesto su fecha de nacimiento o algo así, y llevaba con ella desde hacía un par de años, sin que se haya cambiado hasta ahora.

330

—Veo que has estado en todo —apreció Valentina, viendo que el cabo había sido exhaustivo repasando las posibilidades del asunto. La teniente tamborileó sus dedos sobre la mesa—. Ahí tenemos a nuestro fantasma. Resulta que no atraviesa las paredes, sino que necesita descodificar la alarma. Green nos dijo que la clave solo la tenían el jardinero, el abogado y él mismo. Deberíamos revisar las huellas de...

—Hay algo más, teniente.

—¿Sí, Camargo?

—En el registro de entrada consta que alguien accedió al palacio la noche en que falleció el jardinero y también en la que fue asesinada la asistenta.

—Pudo ser Green. O el abogado.

—Lo dudo, porque según la versión de Green cuando fue lo del jardinero él se había acostado temprano, y el acceso es sobre las 22.00 horas, más o menos cuando falleció Leo Díaz. En el caso de la asistenta, el acceso tuvo lugar a las 21.37 horas, y sabemos que el escritor estaba contigo en la parte baja del pueblo a esa hora...

—Vaya... podría haber sido el abogado al dejarlo en el paseo...

—Teniente, ¿da su permiso? —Un guardia, joven y menudo, había abierto la puerta al mismo tiempo que la golpeaba con sus nudillos de forma simbólica.

—Ya está dentro, Benítez —replicó Valentina, que había reconocido al guardia. Pensó que el día en que los miembros de aquella Comandancia dejasen de interrumpir las reuniones de la Sección de Investigación tendría que hacer una fiesta conmemorativa—. Diga.

—Teniente, acabamos de recibir la grabación de la cámara de seguridad de la farmacia que hay cerca del palacio. La ha traído un compañero del cuartel de Suances, donde ya la han visionado.

—¿Y bien?

—Parece que no hay nada definitivo, porque por el ángulo la cámara solo alcanzaba a grabar una parte del muro del palacio, y no su entrada principal. Pero, de la lista de sospechosos que les hemos pasado, han identificado a uno que la noche del incendio pasó por allí.

—Uno de nuestros negritos... —murmuró Valentina animada—. ¿Quién es?

El guardia se encogió de hombros.

—No lo sé, teniente. En el sobre viene marcado el minuto de visionado en que aparece. Pero ha llamado el cabo Maza, del cuartel, y ha insistido en que no debe de ser relevante, que al sospechoso solo se lo puede ver caminando hacia otra dirección y bastante antes del incendio. Por si acaso, nos lo ha enviado a primera hora, pero no parece nada incriminatorio.

—Si es o no incriminatorio lo decidiremos nosotros, Benítez —replicó Valentina, que se levantó y se aproximó a coger el paquete—. Muchas gracias.

La teniente abrió el sobre y tomó el CD que venía en su interior. Observó las anotaciones. Hora 2, minuto 17, segundo 23. Conectó el sistema de reproducción de la sala de juntas y todos se dispusieron a ver quién había paseado al lado del palacio del Amo la noche en que había muerto abrasada la asistenta.

Cuando apareció la imagen, al principio solo lo reconoció Valentina. ¿Él? No, no podía ser. Quizás fuese casualidad. Tal vez solo diese un paseo por allí. Justo aquella noche. Sorprendida, les explicó a sus compañeros que aquel que apuraba el paso junto al muro del palacio del Amo era Jaime, el amable profesor de surf al que todo el pueblo de Suances quería y admiraba con confiada devoción.

—Hostias, el surfero —refunfuñó Sabadelle—. Teniente, ayer por la noche conseguí hablar con él por teléfono. Llamó en cuanto llegó a su escuela.

—¿Y cuándo pensabas decírmelo?

—Ahora mismo, teniente. De hecho, le dije que viniese a la Comandancia esta misma mañana para prestar declaración.

—¿Y eso será...?

—Dentro de una hora, calculo.

Valentina miró fijamente a Sabadelle. No sabía si felicitarlo por su inesperada eficiencia o si llamarle la atención por no haberle comunicado aquella novedad de forma inmediata. La teniente sopesó el tiempo de que disponían y optó por ser pragmática. Se levantó y se acercó a una gran pizarra, donde comenzó a hacer anotaciones y a hablar al mismo tiempo que desarrollaba sus razonamientos.

—Tenemos un jardinero que en principio ha fallecido por culpa de un infarto, aunque esperamos resultados de tóxicos. Casualmente, en menos de 24 horas, tenemos un asesinato en la misma finca, con incendio incluido. Sobre la víctima, no nos consta ningún móvil ni posible sospechoso. Lo único que tenemos es la existencia de un libro de mucho valor que podría ser un buen motivo para el asesinato. La propia Martha Green reveló su existencia a un grupo de un club de lectura, que con ella hacían diez personas —recordó, anotando en una columna el nombre de todos ellos y añadiendo al final el nombre del abogado, Óscar Cerredelo, y el de Carlos Green.

—Una lista relativa —matizó Riveiro—, porque cada uno de ellos podría haberle contado a otras personas lo del libro de Copérnico.

—Sí, pero debemos comenzar por lo simple, lo obvio. Repasemos.

Haciendo un guiño a Riveiro, la teniente fue tachando nombres poniendo RIP o INOCENTE, según el caso. Así, quedaron eliminados Martha Green, Leo Díaz, Suso y Lola. Observaron en silencio quiénes quedaban en la lista: seguía siendo amplia. Riveiro, mirando la pizarra, intervino de forma sentenciosa.

—A Sergio el bibliotecario y a Ruth podemos también eliminarlos.

—¿Por?

—Porque ayer verifiqué sus coartadas.

Valentina no disimuló su sorpresa. Estaba claro que Riveiro, al final, no se había marchado directamente a la playa para estar con su familia tras terminar la jornada. Él se justificó con un encogimiento de hombros.

—Solo hice un par de gestiones al terminar el turno. Y fue extraordinariamente fácil gracias a las redes sociales.

—¿Qué?

—Sí, la gente se empeña en poner todo lo que hace en internet.

—Eso ya sabes que no es fiable, lo que ponen puede estar programado para publicarse a la hora que sea, y las fotos pueden ser de otro momento.

—Sí, pero las de los locales en los que estuvieron no. En el caso de Ruth, no solo sus padres me confirmaron haber estado con ella durante toda la tarde, la cena y la noche, sino que hay fotos de ellos y de todos los comensales colgadas por el propio restaurante, El rey pescador, en Comillas.

—Ah. ¿Y Sergio?

—Hablé con su novia, muy colaboradora, por cierto. No solo había colgado en Instagram hasta tres fotos de los dos juntos aquella noche, cartel de película que fueron a ver incluido, sino que su compañera de piso confirma que regresaron después del cine y que el chaval se marchó a eso de la una de la mañana.

—El tiempo justo para echar un quiqui y ala, para casita —se rio Sabadelle con malicia.

Valentina hizo caso omiso al comentario y se dirigió a Riveiro.

—¿Y cómo pudiste hablar tan rápido con la novia?

—Fácil, ¿no recuerdas que te dije que Sergio me había dado el contacto por la tarde? Quedé con ella y su compañera de piso en Santander cuando regresé a la ciudad. Me llevó solo un rato.

Valentina asintió. Al parecer, no hacía falta que estuviese con el látigo preparado con su equipo; trabajaban bien aunque ella relajara su actitud maniática y controladora.

—Bien. Buen trabajo. De momento, creo que también podemos eliminar a Green. Estuvo varias horas conmigo y Oliver, y justamente en el tramo de tiempo en que fue asesinada Pilar Álvarez. Él no pudo ser el autor material.

—Seguimos teniendo todo pillado por los pelos. Cualquiera de los sospechosos podría tener un cómplice, o varios, y haberse buscado una coartada. Y luego está lo del fantasma, lo de los ruidos, las luces inexplicables en el palacio...

—Autosugestión, Riveiro.

—¿De tres personas? ¿A la vez?

—Y dos de ellas ya muertas, no lo olvides —sopesó Valentina en tono reflexivo—. Pero está claro que si alguien desconectaba la alarma para entrar, bien podía necesitar encender las luces para buscar algo...

—El libro de Copérnico.

—Exacto. Es el único móvil que se me ocurre. De todas maneras, lo único que tenemos hasta ahora es la lista de los asistentes al club.

—Nos quedan cinco —apuntó el cabo Camargo mirando la pizarra:

> Adela (biblioteca)
> Marlene (artista)
> Jaime (surf)
> Lena (librera)
> Óscar Cerredelo (abogado)

Valentina observó el encerado inclinando la cabeza, como si así pudiese descubrir algo revelador en aquellos nombres.

—Adela y Lena son las que más podrían saber sobre libros y sobre cómo colocar el de Copérnico en el mercado negro, ¿no? —reflexionó en voz alta—. Sin embargo, es Jaime quien paseaba al lado del palacio la otra noche.

—Las cámaras de seguridad de las gasolineras y de los negocios locales quizás nos echen una mano, pero llevará tiempo —intervino Camargo—. Antonio Marín, el nuevo juez, ya ha despachado orden de entrega de las cintas a varios locales.

—¿En serio?

—Sí, lo he sabido hace un minuto, justo antes de entrar.

—Vaya con el nuevo juez, así da gusto. Tenemos que verificar la coartada del abogado, en todo caso —recordó Valentina—. Vamos a llamarlo y que venga a la Comandancia, de paso que tenemos que esperar al surfista.

La teniente Redondo tardó menos de cinco minutos en hacerse con el teléfono directo del abogado. Óscar Cerredelo descolgó al segundo tono. Se le notaba nervioso.

—Buenos días, señor Cerredelo. Nos conocimos el otro día en el palacio del Amo, soy la teniente Valentina Red...

—¡Teniente! Qué bien que me llama.

—No me diga.

—Mire, iba ya a salir para Suances, yo no sé qué pasa, pero ese dichoso palacio está maldito, ¿entiende? ¡Maldito!

—Tranquilícese, ¿qué ha pasado?

—Que había quedado con Carlos en que hablaríamos esta mañana a primera hora, que tenía que darle las señas de un médico muy bueno que hay en Santander si le conseguía cita... y nada, no hay manera, no contesta.

—Quizás esté en la ducha...

—¿Durante una hora? ¡Llevo una hora llamando! Y él mismo me envió un mensaje a las siete y pico de la mañana pidiéndome que lo llamase.

Valentina meditó medio segundo.

—Me consta que hoy, en principio, iba a hacer surf en

los Locos, a las ocho; es normal que todavía no haya regresado, no son ni las nueve y media —añadió, mirando el reloj de pared de la sala de juntas.

—Ya he llamado al chiringuito, allí no lo han visto, y siempre pasa para saludar y tomar el café. Han mirado en la playa y nada.

—¿El chiringuito? ¿Se refiere a la cafetería pequeñita del acantilado?

—Esa misma. A estas horas siempre abre para los surfistas.

—Quizás se haya quedado dormido o se le haya quedado sin batería el móvil...

—Que no, teniente, que Green es lo más británico y puntual que hay, y eso que es norteamericano. Y el móvil da señal de llamada, está encendido.

—Bien, espere un momento, no cuelgue.

Valentina se acercó a su mesa y cogió su propio teléfono móvil. Cuando ella se había marchado de casa, Oliver estaba a punto de salir hacia los Locos, donde había quedado con Green. ¿Habría tenido lugar el encuentro? Llamó a Oliver Gordon. Esperó. Daba línea, pero nadie atendía la llamada. Qué raro. O no. Quizás Green le hubiera dado plantón y Oliver hubiera asistido a su última clase sin él. De ser así, tal vez aún estuviera saliendo del agua. Colgó y llamó a Villa Marina. No, Matilda no había visto al señor Gordon, y su coche tampoco estaba. ¿Su coche no estaba? Para ir a los Locos no lo necesitaba. ¿A dónde habría ido tan temprano?

Valentina tomó la decisión de forma inmediata. Dejó su teléfono móvil y recuperó la llamada del fijo.

—Vamos para allí, señor Cerredelo. Vaya usted también, necesitamos hablar un par de cosas. Espérenos en el Cuartel de Suances.

El abogado, nervioso, accedió al segundo. Al parecer, cualquier cosa con tal de no tener que volver a entrar en el palacio del Amo. Cuando colgó, Valentina se apuró en dar instrucciones.

—Camargo, llama a Maza, de Suances. Que vayan inmediatamente un par de guardias al palacio e intenten localizar a Green. Nosotros salimos ahora mismo para allá —dijo mirándolos a todos—. Tú —añadió, dirigiéndose a Sabadelle—, llama al surfista y que se quede en Suances, que vaya al cuartel de allí para tomarle manifestación —ordenó, seria, para pasar a dirigirse a Camargo y Sabadelle a la vez—. Los dos tendréis que encargaros del abogado y del profesor de surf y de revisar sus declaraciones y sus coartadas si Riveiro y yo tenemos faena en el palacio; vamos a ver qué pasa.

Todos asintieron y, en cinco minutos, toda la Sección de Investigación salía volando hacia Suances sin saber que Oliver, justo en aquel momento, acababa de lograr colarse en el interior de la finca del viejo palacio.

Oliver Gordon sabía que no debería estar allí. Que tendría que haber llamado a Valentina o haber acudido a la Guardia Civil de Suances. Pero ella estaba en Santander y, además, ¿qué les iba a decir a los chicos del cuartel? «Veréis, muchachos, había quedado con este chico para hacer surf y me ha dado plantón; he decidido colarme en su casa por si algún *poltergeist* ha hecho travesuras.» ¿Quién se iba a tragar esa historia? Además, de momento solo paseaba por su jardín. Total, solo había saltado el muro. Había dejado de llover desde hacía ya un buen rato y el cielo se había abierto, azul y claro, como si alguien le hubiese refrescado el rostro con agua limpia. Aquellos cambios climatológicos radicales estaban comenzando a ser casi rutinarios: del ambiente casi otoñal al refrescante amanecer estival.

Oliver había dado una vuelta por la finca y había curioseado todo lo posible a través de las ventanas, incluso las del invernadero, sin lograr distinguir señales de vida. El coche del californiano permanecía allí, tal y como lo había visto aparcado la noche anterior al marcharse a casa. ¿Dónde demonios estaría? Había estado esperándolo en la playa de los Locos media hora, y luego lo había llamado al teléfono móvil varias veces sin resultado. No lo conocía lo suficiente como para saber si aquel desplante era propio de Green, pero algo le decía que no. Que algo malo había sucedido.

Oliver se dirigió hacia la salida y pasó bajo un majestuoso magnolio justo antes de volver a saltar el muro hacia el exterior. Tenía el presentimiento de que algo oscuro había sucedido en el palacio, pero ¿y si no era así? Le asaltaron las dudas. ¿Y si Carlos Green era muy formal pero, simplemente, se había quedado dormido? El inglés miró la Quinta del Amo y su torreón oeste por última vez y, encaramándose a uno de los muchos salientes y recovecos del muro de piedra, saltó hacia fuera con decisión. Se dirigió a la puerta principal y miró el teclado de llamada. Antes había presionado el timbre muchas veces, pero nadie había contestado. Él sabía la clave de la llave para entrar, pero desconocía la de la de alarma. Si accedía al palacio y no la marcaba, al cabo de un rato, sin duda, comenzaría a pitar algún dispositivo de seguridad.

Oliver mantuvo el dedo en el aire, dudando una última vez. Si el norteamericano había salido a desayunar despreocupadamente a alguna parte, tendría problemas por lo que ya casi estaba seguro que iba a hacer. Pero si estaba dentro, con que desconectase la alarma, solucionado, ¿no? Oliver tomó aire.

«What the hell», murmuró, presionando los cuatro dígitos que le había dicho Green la tarde anterior. Clic. La puerta se abrió con un suave quejido. ¿Cuánto tiempo tendría antes de que empezase a sonar la alarma? Dejó la puerta abierta y comenzó a correr por el pasillo llamando a Carlos Green a viva voz. Atravesó el gran salón, que parecía dormido en el tiempo, y se dirigió directamente a la cocina, a la encantadora sala del café, al invernadero. Nada. Nadie. Ni siquiera el intrigante fantasma de Jane

Randolph dejando caer su elegante y misteriosa presencia por allí.

En el aire se palpaba el ambiente enigmático y atemporal de siempre. Oliver revisó un par de cuartos más de los de allí abajo sin resultado; no conocía toda la casa, pero, a pesar de eso —sin dejar de llamar a Green a gritos—, subió las escaleras de dos en dos. Llegó a un rellano luminoso con un pasillo repleto de puertas blancas. A pesar de que ya era de día y de que la luz entraba a raudales por las ventanas, allí el aire se le antojaba un poco más ambiguo, menos amable y conciliador que en la sala del café. Comenzó por las puertas abiertas: un dormitorio, que a todas luces debía ser el de Carlos Green. La impresionante cama con dosel estaba deshecha, sin duda había dormido allí. Sobre la mesilla, un teléfono móvil no dejaba de parpadear. Pero ni rastro del escritor. Oliver salió del cuarto y dio unos pasos titubeantes. ¿Qué era aquello? Parecía una vieja sala de baile. Entró. Sobre la barra, un vaso de whisky junto a una botella casi vacía parecía evidenciar que alguien había bebido en soledad. Pero allí, ahora, no había nadie. Decidido, Oliver salió de la sala de baile a buen paso.

—¡Charly! ¡Green!... ¡Carlos Green! ¡Soy Oliver Gordon! —El inglés no pensaba perder el tiempo. Necesitaba averiguar qué había sucedido antes de que la empresa de seguridad o la misma Guardia Civil lo acusasen de allanamiento de morada. Oliver fue abriendo habitaciones sin dejar de llamar a Green, echando un vistazo rápido y sin detenerse especialmente—. Joder, ¿pero cuántos dormitorios tiene esta gente? —se dijo en alto, quizás para calmar sus nervios. Terminó subiendo al primer ático. Nada. Completamente vacío. Avanzó por el pasillo del segundo piso y llegó a las escaleras que daban al ático del ala este. Las subió en cuatro zancadas, apurado. Las puertas estaban abiertas. ¿Qué había allí? Parecía que solo trastos viejos. Tras echar un vistazo rápido, Oliver estaba a punto de darse la vuelta y bajar cuando algo que su retina había memorizado lo hizo retroceder. Aquella habitación a su derecha. ¿Por qué tenía todas las sábanas en el suelo? ¿Por qué allí los muebles y los cachivaches estaban al aire? Detuvo la mirada unos segundos. Un foco de luz con el que no contaba le llamó la atención, porque venía de una rendija de la pared. Se acercó. No era una pared, ¡era una puerta entreabierta! La empujó con suavidad y ya casi sudando: la carrera inspeccionando el palacio y los nervios habían logrado que su corazón latiese fuerte.

—¡Charly!

Carlos Green yacía en el suelo, inerte, y parecía tener un golpe en la cabeza, con sangre que se comenzaba a resecar. Oliver se inclinó e intentó tomarle el pulso. Primero en la muñeca. Después, en la carótida, buscándola en su cuello. Sí, tenía latido, aunque débil. Oliver sabía que no debía moverlo, que podría tener lesiones, pero no pudo evitar zarandear un poco al escritor y darle unas palmadas en las mejillas para intentar reanimarlo.

—¡Charly! ¡Carlos! Despierta, ¡despierta! Mierda, joder. —Se exasperó. Rebuscó algo en su bolsillo—. ¿Y el móvil? Joder, joder, ¿cómo he podido ser tan imbécil? —se lamentó, dándose cuenta de que se lo había dejado en el coche.

¿Qué debía hacer? ¿Dejar allí al escritor e ir a buscar ayuda? Lo sopesó medio segundo. En realidad, no tenía otra opción. Si bajaba él solo a Green por aquellas escaleras, ambos terminarían en el suelo. Abrió bien la puerta y la dejó encajada con uno de los trastos viejos que había allí arriba y salió disparado escaleras abajo. Cuando llegó al vestíbulo, se topó con el cabo Antonio Maza y con el guardia Martín, que tenía un impresionante metro noventa de estatura y una mirada sólida como una piedra.

—¡Maza! —exclamó Oliver al reconocerlo—. Qué alegría que estéis aquí —añadió, con un suspiro de alivio—. ¡Rápido! Llamad a una ambulancia, Green está en el ático, desmayado. No sé lo que le pasa.

Con una mirada, Maza ordenó a Martín que llamase a la ambulancia y siguió el paso de Oliver, corriendo, hacia el ático. Según subían, Oliver miró al cabo sorprendido.

—Y vosotros, ¿qué hacéis aquí?

—Seguir la pista a un allanamiento de morada que nos ha notificado la empresa de seguridad —replicó Maza, enarcando una ceja reprobatoria y dándole a entender a Oliver que tendría algunas cosas que explicar.

—¿Ya? ¿Tan rápido?

El cabo hizo un gesto amistoso en los últimos escalones, reconociendo otra verdad:

—La teniente Redondo nos envió al palacio para ver cómo iba todo y vimos la puerta abierta. El aviso de los de seguridad acaba de entrar hace unos segundos... estos días ya habíamos hablado varias veces con ellos, quedaron en avisarnos si había cualquier incidencia.

—Ah —respondió Oliver, poco convencido. ¿Cómo habría sabido Valentina...? En todo caso, ahora tenía algo más urgente que atender. Por fin, dirigió a Maza al vestidor oculto del ático, donde descubrió que Green permanecía en la misma posición en la que lo había dejado, todavía rodeado de infinitas partículas de polvo en suspensión. El cabo se acercó, le tomó el pulso e intentó reanimarlo.

Por fin, la vida pareció regresar de forma tenue y lenta al rostro del escritor. Abrió un poco los ojos, como desorientado, y miró a Oliver.

—Tú... —murmuró.

—Sí, Charly, soy yo, Oliver Gordon. Estoy con la Guardia Civil y una ambulancia viene de camino —añadió, viendo que Martín acababa de llegar también al ático—. Estás a salvo, tranquilo. ¿Qué ha pasado?

—Ella... ella estaba aquí. Jane me dijo quién era el diablo —explicó Green.

—¿Qué?

—El diablo... Ella lo sabía, estaba aquí —insistió el

escritor, a pesar del evidente esfuerzo que parecía suponerle pronunciar cada palabra. Alzó el brazo esbozando una mueca de dolor y señaló algo tras la espalda de Oliver. El joven se volvió despacio, al tiempo que Maza y Martín hacían lo propio, sin entender nada.

Tras Oliver, se alzaba un imponente espejo antiguo de cuerpo entero con un marco de gruesa madera de caoba. Él ya lo había visto la primera vez que había entrado en el vestidor, pero no había reparado en nada especial. Se puso en pie y observó su propio y borroso reflejo, salpicado de polvo y de marcas de insectos sobre el cristal.

Carlos Green, con expresión de derrota y una lágrima resbalando por su rostro, habló por fin con voz sorprendentemente clara.

—No es tu reflejo, Oliver, es el mío. Yo soy el diablo.

13

El hecho de que alguien haya muerto puede significar que no esté vivo, pero no significa que no
exista.

Niveles de vida, JULIAN BARNES

Christian Valle estaba de mal humor. Todo había salido mal. Él no era un cazador de fantasmas, sino un cazador de fenómenos: sabía que existían, que había hechos inexplicables que investigar, pero a cada paso se sentía más desorientado. Quizás estuviese perdiendo el tiempo, jugando con fantasías que, dentro de cien años, tendrían una explicación tan simple que, de estar vivo, lo harían ruborizar.

El joven, recién duchado y con el sabor del café todavía en sus labios, se puso unos vaqueros negros y una camiseta oscura pulcramente planchada. ¿Por qué vestía de negro? No tenía ni idea, pero así era como se sentía cómodo. En todo caso, su aspecto no resultaba siniestro: su cabello rubio, su aspecto aseado y amable conformaban una aceptable tarjeta de presentación. Christian se dispuso a preparar sobre su escritorio los ejercicios para entregar a sus alumnos por la tarde: no es que su trabajo como profesor de inglés en una academia lo colmase de satisfacción, pero pagaba las facturas. Según revisaba de forma automática los apuntes, rememoraba todo lo que había sucedido la tarde anterior: el profesor Machín inspeccionando el palacio, la gramola en la que había sonado Elvis Presley... Sonrió. Desde luego, aquella música había resultado inquietante, pero si había sido un fantasma quien la había conectado, el *rock and roll* no había sido una elección especialmente siniestra. Y aquella loca... ¡Ay, Amelia! Solo con pensar en ella volvía a enfadarse. ¿Qué pensaba, que aquello era un juego? ¡Él se tomaba muy en serio sus investigaciones! De pronto, comenzó a sonar su teléfono móvil y desvió sus pensamientos para centrarse únicamente en averiguar dónde diablos lo había puesto. Tras un rato buscándolo —y guiado por su insistente pitido—, lo encontró y descolgó.

—¡Por fin! Ya iba a cortar la llamada.

—¿Qué? ¿Quién es, por favor?

—Soy yo, Machín. El profesor al que tiene usted el buen gusto de llevar a casas encantadas.

—Ah, ¡profesor! No lo había reconocido, yo... pensé que ahora estaría en su vuelo para Tenerife.

—Debería, señor Valle, no lo dude. Pero he pospuesto el vuelo. ¿Recuerda que ayer dije que tenía que revisar un viejo caso que podría ayudarme en el del palacio?

—No sé, digo... sí, me suena. Sí, sí, dígame.

—Bien, pues ayer noche hablé con un colega de la universidad, y me envió por correo electrónico la documentación que necesitaba; la he estado revisando hasta la madrugada. Creo que podría darnos la clave de lo que sucede en su palacio.

—¿De veras? —Christian estaba realmente sorprendido y no se molestaba en disimularlo—. ¿Y qué caso es? Quizás lo conozca... —aventuró, porque había estudiado los más relevantes expedientes paranormales de los últimos tiempos.

—Lo dudo —replicó Machín evitando ser displicente—. Es un asunto del año 1912, después se lo explicaré. He intentado contactar con el señor Green, pero no me coge el teléfono, de modo que he decidido ir directamente al palacio.

—¿Cómo? ¿Va usted para allí?, ¿ahora?

—Ahora mismo, en un taxi que, por cierto, ya veo en la puerta de mi hotel. ¡Nos vemos allí!

—Sí... claro —respondió Christian, aunque el profesor ya había colgado. Sin pensarlo ni medio segundo, el joven atrapó al vuelo las llaves de su coche y salió disparado hacia la Quinta del Amo.

La ambulancia volaba. Su sirena y sus luces lanzaban destellos de alarma a los vecinos de Suances que, curiosos, se preguntaban de dónde venía y a quién llevaría dentro. Marcos Rivera era el médico que atendía a Carlos Green; un doctor bastante joven, pero experimentado. Observó al paciente, que volvía en sí y caía en la inconsciencia al poco rato. Por su aspecto, podría haber parecido un varón sano, atlético incluso, con un bronceado saludable. Pero en la palpación abdominal había encontrado un borde duro bajo las costillas del lado derecho: el hígado. Mal asunto: un hígado normal no debería de poder palparse nunca. ¿Qué resultados obtendrían de los análisis de sangre de aquel tipo? Posiblemente, sufriría un déficit de coagulación en la sangre y tendría altos niveles de grasas saturadas. Aquel hígado inflamado y muy posiblemente cirrótico podría explicar el desvanecimiento del hombre que ahora deliraba en la camilla. Y... hum, sí, quizás aquellos moratones.

Un momento, ¿qué decía aquel desgraciado? ¿Algo sobre el diablo? El médico no era capaz de entenderlo. El paciente entremezclaba español e inglés, pronunciando las palabras de forma desvaída e inconsistente. Marcos Rivera pensó que para aquel tipo había unas cuantos posibles diagnósticos, y ninguno bueno: hepatitis C, o B incluso. Fibrosis quística, enfermedad de Wilson, brucelosis... pero en su mente solo se dibujó una única y primera conclusión: «Demasiadas copas, ¿eh, amigo?».

Cuando llegaron a la entrada de urgencias del hospital, Carlos Green estaba semiinconsciente. Cuando horas más tarde intentase recordar qué había sucedido, declararía estar seguro de que Jane Randolph lo había acompañado en todo momento. Como una madre, como una amiga. Cuidándolo. Sin embargo, también sabría que aquello era imposible, porque ella estaba muerta. Pero ¿y si fuese verdad? ¿Y si Jane lo hubiese tomado de la mano de una forma inmaterial que hoy en día aún no acertamos a comprender? ¿Guardarán las almas secretos que todavía desconocemos?

Quizás nuestra energía, al morir, no desaparece sin más: tal vez funcione como el destello suave de una antigua luz, que de vez en cuando se deja ver. Acaso, quién sabe, la muerte permite al alma dejar su impronta en alguna parte, al igual que un cuerpo deja una suave ondulación sobre el colchón cuando se levanta y lo abandona. O quizás, sencillamente, es que existen personas tan extraordinarias que solo con pensar en ellas, aunque no estén, nos llevan a casa.

Oliver supo al instante que Valentina estaba enfadada, y eso que todavía se encontraba a un par de docenas de metros de distancia. La forma de caminar, la determinación en el gesto, el medio segundo en que habían cruzado las miradas... Cuando ella terminó de hablar con el cabo Maza, lo dejó con Riveiro y se aproximó a donde él se encontraba, justo delante de la puerta principal del palacio del Amo.

—Parece que tienes estropeado el teléfono —le dijo directamente, sin saludarlo.

—Cuando te cabreas el ojo verde te brilla más, ¿lo sabías?

—No estoy de broma, Oliver, ¿cómo no me llamaste? ¡Este asunto es muy grave! Llevamos dos muertos en dos días y a saber qué pasa ahora con Green, ¿no te das cuenta? Y a ti no se te ocurre otra cosa que incurrir en allanamiento de morada, tú solo, sin precaución alguna.

—Eres un sol, amor. No te importa lo del allanamiento, sino que haya entrado solo... ¿a que sí?

Ella lo miró enfadada, pero el gesto burlón de él la

desarmó. Era imposible reñir a aquel inglés listillo y sabelotodo.

—Tendrías que haberme avisado, habría enviado a gente del cuartel. Podría haber sido peligroso.

Oliver se acercó, conciliador.

—Ya lo sé, perdóname. Otra vez no accederé ilegalmente a ninguna vivienda sin llamar antes a la Legión, a la Guardia Civil y a la Caballería. A ver, en serio, ¿qué querías que hiciese? ¿Que telefonease al cuartel a las nueve de la mañana diciendo que mi colega de surf no había aparecido? ¿Y si solo estaba durmiendo? Habría quedado como un idiota.

—Claro, tienes razón. Es mucho mejor que tengas antecedentes por allanamiento y que te enfrentes a un posible potencial asesino antes de quedar como un idiota.

—Asesino quién, ¿Green?

—No. Quien quiera que haya estado entrando en el palacio y haya asesinado a la asistenta, para empezar.

—Te preocupas demasiado. Soy un inglés con recursos, me habría zafado de cualquier asesino con una llave de kárate.

—¡Tú no sabes kárate!

—Pero corro rápido, señora Gordon.

¿Señora Gordon? Valentina no pudo replicar, porque justo en aquel instante llegó Christian Valle con paso apurado, casi a la carrera.

—¡Buenos días, teniente! ¿Ha pasado algo? —preguntó el joven, mirando el despliegue a su alrededor.

—Sí, me temo que ha pasado algo. Dígame, ¿qué hace usted aquí?

—He quedado con el profesor Machín, me dijo que venía al palacio hace ya un buen rato.

—¿El profesor? ¿Pero no se iba hoy a Tenerife?

—Sí, pero me ha llamado y me ha dicho que ha cancelado su billete, que cree que sabe qué puede estar pasando en el palacio.

—Vaya, no me diga. ¿Y qué pasa, si puede saberse?

—No lo sé, no me lo ha explicado, solo hablé un minuto con él por teléfono.

Y entonces, como si se tratase de una obra de teatro en la que aparece precisamente el actor que faltaba, el profesor Machín los saludó desde lejos, caminando a paso firme hacia ellos. A su lado, un hombre grueso cargado con una mochila y un gran maletín, le seguía trabajosamente el paso. Tardaron menos de un minuto en llegar a su lado.

—Buenos días —saludó con su suave acento canario—. Qué bien que están todos aquí. ¿Saben si el señor Green está dentro? Quisiera hablar con él.

—Me temo que no —replicó Valentina, seria—. Hace un rato que una ambulancia se ha llevado al señor Green.

—¡No me diga! —exclamó Machín, apesadumbrado—. ¿Qué le ha pasado?

—Todavía no lo sabemos. Oliver lo encontró desmayado esta mañana.

—¡Desmayado! Cuánto lo siento. Esto no hace más que corroborar mi teoría, supongo —masculló el viejo profesor, retorciéndose las manos—. ¿Cree que podría entrar en el palacio un rato, para comprobar una cosa?

Valentina Redondo suspiró.

—El dueño del inmueble no está, y no sé si *esa cosa* revestirá la entidad y gravedad suficientes como para...

—Créame, resulta de vital importancia. Es más, creo que, si tengo razón, se trata de un asunto de vida o muerte. Quizás podamos ayudar al señor Green y, de paso, explicar todo lo que ha sucedido aquí, al menos en cuanto a los fantasmas.

Valentina escrutó durante unos segundos al profesor Machín. Sus arrugas, su aspecto sabio y amable, su premura. Observó también a su acompañante, que hasta el momento no había abierto la boca.

—¿Puedo saber quién lo acompaña?

—Oh, por supuesto, disculpe. Se llama usted Antonio, ¿verdad? —replicó el profesor mirando al hombre, que se limitó a asentir—. Viene conmigo desde Santander, por eso he tardado un poco en llegar —añadió, mirando a Christian como para justificar su tardanza—. Es el único fontanero especializado que he encontrado disponible a estas horas.

—Un fontanero —repitió Valentina, sin acertar a comprender.

—Sí. Por favor, déjeme pasar con él para verificar una cosa y le prometo que después le contaré...

—No, no —atajó Valentina—, lo siento, pero lo que tenga que decirme me lo va a contar ahora.

El profesor Machín suspiró.

—Creo que el señor Green y todos los habitantes del palacio podrían haber estado intoxicándose con monóxido de carbono. Déjeme entrar con el fontanero, venga conmigo y le iré explicando todo —suplicó.

Valentina mantuvo la mirada del profesor medio segundo más, calibrando su credibilidad. Tomó la decisión de inmediato, llamando a Riveiro y a Maza para que la acompañasen.

—Vamos.

—¿Y nosotros? ¿No podemos ir? —preguntó Christian, posicionándose junto a Oliver. El profesor desvió la mirada hacia Valentina, sabiendo que la decisión era suya, y puso una mano sobre el hombro del investigador paranormal a modo de explícito apoyo.

—Quizás nos venga bien algo de ayuda, debemos abrir todas las ventanas de la planta baja de inmediato. Y, por mi parte, no suponen molestia alguna.

Valentina asintió y se dirigió directamente hacia la puerta del palacio, que permanecía abierta. El profesor Machín dirigió al fontanero directamente hacia la vieja cocina, mientras Oliver y Christian se afanaban en abrir todas las ventanas de la planta inferior. La teniente no perdía de vista ni al fontanero ni a Machín, que comenzaba a explicarse.

—Verá, teniente, cuando estuve ayer aquí, me llamó la atención la antigüedad de la cocina, esos viejos tubos que entraban y salían por todas partes y se colaban en la sala del café, pero en ese momento no logré establecer una conexión definitiva con lo que pasaba en el palacio. ¿Sabe qué hizo que mi cerebro oxidado se diese cuenta de lo que ocurría?

—No tengo ni idea.

—¡Las plantas!

—Las plantas. ¿Se refiere al invernadero?

—Exacto. El señor Green me contó que habían sufrido una plaga y que habían tenido que cambiarlas todas, pero no especificó qué había sucedido exactamente. Y ayer me percaté de algo, ¿sabe el qué?

Valentina enarcó las cejas esperando una respuesta. No pensaba seguir aquel juego de alumna-profesor. ¿Aquel hombre no podía ir directamente al grano? Machín continuó hablando, pues, en efecto, su pregunta había sido completamente retórica.

—¡Las plantas volvían a morirse! ¿No se ha fijado? —dijo, y la apremió a dirigirse hacia la entrada del jardín secreto, a solo unos metros. Señaló las flores que comenzaban a marchitarse y las hojas que se empezaban a arrugar, viendo ensombrecido su brillo natural.

—Supongo que eso tendrá que ver con el monóxido de carbono —razonó la teniente—, pero no con los fantasmas. Sigo sin entender...

—¡Tiene todo que ver! ¿Sabe cómo pude saberlo?

—Cómo —replicó Valentina, mirando a Riveiro y armándose de paciencia. Para entonces, Oliver y Christian ya habían terminado y se habían acercado para escuchar las explicaciones del profesor.

—Por un caso del año 1912. Lo había estudiado hace tantísimos años que ya apenas lo recordaba, pero mi vieja memoria le había guardado un hueco. Verán, es interesantísimo. En el año 1921, un oftalmólogo norteamericano, William Wilmer, publicó el caso de uno de sus pacientes, cuya familia, tiempo atrás, había sufrido una especie de posesión por parte de una casa.

—Una posesión —objetó Valentina, rearmándose de estoica y serena paciencia. Cada vez le resultaba más absurdo continuar allí plantada hablando de fantasmas.

—No es lo que piensa. Déjeme explicarle —se apuró el profesor—. Cuando el paciente de Wilmer y su familia se mudaron a aquella casa, esta llevaba unos diez años deshabitada. Ellos pensaban que la vivienda estaba teniendo una influencia extraña sobre sus cuerpos: dolores de cabeza, cansancio, falta de apetito... y lo peor era que los niños eran los más afectados. Pero al parecer había una estancia especial, que era el comedor. Allí el padre sentía presencias, y todos en la casa habían sufrido alguna experiencia extraordinaria: escuchaban pasos, ruidos extraños en mitad de la noche, o incluso una campanilla en la puerta, aunque ellos no tenían ninguna. Con el tiempo, la situación empeoró; la madre terminó viendo a un fantasma hasta en tres ocasiones, y el padre de familia llegó a sentir cómo unas manos huesudas intentaban estrangularlo una noche. Si se fijan, ya tenemos algo en común con lo que sucede en la Quinta del Amo.

—El qué —preguntó Riveiro, ensimismado con el relato.

—Que, al igual que en nuestro palacio, ninguno de los ocupantes de la vivienda tenía la misma visión ni la misma experiencia paranormal. Cada cual sufría la suya propia, aunque por lógica algunas alucinaciones llegaron a ser comunes... por causa de la autosugestión, por supuesto.

—Señor Machín, le ruego que abrevie —le pidió Valentina, intentando no ser brusca—. ¿Qué tiene todo eso que ver con el monóxido de carbono?

—Todo, teniente. En el caso del doctor Wilmer, supieron que algo malo sucedía de verdad cuando las plantas comenzaron a morir. La autosugestión, la fantasía, la imaginación... todo aquello podía estar solo en sus cabezas, pero la muerte de aquellos seres vivos era real.

—Como aquí...

—Exacto. Investigaron y, gracias a un familiar de los pacientes, supieron de un caso parecido en el que las fugas de monóxido de carbono de una vivienda habían provocado en los inquilinos toda clase de impactos: desde visiones hasta la sensación constante de ser vigilados; por eso terminaron contactando con Wilmer y descubrieron que, en efecto, estaban intoxicados por culpa de una fuga en el sistema de calefacción.

—¿Nos está diciendo que la intoxicación de monóxido de carbono provoca la visión de fantasmas?

—Eso y mucho más. El monóxido de carbono no solo es incoloro e inodoro, sino muy difícil de detectar. En grandes cantidades, es letal para el ser humano, pero las dosis pequeñas y continuadas pueden generar una intoxicación crónica con todo tipo de alucinaciones.

—Vaya —acertó a decir Valentina, asombrada—. Entonces, el fantasma que Green creía ver... Jane, ¿era una alucinación por culpa del monóxido de carbono?

—No lo sé, pero es muy posible. La exploración médica que le realicen será determinante. Piense que, si estoy en lo cierto, él trabajaba justo al lado del foco de la fuga durante muchas horas al día. Y el jardinero, cuando venía a cuidar el invernadero, también.

—Por no hablar de la asistenta, que cocinaba aquí —completó Oliver, pensativo.

Christian sonrió con cierta tristeza, mirando con admiración al viejo profesor.

—Parece que usted siempre tiene una respuesta. Si tiene razón, sería increíble que algo así sucediese en pleno siglo XXI.

—No lo crea, Christian. Las intoxicaciones por calentadores de agua y hornos a gas son muy habituales. De hecho, sigue siendo una de las principales causas de muerte doméstica en Estados Unidos.

Unos sonoros pitidos distrajeron a todos de la conversación, provocando que desviasen su mirada hacia Antonio, el fontanero, que llevaba un aparato entre sus manos. El hombre miró al profesor Machín.

—Ya he cerrado la fuente de emisión, pero mire el detector de fugas —señaló, alzando el aparato que llevaba entre manos—. El nivel de monóxido de carbono en el aire es de casi 0,04... y creo que están dañados los dos principales gasodomésticos de la casa, tanto el horno como el calentador de agua. Quizás lleven meses en este estado, la instalación es muy antigua.

—¿Y cuál tendría que ser el nivel normal de monóxido de carbono? —preguntó Riveiro, que no había podido evitar sacar su libreta para realizar anotaciones, como de costumbre. El fontanero frunció el ceño, mostrando su preocupación.

—De forma natural, en el aire debería haber un máximo de un 0,001 de monóxido de carbono. Con 0,04 ya estamos ante un caso grave, con posibles desmayos y pérdida de juicio... ¿Saben? Una vez vi cómo con solo dos horas de exposición a una estufa en mal estado, fallecieron dos ancianos, aunque en ese caso la fuga ya llegaba a niveles de 0,4.

Valentina miró a Oliver, que le devolvió la mirada con incredulidad. ¡Los dos días que habían pasado en aquel palacio también ellos habían estado intoxicándose! Pero la teniente Redondo no pensaba en el riesgo personal que todos habían sufrido. Ni siquiera se le había pasado por la cabeza. Valentina consideraba satisfactorio desvelar algunas sombras, pero solo se trataba de fantasmas. Quien a ella le preocupaba era el asesino de la asistenta, que además había incendiado la casa del servicio. Quien quiera que fuese, tenía la clave de entrada al palacio y accedía a él cuando lo deseaba. Y lo hacía desde mucho tiempo atrás, incluso desde antes de que llegase Carlos Green, de modo que tenía que ser alguien de la zona. El investigador paranormal interrumpió sus pensamientos:

—Es decir —razonó Christian mirando al profesor—, que todo lo que ha sucedido aquí es mentira. No hay fantasmas, aunque hasta tres personas los viesen.

—Cada uno debió de verse afectado dependiendo de su constitución física y según su tiempo de exposición a la fuga —explicó Machín.

—¿Y Muriel...?

—Ya hablamos de eso, Christian. La autosugestión es poderosa.

—¿Y la gramola? Sonó justo cuando pedimos una muestra de presencia...

Machín suspiró, intentando no decir nada que pudiese dejar en evidencia al investigador paranormal. Comprendía su interés, su vehemencia, su necesidad de entender, pero las casualidades no forjaban fantasmas reales, solo imaginarios.

Sin embargo, Oliver tuvo una idea: ¿por qué demonios se iban a quedar con la duda?

—Yo propongo abrir la *jukebox*. Quizás haya un cortocircuito ahí dentro que lo explique todo. Green dijo que la puerta estaba atascada, u oxidada, o algo así, ¿no? —dudó, mirando a Valentina y pidiendo permiso en silencio. A fin de cuentas, en aquel momento ella era la autoridad en el palacio del Amo.

—Id a ver. Ya metidos en barro... —concedió Valentina. De pronto, tuvo una idea que a ella misma le hizo gracia—. Si encontráis ahí dentro un libro viejo, avisadme enseguida.

Riveiro miró a la teniente, asintiendo con una sonrisa. ¿Por qué no? La vieja Martha Green podría haber accedido fácilmente a la gramola. Quizás no fuese mal lugar para esconder cosas. Valentina continuó organizando las siguientes actuaciones:

—Maza, quédate con ellos. Ahora mismo te mandaré un par de guardias para que vengan a ayudarte. Llama al hospital inmediatamente e infórmales de la posible intoxicación de Green por monóxido de carbono; después, contacta con la empresa de seguridad para que cambien de inmediato la clave de entrada y que nos faciliten la nueva exclusivamente a nosotros, de momento. Cuando tengas todo despachado, verificad las ventanas y las puertas de todo el palacio y cerrad el inmueble precintando la puerta principal y los accesos de la terraza, ¿conforme?

—Sí, teniente —replicó Maza, solícito, marcando ya el contacto del hospital al que habían llevado a Green.

—Nosotros vamos al cuartel para continuar trabajando —añadió Valentina mirando a Riveiro; tenían un caso de asesinato que resolver y dos sospechosos en el cuartel de Suances a los que Sabadelle debería de estar ya torturando con sus preguntas justo en aquel momento.

Valentina y Riveiro se despidieron de todos con rapidez; Oliver sonrió al apreciar el tono cálido de ella al mirarlo diciendo un «luego hablamos»: ya no estaba enfadada. A fin de cuentas, parecía que por lo menos habían resuelto el misterio de los fantasmas.

Oliver y Christian se dirigieron al interior del jardín secreto. Era cierto que aquel espacio era encantador, como si el tiempo hubiese dibujado secretos asideros de calma en cada rincón. El genio del lugar, aquel duende soñador, permanecía inalterable mirando el horizonte sobre su bola del mundo. En el margen opuesto de la habitación reposaba aquella gramola norteamericana que, de forma mágica e instantánea, empujaba la imaginación a los años cincuenta. Oliver la separó un poco de la pared y, agachándose, observó su parte posterior.

—Pues sí que está hecha polvo... mirad la puerta para los discos, está atornillada, pero las cabezas de los tornillos están comidas por el óxido.

—Habrá que hacer palanca —supuso Christian, buscando ya con la mirada algún instrumento que les sirviese de herramienta.

Encontraron utensilios de jardín bajo una mesita sobre la que reposaba un extraordinario bonsái. Con mucho cuidado, hicieron palanca hasta lograr abrir la portezuela posterior de la gramola, que llegaba a Oliver casi a la altura del pecho. Cuando por fin cedió, todos observaron con curiosidad su interior, incluso Machín. Sin embargo, allí no parecía haber nada fuera de su sitio: el mecanismo antiguo propio de aquella vieja maquinaria, solo algo lleno de polvo. Y un montón de discos por los que, sin duda, algún coleccionista pagaría un dineral. Christian masculló algo como que «seguía habiendo cosas inexplicables», al tiempo que, entre él y Oliver, volvían a cerrar con cuidado aquella enorme caja de música.

¿Qué habría sucedido, entonces? ¿Por qué había sonado aquella gramola justo antes de aparecer el fantasma de Jane por primera vez? Posiblemente el escritor había imaginado aquella aparición: ahora sabían que podía haber sufrido alucinaciones. Y muy posiblemente hubiese visualizado a Jane rescatando las imágenes de aquella joven que su tía y su abuela le habían mostrado en viejas revistas de la biblioteca. Una mujer tan guapa y con aquella historia habría impresionado a cualquier niño. Pero ellos, todos ellos, habían escuchado cantar a Elvis Presley la tarde anterior justo cuando habían solicitado a un fantasma imaginario que les diese una señal. ¿Existían aquel tipo de casualidades? ¿O seríamos el resultado de un destino prescrito y sellado que jugaba con nosotros? Oliver no sabía por qué la dichosa gramola funcionaba sola, ni por qué lo hacía en momentos concretos. Tal vez existan misterios que deban permanecer siempre ocultos para otorgarle algo de magia al tiempo.

De pronto, Oliver alzó la vista. Se había sentido observado. Posiblemente su propia imaginación y los restos de monóxido de carbono que sin duda aún permanecían en el aire estaban jugando con su cerebro, pero juraría que el duende del lugar, en vez de contemplar el horizonte con la barbilla apoyada sobre sus manos, lo había mirado con curiosidad y, burlón, le había sonreído. Después, había recuperado su inalterable y eterna pose soñadora, ajeno de nuevo a los hombres y mirando pasar el tiempo desde su jardín secreto.

Cuando Valentina Redondo y Jacobo Riveiro llegaron al cuartel de Suances, a menos de cinco minutos del palacio del Amo, comprobaron que el subteniente Sabadelle y el cabo Camargo ya habían terminado con Óscar Cerredelo, el abogado.

—La noche de autos se marchó directamente a una cena con compañeros del bufete, parece que hay fotos y testigos de sobra que lo corroboran —le explicó Camargo a Valentina en una sala aparte.

—Vaya. Un negrito menos.

—Sí, eso parece. Dentro tenemos todavía a Jaime Feijoo, el profesor de surf. Ha reconocido haber pasado por delante del palacio antes del asesinato y el incendio, pero no ha querido explicar qué hacía allí ni adónde se dirigía.

—¿No ha querido? —preguntó la teniente, incrédula y alzando las cejas.

—Sabadelle está en ello, teniente.

—Vale, gracias, Camargo. Voy a seguir yo con Sabadelle. Por favor, llama al hospital cada poco tiempo y que te verifiquen la evolución de Green. Maza acaba de contactar con ellos para informarlos de su posible intoxicación por monóxido de carbono, pero debemos estar atentos. Cuando venía para aquí ya he informado al capitán Caruso de las novedades, pero si llama pasádmelo enseguida. Riveiro —añadió mirando al sargento—, mientras continúo yo con Sabadelle, encárgate de verificar las coartadas de la librera y de la bibliotecaria, las tenemos pendientes. Riveiro asintió y Valentina, antes de entrar en la sala donde estaba Sabadelle, hizo una llamada de teléfono.

—¿Clara?

—Sí, soy yo. Dime.

—Oye... parece que podría haber una fuga de monóxido de carbono en el palacio del Amo.

—Vaya, ¡no me digas! Qué interesante...

—A ver... los signos de intoxicación del jardinero, ¿podrían ajustarse a un tóxico así?

La forense pareció pensárselo durante unos segundos.

—Sí... podría ser. Mierda, ¿cómo no me di cuenta? ¡Claro que podría ser!

—Vale, ¿y eso podría haberle ocasionado el infarto?

—Bueno, sí, pero depende del grado de intoxicación y de otros factores. A ver, hasta que no tenga los resultados de tóxicos no puedo dar respuestas concluyentes, ya lo sabes —se lamentó, a pesar de estar acostumbrada a que todos los investigadores creyesen que ella era una enciclopedia andante, con respuestas infalibles en su cabeza—. Pero, desde luego, los pulmones edematosos, el tipo de lividices, la congestión vascular... sí —confirmó, como si hablase consigo misma—, todo puede apuntar a una intoxicación por monóxido de carbono. Pero insisto...

—Sin los análisis no puedes confirmarlo —atajó Valentina.

—No, no puedo. Aunque si la intoxicación era moderada, con ella podrías explicar el malestar y las alucinaciones, pero pudo sufrir el infarto por otros motivos, el individuo ya tenía un historial en ese sentido.

—Ya. Un millón de gracias, Clara, no sé qué haría sin ti.

—Llamar a otra forense.

Valentina sonrió, acostumbrada a ese tipo de broma con Clara, que restaba solemnidad a aquellos casos que siempre hurgaban en la muerte y en la miseria humana. Ambas se despidieron, y la teniente entró en la sala en la que se le tomaba manifestación al profesor de surf. Llegó en plena confesión.

—No me joda —le decía Sabadelle al veterano surfista—. ¿Estaba teniendo un lío con la artista? ¿Con Marlene?

—Por favor, sean discretos —suplicaba el hombre desesperado—. Les juro que no tengo nada que ver con lo que ha sucedido en el palacio. Y si el marido de Marlene se entera, ella tendrá serios problemas.

—Si no nos cuenta toda la verdad, quien tendrá serios problemas será usted —intervino Valentina, que tomó el mando del interrogatorio de forma tácita y se sentó junto a Sabadelle.

—Teniente —explicó el subteniente chasqueando la lengua—. Al parecer, el señor Feijoo tenía una relación con una mujer del club de lectura, Marlene. La que tenía el marido panadero que se acostaba temprano —añadió con malicia. Valentina miró al profesor de surf.

—Dígame, ¿qué hicieron aquella noche?

—Estuvimos en su casa.

—¿Con el marido dentro?

—Fue algo excepcional, casi nunca voy allí, pero su marido toma pastillas para dormir... nosotros estuvimos en el piso de abajo, él siempre descansa arriba. ¡Hace años que duermen separados!

—Vaya. Una cita un poco arriesgada.

—No siempre se pueden hacer las cosas como a uno le gustaría... Nos queremos —replicó Jaime con brillo en los ojos, como si el amor justificase cualquier falta. Valentina no pudo dejar de apreciar su buen aspecto, lo jovial que parecía, a pesar de tener edad de jubilarse. El deporte y el mar parecían haberle dado una segunda juventud.

—Se querrán mucho, pero ella no deja a su marido —objetó Sabadelle con sarcasmo.

—La amenazó con suicidarse si lo abandonaba. Ella es tan buena que...

—Espere —le cortó Valentina, pragmática y sin ganas de escuchar telenovelas—. Entonces ¿nadie puede corroborar que estuviesen ustedes dos juntos aquella noche?

El hombre dudó.

—Bueno, ella misma y su amiga Carmen, que vino un momento a traerle unas telas y me vio allí.

—No son muy discretos, por lo que veo.

—Son amigas. Carmen ya sabía lo nuestro, llevamos

viéndonos casi tres años. ¿Por qué cree que me metí en el club de lectura?

Valentina suspiró cansada.

—Ya veo que no fue por amor a los libros. Dígame, ¿hasta qué hora estuvo en casa de Marlene?

—No lo sé exactamente, pero me quedé poco tiempo. Aunque vive cerca del palacio, cuando empezó el incendio no nos enteramos. Pero después, con las sirenas de los bomberos y todo el revuelo, decidimos que era mejor que me marchase.

—No fuera a ser que se despertase el panadero —apuntó Sabadelle, irónico.

—Le aseguro que con esas pastillas no hay nada que lo despierte, no nos preocupaba él, sino que me viesen salir de su casa los vecinos. No crean que nos solemos citar allí, la otra noche coincidió así y nada más —explicó Jaime, vehemente. Valentina lo observó en silencio durante unos segundos, y tuvo la sensación de que decía la verdad.

—Ahora tendremos que volver a hablar con Marlene y la vecina que usted dice que los vio juntos. Lo entiende, ¿verdad?

Jaime Feijoo se limitó a asentir, resignado. Valentina continuó hablando.

—Descuide, procuraremos ser discretos. Dígame, cuando salió de casa de Marlene, ¿volvió a pasar cerca del palacio?

—Oh, no, imposible. Estaba todo cortado por los bomberos y la Guardia Civil. Vi todo desde lejos.

—¿Y hubo algo que le llamase la atención? ¿Charló con algún vecino? ¿Le extrañó alguna cosa?

El hombre se encogió de hombros; parecía estar haciendo algún tipo de esfuerzo para recordar.

—No, la verdad. Tampoco me paré con nadie, no quería que me viesen por allí. Yo vivo abajo, en la zona del puerto, no en el centro de Suances, ¿entiende? Sería un poco raro explicar un paseo en solitario por allí, a aquellas horas y un día entre semana.

—Entiendo. ¿Y conocía usted a Pilar Álvarez?

—¿A quién?

—La mujer que falleció en el incendio, la asistenta del palacio del Amo.

—Ah, no, ni idea. Le juro que no le pongo ni cara, dudo que la haya visto nunca. Ya le he dicho que yo siempre estoy en la parte baja del pueblo y en la playa, casi nunca subo al centro.

—Pero a Leo sí que lo conocía del club de lectura.

—Sí, es verdad. Siento mucho que falleciese, era un buen hombre.

—¿Habló usted con Marlene o con Leo sobre el libro de Copérnico?

—¿El libro de qué...?

—Copérnico. Nos consta que Martha Green los informó a todos sobre la existencia de ese libro en el club de lectura que hicieron en el palacio.

Durante unos segundos, en la expresión de Jaime Feijoo permaneció la extrañeza. Después, pareció recordar.

—Ah, sí, es cierto —reconoció con aparente desinterés—. Martha iba a hacer una donación a la biblioteca o algo así, pero luego se murió y creo que la cosa se quedó en nada. ¿Por qué iba yo a hablar de eso con Marlene? ¡Y mucho menos con Leo! En los últimos tiempos andaba un poco raro.

—¿Ah, sí? ¿Vio algo extraño en su comportamiento?

—No exactamente en su comportamiento —dudó, como si rebuscase las palabras exactas—. Ya le digo que era un buen tipo, lo conocía desde hace un montón de años. Era lo que decía, estaba obsesionado.

—Obsesionado con qué.

—Con el palacio, decía que había algo raro allí, que se le morían las plantas y que él no encontraba ni pulgones ni arañas ni nada, que él era un buen jardinero y que eso era culpa de los espectros de la mansión... en fin, historias. Quizás empezase a tener demencia, no lo sé.

—Quizás. ¿Le contó algo más sobre el palacio o sobre si había visto a alguien extraño por allí?

—¿Alguien extraño? No, qué va. Solo hablaba de fantasmas, de luces y de ruidos, se lo contaba a todo el mundo; daba la tabarra en el club de lectura, en el bar del puerto, a los pescadores... Y me consta que hasta en las partidas de bolos que iba a echar a Hinojedo.

Valentina mantuvo la mirada fija en el veterano profesor de surf, aunque sin verlo. De pronto, algo en su cerebro había conectado datos que, como el propio profesor Machín habría dicho, hasta el momento habían estado dormidos, aletargados; esperando que alguien uniese las escasas piezas del que ahora parecía un puzle sencillo y evidente. Valentina se levantó sin dejar de mirar al viejo surfista, ante la sorpresa de este y del propio Sabadelle, que no entendía por qué de pronto se había quedado callada y se había puesto en pie. ¿Cómo iba él a suponer que Valentina acababa de descubrir quién era el asesino del enigmático palacio del Amo?

14

No te das cuenta de que los muertos se van cuando deciden dejarte de verdad. [...] Lo compararía con una mujer [...] en la que nadie se fija hasta que sale a hurtadillas. [...] Es como una brisa inexplicable en una habitación cerrada.

Desde mi cielo, ALICE SEBOLD

Valentina y Riveiro entraron en la biblioteca municipal de Suances con calma, pero también con la determinación propia de aquel que se presenta solicitando explicaciones. Sabadelle y el cabo Camargo los siguieron hasta la puerta y, atentos, se quedaron en el vestíbulo principal por si surgían complicaciones.

—Buenos días, Sergio —saludó Valentina, viendo al ayudante de la biblioteca tras el mostrador—. Queríamos ver a Adela, ¿no está aquí?

—Sí, claro, ¿dónde iba a estar? —confirmó el joven sin disimular lo molesto que le resultaba verlos otra vez por allí—. En su despacho —se limitó a añadir, señalando con la mirada una habitación acristalada, justo al lado de la zona infantil. Valentina localizó visualmente la oficina, en la que no había reparado en su anterior visita. De un vistazo, comprobó que en la biblioteca apenas habría una docena de personas: estudiantes vagamente concentrados y jubilados que leían tranquilamente la prensa diaria. Ella y Riveiro se acercaron a la puerta dejando a su paso, a ambos lados, mesas decoradas con homenajes a Cervantes y a la propia Elena Soriano, que daba nombre a la biblioteca.

El estrecho despacho de Adela se veía perfectamente desde fuera, ya que tanto la puerta como la pared que daban a la sala principal eran de un cristal transparente y sólido. En su interior había dos sillas, una mesa y un gran ventanal con vistas a la ría de San Martín. Un lugar repleto de libros, de hojas y apuntes bien ordenados. Eso la reconfortaba. Por mucho que su obsesión por el orden se hubiese suavizado, para Valentina habría supuesto un sacrificio entrar en un despacho revuelto y caótico. Adela parecía muy ocupada en su escritorio, y solo alzó la vista cuando Valentina y Riveiro abrieron la puerta sin llamar. La teniente le mantuvo la mirada durante unos segundos, intentando calibrar la verdadera esencia de la persona que tenía delante.

—Buenos días, Adela. Queremos hablar con usted. En el cuartel.

No hizo falta más. Adela lo supo. La forma en que la había mirado aquella extraña teniente, con sus enigmáticos ojos de dos colores, evaluándola como si fuese la primera vez que la veía. La seriedad de su tono, su determinación. El modo en que el sargento Riveiro se posicionaba tras ella, alerta; sin libreta entre manos, con labios apretados y mirada atenta. Dispuesto para actuar. Sin embargo, sin saber bien por qué, aun siendo plenamente consciente de haber sido descubierta, Adela jugó a fingir normalidad. Disimuló para sí misma, por unos segundos, que el mundo iba a seguir girando sin que nada malo sucediese, como si todo hubiese sido un sueño.

—¿En el cuartel? —preguntó, simulando sonreír. Se retiró las gafas con una expresión pretendidamente jovial—. Tengo mucho trabajo, no sé si sería posible que me acercara en otro momento, tengo bastante jaleo. Y, hoy, precisamente...

—No, me temo que no será posible retrasarlo —replicó Valentina, tajante. Adela suspiró. Si la habían descubierto, no tenía sentido perder el tiempo.

—No entiendo, no sé cómo han podido... ¿cómo lo han sabido? —murmuró, derrumbándose antes de lo que Valentina esperaba. La teniente se aproximó.

—Usted misma se delató.

La bibliotecaria, sin decir nada, frunció casi imperceptiblemente el ceño, transformando su rostro en un gran interrogante. Valentina la miró con un destello de conmiseración.

—Dijo que Leo Díaz nunca había comentado nada inusual sobre el palacio del Amo. Nada sobre fantasmas ni sobre ruidos ni luces nocturnas, cuando en realidad era algo que le atormentaba tanto que se lo contaba a todo el mundo. Algo que también le confió a usted y a todo el club de lectura, según sabemos.

—Pero eso no prueba nada, yo...

—Usted quería que pasase por un anciano al que le fallaba el corazón. Por eso no dijo nada sobre lo que ocurría en la Quinta del Amo. Porque era usted la que entraba por las noches, buscando el libro de Copérnico. Lo que pasa es que no contaba con que Sergio nos desvelase su existencia. Por eso fue tan amable y expeditiva mostrándonos cuántas personas sabían de la existencia del libro. Reaccionó rápido y fue usted muy lista, lo reconozco.

—No entiendo cómo ha podido llegar a estas conclusiones —objetó Adela, que de pronto se había enardecido, quizás pensando que no estaba todo perdido, que aquello no eran más que conjeturas que no podían condenarla. Valentina se dio cuenta de su cambio de ánimo, de su nueva actitud defensiva. Sonrió, manteniendo la mirada a la veterana bibliotecaria.

—Llegamos a estas conclusiones por muchos motivos. Porque usted estaba especialmente interesada en ese libro, porque nos mintió sobre Leo Díaz, y porque sus palabras también la han traicionado. La noche del incendio, supuestamente usted estaba cuidando a su marido en su casa de Hinojedo. Sin embargo, nos detalló cómo las llamas llegaban a los cables, lo espantoso que había sido el siniestro. ¿Cómo es posible que lo viese, si usted vive a varios kilómetros del centro de Suances?

—Pudieron contármelo... —murmuró ella con gesto dubitativo. Valentina suspiró.

—No, Adela. Seré yo quien le cuente algo. Ahora

mismo tengo a personal del SECRIM tomando huellas en todo el palacio, en especial en la botonera de entrada, donde usted marcaba la clave para entrar en la Quinta del Amo. No tengo ninguna duda de que vamos a encontrar sus huellas recientes no solo en la entrada, sino en muchas de las habitaciones. Y no va a tener usted justificación posible para haber accedido a muchas de ellas.

De pronto, aquel dato pareció ser determinante e indiscutible. Algo tangible y real que podía incriminarla y para lo que no tenía explicación exculpatoria. Adela pareció tomar conciencia de que aquello era definitivo, de que ya no podía seguir jugando a escurrirse de sí misma ni fingir que había sido otra persona quien había hecho lo que ahora le pesaba. ¿Cómo había llegado hasta allí? Por fin, dejó de luchar consigo misma, de reconocerse y de negarse de forma consecutiva y absurda.

—Yo no quería hacer daño a nadie, se lo juro. Solo quería el dichoso libro. Comencé a buscarlo con calma, pero después tuve que apurarme porque vino el nieto de la señora Green. Iba a vender el palacio con aquel tesoro escondido allí dentro. Seguramente lo derribarían para construir apartamentos. Y a los Green les sobra el dinero, ¿entiende? Yo no perjudicaba a nadie. Solo quería el libro. Era nuestro, Martha nos los había prometido... ¡Nos lo había prometido!

—Y usted decidió buscarlo. Imagino que la propia Martha le dio la clave para entrar —razonó Valentina mirándola fijamente—. Confiaba tanto en usted que le resultaba más cómodo facilitarle el acceso para que le llevase sus lecturas que tener que esforzarse en descodificar la alarma desde su silla.

Adela no contestó, pero la sorpresa en su rostro desveló que Valentina tenía razón. La vieja Martha Green, tan generosa, tan confiada. Pasaba tantas tardes en soledad leyendo en aquella maravillosa terraza. ¿Qué importancia tenía que ella tuviese la clave para entrar? Solo accedía al palacio para facilitarle la vida a la señora Green, para charlar sobre libros. Adela nunca había pensado nada más allá. No al menos hasta que Martha se fue sin darle aquello que le había prometido. Aquel libro podía significar tanto para la biblioteca, para los que amaban la literatura, para los que entendían que sin libros y sin historias para soñar estaban perdidos. La vida era tan triste, tan corta y limitada. Ella solo quería potenciar la posibilidad de dar algo más de brillo a las existencias que la rodeaban, crear el hábito real de amar los libros y esos otros mundos en los que reposar. Para colmo, cuando le había pedido a Martha que al menos le mostrase el ejemplar de Copérnico, esta le había dicho que lo tenía escondido en el palacio, sin querer desvelarle dónde. Pero la bibliotecaria no le explicó nada de esto a Valentina, que la miraba inquisitiva y que no pretendía darle ningún respiro.

—El registro de entradas y salidas del palacio desvela que alguien accedió desde el exterior poco antes de que falleciese Leo Díaz —continuó diciendo Valentina sin desvelar que, en realidad, no tenía claro aquel episodio—. Imagino que ambos se encontraron en el recinto.

—No, no, se equivoca —se apuró a negar Adela—. Nunca nos encontramos. Yo estaba en la parte alta de la torre este buscando *mi* libro, no tenía ni idea de dónde lo habría puesto Martha.

—Pero ella estaba inválida, no podía subir a los pisos superiores. ¿Por qué estaba buscando el libro allí?

—Porque ya había rastreado toda la planta inferior y Martha podía haber ordenado a cualquier miembro de su servicio que subiese el libro a cualquier parte. No sé, tal vez lo hubiera camuflado en un paquete de ropa o de lo que fuese... la señora Green era muy lista —añadió Adela, casi con nostalgia. Valentina, por un segundo, se imaginó a la vieja señora Green y recordó el cariño con el que su nieto le había hablado de ella. Sintió deseos de haberla conocido.

—Si estaba usted en la torre este y no se cruzó con el jardinero... ¿qué sucedió?

—Fue mala suerte —se lamentó la bibliotecaria. Se llevó la mano derecha a la sien y se la frotó como si así pudiese borrar aquel recuerdo—. Miré por la ventana y él estaba allí, observándome. Era de noche, no sé qué creyó ver. Vi que se llevaba la mano al pecho, pero le aseguro que me marché enseguida, no tenía ni idea de que le había dado un ataque al corazón, lo juro.

—La omisión del deber de socorro también es un delito —apuntó Valentina, que no tenía intención de ceder un milímetro.

—¡Le digo que no lo sabía! Pensé que se había asustado, nada más. ¡Yo también me asusté! Me fui corriendo y, con las prisas, me dejé la chaqueta allí —explicó, negando con la cabeza—. Hacía tanto calor...

—¿Por eso volvió la noche siguiente? ¿Por la chaqueta?

Adela asintió mientras las lágrimas comenzaban a deslizarse por su rostro.

—Yo nunca habría hecho daño a nadie, de verdad. No era mi intención. Tuve que regresar, y me había prometido que sería la última vez. Solo por la chaqueta, para que nadie la encontrase ni se me pudiese vincular con nada de esa maldita casa, se lo juro. Entrar en el palacio ya no era un juego, ¿entiende? Habían estado ustedes allí todo el día, y Sergio les había contado lo del libro... ya lo daba por perdido.

—Pero se encontró a Pilar Álvarez —intervino Riveiro, que no perdía el detalle de ninguno de los gestos y palabras de la bibliotecaria. Esta lo miró, incapaz de contener las lágrimas.

—Se puso muy violenta, comenzó a gritarme...

—A ella sí que se la encontró dentro del palacio, imagino —quiso saber Valentina.

—Sí. Ya me estaba marchando. Si me hubiera ido unos segundos antes, no nos habríamos cruzado, no habría pasado nada —se lamentó, derrotada—. Fue mala suerte. Pero aquella mujer estaba completamente loca, de verdad. Me dijo que yo era fruto del diablo, que venía de algún lugar oscuro de aquel palacio... No había forma de tranquilizarla. Se fue corriendo a la casa de servicio para llamarlos a ustedes.

—Y usted la siguió.

—¿Qué iba a hacer? ¿Dejar que aquella loca tirase por el suelo mi trabajo, mi reputación? Tampoco tenía muchas excusas creíbles para estar allí dentro... Después, ocurrió todo muy rápido. Quise quitarle el teléfono, explicarme, pero esa mujer estaba tan histérica que hasta me dio una bofetada —explicó, con rabia—. En cuanto se dio la vuelta, cogí lo que primero que vi a mano y la golpeé en la cabeza. Les juro que no tenía intención de matarla, solo quería explicarle, en fin...

«Ahora solo falta que diga que fue en defensa propia. Homicidio imprudente», pensó Valentina, asombrada de cómo la bibliotecaria justificaba cada uno de sus actos manipulando causas, intenciones y finalidades. La vida misma. Adela continuaba hablando, contando aquella noche en la que ella, inocente, había asesinado a una mujer.

—Fui al garaje y encontré un bidón pequeño de gasolina. Había unos cuantos... solo cogí uno. Esparcí el líquido lo más que pude y prendí fuego. Iban a investigar en la casa de la criada y yo no sabía cuántas de mis huellas podría haber allí... ¿qué otra cosa podía hacer?

—Podría haber quemado también el palacio —observó Riveiro—. Sus huellas también estaban allí.

—¿Qué? No lo pensé —reconoció la mujer, secando momentáneamente su llanto, sorprendida por el detalle. Valentina miró al sargento con un gesto de asombro y de sarcástico reproche: «Muy bien, Riveiro, dando ideas a asesinos confesos». La bibliotecaria continuó hablando.

—Ni se me pasó por la cabeza volver al palacio... quizás porque no era el escenario del crimen —observó con una media sonrisa, gastada y triste, como si hubiese visto de pronto sus propios actos desde otro ángulo que antes no había considerado—. Además, tampoco sabía si el escritor estaba dentro; solía acostarse muy temprano. Nunca le habría hecho daño... ¡no soy una asesina!

Valentina y Riveiro se miraron medio segundo. Aquella mujer era pura contradicción. En un momento se confesaba, y en otro consideraba que carecían de pruebas contra ella. Después, explicaba cómo y por qué había llegado a matar, pero no consideraba ser una asesina. Sin embargo, había confesado todo lo que había hecho persiguiendo un tesoro que nadie parecía haber visto. Valentina, antes de detenerla formalmente, le formuló una última pregunta, llena de curiosidad.

—¿Encontró usted el libro de Copérnico?

Adela la miró y bajó la vista de nuevo, negando con la cabeza y volviendo a sollozar, como si lamentase más no haber logrado aquel primer objetivo que el hecho de haber sido descubierta. Como si los fines justificasen siempre los medios, que se convierten en algo secundario —incluso inocuo— para los que creen tener siempre en su mano la sabiduría, el equilibrio y la verdad.

Oliver Gordon estaba a punto de salir del jardín secreto; tenía la extraña sensación de que nunca volvería a estar allí. Se volvió cuando estaba justo bajo el gran marco de entrada del invernadero, y observó cómo la luz se colaba por las vidrieras llenando la estancia de calidez. Ahora, el cabo Maza y sus hombres cerrarían todas las ventanas y sellarían la entrada del palacio hasta nueva orden. ¿Qué pasaría con aquel vergel? Alguien tendría que atenderlo ahora que el monóxido de carbono había dejado de matarlo. ¿Y qué pasaría con Carlos Green? Deseaba que se reestableciese pronto.

A Oliver le daba cierta pena, cierto sentimiento melancólico, saber que nunca había existido el fantasma de la encantadora Jane Randolph. ¿No habría sido una hermosa historia? Morir para vivir, para reencontrarse con alguien. Aquel lugar seguía siendo mágico, pero ya no tenía ningún misterio: solo una gramola oxidada y una buena historia detrás, de esas que el tiempo adorna hasta el infinito, haciendo leyenda. El joven se volvió hacia Christian Valle y el profesor Machín, que lo esperaban a solo unos metros, quizás pensando lo mismo que él. El investigador paranormal parecía decaído, y en su cara se adivinaba un punto de resignación.

—¿Va a seguir buscando fantasmas? —le preguntó Machín sin mirarlo, perdida todavía su atención en los colores y la luz del jardín secreto. Christian sonrió.

—Seguiré buscando... fenómenos. Siempre hay algo que investigar ahí fuera —replicó mirando al profesor. Este le devolvió la sonrisa.

—Llámeme y los investigaremos juntos. Será un placer contradecirle y visitar palacios encantados con usted.

Christian se rio de buena gana ante aquella ironía, que en voz del viejo profesor se presentaba amable y cercana.

—Desde luego, no nos hemos aburrido.

—No. No ha estado mal —reconoció Machín con camaradería y poniéndole una mano sobre su hombro. Ahora ambos tendrían una extravagante historia que contar.

—¿Sabe una cosa, Christian? Debería llamar a Amelia.

—¿A esa loca? Profesor, casi nos arruina la sesión y se coló en una casa ajena sin tomar en serio la investigación que...

—Christian —le cortó Machín—. Amelia es una joven muy despierta que ha mostrado interés. ¿Cree usted que se habría arriesgado tanto si no lo tomase en serio? Por lo que sé, estudia psicología y, lo más importante, está abierta a creer; a explorar explicaciones racionales, por lo menos. ¿No cree que podría incluirla en alguna futura investigación?

Christian miró a los ojos al profesor Machín para

confirmar si estaba hablando en serio. Sí, parecía que sí. Sonrió, claudicando: ¿cómo decirle que no a aquella eminencia? Pensativo, se dispuso a salir de la sala del café. Pero, de pronto, se volvió hacia Oliver con una duda.

—Por cierto, ¿qué era eso de un libro?

—¿Qué?

—Sí, eso que dijo la teniente Redondo. Lo de que si encontrábamos un libro dentro de la gramola, que la avisásemos.

—Ah. Nada. Un viejo libro que podría estar en el palacio. Pero quizás ni siquiera se encuentra en la Quinta... yo creo que, de alguna forma, la abuela de Carlos Green lo hizo volar a California.

Christian, algo decepcionado por aquella información, suspiró marcando su paso hacia la salida. Lo siguieron el profesor Machín y, detrás, Oliver Gordon. En la entrada del palacio les esperaba el cabo Maza, que de momento había paralizado la orden de cerrar las ventanas: tenía que esperar a que el Servicio de Criminalística terminase de tomar huellas por casi todas las estancias de la Quinta del Amo.

—¿Y esto? —preguntó Oliver viendo el despliegue.

—Órdenes —se limitó a contestar Maza, hermético. Oliver supuso que Valentina estaba detrás de aquella instrucción. Ni él ni el cabo sabían que Valentina y Riveiro acababan de identificar y detener a la responsable del asesinato de la asistenta, que era la misma persona que, con sus visitas nocturnas, acrecentaba los delirios fantasmales de los habitantes del palacio. El joven inglés se despidió de Álvaro Machín y de Christian Valle y se dispuso a coger su coche para acercarse a Santander. Quizás pudiese ver a Green en el hospital. ¿Ya estaría repuesto? En Cantabria no tenía familia, quizás hubiese que avisar a alguien en California. Hablaría con su abogado, aquel hípster barbudo: seguro que él sabría con quién contactar si era necesario. Un momento. California... Oliver se quedó quieto, inmóvil. Dio dos pasos más y se puso a juguetear con las llaves de su coche, mirándolas como si en ellas hubiese alguna respuesta. Un segundo, dos, tres. ¿California? ¡California! Oliver regresó corriendo a la Quinta del Amo.

—¡Maza! Por favor, ¿puedo volver a entrar?

El joven cabo lo miró con extrañeza y frunció el ceño bajo su cabello pelirrojo, que en verano se tornaba más claro. Conocía a Oliver desde hacía ya más de un año y se llevaban bien, pero aquella confianza no se podía anteponer a su deber.

—Tenemos al SECRIM ahora trabajando en el palacio, Oliver. ¿Para qué quieres entrar?

—He tenido una corazonada.

El cabo frunció todavía más el ceño, sugiriendo en silencio que si la explicación no era más expeditiva no lo dejaría pasar. Oliver, ansioso, se apresuró a dar una razón de peso.

—Creo que sé dónde puede estar el libro de Copérnico. Será solo un minuto —suplicó—. Por favor. Lo peor que puede pasar es que me equivoque. Un minuto —volvió a implorar, con las manos en posición de rezo.

—Vamos —concedió Maza, resoplando—. ¡Un minuto! —«En este pueblo están todos como putas cabras», pensó.

Oliver llegó rápido y a buen paso al jardín secreto. Se aproximó al genius loci, aquel duendecillo que, travieso, habría jurado que solo unos minutos antes le había sonreído. Lo observó con atención: el gesto soñador, la sonrisa sabia y descreída, el reloj que resbalaba de su bolsillo, haciendo una metáfora sobre el paso inexorable del tiempo. Y aquella bola del mundo que le servía de asiento. No era especialmente grande, pero tampoco pequeña. Con cuidado, intentó abrirla.

—Oliver, ¿qué haces? Si estropeas algo tendremos problemas.

—¿Y si estuviese aquí dentro?

—El qué, ¿el libro?

—Sí, ¿no lo ves? Green me contó que su abuela decía que el genius loci custodiaba el tesoro del palacio, y yo pensé que se refería a este jardín, pero creo que podría ser un comentario literal. ¿No lo ves? —insistió—. El mapa del mundo... ahí tienes California, Cantabria, el planeta entero. ¡La señora Green decía que todos sus tesoros estaban en California!

—Se referiría a su familia, digo yo —replicó Maza poniéndose en jarras. Oliver resopló, nervioso y rebuscando con la mirada en el duende algo que antes se le hubiese pasado por alto.

—En Stirling, mi abuela tiene una bola del mundo como esta, pero más grande. Por dentro es una licorera —explicó, recordando el mobiliario de su casa familiar en la vieja Escocia.

—Esto es una talla antigua, Oliver, no una licorera. La idea está bien, pero no se abre, ¿ves? —le rebatió, buscando con las manos una zona de apertura y agachándose, incluso, por si por abajo hubiese alguna puertecilla disimulada bajo el polo sur—. Nada —insistió, dándole un toque con los nudillos al globo terrestre, como si llamase a una puerta.

De pronto, ambos se quedaron mirando, como si hubiesen tenido una revelación.

—Vuelve a hacer eso —pidió Oliver. El cabo Antonio Maza comenzó a dar suaves toques con los nudillos por distintas partes del globo terráqueo. En algunas zonas, los golpes emitían un eco seco, sólido. En otras, la sonoridad era diferente, las ondas viajaban de otra forma. Maza arrugó los labios, pensativo.

—Quizás no es una pieza entera... esto qué es, ¿madera?

Oliver asintió, absorto en aquella forma esférica. Entre los dos, buscaron durante largo rato alguna palanca oculta, algún resorte que abriese aquella bola del mundo. Toquetearon al duende soñador, manosearon su reloj desde todos los ángulos posibles, buscaron bisagras y rendijas. Sin resultado. Oliver se fijó de nuevo en el mapa del globo terráqueo. Paralelos y meridianos. Rayas verticales y horizontales, longitudes y latitudes. Todo parecía correcto. ¿Qué le había dicho la vieja Martha Green a su nieto? Que los tesoros de su vida estaban en California. En California. ¿Y si, al final, hubiese enviado el dichoso libro a Los Ángeles? No. Un último intento, por favor, solo uno. Oliver miró al cabo que ahora, escéptico, esperaba solo a que desistiese.

—California... —murmuró Oliver, dejando que su dedo índice se acercase a su dibujo sobre el globo terráqueo. Se posó sobre la cuadrícula geográfica que se formaba entre los meridianos 30 y 40 y los paralelos 110 y 120. Presionó. Nada. Un poco más fuerte. Clic. La porción cuadriculada que representaba parte del océano Pacífico y de California se hundió, abriendo la bola automáticamente. Era increíble: las juntas de aquella caja esférica estaban perfectamente disimuladas entre paralelos y meridianos, resultando invisibles. Oliver lanzó un grito de alegría, mientras que el cabo Maza solo pudo permanecer en silencio, atónito y dejando sus labios en posición de silbido mudo, emocionado pensando qué podría haber allí dentro.

Oliver se agachó. Dentro del globo terráqueo había un sobre doblado a la mitad, una bolsa de terciopelo negro y un paquete que sí, podría ser... al menos, tenía forma de libro de buen tamaño. Extrajo los tres elementos y los puso sobre la repisa interior del invernadero, iluminada por la esperanzadora luz de la mañana. Empezó por el paquete rectangular, envuelto con doble forro. En el exterior, papel de estraza; dentro, un delicado papel vegetal blanco y, por fin, en el interior, un libro. Sus tapas eran gruesas, duras y oscuras: *NICOLAI COPERNICI TORINENSIS. DE REVOLVTIONIBVS ORBIUM COELESTIUM.*

—No puedo creerlo —se dijo a sí mismo emocionado—. ¡Lo hemos encontrado!

—Hay que joderse —dijo Maza, todavía atónito y sin atreverse a tocar el libro—. Lo hemos tenido delante todo el tiempo.

—Si lo piensas, a Martha Green le quedaba bastante a mano... este escondite debió de ser ingeniado por la familia Del Amo, y luego se lo apropiaron los Green.

—Es increíble que el botón de acceso estuviese en California... —reflexionó el cabo, mordiéndose los labios de pura sorpresa—. Bueno, los Del Amo también eran de allí, tiene su lógica. ¿Crees que les revelarían el escondite al venderles la casa?

Oliver se encogió de hombros.

—Supongo.

—No es muy buen lugar para un libro antiguo —se extrañó el cabo—. Con esta humedad... —añadió mirando hacia las plantas.

—Quizás la señora Green lo guardó aquí pensando que sería solo por un par de días y luego... —consideró Oliver, simulando que se cortaba la garganta con su dedo índice.

—Es verdad, le dio el ataque y ya no se repuso. Puede ser —concedió el cabo, resuelto—. ¿Qué más hay?

Oliver respondió abriendo la bolsa de terciopelo. Dentro había algunas joyas antiguas, pero ninguno de los dos tenía la menor idea de su valor. Después abrieron el sobre, y comprobaron que se trataba de escrituras notariales de la propiedad y otros documentos, incluyendo la titularidad del libro de Copérnico, pero no se detuvieron en ello. Volvieron a colocar cada elemento dentro del envoltorio correspondiente, teniendo especial cuidado con el libro.

—*For God's sake*, parece que se va a deshacer —observó Oliver, manipulando la antigüedad literaria con el máximo cuidado posible. El cabo Maza sonrió y miró con nuevo aprecio a Oliver, todavía asombrado de cómo su perspicacia los había llevado hasta allí. Normalmente lo veía en el pueblo de pasada, gastando bromas con aquel humor inglés pulido e indestructible, pero estaba claro que Oliver Gordon guardaba dentro de sí una curiosidad y una visión de las cosas que lo hacía diferente.

—Buen trabajo, inglés. Vamos a llamar a la jefa —le dijo guiñándole un ojo.

Mientras el cabo contactaba con la teniente Valentina Redondo, Oliver Gordon todavía repasaba lo ingenioso del sistema de aquel escondite a la vista de todos. ¿Cómo había llegado él hasta allí? ¿Qué le había guiado? ¿Su sagacidad?, ¿su intuición? Él no se consideraba tan listo. ¿Su determinación, su ilusión infantil de que todavía existiesen palacios encantados y tesoros secretos? ¿O le habría susurrado el camino la inolvidable Jane? Se rio de sí mismo. No, quizás no existiesen los fantasmas, pero algunas personas dejaban destellos, huellas de sí mismas allí donde habían respirado y apretado la vida. Jane, la actriz que lo dejó todo por amor. Jaime, el filantrópico, el mecenas cultural; aquel alto caballero que sabía deslizarse por los lujos que le había ofrecido la cuna. No resultaba difícil imaginarse a los dos riendo, bailando en aquel jardín secreto.

Ningún hombre ni mujer es eterno, pero algunos... ¿qué misterio tendrán, qué energía, qué inexplicable fuerza? ¿Por qué habrá personas que a pesar de que pasen los años son recordadas? ¿Qué los hace diferentes? ¿Su intrepidez, su vehemencia, su grandeza, su locura? Hombres y mujeres que atraviesan el tiempo y el espacio, hacen magia, bailan con las horas y se burlan del olvido. Personas extraordinarias que se convierten en leyenda y que, sin pretenderlo, permanecen.

Llevaba allí todo el día. Le habían hecho análisis de sangre, de orina, radiografías, un electrocardiograma y otras tantas pruebas que ni siquiera recordaba. Había recobrado el conocimiento al poco tiempo de ingresar en el hospital, entre delirios sobre el diablo y sobre fantasmas que desfilaban por su cabeza. Con las horas, esa otra realidad intangible se había ido desvaneciendo. Ya no era capaz de ver a Jane. ¿Dónde demonios estaría ahora?

Lo habían pasado a planta y una enfermera le había preguntado sobre su historial médico con la firmeza de un general del ejército, sin permitir que omitiese información. Él, rendido, lo había contado todo de sí mismo, e incluso le había facilitado el contacto de su médico privado en Los Ángeles. ¿Drogas? Claro, como todo el mundo, en su juventud. La enfermera lo había mirado sin juzgar, pragmática, pero elevando la ceja. Quizás «todo el mundo» no seguía los parámetros que él entendía como normales. ¿Visiones, experiencias psicóticas? Bueno, cuando uno está drogado no es extraño ver elefantes voladores, ¿qué quería aquella mujer que le contestase? Había sucedido hacía ya muchos años, ahora no tomaba nada. ¿Nada? La enfermera lo había observado con dureza, alzando la mirada de aquella carpeta en la que anotaba cada punto y coma que él decía. «El alcohol también es una droga, señor Green.» ¿Cómo se atrevía? ¡Él no era alcohólico! «Más tarde vendrá el médico a hablar con usted. Por favor, no se retire el apoyo respiratorio», le había dicho aquella rígida mujer señalando la mascarilla de oxígeno que él levantaba instintivamente cada vez que tenía que responder.

Mucho más tarde, regresó la misma enfermera con el médico, un hombre de mediana edad y aspecto robusto, corriente; su mirada era curtida y oscura, como si hubiese sido tostada por los años. Se presentó brevemente, apenas murmurando su nombre, como si decirlo careciese de importancia. De inmediato, y alternando la mirada entre el paciente y los informes médicos de que disponía, comenzó a hablar.

—Señor Green, sufría usted una intoxicación crónica por monóxido de carbono, creo que ya se lo han explicado antes los compañeros de urgencias.

—Sí, sí, ya me lo han dicho. Pero ahora me encuentro bien, ¿tengo que pasar aquí la noche?

El médico lo miró con ironía.

—Esta noche y las que hagan falta, señor Green. Lo que le ha sucedido es más grave de lo que cree.

—¿Me van a quedar secuelas? —preguntó el escritor, preocupado.

—¿De la intoxicación? Probablemente no. Es usted fuerte y, de hecho, es casi un milagro que no le haya sucedido nada hasta ahora. El tóxico ha reemplazado parte del oxígeno que asistía a su corazón, a su cerebro y a su cuerpo durante varias semanas, pero ahora sus signos vitales son estables y creo que se recuperará, aunque lo tendremos en observación. Mañana le retiraremos el apoyo respiratorio y accederá a la cámara hiperbárica.

—¿A la qué?

—Una cámara especial con oxígeno a alta presión. Le controlaremos la carboxihemoglobina hasta que su nivel sea inferior al 3 por ciento —le explicó, aunque a Green le pareció que el comentario iba más dedicado a la enfermera que a él mismo.

—Bueno ¡entonces no es tan grave! Si ya no estoy expuesto al monóxido de carbono, ya no habrá desmayos ni nada, ¿no?

—Su desmayo no fue exclusivamente por culpa del monóxido de carbono, aunque su presencia resultase determinante para que sufriese alucinaciones o creyese ver fantasmas.

—¿Cómo sabe...?

—La Guardia Civil nos lo ha contado todo. De hecho, creo que ha desfilado por aquí medio cuartel —le relató, con cierto fastidio—. Y ahora hay una teniente fuera esperando para hablar con usted. Pero, respecto a su salud, lo que menos me preocupa es su intoxicación por monóxido de carbono.

—¿Qué? ¿Por qué, qué me pasa?

—Tiene el hígado muy enfermo, señor Green. Su

dolencia hepática podría haberle provocado un desvanecimiento aún sin haber sufrido ninguna intoxicación. Debe recibir tratamiento de inmediato y eliminar de su dieta el alcohol, para empezar.

—¿Cómo? ¡Pero si yo casi no bebo!

El médico lo observó, escéptico. La mayoría de los alcohólicos no saben que lo son. No quieren saberlo.

—¿Cuánto alcohol suele beber usted al día?

—No sé —dudó Green, en actitud defensiva—. Lo normal. Uno o dos vasos de vino en la comida, otro por la noche... quizás una copa de vez en cuando.

—Los efectos del alcohol se alargan en el tiempo, incluso en épocas de abstinencia. Cualquier exceso en el pasado puede repercutir en su cuerpo ahora —le explicó, con cierta soberbia—. Su hígado es casi cirrótico y está muy inflamado, señor Green. Y esto sí es grave, puede producirle daños físicos irreversibles. Y también daños psíquicos. ¿No notaba usted que últimamente se hacía moratones con cualquier cosa, por ejemplo? —añadió, levantando la sábana y observando descaradamente las marcas de su cuerpo.

—Yo... sí, era algo que me tenía preocupado.

—Y me imagino que muchas veces ni siquiera recordaría haberse dado el golpe. Pero su hígado le estaba avisando de una evidente dolencia hepática, debería haber acudido al médico de inmediato —le reprochó con condescendencia. Despreciaba a los alcohólicos que no reconocían serlo. Era una enfermedad, sí, pero absurda y evitable—. También hemos hablado con su médico en Los Ángeles, el doctor Styles.

—Ah. Qué rápidos.

—Lleva usted aquí muchas horas —se limitó a replicar el doctor con cansancio, como si quien llevase mucho tiempo en el hospital fuese él mismo.

—Pues me alegro de que hayan hablado con Styles, es de plena confianza, atiende a mi familia desde que tengo uso de razón. Ya le dije a su enfermera...

—Nos ha pasado sus informes médicos —le cortó el médico—, y parece que tuvo usted problemas con el LSD hace unos años.

—¡Cómo! ¡Pero eso fue hace quince o veinte años! ¿A cuento de qué...?

—Fue usted diagnosticado de psicosis por causa del consumo de esa y de otras drogas...

—Pero, joder ¡que le digo que eso fue hace una eternidad! No he vuelto a probar drogas en mi vida.

—El alcohol es una droga.

—Ya me entiende. Déjese de hacer el listillo, ya me estoy cansando. No tengo psicosis ni ninguna enfermedad mental.

—Yo no he dicho eso. Solo quiero informarle, para su tranquilidad, de que cualquier alucinación que haya sufrido estos meses puede tener varias causas que admiten tratamiento. Una, la intoxicación por monóxido de carbono. Y la otra, la recuperación por parte de su mente de viejas alucinaciones y psicosis generadas por las drogas. No es habitual transcurrido tanto tiempo, pero puede suceder.

—Le estoy diciendo que hace más de quince años que no tomo drogas, es imposible.

El médico mantuvo la mirada dura y descreída, y resopló como si tuviese que armarse de paciencia.

—En psiquiatría de drogas se lo denomina *flashback*. Quizás usted retomó contacto con algo o alguien que vinculó su mente a recuerdos que tenía bloqueados. Un olor, un paisaje, el tacto de...

—Vale, vale, me ha quedado claro, doctor. Pero no, no hay *flashback*, joder. Por lo menos no estoy loco, ¿no?

—No lo creo. Pero quién sabe —bromeó inesperadamente el médico, por fin conciliador. Comenzó a girarse con la intención clara de irse, y en esa posición terminó por darle a Green algunas recomendaciones médicas, despidiéndose sin más hasta el día siguiente.

Cuando el escritor se quedó a solas, intentó evaluar su situación. Quizás aún estuviese a tiempo de encarrilar su vida, de aprovechar el tiempo. Si se cuidaba, si dejaba de beber. ¿Le había dicho la verdad a aquel médico antipático y sabelotodo? Quizás sí, quizás no. Quizás sobrellevaba el día con un gin-tonic a media tarde y con un elegante y suave vino blanco por la mañana. Para escribir tranquilo, para estar relajado.

¿Y Jane? ¿De verdad había sido fruto de su imaginación? Parecía tan real. Aquella misma mañana ella lo había esperado en la sala de baile. Pero no, quizás no abrió ella la puerta. Tal vez fuera él quien la había dejado así la noche anterior, tras tomarse una última e inocente copa. Pero sí fue ella la que lo guio hasta el diablo. Hasta su reflejo. Cuando contempló su imagen en el espejo, supo que todo lo bueno y lo malo que había ocurrido en su vida había salido siempre de sí mismo. Sin excusas. Al verse reflejado, un breve y fugaz destello sobre el cristal le ofreció un momento de lucidez asombroso. Todo tiene un origen, y lo que somos, nuestras cualidades y vergüenzas, no es más que el resultado del andamiaje que nosotros mismos hemos construido. Decisiones, elecciones, caminos. Parecen intrascendentes, los maquillamos para que lo sean, pero después, en algún momento impreciso, llega una ráfaga de luz que se enciende y mengua casi al momento, mostrándonos en ese instante brevísimo que somos una suma de destellos, de reflejos de nosotros mismos en un cristal.

No fue Lena quien lo dejó tullido de una pierna. No fue Meredith quien lo dejó solo. Fue él mismo quien buceó en la soledad, aislándose y ahogándose en ella, como un niño malcriado y caprichoso. Ah, ¡Meredith!, ella también le había reprochado cómo empezaba a beber. Pero ahora ya había decidido intentarlo, ser mejor para ella, para reconquistarla. Quizás tuviese razón el doctor. Tal vez regresar a Suances, a sus prados y a sus espectaculares playas y acantilados hubiese activado partes dormidas de su mente. Pero no las de las drogas juveniles, sino las de un corazón anestesiado, culpable y cobarde.

Pero ¿y Jane? No podía quitársela de la cabeza. ¿De verdad había sido construida por su imaginación? ¿Monóxido de carbono? ¿Acaso un *flashback* de viejo drogadicto? ¿De veras las drogas podían hacer eso, pasado tanto tiempo? Entonces ¿resulta imposible redimirse, ir por el buen camino? ¿Acaso todo, absolutamente todo, tiene consecuencias? No, un momento. Muriel. ¿Por qué dijo ella «por mí, por mí, por mí»? ¿Cómo podía saber...? Quizás... sí, él le había explicado a la médium y a los demás que jugaba allí arriba al escondite, la había llevado incluso al dichoso ático. «Por mí y por todos mis compañeros» debe de ser la frase más empleada del mundo por los niños desde hace generaciones. Otra coincidencia, quizás. O pudo no ser ella. Pudo ser su propia mente, que había tomado los datos a su antojo, adaptándolos a su propia historia personal. Como los que se obsesionan con un número y lo ven por todas partes, cuando en realidad no hacen más que buscarlo realizando sumas, restas y multiplicaciones absurdas para dar con él.

Alguien llamó a la puerta.

—¿Puedo pasar?

La cabeza de Valentina Redondo asomaba en su habitación. Su mirada bicolor parecía desvestirlo, leer su pensamiento. Detrás de ella asomaba, curioso, Oliver Gordon. No era una visita estrictamente oficial, sino personal. Sin embargo, en solo unos minutos, Carlos Green iba a saber que aquella mañana habían detenido a la responsable del asesinato de su asistenta e, indirectamente, de la muerte de su jardinero. Y que Oliver Gordon había encontrado el libro de Copérnico, de cuya existencia, salvo por el extracto bancario de su abuela, hasta él mismo había comenzado a dudar.

—Gracias por haber entrado a buscarme esta mañana, Oliver. Si no llegas a hacerlo, quizás ahora no estaría aquí.

—Bah —replicó el inglés, restándole importancia con la mano y mirando a Valentina—. ¿Ves? Te dije que no iba a demandarme por allanamiento.

Los tres se rieron. Carlos Green, sin embargo, lo hizo con esfuerzo. Le aliviaba saber la verdad: que bebía demasiado, que no existían los fantasmas. Le consolaba saber, al menos, que la asesina ya estaba a disposición judicial. Pero se sentía más solo que nunca, como si le hubiesen quitado algo que llevaba tiempo con él, cosido a sí mismo. La misma sensación que siente el marinero cuando abandona su barco y su cuerpo lo añora, haciendo que el suelo se balancee durante varios días bajo sus pies. ¿Qué le ocurría? Todo se presentaba favorable para un nuevo comienzo... ¿por qué aquella sensación de soledad, entonces? ¿Sería por la abrupta marcha de Jane de su vida? Ella le había dicho quién era el diablo, ella lo había acompañado entre delirios. Posiblemente, habría sido su propio subconsciente el que, vestido de actriz de Hollywood, lo había llevado hasta el ático. Hasta el espejo que le iba a decir la verdad. Pero, aunque Jane fuese una ensoñación hecha de niebla y fantasía, para él había sido extraordinariamente real. Se resistía a dejarla marchar. Carlos Green sonrió con tristeza y pensó que sí, que tal vez bastase con pensar en alguien para que regresase, permaneciese y le hiciese compañía.

15

La vida es un vértigo y cada cual debe manejar el suyo.

El hombre que amaba a los perros,
LEONARDO PADURA

Tres días más tarde

—Cojonudo, Redondo. —El capitán Caruso sonrió satisfecho repasando la carpeta del expediente sobre su escritorio de la Comandancia de Santander—. ¡Si es que somos el máximum de la eficiencia! Hay que ver, aún no me puedo creer que fuese la bibliotecaria —dijo, golpeteando su bolígrafo contra la mesa y abriendo desmesuradamente los ojos durante un segundo.

Valentina, en pie, lo observaba en silencio al otro lado de su escritorio. El capitán le recordó a Sabadelle cuando habían confirmado que Adela había sido responsable de lo sucedido en el Palacio del Amo, incluso en relación a Leo Díaz: «Hay que joderse, al final tenía razón la monja... al jardinero le dio un puto infarto porque algo lo asustó», había dicho el subteniente, chasqueando la lengua. Clara Múgica aún no había confirmado los resultados de toxicología, pero posiblemente la intoxicación del jardinero fuese moderada y su pobre y enfermo corazón, sencillamente, no hubiese resistido aquel inesperado golpe de creer ver un fantasma en la ventana.

Por su parte, el capitán Caruso parecía ahora encantado, y sin duda por ello su charla era más distendida de lo habitual:

—En fin, teniente, y lo de su novio ya es la pera... se nos mete en todos los berenjenales, ¿eh?

Valentina se encogió de hombros sin saber qué decir. Que su capitán aludiese a Oliver la desconcertaba. Estaba acostumbrada a tener todo bajo control; todo menos a aquel inglés bromista, curioso e imprevisible del que se había enamorado.

—Señor, en este caso resultó ser casualidad que Oliver conociese a Carlos Green, pero es que en los pueblos pequeños se termina conociendo todo el...

—Qué casualidad ni qué leches, teniente —la cortó—. ¡Si yo estoy encantado! Si hasta nos ha encontrado el libro ese de los cojones, que ni que tuviese la fórmula de la eterna juventud. Doscientos mil euros, ¡doscientos mil! Eso no lo vale ni mi casa —se lamentó con una gran risotada—. ¿Ya le ha dicho a su novio que quiero que se incorpore a la plantilla?

—¿Qué?

El capitán volvió a reír.

—Que es broma, coño.

—Ah.

—En definitiva, Redondo, que enhorabuena. Que muy bien. Ha sido un puto milagro resolver esto tan rápido; ¿has visto la prensa?

—Todavía no, señor.

—¿No? Pues no son peliculeros ni nada. Que si «Jane, el fantasma», que si «El palacio encantado», que si «El misterio de la Quinta del Amo»... Se nos han puesto literarios, los reporteros. De la asistenta ya se han olvidado, ¿y sabes por qué?

—No, no lo sé. Pero le aseguro que desde mi sección no hemos filtrado nada a la prensa.

—Claro que no, teniente —le aclaró, mirándola con confianza—. Es por un reportaje de un tal Christian Valle. Ese es el *cazafantasmas* que estuvo contigo en Suances, ¿no?

—Sí, pero no entiendo...

—El chaval tiene una web donde publica sus investigaciones, *Otra vuelta de tuerca*... vaya nombrecito. Pero vamos, que ha tardado apenas un día en contar lo que sucedió en el palacio. Parece que aclara que no había fantasmas sino un colocón de monóxido de carbono como para cargarse un caballo, pero eso a los de prensa les da igual. Ya sabes, el titular.

Valentina se limitó a asentir. De nuevo se había quedado sin saber qué contestar ante las aseveraciones rotundas del capitán. La diferencia de rango hacía difícil contradecirlo vehementemente en nada. Caruso suspiró tamborileando con los dedos sobre el escritorio y mostrando de nuevo su satisfacción con una amplia sonrisa.

—¿Cuándo te vas de vacaciones, Redondo, la semana que viene?

—No, señor, dentro de un par de semanas. Ya se han reincorporado a la sección los guardias Marta Torres y Alberto Zubizarreta. Hoy se marcha Sabadelle y se reincorpora el día anterior a que yo me marche; Riveiro ya se fue en julio...

—Conforme, conforme. Tranquila —la calmó el capitán, acostumbrado a que aquella mujer no se relajase nunca—. Organízate como quieras. ¿Te vas a Galicia?

—No, señor, ya estuve este año —replicó Valentina, algo cortada. Desde luego, ella tampoco estaba habituada a aquellas confidencias con el capitán—. Nos vamos un par de semanas a Escocia y a Italia.

—Coño, ¡qué nivel! Pues nada, que lo pases estupendamente y saluda a tu novio de mi parte. A ver si te lo traes para tomar algo un día, que aquí no mordemos.

—Claro, señor.

Y Valentina, con la sonrisa discreta del que sabe que las cosas han ido bien pero que las curvas pueden regresar en cualquier momento, salió del despacho del capitán Caruso dispuesta a regresar a su despacho. Se encontraba cansada, y estaba deseando terminar la jornada y regresar a Suances. Aún hacía buena temperatura, pero la claridad de los días se había vuelto más breve y el frescor de la noche ya no era estival. Cuando llegase a la cabaña, probablemente, ya habría comenzado a anochecer. No sospechaba y ni siquiera intuía la sorpresa que le esperaba en Villa Marina.

Oliver contemplaba la lápida con respeto mientras Michael Blake, a su lado, estrechaba la mirada. Junto a ellos pasó una anciana que los miró con curiosidad. Dos hombres hablando en inglés frente a la vieja tumba de Jaime del Amo. ¡Lo que no pasase en aquel pueblo!

—No me parece bien que hayáis tenido toda la diversión antes de que yo viniese. ¡Qué sesión de espiritismo más loca! ¿Y yo no voy a poder entrar en el palacio? ¿Ni de visita?

Oliver sonrió.

—No sé cuándo saldrá Green del hospital. Tiene para varios días y, a su regreso, imagino que ya se marchará a California.

—Ah. Y a mí, el mismo día de mi llegada, vas y me traes al cementerio parroquial... ¡si no hace ni cinco horas que he aterrizado! Vivir aquí te está desquiciando —le dijo, haciendo con su dedo índice el movimiento de las aspas de un helicóptero en su sien derecha. Después, se pasó la mano sobre su cabello rubio cobrizo y resopló con socarronería, fingiendo hartazgo. Oliver comenzó a reírse:

—Pero bueno, ¿y tu *jet lag*? —se defendió—. ¿No querías pasear? Pues no creo que haya sitio más tranquilo que este. Y la verdad es que nunca había venido. Aunque me lo imaginaba más antiguo... no sé, más épico.

—Claro, hombre, ¿tú te crees que esto es Stirling? ¿Pensabas que ibas a encontrarte un cementerio con cruces enormes de piedra y tumbas centenarias en plan peli gótica?

Oliver se encogió de hombros sin apartar la mirada del suelo. Estaban frente a la tumba de Jaime del Amo. Era tan sobria. Granito negro pulido, líneas sencillas.

Para una personalidad así había imaginado un mausoleo, escudos, estatuas, frases en latín talladas en piedra... Pero no, solo una gran tumba en el suelo que, aunque ocupaba un lugar amplio y significativo del cementerio, no destacaba especialmente.

JAIME DEL AMO

21 ~ MAYO 1913

8 ~ NOVIEMBRE 1966

RIP

Aquella era la única inscripción, tallada sobre el propio granito. No había nada más. Ni una foto, ni un «Tu familia te recuerda», ni nada semejante. Nada que dijese «Eh, ¿sabéis quién era este hombre? Hizo grandes cosas. Quizás solo porque pudo hacerlas. ¿Recordáis?». Pero allí no había nada. Solo un nombre y dos fechas inamovibles. A la cabeza de la tumba, una virgen blanca parecía mostrar con sus manos abiertas y oferentes quién reposaba en aquel lugar. A cada lado de la virgen, un seto verde y frondoso y, si alzabas la mirada sobre el muro, el azul marino e intenso del mar Cantábrico. No era mal sitio para que reposasen los huesos de cualquiera.

—Pensé que sería una tumba más ostentosa —reiteró Oliver. Ahora, fue su amigo quien se encogió de hombros.

—Los que son ricos de verdad no tienen que demostrarlo —reflexionó Michael, metiéndose las manos en los bolsillos—. Casi no puedo creerme la historia que me has contado, de verdad. Y con una actriz de Hollywood pasando veranos aquí, ¡en Suances! Increíble.

—Sí... ¿Sabes qué me llama la atención de ella y de su marido?

—Qué.

—Cómo vivían la vida. Cómo exprimían el tiempo. Los viajes, los bailes, las fiestas, el deporte, la cultura...

—El *carpe diem* de toda la vida, quieres decir. Te recuerdo que es más fácil cuando estás forrado. Normalmente, si naces en una favela brasileña, por ejemplo, no tienes tiempo en la agenda para jugar al golf, donar trillones a caridad, dar la vuelta al mundo en primera... ya sabes.

—Qué gracioso. Pero podrían no haber hecho eso. Podrían haber vivido en la ostentación, sin más. O ser unos miserables podridos de dinero, que también. Hay unos cuantos ejemplos que...

—Que sí, que sí —le cortó Michael, riéndose—. El dinero no da la felicidad, ya lo sé. Pero una pregunta.

—Dime.

—Si al final todo era por el monóxido de carbono y no había fantasma... ¿qué hacemos aquí?

—No sé, pasear... —contestó Oliver, encogiéndose de hombros—. Tenía curiosidad.

Michael asintió. Después de conocer la historia de lo que había sucedido los últimos días, quizás Jaime y Jane mereciesen que alguien los recordara durante unos segundos.

—Oye, ¿ya le has dicho a Valentina que he llegado?

—No —reconoció Oliver, dándose la vuelta con ademán de abandonar ya el cementerio—. Ella cree que sigues en Ravello dándolo todo con el clarinete.

—Ah, pues esta noche le daremos una sorpresa.

—No lo sabes tú bien —replicó Oliver, abrazando a su amigo por el hombro mientras seguían caminando—. Tienes que ayudarme con algo. Es importante.

—Qué serio te has puesto. ¿De qué se trata?

—Del *carpe diem* de toda la vida —se rio Oliver dándole un codazo cariñoso a su amigo y saliendo por fin del cementerio. Detrás, dejaron a los muertos, su pasado y todo aquello que no siempre sabemos recordar.

Valentina supo que iba a ser una noche diferente poco antes de llegar a Suances. Quizás fuese el aire de la tarde, fresco y limpio, que le había agudizado los sentidos y susurrado que algo especial iba a suceder. O tal vez el mar, a lo lejos, le hubiese contado con aire de salitre que aquel día, justo aquel, iba a convertirse en un recuerdo atemporal, como el propio océano. O posiblemente, quién sabe, el profesor Machín tuviese algo de razón y el corazón, ese músculo hueco y milagroso, fuese un órgano sensorial que nos alertaba de lo esencial.

Cuando Valentina aparcó el enorme Range Rover en la puerta de Villa Marina, pudo ver claramente el ajetreo en el interior del pequeño hotel. Matilda corriendo de aquí para allá, como escondiéndose. Miró el reloj: era tarde y estaba anocheciendo, ¿qué hacía ella todavía allí? A través de la ventana, pudo comprobar que Begoña, la chica que Oliver había contratado para ayudar a Matilda en verano, también estaba en la villa. A aquellas horas. La joven, a través del cristal, cruzó su mirada con la de Valentina y la rehuyó.

«¿Qué demonios...?» De pronto, de la puerta principal salió Michael Blake.

—¡Michael! —exclamó ella, llena de alegría y bajándose del coche—. ¡Pero, bueno, no sabía que venías hoy!

—Ni yo que ahora conducías un tanque —replicó el inglés, señalando el Range Rover—. Ambos se acercaron y se fundieron en un abrazo.

—¡Qué alegría! —repitió ella—. ¿Cómo no has avisado de que venías? ¿Ya has visto a Oliver? ¿Cuándo has llegado?

—Calma, *quilla*, ¡ya te cuento todo ahora!

Valentina rio con ganas, dándose cuenta de cuánto había echado de menos a Michael y su extraño acento andaluz al hablar español.

—¿Vienes directo desde Italia? ¿Qué tal en Ravello? —le siguió preguntando, cogiéndolo del brazo y dirigiéndolo hacia la cabaña. Michael la frenó y la miró muy serio.

—Valentina.

—Michael —repuso ella fingiendo seriedad.

—Tengo que decirte una cosa.

—Ajá.

—Es importante.

—¿Qué? No me asustes, ¿qué pasa?

—Lo primero, que has llegado temprano y que casi nos matas de un susto, con las prisas.

—¿Qué prisas? —Valentina miró de reojo hacia Villa Marina. ¿Qué estaría pasando allí dentro? ¿Por qué Matilda y Begoña estaban aún allí? Y lo peor, ¿por qué la rehuían? Y, además, ¿dónde estaba Oliver?

—Podemos decir que prácticamente nada más bajar del avión he tenido que realizar tareas urgentes. Hemos ido contrarreloj, por eso ahora te estoy entreteniendo —añadió Michael, sonriendo con picardía.

—Me estás entreteniendo —repitió ella, intentando comprender. Se puso en jarras—. O me dices inmediatamente qué está pasando y dónde está Oliver o me voy a preocupar en serio.

Michael miró hacia el jardín y el sendero que disimuladamente llevaba hasta la cabaña. Valentina siguió el camino de su mirada. ¿Qué era aquello que colgaba de los árboles? ¿Cables?

De pronto, se apagaron todas las luces de Villa Marina y el anochecer se hizo más sólido y más oscuro, desconcertándola. Un, dos, tres segundos y se encendieron otras luces diminutas como luciérnagas. Estaban por todas partes: en los árboles, en las flores, en el sendero, cruzando el cielo. Parecían luces de Navidad, pero de un único color, blanco como el vestido de una novia. Y la música. Ah, ¡la música! Al instante había comenzado a sonar a todo volumen, y lo llenaba todo apretando el corazón. *Amazing Grace* inundaba el jardín de gaitas y de una música de orquesta legendaria, trasladando el jardín a la más épica estampa escocesa. Valentina, asombrada, miró a Michael solicitando una explicación. Él sonrió con cariño. Tras él, por fin, aparecieron Matilda y Begoña, que la miraban sonriendo y sin decir nada. La última, se tapaba la boca y ahogaba risitas nerviosas.

—Creo que te espera alguien —se limitó a decir Michael, señalando el camino hacia la cabaña. Valentina le mantuvo la mirada unos segundos. Sin su permiso, sus piernas comenzaron a caminar en dirección a la cabaña. La música era tan poderosa, tan envolvente... Solo sonaba la orquesta, sin solista ni letra: quizás esta noche no hiciera falta. Ella ya no sabía si caminaba o flotaba entre aquellos diminutos y encantadores puntos de luz. Y por fin, mientras hacía el camino, Valentina dejó de pensar. Dejó de analizar, sopesar, medir, intuir, sospechar. Se limitó, llena de curiosidad, a vivir aquel instante. Cuando llegó al porche de la cabaña, la estampa era sorprendente. Oliver la esperaba con una sonrisa y rodeado por todas partes de pequeñas luces blancas: en el techo, en las columnas, en el suelo. Sonrió, divertido.

—*Hi, baby*. Llegas pronto.

—¿Qué... qué es esto?

—Oh, ¿la música? *Amazing Grace*. ¿Te gusta? Ya sé que es un himno cristiano, pero en Escocia nos encanta... Yo quería poner la música de *Braveheart*, pero Michael no me dejó, ¿qué te parece? Dijo que no era la adecuada, que en la peli a él lo descuartizan y a ella la degüellan.

—¿Y para qué necesitabas una... música adecuada? —preguntó Valentina, sonriendo y dando un paso más. Por la forma atropellada de hablar de Oliver sabía que estaba nervioso.

—Para hacerlo como en las películas —replicó él, todavía con un punto travieso en la mirada, aunque algo más serio.

Valentina creyó poder oír los latidos de su propio corazón, como si una marea de calor le estallase por dentro. No podía creerlo. ¿Iba a suceder lo que ella pensaba? Se miró a sí misma. Botas desgastadas, unos vaqueros y una camiseta sencilla. No es que estuviese muy presentable para la ocasión. No sabía si merecía lo que iba a suceder: ni tan inteligente, ni tan dulce, ni tan hermosa. Sin embargo, fue Oliver el que la contradijo como si le hubiese leído el pensamiento:

—No sé si te merezco, pero...

Se arrodilló y se pasó una mano por el cabello, nervioso. Valentina no podía creerlo. Él, que se oponía a las exageraciones románticas, a lo cursi y empalagoso, se arrodillaba para ella en aquel porche que ahora era el centro del mundo. La miró con sus intensos ojos azules y, sin apartar la mirada, sacó un anillo del bolsillo.

—Valentina... ¿sabes por qué escogí *Amazing Grace*?

Ella se limitó a negar con un movimiento de cabeza y se arrodilló junto a él. Ambos se miraron desde muy cerca y Oliver, instintivamente y antes de tiempo, le puso el anillo y la tomó de las manos. La emoción hacía que le brillase la mirada.

—Porque este himno dice «Estuve perdido pero ahora me encontré. Estaba ciego pero ahora... ahora puedo ver». Quiero estar siempre contigo. ¿Tú quieres?

—Sí... Sí. Sí.

La primera afirmación llegó con una lágrima. La segunda, con una sonrisa. Y la última, con un beso. Uno de esos besos húmedos e irreverentes en los que no hay nada que demostrar, en que la entrega es irreflexiva y animal y el mundo alrededor no existe.

Mientras, las gaitas navegaban por el aire, haciendo que aquella melodía se cosiese a los recuerdos de Oliver y Valentina para siempre. De pronto, *Duna* llegó ladrando y se subió a las piernas de ambos, lamiéndolos alternativamente con urgencia y con su alegría de cachorro. Tras ella, llegaron los aplausos. Michael, Matilda y Begoña los espiaban a solo unos metros. Michael se tapaba los ojos.

—*Ojú*, me vais a hacer llorar, cabrones.

Valentina y Oliver se levantaron, se besaron, se abrazaron, repartieron besos a todos.

—Ellos me han ayudado con las luces —le explicó Oliver a su ya prometida, que no dejaba de mirarlo. El inglés miró a Michael y a las improvisadas ayudantes con una sonrisa amplísima—: ¿Abrimos champán para todos? ¡Lara Croft ha dicho que sí!

Y abrieron el champán. Y gastaron bromas, y rieron. Un grupo feliz e inesperado, en el que Oliver no pudo dejar de apuntar a Matilda que había estado más veces en aquel porche en tres días que en todo el verano. Cuando los dejaron solos, la pareja entró en la cabaña y él la tomó en brazos, sentándola en la encimera de la cocina y abrazándola de frente.

—Qué tal, ¿he sido lo bastante romántico?

—Psé, no ha estado mal.

—Otra vez haré que vengan gaiteros de verdad. Por cada cosa buena que nos pase, una celebración.

—Vaya juerga.

—Bueno, no siempre hay cosas que celebrar —replicó él con una sonrisa y besándola—. Ya sabes que no me gusta perder el tiempo, señora Gordon.

—¿Eso del apellido no íbamos a negociarlo?

—No, no —objetó él, acariciándole el rostro—. Valentina Gordon, la Lara Croft de la zona norte. Si es que lo veo —insistió, fingiendo leer un cartel imaginario—. Oye...

—Qué.

—Te quiero.

—Yo a ti nada.

—Mira que eres mala.

Y no dijeron nada más. Se besaron, se fundieron, firmaron un pacto de piel, de miradas y de promesas. Aunque, ¿cuánto duran las promesas? ¿Un soplo, una vida, una eternidad? ¿Serían sus corazones capaces de mantener el ascua, la pasión, la fidelidad, la ilusión? ¿Sabrían enfrentarse y adaptarse a los cambios, a los éxitos, frustraciones y fracasos del uno y el otro? Porque ¿cuánto dura el amor? Quizás solo los amores excepcionales, como algunas personas, sean merecedores de perdurar.

Valentina y Oliver no sabían que el misterio más grande de todos estaba por venir y que, dentro de ella, latía ya más de un corazón.

Una semana más tarde

Carlos Green recorrió por última vez el palacio del Amo. Hizo el camino con cierta nostalgia desvaída, aunque allí ya no quedaba nada. Había comprendido que sin su abuela Martha la casa se había vuelto hueca, un cascarón de otro tiempo que hablaba de otra forma de vivir. Pero echaría de menos aquel destartalado palacio, aquellos paseos por el puerto, sus visitas a la playa de los Locos y el ambiente marinero que rodeaba aquel paisaje.

Suances formaba ya parte de sí mismo.

Paseando por sus calles, sus prados y sus playas se había enamorado por primera vez.

Y allí mismo, bailando con las olas, había sucedido el accidente que lo había cambiado todo; pero aquel pequeño pueblo costero no era por ello un territorio hostil, sino el emplazamiento donde le habían sucedido algunas de las pocas cosas de su vida que valía la pena recordar. Suances estaba, de hecho, en cada una de las líneas que había escrito durante aquellas semanas. El libro inacabado que llevaba en su maleta era el primero que lo mostraba de verdad, sin disfraces. Con destellos memorables, pero sin ser un héroe; al contrario: el eterno perdedor, el inconformista, el que teniéndolo todo no había sabido escoger qué camino seguir. Se había quedado hueco por dentro. Una fortuna, un mundo a sus pies y, sin embargo, unas manos vacías.

Y todo ello reflejado en casi trescientas páginas de verdades austeras e hirientes. Pero todavía tenía que terminarlo. Había dejado de escribir cuando había fallecido Leo y dudaba sobre si sería o no capaz de acabar aquel manuscrito. Además, ¿tendría el valor de publicarlo? Se rio de sí mismo. Él, que inicialmente había pretendido escribir otro libro de surfistas con algún misterio ridículo como aderezo, se había encontrado a sí mismo exorcizando sus miserias y su verdad. Porque, en realidad, ¿qué era aquello que llevaba en la maleta? ¿Una autobiografía novelada? ¿Un intento de redención? Probablemente no le interesase a nadie, porque todos tendemos a pensar que los acontecimientos de nuestra vida son únicos, originales e irrepetibles, cuando —con suerte— no son más que una suma de anécdotas corrientes.

Carlos Green se acercó al invernadero. Acusó la ausencia de la encantadora talla del genius loci al lado de las vidrieras, vigilando el horizonte. Había ordenado que empaquetasen con exquisito cuidado al enigmático duende y su globo terráqueo: había decidido trasladarlo a su casa en California. Ese recuerdo no lo quería perder. De hecho, era el único objeto que había decidido llevarse del palacio; no sabía quién compraría el inmueble finalmente, pero reconocía que la mera posibilidad de que la Quinta del Amo fuese demolida lo molestaba. Le había dado instrucciones precisas a Óscar Cerredelo para que intentase venderla a instituciones o incluso al Ayuntamiento de Suances por un precio simbólico. Sería adecuado, y también una ironía, que el palacio terminase finalmente como biblioteca y centro cultural. Sonrió recordando la cara de sorpresa de Sergio, aquel chico alto y mal encarado, cuando acudió con el abogado a la biblioteca municipal para informarle de que iba a donarles el libro de Copérnico.

—¡No me diga!

—Ya ve, se lo digo —había contestado sin poder evitar reírse, convencido de que aquella decisión sería la más ajustada a los deseos de su abuela—. Hemos hablado esta mañana con la Concejalía de Cultura del ayuntamiento y con el alcalde. Pero la donación propiamente dicha no será el libro, sino el montante económico, libre de impuestos, que se obtenga de su venta. Mi abogado —había especificado, mirando a Cerredelo— custodiará la cantidad y le irá entregando al ayuntamiento los importes que correspondan según las necesidades acreditadas por la biblioteca.

—¿Qué... qué entiende por necesidades acreditadas?

—Reformas, inversión en material, libros, presupuesto para actos literarios... esa clase de cosas.

Sergio apenas había acertado a balbucear reiterados agradecimientos, fabulando de inmediato con todas las posibles finalidades que podría tener aquel dinero caído del cielo. Que Adela no pudiese ver ni disfrutar aquello lo apenaba, pero quizás si ella no hubiese hecho lo que hizo... no, seguramente nunca hubiese aparecido aquel dichoso libro. Ahora ya sería imposible saberlo.

El escritor echó un último vistazo al jardín secreto, que sería atendido por un nuevo jardinero hasta que el destino de la Quinta del Amo estuviese decidido. Las plantas habían recobrado su fuerza, su brillo y su alegría. Era agradable estar allí. Un poco más alejado del vergel, al fondo, miró con cariño la vieja y oxidada gramola y el escritorio destartalado donde había escrito su novela. Habían sido agradables las tardes leyendo sobre el viejo sofá chéster, a pesar de que con cada respiración, sin saberlo, se hubiese estado envenenando.

Salió del jardín con un suspiro y peinándose con la mano intentó alejar pensamientos melancólicos, aunque sin lograr desembarazarse del todo de aquel perenne sentimiento de perdedor. Con Lena, al menos, había cerrado un capítulo de su vida que hasta el momento había sentido pendiente, reclamándole un buen final. Con Meredith, quizás no hubiese ya ninguna posibilidad, pero no pensaba dejar de intentarlo, de buscar el camino para lograr hacerla feliz. Era imposible desasirse del pasado, pero al menos ahora ya se había pautado una meta, un objetivo, un nuevo lugar al que ir. Había perdido un tiempo exquisito mientras lo averiguaba, y en el proceso casi se había destruido a sí mismo. Jane, que para él sería siempre poéticamente real, le había explicado quién era el diablo. Tendría que tener cuidado.

El escritor salió del luminoso cuarto del café y atravesó la despensa, la vieja cocina y la galería que hacía de pasillo. Según caminaba, sintió el suave calor del sol de septiembre, que le acariciaba con su radiante claridad a través de la larga fila de grandes ventanales. Al final de su camino, en el vestíbulo, le esperaban sus dos maletas. Y al otro lado de la puerta, si había sido puntual, debía de estar ya el taxi que tenía que llevarlo al aeropuerto. Ya no tenía nada que hacer allí. Se había despedido de Lena, de Jaime y de otros conocidos del pueblo. Y también de Oliver y Valentina, invitándolos a visitarlo en California. Era el momento de regresar a casa. Justo cuando iba a poner un pie en el vestíbulo, sucedió algo que lo dejó paralizado.

Música.

Nítida y clara, detrás de él.

Las notas de un piano habían iniciado una melodía suave, como si fuesen gotas de agua que caen tranquilamente desde un árbol.

Patti Page había comenzado a cantar desde aquella oxidada e incomprensible gramola. Justo en aquel momento. Green no se dio la vuelta. Se mantuvo firme, erguido, mirando al frente. ¿Qué debía hacer? ¿Regresar al jardín secreto? Quizás estuviese allí la encantadora Jane, esperándolo. Aquella idea le supuso un escalofrío: no porque tuviese miedo de ella, sino porque en el fondo temía haberse vuelto loco. No, calma. Aquello era una simple y ridícula casualidad.

¿Qué decía Christian, el *cazafantasmas*? «Uno es accidente, dos es coincidencia, tres esconde un patrón.»

¿Y qué decía aquella balada? Carlos Green sintió

cómo la canción se le colaba dentro, como si hubiese sido escrita solo para él. Patti Page cantaba *Try To Remember*. Intenta recordar. ¿Qué tenía que recordar?

Aquel mes de septiembre. Cuando la vida era lenta y suave. Cuando los sueños se guardaban bajo la almohada. Cuando el amor era una ascua a punto de arder. ¿Qué más...? ¿Qué más tenía que recordar? Que cuando llegase el invierno, que llegaría, debería recordar cómo se sentía aquel verano y que, cuando lo lograse, debía apresar aquel sentimiento arrollador y extraordinario para poder continuar. ¿Continuar? ¿Con qué fuerzas puedes seguir caminando si tienes el corazón destrozado? Pero Patti Page repetía su estribillo como un consejo sabio y atemporal. ¿Era Jane quien, de aquella forma, se despedía? ¿Qué debía hacer? ¿Recuperar aquel antiguo ánimo juvenil, intrépido y soñador? ¿Restaurar aquel indómito e irreflexivo sentimiento de que sí, de que estaba en su mano conquistar el mundo?

Probablemente aquella oxidada gramola, quién sabe por qué, había sonado justo en aquel instante y con aquella canción por puro azar. Pero Carlos Green, soñador, decidió creer que el palacio del Amo y la bella Jane se despedían de él con aquel abrazo. Sonrió, se agachó para recoger sus maletas y, sin mirar atrás, salió por última vez de la propiedad, llevándose consigo una inesperada sensación de calma. Por primera vez en su vida, sintió que todo estaba en su mano, que el futuro latía libre, que no estaba escrito.

Cuando cerró la puerta, la suave voz de Patti Page continuó cantando hasta finalizar la melodía, adornando el palacio como si fuese una mágica caja de música que invitaba a pasar. En el jardín secreto, el vergel parecía dejarse mecer por aquella música que recordaba que, al llegar el frío, deberíamos intentar recordar lo invencibles que éramos aquel verano. Y que cuando, por fin lo hubiésemos recordado, solo teníamos que seguir caminando.

Apéndice: curiosidades

Estuve a punto de no escribir este libro. Al menos, no utilizando la Quinta del Amo. Llevaba años observándola y fabulando tramas con ella hasta que, justo cuando me disponía a escribir esta historia, me acerqué de nuevo a visitarla y comprobé que su magia se había esfumado. Su asombroso jardín, su ambiente atemporal y mágico, había sido engullido por un anodino parking y por toneladas de cemento. El aparcamiento con mejores vistas de todo Suances, sin duda. Un incendio se había llevado también parte del ala este del palacio, y el resto había sido enjaulado tras endebles rejas de alambre, tapiando parte de sus ventanas.

Tras superar el fastidio de ver estropeada mi fuente de inspiración, deambulé por Suances buscando otro lugar que me cautivase y que pudiese funcionar para la trama que había pergeñado en mi cabeza. Encontré caserones, viejas villas destartaladas, rincones con encanto, pero nada como la Quinta del Amo ni nada que supusiese ese pálpito que funciona como látigo inicial para el que escribe. De modo que, como casi siempre sucede, encontré el buen camino fortaleciendo mi propia determinación. Decidí volver a aquel viejo palacio para que él mismo me contase una historia; sabía que entonces era propiedad del Ayuntamiento de Suances, de modo que contacté con don José Pereda, concejal de la Concejalía de Cultura, y él —siempre amable— permitió que lo enredase para poder acceder al inmueble.

Logré entrar en aquel lugar cargada de linternas y con la cámara fotográfica en mano. La planta baja estaba sumida en la oscuridad, pero en la superior, tras atrevernos con unas escaleras a punto del derrumbe, pudimos ver claramente el viejo esplendor de la mansión. En esta novela describo el palacio del Amo tal y como era y tal y como yo lo viví y reconocí a través de los halos de luz de mi linterna, que atravesaban infinitas partículas de polvo, como si buceásemos en un océano antiguo.

Qué impresionante el salón, la chimenea, el espacio. La descripción y distribución del palacio se ajusta a la realidad, y la salita del café con su armario empotrado con motivos regios existe, pero no así el jardín secreto ni su duende, que son fruto de mi imaginación. La sala de baile y su ubicación son también producto de mi fantasía, pero para ella me inspiré en viejas fotos del interior del palacio que ahora, tras el incendio del ala este, ya no existen.

La historia de Gregorio del Amo y de su familia se ajusta rigurosamente a la realidad, así como la de la pareja formada por Jaime del Amo y Jane Randolph —cuyo nombre real era Jane Roemer—, y cuya biografía y presencia en Suances he podido contrastar. La tumba de Jaime del Amo, de hecho, se encuentra exactamente donde se indica en la novela, y la vida de Jane Randolph, tanto en Suances como en Suiza, la he relatado únicamente atendiendo a información que he podido verificar de primera mano. La familia Green al completo, sin embargo, es de nuevo consecuencia de mi imaginación; tampoco me consta ninguna presencia extraña ni fantasmal en la Quinta del Amo.

Me pareció interesante también contar una historia en la que pudiese rescatar parte de la época a la que habíamos viajado con *Puerto Escondido*. Qué asombroso contraste entre el modo de vivir de Jana y el de Jane. Dos mundos ajenos: la miseria y la fortuna, lo rural y lo glamuroso. Quizás por eso me fascinan las biografías, porque me gusta saber qué hacen las personas con las cartas que les han tocado en la partida.

Como siempre, la información forense ha sido contrastada (aunque me responsabilizo de cualquier posible barbaridad en este sentido), y todos los interesantísimos estudios e investigaciones a los que alude el profesor Machín sobre el mundo paranormal son reales.

Debo aclarar también que el libro de Copérnico al que se alude en la novela existe, aunque su valor de mercado es superior (alcanza actualmente los 240.000 euros), y fue sustraído en enero de 2017 de un almacén en Heathrow junto con otros 160 volúmenes valorados en un total de 2,3 millones de euros, suponiendo el mayor robo de libros de la historia de Inglaterra.

Finalmente, ante la eterna pregunta sobre si existen o no los fantasmas... como buena gallega, debo responder de la misma forma que si me preguntasen si existen o no las *meigas*: por supuesto que no, pero haberlas... haylas.

Agradecimientos

Debo dar las gracias a las siguientes personas:

Jesús Alonso, guardia civil de la UOPJ de Cantabria en Santander: no hay novela para la que no le persiga con mis estrafalarias preguntas. Gracias por tu tiempo y generosidad.

Pilar Guillén Navarro, directora del IML de Cantabria en Santander: nuestros mensajes y conversaciones telefónicas de contenido forense podrían dar para otra novela. Qué suerte haberme encontrado contigo en el camino. Gracias.

Richard Pascual e Iván Benito, veteranos surfistas de Suances. Gracias por contarme vuestras experiencias e impresiones sobre el apasionante mundo del surf. Extiendo mi agradecimiento en este campo a Lara Álvarez, que me mostró su visión del mundo del surf y de sus veranos juveniles en Suances; también a Leo Álvarez, siempre atento para facilitarme información sobre cualquier tema en el que me encuentre trabajando.

Aña Bascuñana, extraordinaria y dinámica bibliotecaria de la Biblioteca Municipal de Suances, por su colaboración para documentar la historia de la Quinta del Amo y de sus antiguos moradores.

Jose Pereda, concejal de cultura del Ayuntamiento de Suances, por permitirme acceder a lo que queda en pie de la Quinta del Amo.

Germán Rueda Hernanz, Catedrático de Historia

Contemporánea de la Universidad de Cantabria; sus artículos y su libro *Gregorio del Amo, un español en Estados Unidos. Magnate del petróleo y mecenas* me resultaron extraordinariamente útiles para tejer esta novela.

Jonathan Valle Pérez, director, productor e investigador paranormal del equipo cántabro denominado *In search of ghosts*. Sus experiencias y relatos me han ayudado a confeccionar varios de los personajes de esta historia. Nuestras entrevistas, desde luego, no tienen desperdicio.

Paz Rossignoli, Cristina Naranjo y Manolo Fernández, de la Biblioteca Teatro Afundación (para los vigueses, conocida como Biblioteca de García Barbón), por su inestimable ayuda a la hora de localizar reportajes, libros e investigaciones de contenido científico y paranormal.

Silvia Gómez, Lourdes Álvarez y Nacho Guisasola, por ser esos primeros lectores a los que poder confiar mi trabajo, pero especialmente por ofrecerme su amistad.

Gracias también a todo el equipo de Ediciones Destino, por su trabajo y por su confianza en mí: Emili Rosales, Alba Fité, Alba Serrano, Juan Vera... especial reconocimiento a Anna Soldevila, por su paciencia y complicidad. Gracias.

Mi agradecimiento también a todos aquellos que me prestan su ilusión, sus horas y sus palabras para acompañarme en esta aventura: lectores, amigos, familia, blogueros, periodistas literarios y algunos y asombrosos fans incondicionales en redes sociales. Gracias por permanecer al otro lado.

Y, finalmente, gracias a mis dos chicos. A Alan, por obligarme a ser eternamente joven y a reaprender la vida. Y a Ladi por darme un amor que, quién sabe, con el tiempo ojalá sea uno de esos dignos de permanecer.

Los libros del Puerto Escondido en Booket: